二見文庫

夢見ることを知った夜

ジェニファー・マクイストン／小林浩子＝訳

What Happens in Scotland
by
Jennifer McQuiston

Published by arrangement with Avon,
an imprint of Harper Collins Publishers
through Japan UNI Agency, Inc., Tokyo

夫のジョンへ
わたしのヒーローたちはもともとわたしの頭から生まれたものだけれど、
あなたと一緒にいるとその姿がより鮮明になるの。

夢見ることを知った夜

登　場　人　物　紹　介

ジョーゼット・ソロルド	子爵の未亡人
ジェイムズ・マッケンジー	事務弁護士
ランドルフ・バートン	ジョーゼットのいとこ。植物学者
ウィリアム・マッケンジー	ジェイムズの兄
パトリック・チャニング	ジェイムズのルームメイト。獣医
デイヴィッド・キャメロン	ジェイムズの大学時代の友人。治安判事
エルシー・ダルリンプル	メイド
レディ・キルマーティ	ジェイムズの母親
キルマーティ伯爵	ジェイムズの父親

1

一八四二年、大ブリテン島のどこか

上流社会の人たちには秘密だけれど、レディ・ジョーゼット・ソロルドはブランデーを夫というものとおなじくらい嫌っていた。だからこれほどひどい冗談はなかった。目が覚めたら自分がどこにいるのかまるでわからず、ブランデーのにおいをさせ、男性に体を押しつけていたのだ。

いやいやながら意識を取りもどすにつれて、うれしくないにおいと恐怖のせいで正気が失われていく。二十六年の人生で、あの琥珀《こはく》色の液体がはいったグラスを持ちあげたことさえないというのに、まして蒸留所で洗ったかのようなシーツにくるまって寝たことなどあるわけがない。いつも目覚めは心地よかった。少なくとも、なじみのあるものだった。けれども、ぼやけた視線の先にある染みだらけの壁紙からすると自分の寝室にいるのではないし、頭がずきずきして心地よさなどどこにもなかった。

さらに肝心なのは、ジョーゼットの夫は二年前に死んでいるという点だ。

背中に男性のあたたかい体がひろがっている。しかも、明らかに硬くなっているものが、腰のあたりにとんとんと触れるのまで感じる。視線をさげると、わが物顔でジョーゼットの肩を抱いているたくましい腕が見えた。一瞬、このまま目を閉じて、この男の魅力的な腕のなかで眠りなおそうかと思った。しかし、鮮烈な何かが、混濁した意識を突き破って顔をのぞかせた。

わたしはベッドにいる。見知らぬ男と。

胸をどきどきさせながら、ジョーゼットは身をくねらせて腕から逃れた。しわくちゃになったシーツから足をおろし、割れたガラスのかけらや脱ぎ捨てた服のあいだを縫って、おろおろと安全な場所をさがしもとめた。部屋じゅうの空気を吸いこむ勢いで深呼吸し、両肩にとまったパニックを追い払おうとした。

室内のいたるところに、鳥の羽が散らばっている。床にも、天井にも、ジョーゼット自身にも。衛生状態の悪さにぞっとなり、この部屋のどこかに殺されたガチョウがいるかもしれないことにおののき、ジョーゼットは目を閉じて、目をあけたら何もかも消えていますようにと祈った。けれども、部屋の惨状がそんな程度ではないことは、まだよく見えていなかったのだ。よろめいて衣装ダンスにぶつかると、それはジャコバイトの反乱を生き延びたかのような惨憺《さんたん》たるありさまで、扉のひとつがかろうじて蝶番《ちょうつがい》でひっかかっていた。

優雅さのかけらもない物音を立てているのに、ベッドの男はその間もずっといびきをかいている。ジョーゼットは、そうすれば男が消えてなくなるとでもいうように拳で目をこすり、それから、その手をさげて口もとを押さえた。自分の肌からブランデーの香りが漂ってくる。そんな悪臭のするものを浴びたのだろうか。ああ、いったいわたしは何をしてしまったの？見知らぬ部屋に見知らぬ男といて、夫が命を縮めるほど飲んだあの酒とおなじにおいをさせているなんて——やらずにすんだことはなんなの？

どろりとした苦い胃液が喉もとにこみあげてきた。こんなことが起こるはずがない。こんなのわたしじゃない。いまは亡き夫はどうしようもない放蕩者《ほうとう》だった。そしてジョーゼットは傷つきながらも見て見ぬふりをする妻だった。一夜だけとはいえ、短い結婚生活のあいだ夫が享受していた浮かれ騒ぎに興じるほど、自分も身を落としてしまったらしいなんて、考えるのもいやだ。

いいえ、それ以下だわ。そういった振る舞いは、上流社会では男にだけしか許されていない。ジョーゼットはレディなのだ。レディは見知らぬ男とベッドで朝を迎えたりしない。しかもそういうことになった心当たりさえないなんて。

ジョーゼットは一歩さがり、状況はこれ以上悪くなるはずがないと確信した。壁にこすれたむきだしの肩に、烙印《らくいん》のような熱い痛みを感じる。体のなかの空気が外へ出たがって肺を引っかく。どうやら、状況はもっと悪くなりそうだ。なぜなら、見知らぬ男の隣で目覚めたのにくわえて、ジョーゼットは服を着ていなかったのだ。

ブランデーと夫以上に嫌うものがあるとすれば、それは裸でいることだけだ。まるで悪夢から目覚めたときのように、心臓が跳ねまわっている。これが夢でないのはたしかだ。夢のなかで、いびきをかく男はいない。少なくとも、夫はそう教えてくれた。それに、夢であろうとなかろうと、まずは服と正気を取りもどさなくては。どちらも、ジョーゼットの記憶と同様、どこにも見当たらないようなのだ。

手近にあった服をつかむと、寝ている男のシャツだった。ガラスのかけらや羽を振り落としてから、裸身にまとう。シャツの裾はふくらはぎまで届いた。衣擦《きぬず》れのたびに芳しくない香りが漂ってくる。清々《すがすが》しい石鹸のにおいに混じって、かすかに馬と革のにおいがする。ジョーゼットはとっさに体のいちばん大事な部分が反応するのを感じた。どうしてそんな恥知らずになれるのだろう。この男のことは知りもしないのに。知りたくもないのに。困惑と羞恥《しゅうち》で胃がむかつき、主人を裏切るおのれの体をののしった。

前夜のふたりの交わりをうかがわせるように、シーツの下からベッドを共にした男のだらしない格好がのぞいている。黒っぽい毛が散らばった筋肉質のふくらはぎがぴくりと動き、思わずどきりとした。男が寝返りを打つとシーツがずれて、茶色の髪と顔が見えた。ふさふさとした顎ひげをたくわえている。ロンドンの若者なら、賭けをしているのでもないかぎり、そんなものは生やさないだろう。けれど、貴族を思わせるすうっと通った鼻筋や、なまめかしい線を描く唇はひげに隠れてはいなかった。すやすやと眠るその顔は安らかで、男っぽい魅力にあふれている。

　そして、ぞっとするほどなじみのない光景だった。

「ああ、わたしは何をしてしまったの？」ジョーゼットはささやいた。シャツをしっかり巻きつけ、そろりとベッドに近づき、男の顔をしげしげと眺めて、記憶を呼び覚まそうとした。この男は自分にとってどんな意味があるのか、あるいは彼にとって自分はどんな意味があるのか。年は三十代前半くらいだろう。毛先に癖がある髪。まぶしい朝日を受けて、黒っぽいひげが赤くきらりと光った。閉じたまつげの下には少し日に焼けた頬、それにくらべてジョーゼットの温室育ちの青白い肌がふやけたものに感じる。依然としてこの顔に見覚えはなかったが、これほど近くに立っていると、体じゅうを熱いものが駆けめぐった。

　男の頭の下にあるシーツは、清潔とはほど遠かった。ノミにたかられたかもしれないと思うだけで、肌が総毛だった。もし自分でこの部屋を選んだのなら、何を根拠にこの男を選んだのだろう。

「どうか、どうか、せめて紳士でありますように」と、つぶやき、寝ている男が従僕なのか、それとも貴族なのかを確かめようとした。自分がまとっているシャツは上等のリネンだ。でも、ジョーゼットの知りあいの紳士はたいがい、これほど……筋肉質ではない。

　床にしどけなく脱ぎ捨てられたドレスを見つけると、ジョーゼットはそれを拾いあげ、膝をついてベッドの下をのぞきこみ、靴《スリッパ》をさがした。割れたガラスのかけらと荒削りの床板が膝をこすり、頭上では男がまた大きないびきをかいている。そのとき、ある恐ろしい考えが浮かんでめまいがした。もし、この共犯者が紳士なら、そしてジョーゼットの推測どおりのことが起こったのなら、彼は結婚すると言い張るだろう。

この件がロンドンのゴシップ紙にもれることのほかに、ひとつだけ避けたいことがあるとすれば、それは女と酒にだらしない男と愛のない結婚をする、というあやまちをくりかえすことだった。

ジョーゼットは立ちあがり、しわの寄った灰色のシルクのドレスを頭からかぶった。コルセットやシュミーズはさがそうともしなかった。ベッドに視線を移すと、新たな段階のパニックに襲われ、ボディスのボタンをやみくもに留める手をとめて、この名も知らぬ不愉快な男から離れることしか考えられないまま、ドアへ急いだ。しかし、泥とガラスがばらまかれた床に足もとをとられ、ドアの掛け金がどうしてもはずれない。

そのとき、それに気づいた。

左手の指輪が、レースのカーテンの隙間からさしこむ一条の朝日に映えて、きらきら輝いている。驚愕して、ジョーゼットは手をひねり、その小さな金をためつすがめつした。それが象徴するものの重さは、最悪の恐怖のようにずしりと重かった。ジョーゼットは見たこともない家紋に飾られた印章つきの指輪をはめていたのだ。

その指の位置と今朝の状況を考えると、どうやら結婚したということらしい。狐につままれたような気持ちだ。そんなことありえない。結婚はおいそれとはできない。婚姻予告をおこなうか、それができないときは特別許可証が必要なのだ。それに、そういった理屈をぬきにしても、自分がこんなことをするはずがない。ようやく、二年間の喪《も》が明けて拘束を解かれたばかりなのだから。ようやく、拒否されつづけてきた自由を味わえる状況になったのだから。

ジョーゼットはさっと振りむいて、男をもう一度見た。ベッドにいる見知らぬ男がどれほど魅力的な体つきをしていようと、筋肉のついたふくらはぎを見るだけで子宮がどれほど期待におののこうと、絶対にこんなことを望むはずがない。

胸に怒りがこみあげてきて、恐怖と不安を押しのけた。ジョーゼットはベッドに少し近づいた。男を起こして説明してもらわなければならないが、彼に触れると考えただけで指先が震えて縮こまってしまう。武器を持っていないことに毒づきながら、部屋を見まわした。手近にあったものをつかんで、まだ眠っているベッドの相手のほうを向いた。さいわい空っぽだった室内用便器を持ちあげて腰で支え、その手をのばして男の裸の肩をたたいた。

「目をあけなさい」ジョーゼットは自分でも聞いたことがないようなきつい口調で言った。

当の男は寝返りを打ち、大きく伸びをすると、ぱっと目をあけてこちらを見た。薬瓶のような緑色をした眠そうな目が、ジョーゼットの姿をとらえた。口もとに色っぽい笑みを浮かべてから、白いきれいな歯並びを見せた。

「おはよう」男はかすれた声で、雷鳴のように音を響かせながら言った。「どうして離れていったのかわからないけど、僕のベッドにもどっておくれ」

その洗練されていない訛《なま》りから、ジョーゼットは自分がどこにいるのかはっきりわかり、胸がきりきりと痛んだ。記憶の断片が重いマントのように両肩にのしかかってきた。自分はいまスコットランドにいるのだ。ここなら、秘密の結婚もその場の思いつきでできるだろう。

やっと思いだした。全部ではないが、休暇の予定を組んだことは思いだした。夫の死から果てしなくつづいた喪が明け、疲れた心を癒して生まれ変わりたいという願いがあった。たまたま、いとこがスコットランドの植物相について論文にまとめようとこちらに滞在していて、ジョーゼットも来ないかと誘ってくれたのだ。スコットランドこそ、うってつけの場所だ、と考えたことをおぼえている。自然の息づかいが聞こえてくるような松林、のどかな夏景色、そして何より大事なのは、ロンドンの社交シーズンから遠く離れていることだった。ジョーゼットにはその距離が必要だった。心を落ちつけ、上流社会にもどれば出会うに決まっている憐れみのまなざしへの覚悟ができるまでは。

どんなに想像をたくましくしても、まさか既婚者としてもどることになるとは思いもしなかった。そしてどんなにがんばってみても、ここにいることになった状況が思いだせない。なぜ大衆的な宿屋にいるのかも、なぜこの男といるのかも。

言わなければいけない言葉が、階下からにおいが漂ってくる焦げたトーストのようにからからになって、喉につかえている。ジョーゼットはなんとかそれを吐きだした。「あなたはだれ？」

おかしそうにくすっと笑い、男は身じろぎして体を起こした。「いま、きくわけ？　ゆうべのことにはあまり関心がなかったんだね」

シーツがずれて、ジョーゼットの目は下のほうへ引きつけられた。割れた腹筋はまるで洗濯板だ。外科用メスのように研ぎ澄まされた筋肉が層をなしている。ジョーゼットは息をのんだ。この人は紳士でもなければ従僕でもない。この体つきでは考えられない。裸の胸に目をやったとたん、ジョーゼットの体の隅ずみを熱いものが舐《な》めていき、その熱は迷わず脚のあいだに落ちついた。わたしはこの男に魅了されている。恥知らずな体の反応を責める声が耳のなかで鳴っていた。

「あなたは何者？」ジョーゼットはさらにきいた。喉を絞められたような声だった。

男はまた笑った。「なんてふざけたことを言うんだ、あれほどきみに尽くしたのに」ジョーゼットの手のほうへ顎をしゃくり、ほほえみがにやにや笑いに変わった。「僕はきみの夫だよ、奥様。きみにはもうひとつキスの貸しがある」

キスをもうひとつ？　ああ、最初のひとつが思いだせない。体のはるか遠くのほうで、それを残念がる声があがった。そして、まさかと思っていたふたりの関係がそのとおりだとわかり、目もくらむほど高い段階のパニックに襲われた。「夫?」ジョーゼットは唇を舐め、一瞬でいいから頭よはっきりして、と強く願った。

この男は、その洗練されていない訛りや、目を楽しませてくれる筋肉からして、きっと庶民だろう。わたしは子爵の未亡人だ。自分が仮にもう一度結婚するとしたら——そんなつもりはないけれど——野蛮な労働で生計を立てているように見える男は選ばないだろう。この放蕩者が何を手に入れたと思うにしろ、自分の記憶のないあいだにどんなとんでもない仲になっていたにしろ、それだけはするはずがない。

「わたしがだれか知っているの?」ジョーゼットは語気荒く言った。この胸を恐怖で高鳴らせ、この体を心ならずも引き寄せてしまう男を怖気《おじけ》づかせてやりたかった。

「世の男が女性を知っているくらいには、きみのことを知っているよ」男は指先を曲げ、いたずらっぽく、自信たっぷりに手招きした。「さあ、もどっておいで、奥様。もう一度、よく知りあおう」

からかうような口調だが、そこには有無を言わせぬ響きがあった。だから、二度と結婚などしないと誓ったのよ。どうしてわたしをそんなふうに呼びつけることができるの? 何様のつもりなの? 男の言葉を聞いたとたん、体が動いていた。室内用便器の描く軌道は、計算されたものというより本能だ。強固な意志が、肌の下に隠れていたのだ。便器が骨にぶつかる音がすると同時に逃げだしてはいたけれど。

わたしはだれのなぐさみものでもない。もうちがう。
だれの妻にもなるもんですか。

2

ジョーゼットはおんぼろ宿の暗い階段を駆けおり、煮卵と燻製《くんせい》ニシンの胃がよじれるようなにおいのするラウンジを通り過ぎ、驚いている宿屋の主《あるじ》のわきを通り過ぎた。主は呼びとめるのが精いっぱいで、そのときにはもうジョーゼットは正面玄関から飛びだしていた。

表通りの騒音が、ジョーゼットの頭と体に襲いかかる。あたかも、巨人の手で石壁にたたきつけられたかのようだ。低く斜めにのびる日ざしが、朝が早いことをほのめかしている。おそらく、まだ七時にはなっていないだろう。だが、ひしめきあう行商人の姿や、近くの市場から聞こえるざわめきからすると、スコットランドのこの地味な町の住民が朝を大事にしていることがわかる。通りの角から漂ってくる揚げパンの香りに、頭ががんがん鳴り、胃がひっくり返りそうになったが、吐き気をなんとか抑えつけた。ゆうべのお祭り騒ぎにたいする体の不満は、今朝、最優先して解決すべきことではない。

男を攻撃してしまった。わたしの夫だという人を。どうかあの男が——彼が何者であるにしろ——怪我《けが》をしていませんように。あのハンサムな顔に、一生消えない傷を負わせていませんように。あとさきを考えずに、長年の鬱憤《うっぷん》に屈してとっさに攻撃してしまったのだ。でも、深く考えられなかったのも無理はない。息をするのさえやっとなのだ。

考えるどころの話ではない。

ジョーゼットはドレスの裾を持ちあげ、恥辱の現場からできるだけ離れようと心に決め、レディらしからぬ身ごなしで通りを小走りに急いだ。その足どりに拍子を合わせて、口にせずにはいられない新奇な呪文《マントラ》を唱えていた――ああ、わたしは何をしてしまったの？ そうやってしばらくすると、パニックと混乱が起こりつつあるなかで、もうひとつおまけのマントラを唱えた――ああ、わたしはどこにいるの？

異国風の店が軒《のき》を連ねる前を急ぎ足で過ぎながら、ロンドンの景色とのあまりのちがいに目が痛くなった。見覚えのある建物は見つからず、ここに来たことがあるという感覚もなく、どこへ向かっているのかもわからない。目の前に散らばっているのは犬と子供たち、四方を見渡せばひもじそうな顔をした畝《うね》のあるスコットランドの丘陵地帯、そして訛りのきつい話し声の切れっぱしが耳を打つ。

ぼんやりと五ブロックほど進んだところで、ゆうべの活躍の反動が遅れてやってきた。レンガ壁に手をついて体を支えてから、壁によりかかり、店の日よけの下にある空気を思いきり吸いこんだ。若い女性のふたり連れが、ボンネットのピンクのリボンをなびかせて通り過ぎていく。ふたりは好奇心丸出しでこちらを見つめると、顔を寄せあい、口もとを手で隠してささやきあった。

自分がどんなふうに見えるか、想像するのもいやだった。まったく、梳《と》かしていない髪だけでも人の足をとめさせるのにじゅうぶんだというのに、ブランデーの臭気をまだ撒《ま》き散らしているのもまちがいない。宿を抜けだすときには、逃げることしか頭になかった。けれどいまになって、だらしない格好で町の真ん中にいることに気づいた。ドレスの前ボタンもきちんとはまっておらず、不作法に口をあけているのだ。

最後にコルセットをつけずに外出したのがいつだったかも思いだせないほどなのに、いまは目撃者がいて、なりふりかまわぬ、みっともない姿を見られている。

ジョーゼットは背筋をしゃんとのばし、その場でくるりとひとまわりして、頼れそうな顔か目印になりそうなものをさがした。今度はひと息入れたおかげで、さっきよりよく見えた。通りの向こう側にはストライプの日よけがある。共同ポンプの前では、水を汲《く》もうとして住民が列をつくっている。それでも、自分がどこにいるのかは見当もつかなかった。この町で知りあった者といえば、ベッドに置き去りにしてきたハンサムで野蛮なスコットランド人ただひとりだ。

そして、スコットランドにいる知りあいは、いとこのランドルフ・バートンただひとりなのだ。

ジョーゼットはうめき声をあげ、ぐったりと壁によりかかった。どうして自分の人生は突然こんなことになってしまったのだろう。思えばこれは、スコットランドのいとこの家で二週間の休暇を過ごすはじまりのはずだった。こちらに着いたのは三日前だ——あら、四日前だったかしら？　ランドルフは愛想よく出迎えたが、期待はずれの連続だった。家には頼んでおいたメイドがいなかった。そればかりか、ランドルフにはいとこを歓待するというより、何か下心があるのではないかという疑惑がめばえ、それがディナーの席でいっそう強まったのだった。ロウソクの明かり越しにじっと見つめられて、居心地の悪い思いを強《し》いられた。あいにく、その時点でジョーゼットの記憶はとぎれている。

「子猫を持ってきたよ、お嬢さん」

ジョーゼットはさっと振りむき、心臓が喉もとまでせりあがった。血だらけのエプロンをつけた男が、数歩先に——鉄錆のようなにおいと、汗臭さが嗅ぎとれるほどそばに立っていた。男は白土色の顎ひげを生やしていて、そのひげには食べ物のかすやらなんやら不適当なものがくっついている。

大柄な男のまわりでは、町は朝のにぎわいを見せている。子供たちははずむように駆けていき、女たちはかごをぶらさげ、たしか数ブロック手前で見かけた市場のほうへ歩いていく。この大男が片手に肉切り包丁を持ち、もう一方の手で茶と灰色の縞《しま》がある子猫の首をつかんでいることを、目に留めたり気にしたりする者はだれもいないようだった。

「あなたのことを知っていたかしら」ジョーゼットはたずね、そうっと一歩さがった。そのせいで通りに足を踏みだしていることにも気づかずに。

男の唇から笑みがこぼれ、前歯があるべき場所に赤い穴があいているのが見えた。「マクローリーってもんです。ゆんべ、お近づきになったときには名乗る機会がなかったと思うんだが」

「ゆうべ、お会いしているの？」しかも、お近づきになったの？　男は骨身だけで二十ストーン（約百二十七キログラム）はありそうな体格だった。職業は衛生状態のよくない肉屋か殺し屋にちがいない。どちらにしても、個人的に親しくなることはあまり勧められない。指一本だけでも、拳と同等の威力がありそうだ。記憶がとぎれているわずかなあいだに、そんな人とどうやって仲よくなれたのだろう？

「おぼえてないのかい？　まあしかたないけど、あんたは俺にくっついたと思ったらすぐ離れていったから、無理もないんだろうな」エプロン男の声には、ベッドに残してきた男とおなじ雷鳴のような訛りがあった。けれど、この男の振動音には心がかき乱されるような反応はまったく起こらなかった。エプロン男の言葉と、その裏にあるほのめかしに、心ひかれたというよりはぞっとして首筋が赤くなった。

「あなたにくっついたですって？」どうか聞きまちがいでありますように、と祈る思いだった。

「ああ《アイ》、そうともよ。俺の胴に両手をまわしたんだ」そう言って大笑いすると、エプロンについた染みが風に吹かれたカーテンのように揺れ動いた。「あんたはほんとに抱きしめ方がうまかった」

腋の下のくぼみが汗でちくちくし、背筋にぞぞっと震えが走った。頭のなかでは抗議の悲鳴が攪拌《かくはん》されていたが、やがて明白な質問がつくりあげられた。「どういうことかしら」「とっときなよ、お嬢さん」大男は身をすくめている子猫に包丁を向けた。「当然の報酬だ」

ジョーゼットはわけがわからないまま――それに、危険も感じて――手をのばして子猫をひったくると胸に抱いた。猫は見たことないほど小さかった。たぶん、生後三週間か四週間といったところだろう。この子の世話をするはめになったいきさつは皆目わからないが、自分にもあったであろう母性本能が胸にわきあがってきた。この子を返すことなんてできない。いますぐはだめだ。そんなことをしたら、だれかの食卓にのぼってしまうかもしれない。

肉屋はもう一度前歯のない笑顔を見せると、背を向けて、ゆっくりと去っていった。その姿が人ごみにまぎれるのを見送りながら、喉もとに胃液がこみあげてきた。ああ、ほんとうにゆうべ、あの男に馴れ馴れしく触れたのだろうか。

お返しに子猫をもらうようなことまでしたのだろうか。

こみあげる涙をまばたきで押しもどした。夫が死んだときは泣かなかったのに。早すぎる死だったが、泣かなくても罪悪感はなかった。面目ない失態を演じたことを知ったときも、だらしない服装で異国の町をさまよう姿を、ふたり連れの若い淑女――といっても、みずみずしさは押し花程度だったけれど――に眺められたときも、涙は出なかった。それがいま、ゆうべ恥ずべき振る舞いにおよんだ相手がひとりではないかもしれないと聞いて、泣いているの？――ジョーゼットはそんな弱い自分自身に嫌気がさし、あきれた。これでは、昨夜しでかしたらしい無謀なおこないと変わらない。

ひづめと車輪の音に、ジョーゼットはみずからに課した罰から引きもどされ、ぎくりとした。馬車を引く黒い馬に思考をさえぎられ、御者に訛りがきつくてよくわからない言葉でののしられた。よろめきながら道端によけると、敷石に落ちている糞のせいで足が滑り、必死にスリッパを前後に動かす。あやうく倒れそうになったが、なんとか片手をついて体勢を立てなおした。

子猫をひしと胸に抱くかたわらを荷車がゴーッと通り過ぎていく。わが身を守ることに必死なあまり、このよるべない子猫を取り落とすところだったのだと思うと体が震えた。子猫はジョーゼットは子猫を胸に滑りこませ、ボディスの残りのボタンをしっかり留めた。子猫は胸の谷間で身を丸めた。この子のことをどうするかはあとで考えよう。いまは両手をつかえるようにしておきたい。

「ジョーゼット！」

街頭商人が呼び売りするような甲高いいとこの声が聞こえ、体じゅうを安堵《あんど》の波が走り抜けた。その声のほうを向くと、数フィート先にランドルフが立っていて、大きく口をあけている。あれでは、ジョーゼットを殺しかけて去っていった馬車があげる砂塵をもろに吸いこみそうだ。ランドルフ・バートンのことは子供のころから知っているが、いつも身なりにうるさい人間だった。それが今朝は、ふだんなら油で固めている髪は金色の草むらとなって顔に垂れさがり、ネクタイはくしゃくしゃでひん曲がっている。

そんな乱れた姿を、場合によってはかわいいとさえいえる姿を、見るのははじめてだった。ランドルフはよろよろと近づいてきた。おなじみの肘をつかむ仕草さえ、ジョーゼットは歓迎した。「ランドルフ」とつぶやき、さしだされた手にありがたく手をのせた。

肌と肌が直接触れあって、ジョーゼットはびくっとした。あの宿の部屋に手袋を忘れてきたのだ。ゆうべ、たしかにそれをはめていたならの話だけれど。どれほど淑女の道を踏みはずしてしまったのだろう。自分が何をしたのかもわからないという事実にはっとして力がはいり、強く握ってくる手を思わず握りかえしていた。ほんの数日前には、ランドルフに触れられると手をひっこめたのに。彼の不器用な恋心をあおりたくなかったからだ。

でもいまは、そんなことを気にしていられない。いま望むのは、ここから、この状況から連れだしてくれる人にすがることだけだった。「会えてよかったわ」ジョーゼットは胸を詰まらせて言った。

ランドルフは唾をのみこんだ。だらりと垂れさがった襟のあいだで、喉がごくりと動くのが見えた。「きみは……僕に会えてほんとうにうれしいのかい？　だったら、なんで泣いてるんだ?」

ジョーゼットは目尻の涙をぬぐった。「どれほどうれしいか、あなたには想像もできないわよ、ランドルフ。今日はじめて知っている顔に出会ったのよ。自分がどこにいるのかわからないけど、あなたがいるなら、ここはきっとモレイグなのね」

ランドルフはふたたび唾をのんだ。「えーと……そうだよ」ジョーゼットの肌をこするようにじろじろ眺める。「いままでどこにいたんだ、ジョーゼット?」

最初に感じた安堵が、ふいにしぼんだ。ジョーゼットは握られている手をひっこめた。当然、そういう質問はされるだろう。このランドルフでさえ――ぱっとしない、ぼんやりした男ではあるが――今朝のジョーゼットの格好を見れば、問いたださずにはいられないだろう。

「わたしは……」汗のにじんだてのひらをスカートで拭き、かぶりを振った。言えるわけがない。恥ずかしすぎるし、いとこに話すには内容がなまめかしすぎる。

通りの反対側を歩いているシルクハットの男が、あいさつの言葉をかけてきたが、ジョーゼットにはだれに向かって言っているのかわからなかった。ランドルフは片手をあげて応えてから、こちらに注意をもどした。「僕はひと晩じゅうさがしたんだ」声は低く抑えているが、荒々しさがこもっていた。「ずいぶん心配したんだよ。当局に知らせにいこうとしてたときに、通りできみを見つけたんだ」

当局であろうがだれであろうが、いとこが昨夜の不始末を人に話すと考えただけで、鼓動が猛烈に反発して暴れだした。ジョーゼットは口もとに作り笑いを浮かべ、にっこりした。

「その必要はないわ」なんとしても信じてもらわなくては。「わたしはここにいるもの、無事に」

ランドルフは細い眉をあげた。「ほんとに？　ゆうべはどこにいたんだ？」

これはデリケートな問題だ。まあ、様子が変なのはたしかだけれど、今朝の窮状をランドルフにそっくり明かすのはどうしてもいやだった。「わたしは……あなたが教えてくれるんじゃないかと思っていたんだけど」そこまでは認めた。

こちらをしげしげと眺め、ジョーゼットとおなじ灰色をした目に懸念が浮かんだ。返事もしないで、ランドルフの視線はボディスのほうまでさがり、そこにとどまった。彼が頭に血がのぼって顔を赤くするのを見て、ジョーゼットは恥ずかしさに足の指をぎゅっと曲げた。

「きみの……そのう……コルセットはどうしたの？」

それが合図であったかのように、子猫が身をよじりだした。ジョーゼットが屈辱に顔をしかめると、子猫はパンチを繰りだしてちっちゃな爪をボディスからのぞかせた。「それは言わずにおきたいわ」

つかのま、ランドルフはぽかんとして小さなお客がひそんでいる場所を見つめていた。そして一瞬のうちに、赤い顔は白くなった。「なんてことだ！」と、叫んだ。「きみは襲われたのか？」

ジョーゼットは首を振った。針のような子猫の爪くらいの鋭さで、絶望が胸をわしづかみにした。「いいえ」と、ささやく。「そうは思わない」あの謎のスコットランド男にどんな罪があるにしろ、ジョーゼットは自分の意思に反して浮かれ騒いだとは思えなかった。そうでなければ、彼のことを考えるたびに体がほてったりしないだろう。「どうやってここまで来たのかしら」ため息をついて、指先でこめかみを押さえた。

「路上に？」

「この場所によ！」

ランドルフは少しつっかえながら言った。「さ、最後におぼえてるのはどんなこと？」

ジョーゼットは目を閉じた。まずはこのドレスを着たところから思いだした。紫がかった灰色のドレスで、喪服とたいして変わらない地味さだ。貝ボタンを留めるのに手こずったこと、ランドルフにメイドを用意するという約束を破られて当惑したことを思いだした。不便だというよりも、不適切だから。ランドルフとふたりきりになりたくなかった。午後のお茶の時間には、その場の窮屈さをやわらげてくれる人にいてもらいたかったのだ。

ジョーゼットは目をあけた。「あなたとお茶を飲んだことはおぼえているわ。一緒にジンジャービスケットをいただいたでしょ」作り笑いを顔に張りつけて、ビスケットをやっと飲みこんだことがよみがえった。ビスケットは川原の石ころのように堅かった。ランドルフは芳香性ハーブの使用の歴史や医薬用途についての正確な知識はばかみたいに持っているものの、その知識を食物に生かすとなると、とたんにあやしくなってくるのだ。

「それから?」ランドルフが病人のような白い顔で、先をうながす。

ジョーゼットは頭のなかの霧を払おうともがいた。新たな記憶が、水面に映る日の光のようにくっきりと浮かびあがってきた。暖炉のそばで向きあったランドルフが、身をくねらせながら、こう言っている。「愛しいジョーゼット、きみは資産家なんだよ。喪も明けたことだし、それを狙う者たちがあらわれるだろう。僕にきみを守らせてくれないか」

「そう、あなたに結婚を申しこまれたわ」そのまわりくどい申し出を聞いて、口中にひろがったパニックの味までよみがえった。「わたしはなぜ結婚できないかを説明した」

ランドルフは顔をしかめ、眼鏡の奥でふくろうのように目をせばめた。ジョーゼットは断ったときに彼を傷つけたことを申し訳なく思い、いままた傷つけたことを心苦しく思った。けれど、スコットランドに来たのは息抜きのためで、結婚を申しこまれるためではない。身を守ってやる必要があると思われたときには、いらだたしかった。

ランドルフの言うとおりだったのかもしれないと思うと、いまは心が粉々になりそうだ。

「じゃあ、それはおぼえてるんだね」いかにも残念そうな口ぶりだ。

「ええ」食いしばった歯のあいだから熱い吐息がもれた。「そのあとは……おぼえていないの」記憶をたどってみても、何も見つからなかった。自分が何を言って、何をしたのかがわからないというのは、すごく腹立たしい。何が起こってもおかしくないじゃないの。なんだってありうるわ。

笑いだしそうになった。泣かずにいるには笑うしかない。

「僕たちは出かけたんだよ」ランドルフはヒントをあたえ、ジョーゼットを落ちつかせようと腕を握りしめた。

「出かけた？」ジョーゼットはききかえした。

ランドルフはうなずいた。「お茶のあとで、セントジョン教会の夜の礼拝に出席するためにモレイグまで来た」

「でも、どうしてわたしはそれをおぼえていないの？」抗議するような口調になった。

ランデーのせいじゃないかな」

いとこはかぶりを振って、あまり香しくないにおいに鼻をクンクンさせた。「たぶん、ブ

ジョーゼットは目をみひらいた。「ブランデーは好きじゃないわ」耳の奥で、警鐘が鳴りだした。

ランドルフはほほえんだ。今朝はじめて見せる勝ち誇ったような笑みだった。「それでも、きみをとめることはできなかった。きみはゆうべ二杯――いや、たしか三杯飲んだんだよ、出かけるまえに」

あいた口がふさがらなかった。「そんな……そんなはずないわ！」そういう性に合わないことをすれば、おぼえているに決まっている。とはいうものの、結婚したことも、甘美な体

つきをしたスコットランド人とベッドにもぐりこんだこともおぼえていないのだ。

ランドルフが身を寄せてきた。あまり近いので、鼻の穴から飛びだしている毛も、目の下に刻まれた疲労も見てとれる。思わず後ずさりしたくなるのをなんとかこらえた。「たぶん、話の内容に気が動顚《どうてん》したんじゃないかな、ジョーゼット。たぶん、僕の説得力のある意見を考えなおしてみて、僕たちが似合いの男女であることに気づいたのかな。正直に言えば、きみが何を考えてたのかはわからない――わかることはめったにないけどね。僕はきみを思いとどまらせようとしたんだ、最初の一杯を飲みほしたあとで。だけどきみは、スコットランドへは自由になるために来たんだと言った。ちがう自分を見つけるためだと」

後ろめたさに胃がきゅっと締めつけられた。非難めいた空気が、いとこの細い肩にふわりととまるのが見えるようだ。何もかも信じたくはないが、その点については思いあたることがある。それはだれにも言ったことのない思いであり、夢だった。長いあいだずっと心に秘めてきた、正式な社交界デビューから、それにつづく期待はずれの結婚生活のあいだもずっとあたためていた夢だ。

困ったことに、ランドルフのくわしい話を聞くうちに、最初の一杯のことを思いだした。ああ、たしかに、それはブランデーだった。

「強い酒を飲んだのはあれがはじめてだったんだ。おぼえてなくても当然だよね？」

「それは……あなたの言うとおりかもしれない」ジョーゼットは息をついた。不安でどうしようもない。

「たぶん、これからのことを考えたほうがいいだろう、すんでしまったことより」彼は急にあくびをし、手で口を押さえた。「今朝のきみの格好を見たら、忘れてしまったほうがいいのかもしれないね。ふうむ」

できればそうしてほしい。ランドルフがとてもやさしくて、とても物分かりがいいせいで、よけいに罪の意識をおぼえる。眠らずに自分をさがしているあいだ、ジョーゼットはひと晩じゅう、どんちゃん騒ぎをして、親のいない子猫をもらい、コルセットをなくしたのだ。それなのに、さっき起こした男のことをいくら消し去ろうとしても、きれいな真っ白い歯が脳裏に浮かんでしまう。あの歯がゆうべ、わたしの熱い肌をこすり、秘められた場所をかじったりしたのだろうか。ジョーゼットはこれまでそんな想像をしたことはなかったし、夫にもそんな妙な触れ方は許さなかった。体じゅうがほてっている。まるで、その想像を捨て去ることに反対しているかのようだ。

あのスコットランド男の寝起きの様子を忘れられる自信はない。左端をちょっぴり持ちあげて不敵な笑みを浮かべた口もと。目は色も清々しさも新緑のようだった。いいえ、忘れられるとは思えない。

忘れたいのかどうかもあやしい。

ジョーゼットの居心地の悪さや、あらぬ空想にはおかまいなしに、ランドルフは待たせてある二頭立て二輪馬車《カーリクル》のほうへひっぱっていく。ジョーゼットはあらがわず、まだ彼の手をつまむように握っていた。彼は深く詮索しようとしなかった。わたしの秘密は守られた。安堵の波が押し寄せてくる。とはいっても、罪の意識がやわらぐわけではないけれど。

「ラムゼイ牧師に話をしないと」歩きながらランドルフはにこやかに言った。その言葉は朝の地平線に集まる雲のように、ふわふわと浮わついていた。「そうすれば、明日には結婚できる」

薄い靴底が歩道にめりこみ、ジョーゼットはみっともなく立ちどまってスリッパを引き抜いた。心が乱されたのは、いとこの言葉でもなければ、その不遜《ふそん》な口調でもなかった。パニックが皮膚の奥を引っかいたのだ。今朝、筋肉質のスコットランド男から逃げだしたときに感じたのとは、まるでちがう種類のパニックだった。あの男から逃げだしたのは、裸の胸を見ただけで自分の体が心ならずも反応してしまうのが怖かったからだ。それにたいして、この男と深い関係になると思うだけで、ハリネズミのように体をぎゅっと丸めて身を守りたくなる。「そんなことはしないわ」絞りだすように言った。「昨日説明したように、あなたと結婚するつもりはないの」

ランドルフは灰色の目を光らせてこちらを向いた。「それはきみがひと晩じゅう出歩いて泥酔するまえの話だよ。きみがどこかのだれかと何かをするまえ」細い鼻筋にのっかった眼鏡を押しあげた。「ラムゼイ牧師と通りであいさつを交わし、僕たちふたりがこんな格好でいる姿を見られるまえの話だ。きみには、爵位をのぞけば褒《ほ》められたところはあまりないんだよ、ジョーゼット。きみはその爵位を守るどころか、たいへんなことをしでかしてくれた。さんざん楽しんだらしい夜のあとでも、僕がまだきみに結婚を申しこむだけの好意があるのは運がよかったんだ。僕に感謝してもらわないと」

ジョーゼットは息をのんだ。ふいにランドルフの指が鉤爪《かぎづめ》のように感じられて、手をひっこめた。「あなたとは結婚できないの」声をうわずらせた。それはまったくの真実ではない。いとこの青白い額《ひたい》に浮かぶ筋肉が、怒りでピクピク動くのを見つめながら思った。結婚できないのではなく、したくないのだ。

こんなときに必要なのに、室内用便器はどこにあるの？

「きみは僕と結婚できるし、結婚する」ランドルフは顔を寄せてきた。安心できる人から下《げ》卑《び》た人に変わっていた。「きみが僕とひと晩過ごしたと言えば、みんな信じるだろう」気負いこんで、あえいでいる。「ラムゼイ牧師はもうその話を広めているはずだ。きみは自分が失うものの大きさに気づけば、喜んで誓いの言葉を述べるんじゃないかな」

わきあがるパニックを怒りが粉砕した。ランドルフは今朝、わたしを自分の思いどおりにしようとしたふたりめの男だ。子猫を押しつけた肉屋を加えれば三人めだ。柔順なレディの役を演じて、みんなの期待に添うのにはつくづく嫌気がさした。それに、あえぎながら話す腰ぬけのランドルフとの結婚を考えるだけで、嫌悪感でいっぱいになった。彼の気持ちを思いとどまらせる方法はひとつだけある。

「もう遅いわ」ジョーゼットはだしぬけに言った。体が震えているにしては、意外にも冷静な声だった。「ゆうべ、結婚しちゃったみたいなの」

これでよし。とんでもないことをしてしまったという感じを声にこめておいた。ランドルフは失望するだろうが、躍起になって求婚するのはやめるだろう。それに、ふたりが結婚できない理由を口外するはずもない。彼はいとこだし、求婚するくらいだからわたしの価値を認めている。あんなひどいことを口走ったのは、わたしと結婚したくてたまらなかったからだ。彼はわたしの名誉を守ってくれる。それはまちがいない。

「だれと結婚したつもりなんだ？」ランドルフはうなるような声できいた。

「今朝、目覚めたら、隣にいた見知らぬ男性がわたしのことを妻と呼んだの」そう打ち明けながら、これがあまり……外聞の悪い話に聞こえませんようにと祈った。「それに、これも」手の指輪をひねってみせた。

ランドルフは黙りこみ、金の輪っかを見つめた。さっきまでは表情豊かにしゃべっていたのに、いまは切りだした花崗岩《かこうがん》のように固まっている。ふだんはものに動じないいとこが、あきらかに動揺している。ジョーゼット自身も依然として動揺したままだ。昨日申し出を断られたときには顔をしかめる程度だった彼が、今朝はジョーゼットの不埒《ふらち》な夜の出来事を聞いて凍りついている。きっと、わたしの正気を疑っているにちがいない。上流社会の尺度に照らして量り、わたしに理性が欠けていると思っているのだ。

わたしはれっきとしたレディだ、少なくとも昨日まではそうだった。

けれど、もうその称号にはふさわしくないのではないかという悪い予感がした。

3

「聞こえないのか、このたわけ者」

賢明な心の声はよせと命じたが、ジェイムズ・マッケンジーは目をあけた。兄のウィリアムがぬうっと立っていた。エドワード一世と戦った先祖はきっとこうだったにちがいないと思うほど、荒っぽく猛々しい顔つきをしている。ウィリアムはその顔に薄ら笑いを浮かべ、白磁のかけらを指でつまんでいた。昔なら、侮辱された仕返しに、兄のきれいに剃りあげた顎に拳をたたきこんでいただろう。しかし、それは何年もまえの話だ。彼はもう一人前の男で、自分を抑えるすべは知っている。それに、目覚めたらウィリアムのハンサムとは言いがたい顔が目の前にあるという異例の事態が起きているのだ。その事実がいまはそんな子供じみた振る舞いをするときではないと語っていた。

「失せろ」ジェイムズはうめいた。頭のなかにずたずたになった思考が詰まっていて、しかもずきずき痛む。「病気なのがわからないのか？」

ウィリアムは割れた陶器のかけらを持ちあげ、ジェイムズの鼻先にちらつかせた。「じつはわたしも最初はそうじゃないかと思ったんだが、この部屋の様子からすると、おまえは室内用便器をちがう目的につかったようだ」そこで、眉をひそめた、というより渋い顔をした。

「病気ではなく、怪我をしているらしい。便器と喧嘩でもしたのか？」

兄の顔に目を凝らしながら、その言葉が砂に浸みこむ水のように、じわじわと頭にはいっていく。駆け出しの事務弁護士であるジェイムズの暮らしは、あたえられた事実の裏にある真実を見抜くことで成りたっているが、ウィリアムの発言はまるで筋が通っていない。昨日はずっと机にかじりつき、混血種の牛が塀を飛び越えてだれかの優良雌牛をはらませた賠償について、判例を調べていた。夜は行きつけのパブで食事をとり、エールを何杯か飲んだだけだ。いまは、老いぼれ馬のようにくたびれきった感じがする。

それが割れた室内用便器とどんな関係があるというのだ？

「自分が何を言っているのかわかっていないようだな」かぶりを振ろうとして、ジェイムズはやめたほうがいいと気づいた。頭蓋骨のまわりで脳が跳ねまわっていないころは、人生ももっと楽だったような気がする。

「ほう、自分の靴がどこにあるかもわからないような男が、そんなことを言うとはおもしろい」ウィリアムは履《は》き古した靴をベッドに放り投げた。「ずいぶんぐっすり寝たな。もう夜が明けてから二時間近くたつ。しかし悪いが、宿の主がさっさと出ていけと言うんだ」

「宿の主？」ジェイムズは起きあがり、胸が波打つのをやめ、壁の四隅が丸まって見えるのがやむまで待った。「僕は宿にいるのか?」ベッドの端から素足を投げだし、裸の尻を持ちあげた。そしてこのときばかりは、ウィリアムの力強さをありがたく思った。前に倒れそうになったところを受けとめてくれたのだ。足もとの床板がざくっと鳴った。室内にこもったきつく甘いにおいに、足をとめて考えた。

まさか、ゆうべ床にブランデーの瓶をたたきつけたのだろうか。ジェイムズは部屋を眺めまわし、しわくちゃの服やひっくり返った洗面器に見入った。羽が宙を漂い、壁にも張りついている。女性のコルセットがカーテンレールからぶらさがっている。シンプルで上品だが、装飾性がないわりには妙に美しかった。この部屋でどんちゃん騒ぎのようなことがおこなわれたのはまちがいない。

「彼女にその値打ちがあることを願うよ、この大馬鹿者」ウィリアムはせせら笑った。

「だれに値打ちがあるって?」ジェイムズはつぶやき、床からシャツを拾いあげた。

「おまえが昨夜ここに連れこんだ女性だよ」

ジェイムズはシャツをはおり、その生地が胸を滑ると体をこわばらせた。このシャツはどこかちがう。ブランデーと、異国の名前も知らない香水のにおいがする。「なんて女性だ?」やっとのことで言い、ボタンをはめだした。「それに、僕はいったいどこにいるんだ?」

「〈青いガチョウ亭〉だ」兄はけらけら笑った。「その女性と、おまえはゆうべ結婚した」

そのひとことで、ジェイムズの動きがぴたりととまった。両手を縛られたほうがまだ動けただろう。そんな不道徳なことはありえない。彼は知らない女と結婚するような男ではない。

「いったい、なんの話をしているんだ？」

「もういい、むくれるのはやめろ」ウィリアムはからからと笑った。そのうれしそうな顔を見て、ジェイムズのシャツをつかむ指に力がはいった。「正式の結婚ではなかった」

ジェイムズはどうにか片方の眉をあげた。これなら、なじみがある。からかわれることには慣れている。ことに、その相手がウィリアムならば。おそらく、便器で殴ったのは兄自身なのだろう。もっとも、そこまでやるのは身の程知らずもいいところだが。「ケンブリッジじこみの無駄な教養を生かして、ちゃんとした文章にしてみろ」ジェイムズはうめいた。

「なんの話をしているんだよ」

「わたしは今朝おまえをさがして部屋を訪ねたときに耳にした話をおまえに教えているだけだ」ウィリアムは修飾語句を多用した。「昨夜何があったかは知らないが、おまえの友人は情報の宝庫で、喜んで教えてくれた。わたしは自分の目で確かめにきたんだ」

「僕の身上を調べているのか」怒りがずたずたになった脳天をつなぎあわせていく。友人とはパトリック・チャニングのことで、モレイグの東部に共同で部屋を借りている。倹約して金を貯めるためにはそうせざるをえないのだ。それに加えて、ゆうべエールを一緒に飲んだのが、パトリックであることを思いだした。

だが、いずれにしても、家の者がジェイムズのことを詮索している説明にはならない。

「おまえが自滅していないことを確かめなければならないからな」ウィリアムはやり返した。「チャニングが、おまえは昨夜もどらなかったと言うから、〈青いガチョウ亭〉をのぞいてみたほうがいいと思った。主はすぐさま部屋に通してくれた」小首をかしげ、ふだんはいかめしい顔に一瞬憐れみがひろがった。「やれやれ、ジェイミー坊や。まあ、だれにでもあることだ。おまえは悪い女の尻を追いかけてまずいことになったらしい。シーツが血だらけだぞ」

「まさか！」とっさにジェイムズは右のこめかみを押さえ、ただちにそれを後悔した。これほど不快な原因の少なくともひとつをさぐりあてたのだ。「うわっ！ ううっ」息を吸いこむと、記憶のかけらが――ウィリアムの手にある陶器のかけらのようにバラバラになったものが――後頭部で踊りだした。

「ああ《アイ》、彼女がくれたけっこうな贈り物だ」ウィリアムはうなずいた。

手を離すと、どろりと固まりかけた血がついていた。目を近づけてよく見ると、いつもは文句も言わない胃が、強風に吹かれたおもちゃの舟のように激しく揺れだした。どこかのだれかが――おそらく、どこかの女が――頭を思いきり殴りつけたのだ。ジェイムズはかぶりを振り、怪我のせいでつながろうとしない記憶の断片に意識を集中させた。ここに来ることになった経緯の記憶は、いまボタンを留めおえたシャツのようにしわくちゃになっている。自分の名前くらいは思い出すことができる。過去の思い出も、嘆かわしいほど鮮やかによみがえる。ハンサムとは言いがたい兄の顔さえ、自分の肌のようによく見なれている。

彼女のことだけが思いだせないのだ。

「彼女は何者だ？」ジェイムズは声を絞りだした。何者であるにしろ、どうも乱暴な女のようだ。目が覚めて息があったのは幸運だと思うべきなのかもしれない。だが、その証拠を検討しているそばから、かすかな名残《なごり》が怒りをくすぐった。淡い黄金色の髪が、ロウソクの明かりに照り映えている。大きな灰色の目。笑っている豊かな口もと。その唇がこちらに向かってきて。ジェイムズはごくりと唾をのんだ。

その女はジェイムズを攻撃したのだ。そのまえに何をしたにしろ、しなかったにしろ、なんの関係もない。

「おまえの友人のパトリックの話では、女王ではなかったが、そのくらい気品と威厳があって、女王の二倍美しかったそうだ。幸運なやつめ」ウィリアムは弟にズボンを放った。「まあ、幸運という称号は正しくないな。このありさまを見ると」

ジェイムズはふらつく足に言うことを聞かせ、どうにかズボンを穿《は》いた。「称号なんかどうでもいいよ」と言って、息をついた。

「おまえに称号がないからといって、資産がないというわけではないんだぞ、ジェイミー。おまえが強情すぎて道理がわからないのも、なんとしてでもわが道を進もうとするのも、おまえの生まれた家が悪いからではない。それに、称号が気に入らないと文句を言っているようじゃ、このレディとの仲もうまくいったとは思えないな。まあ、彼女がこんなおだやかならざる状況のまま姿を消したのも無理もないだろう。おまえのスコットランド高地臭さに我慢できなくなったにちがいない」

ジェイムズは腰をおろし、素足に靴を履かせようと手間取った。「僕は……うーん、思いだせない」彼を揺り動かす記憶はあまりにもぼんやりとかすんでいるが、ゆうべの相手が彼の氏素性を問わなかったことはたしかな気がする。

「それだけ飲めばそうなるだろう」

ジェイムズはどなりつけたいのを我慢した。ウィリアムのやかましい文句と、ずきずきするこめかみとのリズムが合いはじめてきた。「いくらかは飲んだけど、酔いつぶれるほどじゃなかった。そういうことを言いたいならね」よろよろと立ちあがり、言うことを聞かない肩をすぼめて片方ずつ上着の袖を通した。「それに、これまで記憶を失くしたことは一度もない。酔っぱらっているときでさえ」ずきずきする頭の痛みは、ますます激しくなった。「この記憶喪失はゆうべの飲みすぎのせいというより、頭を打たれたことが関係しているんじゃないかな」

「思いだせないなら」ウィリアムは言いかえした。「どっちにしてもおなじだろう」

兄の言葉には取りあわず、ジェイムズは白いリネンに誘われ、窓辺に近づいた。足もとでは床がざくざく音を立てる。ゆうべの相手が起きたとき、ガラスのかけらで足を切らなかっただろうかと気になった。そうだとしたら、いい気味だと思って当然なのに、なぜか愉快ではなかった。

　気になっていた布地のほうを見あげた。さっき目にとまったコルセットが、おかしな旗のようにカーテンレールから垂れさがっている。近くでよく見ると、見事な刺繍《ししゅう》がほどこされ、シルクのリボンで縁どられているのがわかった。センターポケットからは、持ち主をにおわせるような象牙の張り骨の端がのぞいていた。その誘惑にのって、ジェイムズはコルセットをはずして腕にかけ、ドアへ向かった。

　ウィリアムの声が耳をくすぐる。「おまえにはきついだろう、ジェイミー坊や。となると、その衣装をどうしたいのかな。忘れてしまった夜の記念か？　それとも、戦利品というところかな？」

「手がかりだよ」ジェイムズはおそるおそる廊下に足を踏みだし、じめじめとかび臭い階段のほうをのぞきこんだ。

　ウィリアムの笑い声が、左右にひろがる暗がりを突き抜けた。「ほう、シンデレラの靴のようなものか」

　ジェイムズはかぶりを振り、すぐにまずいことをしたと気づいた。折れた軸を中心に世界がまわりだし、小声で毒づいた。自分の弱さや抑えのきかなさを感じるのは、たまらなくいやだ。世の中のあらゆるものを憎み、だれもかれも憎んで食ってかかっていた若造のころを思いだすからだ。がむしゃらに働くことでその感情を克服したのに、たったひと晩飲みすぎただけでそこへもどってしまうのか。

　意識を集中してべたべたした壁を手探りで進み、ようやく階段の手すりをつかんだ。「いや、シンデレラではない。彼女は舞踏会の翌朝に王子を攻撃したりしなかった。このコルセットの持ち主を見つけたら、僕を攻撃したのがだれかわかるだろう」兄のほうを振りむき、きっぱりと言った。「そうすれば、だれを訴えればいいかもわかる」

「ほう、そうか《アイ》、そいつはおもしろい」ウィリアムは笑った。「町じゅうに知らせてやればいい、おまえにはベッドの相手の若い娘ひとり手に負えなかったとな」太く黒い眉を楽しそうに持ちあげた。「だが、どうやってその女をさがしだすつもりだ？　出会った娘ひとりひとりにそいつを巻きつけさせて、ぴったり合う相手を見つけるのかな。おまえがサイズを測っているあいだ、娘を押さえつけておいてやろうか？」

　兄の挑発にはのらず、向きなおると、目の前の階段に一歩ずつふらつく足を出していく。手がかりの良し悪しはよく承知している。この張り骨だけでも見込みはじゅうぶんだ。おそらく、持ち主の身元のヒントになりそうな銘刻かエッチングがほどこされているはずだ。ベッドの相手がコルセットをつけずにこの階段をおりたのは、ほんの二、三時間前のことだろう。彼女にはこの事態を思いだして眠れぬ夜を過ごすだけの記憶はあるのだろうか。なんだか不公平な気がする。自分は彼女のことをほとんどおぼえていないなんて。思い出になるのは腕にかけた女性用の衣類と、シャツについている残り香《のこが》だけなのだ。

彼女に攻撃されたことを忘れるな、と自分に言い聞かせる。しかも、室内用便器で。それがなんらかの意思表示だと気づかないようなら、自分は大マヌケもいいところだ。

ジェイムズはなおも手探りで宿の帳場まで進んだ。ゆうべ、どんなことがあったにしろ、攻撃されるおぼえはない。過去の例が参考になるなら、彼女は喜んでついてきたはずだし、自分も忘られぬ夜にするために全力を尽くしただろう。だが、結婚したとか、そのふりをしたということになると……まるでぴんと来ない。自分は法律を生業《なりわい》とする男で、その仕事はモレイグの住民の信頼のうえに成りたっている。ゆうべ何か不届きな真似をしたり、あるいはそんないかがわしい判断をくだしたりしたところを人に見られたとしたら……それは早急に手を打つ必要がある。

宿屋の主は戸口でふたりを呼びとめた。「もしもし、ミスター・マッケンジー」主は笑顔を見せたが、目は笑っていなかった。「またしても損害を賠償せずにこっそり抜けだすおつもりじゃありませんよね？」

ジェイムズは鼻から息を吐きだした。「損害？」

「はいよ。ゆうべ、パブでだいぶ羽目をはずされたでしょう。最初にこっそり抜けだすまえのことです。おぼえてないとは言わせませんよ」

小柄な主のはげ頭越しに、ジェイムズは兄と目を合わせた。ウィリアムは首を振り、唇に指を一本立てた。

自分のなかのあらゆる細胞が、ゆうべの出来事は自分ひとりの責任ではないと告げている。しかし、おぼえていないとは言えないから、逃げようがなかった。「面倒をかけてすまなかったね。あらためてきくが、いくらだい？」

主はいくらか肩の力を抜いた。「五ポンドいただけば足りるでしょう」

ジェイムズはあきれて笑いだした。「五ポンド？　ずいぶんぼったくるじゃないか」

主はかぶりを振った。「北側に並んだ窓を全部たたき破り、テーブルひとつと椅子四脚を壊したんですよ。おまけに肉屋を殴って前歯を折ったおかげで、パブは血だらけになりました」

静寂のなかで、主の言葉が耳に轟いている。そんな話はありえない。だが、意識のどこかで、たしかに何かが起こったようなかすかな気配を感じる。この町の肉屋は頑丈な体つきをしていて、ふつうなら一戦交えたい相手ではない。たとえ、酔っていたにしても。「ほう、彼は殴られて当然だったのか？」そう言うのが精いっぱいだった。

「彼は謝罪されて当然です」主は胸の前で腕を組んだ。

ジェイムズは怒りを静めた。ゆうべ、そんなみっともない真似を働いたなら、善後策を講じなければならない。肉屋にも宿の主にも。そのふたりは町じゅうの人間を知っているから。

「わかったよ」ジェイムズは折れた。「だが、窓と家具をいくつか新しくするにしては、五ポンドは法外な値段だな」

「お連れのレディがお客さん全員に何杯もごちそうしましたので」

ジェイムズはまばたきした。「その代金は当のレディが払うべきものだろう？」

「当のレディはもういません」主は言いかえした。「それに、喜んだ店じゅうのお客が証人になるでしょう、あなたが立ちあがって、レディのおごりの分は自分が払うと宣言なすったと。もちろん、お部屋の代金もふくまれております」

「僕はレディを彼女の部屋まで送っていったんだ」紳士らしくないのはわかっているが、主の厚かましさがなんとなくおもしろくなかった。自分には申し分ない部屋とベッドがあって、毎月きちんと部屋代を払っているのだ。「彼女は出ていくときに部屋代を払っていかなかったのか」いらだちがにじんだ声できいた。

宿の主はかぶりを振り、侮辱された商人そのものの顔をした。

「ひょっとして、そのレディの名前を知らないかな」この新たないらだちの原因に名前を持たせたかった。

主は逡巡《しゅんじゅん》している。彼もレディの名前を知らないことは、右頬の生まれつきのあざとおなじくらいはっきりしていた。「えーと……ミセス・マッケンジーではなかったでしょうか」

背後で、ウィリアムがくすくす笑うのが聞こえる。ジェイムズは拳を固めた。「彼女は僕の妻ではない」自分が知るかぎりではそうだ。

主は小首をかしげ、譲らないぞというように足をひろげた。「あたしが口をはさむことじゃないですが、ミスター・マッケンジー、それじゃそのレディが傷つきます。愛情の示し方をまちがえたのなら、それはだれのせいでもなく、あなたが悪い。奥方にもう少し敬意を払うお気持ちがあれば、彼女はきっと朝までそばにいらしたでしょう」

「あんたには関係ない」ジェイムズはどなった。「何も知らないくせに」

だが、主の話はまだ終わっていなかった。「おそらく、マッケンジー一族のなかで、こういうことをするのはあなたぐらいのものでしょう。お父様のキルマーティ卿なら、けっしてこのようなことはなさいませんね」

「僕は父とはちがう」懐かしい後ろめたさが胸を打ちはじめた。「そして、彼女は僕の妻ではない」さっきの言葉をくりかえしたが、今度は食いしばった歯のあいだから言った。「そして、昨日、町をふらついたのはあたしじゃありませんよ」主の頰は真っ赤になっていた。「たしかに昨夜が異様な状態だったのは認めますし、その点はすまなかったと思います。だが、五ポンドはいただきます」

ジェイムズはカッとなりそうになったが、ウィリアムの大きな手が肩におかれるのを感じて、思いとどまった。問題の女は自分を襲ってから代金を押しつけたまま さっさと出ていった。それなのに、この主は敬意について説教するのか？ もっと安眠できていたら、言い負かしてやれたのに。なんといっても、理屈で相手をやりこめるのはお手のものだから。だが、頭はまだふらふらするし、認めたくはないが値引きの交渉をするにはくたびれすぎていることも事実だった。ここから抜けだせるならなんでもいい。自分をこんな目にあわせた女の記憶から――もしくは、その記憶の喪失から――逃げだせるならなんでもいい。

ジェイムズは上着に手をのばした。帳簿はいつもの場所、上着の左ポケットにしまってある。昨日は帳簿をつけたあとで、利益を銀行に預けるつもりだった。ただ、いつものように、銀行に着いたのは閉店の五分後だった。右のポケットに手を入れると、クリスマスに母が贈ってくれた象牙を嵌《は》めたカフスボタンがあった。

だが、なくなっているものがある。やっとの思いで、ウィリアムと目を合わせた。「僕の財布を見なかった?」

ウィリアムは低く口笛を吹いた。「彼女に財布を盗られたのか?」

「ことによるとね」ジェイムズはおもむろに言った。「部屋にあったかな?」

ふたりはジェイムズの失態の現場へもどり、主もあとにつづいた。三人は部屋をさがした。寝具を引きはがし、ベッドの下をのぞいた。崩れかかった衣装ダンスをかきまわした。狭苦しい部屋にはよぶんなスペースがあまりなく、金でふくらんだ財布が隠れていそうな場所はまったくといっていいほどなかった。

「ここにはないな」ジェイムズはとうとうあきらめた。

「はいよ、そしてお部屋を拝見したところ、賠償金は六ポンドに増えました」主は部屋に向かってぐるりと腕を振った。

ウィリアムがおとなしく財布を取りだし、主が要求した法外な金をかぞえだした。兄が代金を立て替えるのを見て、ジェイムズは何かをたたき壊したくなった。

「あとで返すから」なんとか声を絞りだした。

「気にするな、ジェイミー坊や。むしろ、力になれてうれしいよ」ウィリアムは近寄ってきた。「一生、恩に着てもらうがね」

「借りた金はちゃんと返す」ジェイムズはぶすっと言った。救済してやったという満足をあたえてたまるものか。現実にもどると同時に、当惑やわだかまりは怒りに変わった。あの消えてしまった財布には五十ポンド以上はいっていた。このところの仕事のふるわなさを考えると、半年分の稼ぎに相当する。それを彼女は奪っていったのだ。

彼女が妖精のような顔をしていようが、娼婦のような口をしていようが、どうでもいい。彼女がむらむらさせたにしろ、頭痛を起こさせたにしろ、そんなことはどうでもいい。いまや、記憶や誇りを取りもどすことより大事な問題がある。

姿をくらました夜の同伴者が持ち去った財布には、ただ金が詰まっていただけではない。これまで、ただひとつの目標のためにコツコツと金を貯めてきた。その目標が、手の届かないところへ消え去ってしまったようなのだ。モレイグのような小さな町にも、事務弁護士として働くよりひどいことはあるだろう。だが、ここで開業した年には、いやな目には一度も出会わなかった。

ジェイムズはロンドンで開業することを夢見ているのだ。だが、事務所をかまえるには金がかかるし、モレイグでは事務弁護士は割に合わない。というより、彼には割に合わない。町の住民はたいがい彼のことを、悪さばかりしていたころのジェイムズとしてしか見てくれない。現在は法律上の助言をしていても、住民のなかには過去の罪を許していない者もいるのだ。おまけに、もらえる弁護料は卵と塩漬けの豚肉に毛の生えた程度で、仕事といえばこの静かな町の暮らしに根ざした飽き飽きするような筋書の交渉をまとめるくらいしかない。ときどき、だれかを絞め殺してみたくなる。本物の裁判に出廷する権利を得るためだけに。あの金がどうしても必要なのだ。あれがないと、半年前にもどってしまう。あれがないと、一生モレイグに埋もれたまま、過去と闘いながら、ウィリアムに干渉されつづけるだろう。脳裏を離れないあの天使のような白っぽい影にたいする、いまのこの憤《いきどお》りとくらべたら、さっきまでの怒りは蚊に刺されたようなものだ。

相手は男をベッドへいざない、客に買わなきゃよかったと後悔させる、ただの心ない娼婦ではない。

彼はとんでもない泥棒を相手にしているのだ。

彼女が吊るされるところを見てやる。

4

　ジョーゼットはどんよりした気分で、ランドルフが夏のあいだ借りた家を見つめた。数週間前にもらった招待の手紙には、家が小さいことも不便なところにあることも書いてなかった。その家は大きく立派な屋敷の敷地内にあった。スコットランドのたいがいの家がそうであるように、屋根は昔ながらの草ぶきで、部屋は狭くてじめじめしている。暖炉からもれる煙で家具は煤《すす》け、布張りをしたものからは永遠につづく冬のにおいがする。暦はもう五月だというのに。

　いちばんの取り柄といえば、住む者をできるだけ戸外で過ごしたいという気分にさせることだろう。

　ジョーゼットはひと目見るなりがっかりし、二週間の休暇をこの狭い家で、メイドも女性の話し相手もなく、ランドルフと肩を寄せあって過ごさなくてはならないのだと悟った。ジョーゼットがおぼえているいとこは、大理石のホワイエや美しい陶磁器やおおぜいの使用人に囲まれて暮らすのが好きだったはずだ。なのに彼が借りた家はその使用人たちが住むのにぴったりで、彼の豊かな暮らしに翳《かげ》りがさしたか、あるいはこういった生活に耐える力が急激に増したことを告げていた。

いまでは、隣にいる青白く陰気な若者が知らない人のようで、通じあっているという自信がない。昔は仲がよかったのだが、四年ほどまえに彼は大学へ行ってしまい、ジョーゼットの方は結婚したので、あまり会う機会はなくなっていた。いとこの馬車ででこぼこ道をガタゴト揺られながら、あの家は学者としてのランドルフの新しい顔には似合いなのではないかと気づいた。彼はこの夏、あたりを歩きまわって、木々の種子の莢《さや》や根の仕組みを調べることになっている。スコットランドの古い建物にこもって、無為に時を過ごすわけではないのだ。

「相手の名前をおぼえてないのはたしかなの？」ランドルフが問題を蒸しかえし、小さな石造りの家の前に馬車をとめた。

ジョーゼットは唇を噛んで、頭に浮かんだ嫌味を声に出さないようにした。結婚のことを軽はずみに打ち明けてからずっと、ランドルフはスコットランドの植物研究に生かす学者ぶった嗅覚をこちらにも向けてくるのだ。子猫でさえそのしつこさが気に入らないようで、ドレスのなかで身をよじったり泣き声をあげたりしている。

ええ、謎めいたスコットランド男の名前は知らないわ。つまり、自分の苗字もわからないということだ。「彼の名前はおぼえていないし、ゆうべ、ブランデーの二杯目と三杯目を飲んだことも思いだせないの」ジョーゼットは言いかえし、スカートの裾をつかんだ。

猫背の男が暗がりから出てきて、馬車をおりるのに手を貸してくれた。一日おきに料理をつくりにくる女性をのぞけば、ランドルフが雇うことができた唯一の使用人で、雑用係と馬丁を兼ねている。この土地の人間で、しなびた手をし、スコットランドの男たちが好むらしい長い顎ひげをたくわえている。たいがい家の裏手にいて、馬小屋の掃除をしたり薪《まき》を運んだりはするが、家のなかに降り積もった埃を払うとなると、なすすべがないらしい。弾力のある地面に足をおろしながら、ジョーゼットはいささか意地悪な考えを浮かべずにいられなかった。独身のさびしさを癒すのがこの馬丁だけでは、ランドルフが妻をもらおうと躍起になるのも無理はない。

「おはよう」ジョーゼットは声をかけ、勇気をかきあつめてほほえみかけた。

使用人は馬車からおりようとしているランドルフのほうへ目をやった。このふたりはひと晩じゅうどこにいたのだろうと考えているのはまちがいない——まあ、そう思うのはこの男だけではないけれど。「ご無事にもどられてなによりです、レディ・ソロルド」

ジョーゼットは顔をしかめた。昨日までは、それは自分の名前だった。自分の称号にも将来にも納得していた。自分の自由になるけっこうな額の財産があり、予測不能でしょっちゅう酔っぱらっている夫のいない新しい生活が待っていた。たしかに、ときおりさびしいと感じることもあるが、やもめ暮らしには利点がいっぱいあった。ようやく喪が明けて、新たに手に入れた自由を探索するつもりだった。

だが一夜明けたら、もはや自分がだれなのかあやふやになっている。馬丁の敬意はさておき、自分はもうレディ・ソロルドではない。ゆうべやってしまったかもしれないと思っていることが事実なら、レディでさえない。なにもかも変わってしまった。ジョーゼットはもうもとの自分ではないのだ。

いまは何もなかったようなふりをしたいだけだ。

使用人の憶測を打ち消すかわりに、ジョーゼットはきいた。「今日はだれか来るかしら？料理人とか」なおも胸の谷間で丸まっている子猫を服の上からてのひらにのせた。自分の胃袋は朝食をとる役割を拒否しているが、この子にはミルクをあげないと。もっとも、ジョーゼットの記憶によれば、料理人はこのまえ来たときにはミルクを持ってこなかったけれど。いとこは乳製品嫌いを口にし、腸に悪い影響をあたえるのだといかにも不快そうに言っている。待遇の悪さに甘んじたときには、ランドルフの家ではそういった日常の贅沢《ぜいたく》は、メイドと同様にとんと見かけないとは思いもしなかった。

「いいえ、お嬢さん」馬丁は首を振った。「ミセス・ピューは今日は休みです」

子猫のことが心配でたまらなくなった。ちっぽけな毛皮と爪でできているような子だもの、栄養をつけてやらなければ持ちこたえられないだろう。

使用人はそわそわしだした。「ですが、たしか――」

「貯蔵室にパンとチーズがある」ランドルフが話に割りこんだ。そばにやってきて、手綱を使用人に渡す。使用人は不安げにジョーゼットを見てから、背中が湾曲した灰色の牝馬《ひんば》から引き綱をはずしはじめた。

「ミセス・ピューが休みで、こんなところを見られなくてよかったよ」ランドルフはジョーゼットをかたわらにひっぱり、険しい声でささやいた。「なんたって、あの女はゴシップ好きで有名だから、あちこちに噂を広めるだろう」ジョーゼットのしどけない襟もとに視線をやった。「きみの姿はみっともないよ、ジョーゼット。それから、今朝はパンだけでじゅうぶんだろう。きみが体調に自信が持てないことはあきらかだし、きみの胃がごちそうを拒絶した後始末はしたくないからね」

痛烈な言葉が体に突き刺さった。ジョーゼットは身じろぎしないようにふんばり、ランドルフが腕においた手の重みに耐えた。彼はまるでその権利があるかのように、ジョーゼットを叱りつけた。亡き夫も年じゅう、そういう言い方をした。ジョーゼットはいつでも何か足りなかった。いつでも従順ではなかった。いつでも夫の意に染まなかった。吐き気が、つらい記憶に糸を通す針のように胸をつつく。千鳥足で帰ってくる夫は、いつも別の女のにおいをさせていた。

夫が体に触れようとすると、ジョーゼットは身をよじって逃げた。

結婚生活から生じた恐ろしい疑念は、飲みすぎた夫が早すぎる死を迎えても消えなかった。ジョーゼットはあのころ自信を喪失していた。自分は妻として失格なのではないか、と。そしていまは、女としても失格なのではないかと感じはじめている。見知らぬ男とはしゃぎまわり、その夜の記憶を失くすレディがどこにいるのだろう。それでいて、夫に触れられるのは我慢できなかったなんて。おそらく、短い結婚生活のあいだに夫がしじゅう酔っぱらっていたのは、そんなところに原因があったのだろう。妻への失望を忘れるために飲んだのだ。

おそらく、自分がゆうべお酒を飲んだのもそういう理由からだろう――いとこが亡き夫にあまりに似ていることを忘れるために。

とはいえ、ジョーゼットはもはや妻ではない。少なくとも、ランドルフの妻ではない。彼にはあんなふうに言う権利はない。ジョーゼットは胸をそらした。「これはわたしの落ち度で、わたしの問題です。夫婦じゃないんだから、わたしにあれこれ指図しないで」腹立たしさをにじませて、ずばりと言ってやった。罪悪感のぬかるみにはまったあとだったので、少しすっきりした。

ランドルフは目を細めた。そうすると薄っぺらい鼻が鉤針のように見える。「きみが僕と結婚していたら、もう少し楽しい朝を迎えられただろうね」

熱く酸っぱい胃液が、喉もとにこみあげた。いとことベッドを共にすると考えただけで、嫌悪感で膝がくずおれそうだ。あの謎めいた夜の相手としたらしいことを、ランドルフとするところは想像もできない。

「楽しまなかったとは言っていないわ」とめるまもなく、言葉が口をついて出ていた。でも、ほんとうのことだ。たくましいスコットランド男の裸を目にして、いくらか楽しんだのは事実だし、こんな会話をしているよりもずっと楽しかった。

ランドルフは眼鏡の奥で目玉を飛びださせ、近視の蛙《かえる》を思い起こさせた。「尻軽女のように振る舞うのは、きみに似合わないよ」腕に感じていた軽い力が肘に移動し、ぎゅっとつかまれた。「なかにはいってなさい。その間に僕は、きみの件と、きみ自身が巻きこまれた結婚について手を打つから」

ジョーゼットはその場を動かなかった。「手を打つ必要はないわ」うっとうしい手を振りほどいた。「何もなかったふりをしましょう。相手のことは思いだせないし、思いだしたくもないから」逃げてしまえという声が聞こえて、ジョーゼットはありがたくその声にしたがった。「わたしはただちにロンドンへもどるわ。この件は二度と口にしないことにしましょう」

ランドルフの顔がまだらに赤くなり、金髪がきわだって、光っているように見えた。「きみもそんな世間知らずじゃないはずだ」吐きだすように言った。「ロンドンに飛んでかえってしまえば結婚なんかしてないというふりが通用すると思うのか、ジョーゼット。もう一度結婚したくなったらどうする？　自分の犯した罪に重婚を加えたいのか」

ショックで身がすくんだ。ランドルフがそんなひどいことを言うのは聞いたことがない。意味もなく残酷になれる子供のころでさえなかった。「罪ってどういうこと？」ジョーゼットは言いかえした。「わたしは未亡人で、喪が明けているのよ。夜を楽しむのは罪じゃないわ。それに、二度と結婚はしません。だから、あなたの言うことは——」

「その男の身元を突きとめて結婚を無効にしないと、そいつはきみの財産に手をつける資格を得るだろう」ランドルフはさえぎった。青白い顔をかたむけ、威嚇《いかく》するように一歩踏みだし、頭の鈍い子供に言って聞かすように、ゆっくりとしゃべった。「いまは記憶よりも大事な問題があるんだよ、ジョーゼット。きみはどこのだれとも知らない男のせいで、自分の未来をだいなしにしたんだ」

いとこの見くだしたような口調には目をつぶることにして、話の内容に神経を集中させた。ランドルフがジョーゼットの婚姻継承財産設定に言及したのははじめてだ。その財産は、結婚すれば新しい夫が管理することになるだろう。ジョーゼットはロンドン銀行の金庫に預けてある蓄えのことを考えた。新しい、生きている夫がそれをどうできるかを考えた。

そして呆然として黙りこんだ。

今朝は何も考えずに、ただ逃げだした。けれど、不本意ながら、この点ではランドルフの言うとおりだとわかる。婚姻無効の宣告がないと、財産を紳士とは思えない男に奪われる危険があるのだ。

婚姻無効を宣告してもらうには、あのスコットランド男が何者なのかを突きとめなくてはいけない。

「どうしましょう」ジョーゼットは息をついた。「あなたの言うとおりだわ」

「もちろん、そうさ」笑みが必死にしがみつくように顔に張りついた。「きみが僕の昨夜の申し出を受けてさえいたら、こんな泥沼にはまらずにすんだんだ」

その言葉にこめられた毒に、ぞっとなった。不安な考えが浮かんで、いくら押しのけようとしても頭から離れない。ランドルフは口ではジョーゼットを守りたいと言っているが、その関心の先は一夜の軽はずみのせいで生じた経済危機に集中しすぎているような気がする。

ジョーゼットはあたりを見まわし、馬丁の姿をさがした。いとこが自分に向ける思いは、ときどき不作法に近くなることがあるから、まさかのときには盾になってくれる体がほしかった。馬丁は馬を小屋へひっぱっていくところで、必要とあらば叫べば声が届く距離にいた。あらためて、ちゃんとした従者もいないままここにいることは、ランドルフに不埒な考えを起こさせやすいことに思いあたった。

ジョーゼットはてのひらに爪が食いこむまで拳をぎゅっと固めた。「わたしたちは、どうやって彼をさがすの？」

「『わたしたち』ではない。僕がさがしだす。きみはここにいて、これ以上傷をひろげないようにじっとしてろ」

「でも、彼の名前も知らないんでしょ」ジョーゼットは反論した。「ほかのどんな顔さえ知らないのに。これはわたしの問題なの。それを解決する責任はわたしにあるのよ」指にはまった金の指輪が心もとない。いろいろあったすえにすべてを忘れた夜の、具体的な証拠はこれだけなのだ。

妊娠していたら別だけれど。そんなことになったらと思うと、靴のなかで足の指が縮こまった。ああ、今朝あの場を逃げだすときには、そんなおそれがあることさえも考えなかった。そうなったら、もうこの状況を切り抜けるのは無理だ。助かる道はないだろう。だったらなぜ、心のどこかでは、そんなおぞましい、自分を苦しめるだけの考えに心惹かれるような気がしているの？

凍りついたまま頭の奥にその考えをしっかりしまいこんでいると、ランドルフがジョーゼットの手に視線を落とした。「その指輪を見せてくれ」

ジョーゼットははっとして身を引いた。「なんですって？」

「指輪だよ」返事も待たずに、ランドルフはジョーゼットの手をつかみ、刻印された紋章を調べはじめた。盾の上に立派な枝角のある牡鹿が描かれていた。

「見覚えがあるの？」ジョーゼットは声を絞りだした。

ランドルフは手に力をこめた。口ひげの下で、唇がカミソリの刃のように薄くなった。

「その男には顎ひげがあったか、なかったか？」

「あったわ」ジョーゼットは質問の意味がわからず、とまどいながら答えた。そんなことで、範囲がせばまるのだろうか。スコットランドにぼうぼうのむさくるしいひげを生やしていない男なんているだろうか。「どうしてきくの?」

ランドルフはそれには答えず、さっと手を離した。「ただちに馬の準備をしろ」と、ちょうど石造りの小さな馬小屋から出てきた馬丁にどなった。「馬車ではなく、馬で出かける」

ジョーゼットは指輪をはめた手をポケットにしまいこんだ。「わたしを置いていくの?」と、なじった。「ひとりきりで?」

「僕は未来を守ろうとしてるんだ」ランドルフはびっくりしている馬丁のほうを向いた。「きみが惜しげもなく捨てたらしい未来をね」

引きとめようとのばした手は、むなしく空を切った。いとこはすでに馬小屋へ歩きだしていた。不格好な歩き方とぐんにゃりした手足は、だらしなさの見本のようだ。ジョーゼットは恐怖をつのらせ、その姿を見つめた。ランドルフはふたりの未来を守ろうとしている。ジョーゼットが何度もこばんでいる未来だ。彼と過ごす人生を思うと、さっきも結婚の申し出に――というより、主張に――反発を感じたときのように、激しい嫌悪をおぼえて息苦しくなった。

結局、ジョーゼットは質問の答えも反論する機会もあたえられず、取り残された。ランドルフは年老いた牝馬にまたがり、横腹に蹴りをくれて、みっともなく走りだした。鞍《くら》にまたがるより図書室にいたほうがずっと心地よさそうだ。ジョーゼットはどうしていいかわからず、不安になった。

まわりの松林から漂ってくる清々しい香りは、どんな傷もやわらげてくれそうだが、動揺はおさまらなかった。ジョーゼットにはミルクをやらなくてはならない子猫がいて、望んでもいない夫がいて、その男をさがしださなければならないという差し迫った必要がある。それなのに、ここに馬もなく置いていかれて動きがとれず、いとこがどこへ行ったのかもいつ帰ってくるかもわからないのだ。ランドルフはほんとうに自分を助けようとしているのだろうか。

それとも、罰しようとしているのか。

馬丁が近づいてきて、そのままふたりで、ランドルフが山の尾根の向こうへ消えていくのを見送った。「どこへ行くか言ってなかった?」ジョーゼットは力なくきいた。足は痛み、目は砂でもはいっているかのようにちくちくする。モレイグからここまでは馬車なら一時間もかからなかったが、歩いていくとなるとロンドンまでの距離と変わらないように感じるだろう。

大柄な馬丁は首を振った。「いいえ、ミスター・バートンはおっしゃいませんでした」いったん言葉を切り、申し訳なさそうな目をして、労働で荒れた大きな手をひろげた。「お客さんがお待ちです。俺は……あなたの寝室へ案内しておきました。ミスター・バートンのご機嫌が悪いあいだは言わないほうがいいと思って。たぶん、こういう方はお気に召さないだろうから」

ジョーゼットは馬丁のたどたどしい説明を聞いて、喉がふさがりそうになった。お客が来ている。ランドルフの気に召さないようなたぐいの客が。頑丈で大柄な使用人の顔を赤くさせ、体のわきでもじもじと手をねじらせるようなたぐいの客だ。

モレイグまでの長い距離を歩くという困難に直面していたけれど、その必要はないという思いが胸にどすんと落ちてきた。ジョーゼットは確信した——謎めいたスコットランド男がわたしを迎えにきたのだ。

ランドルフの脅しや辛辣《しんらつ》な言葉が遠ざかり、妙な自信が生まれた。その男とじかに話すことができれば、答えは得られるだろうし、無駄な努力をしに町へ出かけたいとこよりも上手に問題を解決できるのではないか。

ジョーゼットはさっと振りむき、スカートの裾を持ち、ボディスのなかで子猫をはずませながら母屋へ急いだ。いきなり暗がりにはいりこんで、足がもつれた。この貸家のかび臭さは、ランドルフが梁《はり》にぶらさげて乾かしている薬草と葉鞘《ようしょう》のにおいでごまかしていた。ジョーゼットは狭い階段をあがり、まるで知らないスコットランド男たちの肖像画を通り過ぎながら、その姿をひとつ残らず脳裏に刻みつけた男と対面するのだと考えていた。

部屋の入り口でひと息入れ、掛け金に手を触れ、耳に轟くほど心臓をどきどきさせた。ほんの十分前までは、この夜の相手とは二度と会うものかと心に誓っていた。それがどうして体がこうも反応してしまうのか、自分でも説明できなかった。あの緑色の目や、ひげに縁どられた力強い顎は脳裏に焼きついているが、男がどんな気性をしているのかはわからない。大急ぎで家に飛びこんだときには、彼を置き去りにしてきたときの状態はろくに頭に浮かばなかったが、ひと息入れて薬草の香りのする空気を吸いこんだら思いだした。彼がここにいるなら、室内用便器がからむ出来事があっても元気だったのだ。

彼がここにいるなら、ジョーゼットのことは許してくれたのだ。

まだためらい、ノックする寸前で、どうすればいいか考えた。けれど、男とじかに会うほかにどんな方法があるだろう？

ドアはみずからの意思でそうしたかのようにさっとひらき、ジョーゼットは部屋に足を踏み入れた。期待に肌がほてり、体に締まりがなくなる。

しかしそこにいたのは、予想していた――いえ、望んでいた――相手ではなく、銅製の浴槽でゆったりと腰湯をつかっている女性だった。彼女は頭をのけぞらせている。豊かな鳶《とび》色の髪は濡れてくるりと丸まり、首元はむきだしだ。ついいままで胸を熱くしていた思いがけない喜びは消え、なんとも落ちつかない気分にさせられた。

自分が裸でいることより嫌うものがひとつあるとすれば、それは他人の裸を見せられることだから。

そして、この女性は臆面もなく裸身をさらしているのだ。

5

なおも怒りをくすぶらせながら、宿屋の外に出たジェイムズを迎えたのは、まぶしい太陽と活気に満ちた町の人々だった。スコットランドの海辺にあるモレイグの町は、市日《いちび》でごたごたしていた。あたりにいる者たちはみんなぐるぐる動きまわり、あちこちで物々交換する声や楽しそうな話し声がしている。

いつもなら、ジェイムズも市《いち》が立つ朝を楽しんだ。グラスゴーの気むずかしい事務弁護士のもとで修業した十年間で、モレイグが恋しくなった理由のひとつがこれだ。都会のにぎわいはあるものの、田舎町モレイグのあたたかさを知っている身にとって、グラスゴーはよそよそしく感じた。市日は彼が楽しみにしていたものなのだ。近所の人たちとあいさつを交わしたり、町の噂に追いついたり、干しぶどう入りのロールパンをひっつかみ、若いころにもどって夢中で甘ったるい味を噛みしめたり。一年前に独り立ちすることになって、どこに事務所をかまえようかと思ったとき、故郷にもどろうと決めた理由のひとつでもある。

だが、そんな市日の楽しみも、ゆうべの借金も払えないような男には関係ない。ウィリアムのような人間にしてみれば、六ポンドくらいたいした額じゃないだろう。キルマーティ伯爵の地位を継承する者にしてみれば。

だが、ジェイムズにとってはひと月分の収入に近いし、無駄遣いするわけにはいかないのだ。

おそるおそる帽子を頭にのせ、頭皮をこすらないように気をつけながら傷を隠すようにかぶった。帽子があぶなっかしくのっているおかげで、太陽をさえぎる役目はほとんど果たしていない。ジェイムズは立ちどまったまま、まばたきをして日ざしのまぶしさに目をならした。脇腹を肘で鋭く突かれ、むっとしてウィリアムのほうへ急激に顔を向けると、目の奥で火花が散った。「なんだよ？」

「派手にやったな」ウィリアムは左手に顎をしゃくった。

昨夜のことを何か思いだそうとしても、ジェイムズの記憶はぼやけた絵の連続のままだった。しかし、足もとのぎざぎざになったガラスのかけらと、〈青いガチョウ亭〉の看板の下のたたき壊された窓になじられたら、少し頭が働くようになった。信じられないといううめきが口からもれた。荒廃した店先でメイドが忙しく箒《ほうき》を動かしているのが見える。店の奥のほうからは金づちをつかう音が聞こえてくる。その音がきびしい刑罰となって、頭のなかで鳴り響いた。

だれかがゆうべ、大立ち回りを演じたらしい。主の話によれば、そのだれかとはジェイムズだ。

通りかかった町民たちは、一様に口をぽかんとあけ、こそこそ話しあっている。さっき、父の話題が出たときにこの身を突き刺した罪悪感が、またもやジェイムズに襲いかかった。これは母のペルシャ絨毯の下に隠したまま忘れてもらえるような、ささいなあやまちではない。みんなの信用を失うあやまちで、しかも町の半数の人に目撃されているのだ。

ジェイムズは歩道からおり、こんなことになる原因をつくった不作法な女のことをののしった。ひと晩の馬鹿騒ぎの代償に六ポンド払わなければならないなら、楽しかったほうの記憶があまりないのは不公平な気がする。おぼろげな記憶のいくつかが、ブリキのバケツに入れた小石のように、頭のなかでゴロゴロしている。ベッドの相手が何者であるにしろ、彼女はブランデーにレモンが混じった香りがした。そのふたつの風味がほどよく溶けあって、彼の感覚を刺激する。いまでも、シャツの襟に残った香りから、そのふたつを嗅ぎわけることができる。

ふと、自分は彼女がこのシャツを着ている姿を、裾が膝のあたりまでさがっている姿を見たかったのではないかと思った。町に浸透している意見とはちがって、ジェイムズは見境なく女をベッドに連れこんだことは一度もなく、つねに鑑識眼を発揮して相手は慎重に選んでいる。取り散らかった思考に閃光のようにきらめく記憶によれば、彼女はじつに申し分なかった。

ジェイムズは目を閉じた。形のいい顎、灰色の目、唇からそよ風のようにもれる心奪われる笑い声。彼女をこの腕に抱いた感触、何かに笑ってその震えが胸に伝わってきたこと。彼女のすばらしさに骨抜きにされたのも思いだした。

あれは、彼女が財布を盗むまえだったのか、あとだったのか。

「どこへ行こうか、ジェイミー坊や」ウィリアムが軽い調子できいた。犯罪現場からあたふたと立ち去るのではなく、のんきに散歩でもするかのように。「教会かな？」

ジェイムズは目をあけ、おもしろがっている兄をにらんだ。「なんで、教会なんかに行きたがるんだ？」

「昨夜の罪の許しを請《こ》うために」ウィリアムはくっくっと笑った。そのいやらしい笑い声に、兄を絞め殺したくなった。ジェイムズが十一年間教会に足を踏み入れていないことは兄も知っているのに。あの牧師との一件があってからは行っていないし、今日はひらめきを得るつもりはない。ジェイムズの頭にあるのはただひとつ、完全には思いだせない女の行方を突きとめることだ。

「それとも、結婚したいなら別の女をさがすか」自分の命が危うくなっているのも知らずに、ウィリアムはつづけた。

「彼女とは結婚しないよ」歯ぎしりして言いながら、スコットランド訛りが出たのをうとましく思った。きっと今朝のストレスのせいだ。うっかり訛りが出ないようにずいぶん努力しているのに、いちばん間の悪いときにこの先祖伝来の癖がこっそり顔を出す。ジェイムズはそれをケンブリッジでたたきこまれた話し方の奥にある隠し場所に押しやった。「少なくとも、結婚していないと思う」気をつけて発音したが、少し改善されたくらいの言葉づかいには不安がひそんでいた。

ウィリアムは首をかしげた。「確認したほうがいいかな」

「どうやって確認するんだ？」ジェイムズは食ってかかった。「ゆうべのことはなんにも思いだせないし、今朝のことだっておぼえていないのに。あんたはその場にいなかった。宿の主に僕が何をしたとかしないとかたずねるくらいなら、地獄まで穴を掘っていくほうがずっとましだ」そこでひと息入れ、腹立ちでむせそうになった。「あの男は僕の不始末にさらに六ポンド要求したあげく、僕が男と結婚したと告げるだろう」

ウィリアムはぎょっとしたふりをして、目をみひらいた。「じゃあ、その女は男だったのか？」

「うるさい。いいから僕を家まで送ってくれ」ジェイムズはつぶやき、かぶりを振って、ばかげた会話のせいで曇った思考をはっきりさせようとした。記憶の断片としてあらわれるあの妖精は、男であるわけがないし、ただの女でもない。なぜか、ジェイムズは彼女の胸のことをおぼえていた。名前は思いだせない。声も思いだせない。

だが、彼女の胸は……そう、すばらしかった。搾《しぼ》りたてのミルクのように白い肌、そこに浮きでた細い静脈をこの舌でなぞったのだ。美しい胸だった、なまめかしい女性のふっくらした乳房。あれを失ってしまうのは、財布が消えたのとおなじくらい残念だ。だが、財布をさがしにいくのが最優先なのはわかっている。彼女の胸のことはなんとか忘れよう。

そんな場合ではないのに頭をいっぱいにしたまま、ジェイムズは通りに足を踏みだした。めまいがして目の前の埃と騒音だらけの世界が斜めになった。ウィリアムの力強い腕に支えてもらわなかったら、にぎわうモレイグの目抜き通りに顔から突っこむところだった。「あぶない、ジェイミー」兄がつぶやき、ジェイムズの体をまっすぐにする。「おまえを連れて帰るのは家ではないな。おまえが考えている家ではない。おまえはまともな状態じゃない、頭を強く殴られたんだから。キルマーティ城に連れていかせてくれ」

ジェイムズは兄がよかれと思って言ったことに、ぎくりとした。家。といっても、町から数マイルのところにパトリックと借りている狭苦しい家ではなく、彼の家族が暮らす家。キルマーティ城へ行くのだけは絶対にいやだ。しかも、ゆうべの出来事さえはっきりおぼえていない状態で行くなんていやだ。

家族を失望させてしまうことがわかっているときに行けるわけがない。

「ノー」という言葉が唇のあいだで震えた。そんなつもりはまったくなかったのに。

「父さんが助けてくれるかもしれない……」

「ノー」さっきより強い、有無を言わさぬ声が出てほっとした。事務弁護士としてつくづく思うのは、ロンドンで成功するなら、「ノー」と言える人間になるべきだということだ。ジェイムズは兄の親切な腕を振りほどき、今度はもっと慎重に、モレイグの幹線をなす混みあった市日の目抜き通りに足を踏みだした。子供や、野良犬や、妙な湯気をあげている馬の落とし物をよけながら、通りを横切っていく。「わたしの知るかぎりでは」背後からウィリアムが言っている。「昨夜はだいぶ暴れたようだな。すぐに父さんの耳にもはいると思わないか？」

「たぶんね」ジェイムズは肩越しに答えた。「だが、そうなるまえに、なにもかもきちんとするつもりだ」

それはほんとうだ。自分が選んだ職業で成功しようと決意しているように、この問題も自分なりのやり方で解決する決意をかためている。だれの力でもなく自分の力で、かならず死ぬ気でがんばる。

ジェイムズはがんばった。がんばって、ウィリアムに六ポンド借りがあることは考えないようにした。できるだけ早く、この不当な処置にけりをつけよう。だがそのまえに、まずは足を入手するというささやかな問題がある。

ジェイムズは通りの向こう側の敷石の縁で足をとめ、取り乱して体をひねった。「僕の馬を見なかったか？」追いついてきた兄にたずねた。

ウィリアムは茶色の目の端にしわを寄せ、心配そうに言った。「おまえは馬に乗れる状態ではないと思うが」

「それはそうだけど、僕がシーザーをどこに置いたかの説明にはなっていないさ」ジェイムズはぶすっと言った。

ふたりは一緒にぐるりとまわって、あたりにいる四本足の動物をじろじろ眺めた。とまっている荷車のそばで、褒美《ほうび》の残り物をしゃぶっている犬まで見た。ウィリアムは低く長い口笛を吹いた。「彼女は馬も盗んでいったのか？」

ジェイムズはしばしその考えにふけってみた。だが、鮮明な記憶が勝手にあらわれて、その魅力的な光景は正しくないと宣言した。「いや……ちがう」ジェイムズは首を振った。「貸し馬屋だ。そこに預けたのははっきりおぼえている」

ウィリアムが肩甲骨のあいだをたたいた。「ありがたい。父さんにどう説明しようかと悩んだのがわかるか」兄は笑った。「おまえがあの馬を失くすのはまずいものな。父さんからの贈り物を断って、あとでこっそり買い取ったんだから。あのときは父さん、卒中の発作を起こしかけたんだぞ。あれは傑作だった」思いだし笑いをしてから、ひと息入れた。「どこの貸し馬屋だ？」

ジェイムズはその質問の答えを頭に考えさせた。町には二軒の貸し馬屋があり、質のよさにはかなりのひらきがある。あの栗毛の馬はジェイムズの数少ない財産のひとつだし、ふだんからとても大切にしている。「〈ケルン〉だと思う」

だが、シーザーは〈ケルン〉にはいなかった。残るはバード・ストリートにある評判の悪い〈モリソン〉で、風雨で傷《いた》んだ木造の建物と、馬小屋の開け放したドアから漂ってくる独特のアンモニア臭が特徴だ。ふたりが近づいていくと、廃屋の壁にもたれていた少年が、気をつけの姿勢をとった。

「ミスター・マッケンジー、馬を取りにきたの？」

ジェイムズはうさんくさそうに少年を眺めた。この年若い馬丁の応対は熱心だが、ここはあきらかに見かけにはあまりかまわない場所だ。少年のシャツはズボンから出ているし、裾がほつれている。少年の顎には泥か何か好ましくないものがついている。ジェイムズの考えでは、従業員が清潔であれば、馬小屋も清潔を保っているものなのだ。

いったいどうして、立派な乗用馬をひと晩じゅう〈モリソン〉の貸し馬屋に預ける気になったのだろう。手癖の悪い娼婦をベッドに連れこむ気になったのがわからないのとおなじくらいわからない。シーザーはきっとかび臭い干し草をあたえられ、隣の小屋の獣に腺疫《せんえき》をうつされているだろう。今日腹痛を起こさなければ儲けものだ。

「えーと……そうだよ。連れてきてくれるかい？」ぐずぐずしている馬丁にいらだって、ジェイムズは靴先で地面をたたいた。

少年はおどおどした目つきで、ジェイムズとウィリアムを交互に見た。「ミスター・モリソンがお代を先にいただきなさいって」

ここでも借金するはめになったのは覚悟していたが、自分で払えないことを思い知らされたのは悔しかった。ジェイムズは人に頼らないことを自負している男で、ひと晩でどれほどの借金を負ってしまったのだろうと考えると、じんましんが出そうだった。「いいから、馬を連れておいで。無事なことがわかったら代金を払うよ」

少年はそうっと藁《わら》が散らばった路地のほうへ一歩踏みだした。馬小屋が並ぶ通路と平行につづいている道だ。「弁償してもらわないと、ミスター・モリソンにひどい目にあわせられます」と文句を言ったが、その声は責務を遂行しようという重圧で震えていた。

ジェイムズは息をのんだ。「弁償ってなんの？　きみはどこへ行こうとしているんだ？」

少年はジェイムズの足もとを見つめている。熱心さはどこかへ消えて、急に臆病風に吹かれだした。「馬屋だよ、裏の。そこにつないでおかないと、僕の命があぶなかったんだ」

「つないだ？」ジェイムズは口をとがらせた。「きみの命があぶないって？　シーザーがか？　あの馬は生まれたての子牛みたいにおとなしいんだ。しつけのいい馬も扱えないなんて、それでも馬丁か？」

少年は地面の土を蹴った。スグリの実のように真っ赤な顔をしている。「あなたの〝おとなしい〟子牛みたいな馬は、ゆうべ小屋の奥の壁を蹴って、おまけに僕をずたずたにしようとしたんだ」そう言って、ぼろぼろになったシャツを指さした。ジェイムズは少年のだらしない格好を新たな目で見つめなおした。「あんな気性の荒い馬ははじめてです」少年はつづけた。「あなたがここに置いてった瞬間から、手に負えない厄介ものだった。ミスター・モリソンはその費用も払ってもらえと言ってます」

「いくらだ？」ジェイムズは食いしばった歯のあいだからきいた。

「一ポンド四ペンス」そんな法外な金額を告げることにおびえているような声だったが、無理もない。シーザーはおだやかな気性で有名な馬で、がっしりした体で塀を軽々と越える姿は町じゅうの羨望の的なのだ。そんな馬がここを混乱におとしいれ、未熟な馬丁を縮みあがらせるなんて、ばかばかしいにもほどがある。これは町をあげての陰謀で、ジェイムズの貯金を失わせようとしているか、陰で大笑いしようとしているかのどっちかではないのか。いずれにしても、彼のロンドン行きは遠のくだろう。

ジェイムズはコルセットを右の腕から左の腕へ持ち替え、あいたほうの手をポケットに入れて、さっきも触れた象牙のカフスボタンを探った。少年はいぶかしそうに目を細めてコルセットを見ている。「ミスター・モリソンは物々交換を受けつけるとはひとことも言ってないし、そんな小さいんじゃミセス・モリソンの体には合いません」立ちいった情報まで教えてしまって、少年は顔を赤くしたが、めげずにつづけた。「来月、双子を産むから」

ジェイムズは眉をあげた。まるで、ただひとつの大事な手がかりを物々交換に出そうと思っていたかのように。

「馬を連れてこい」ウィリアムが割りこんだ。「代金はなんとかするし、物々交換をしてもいい、どちらにとっても損のないようにな」

少年はふたりが消えてしまうのではないかと疑うようにしげしげと見てから、路地を駆けていった。「いったいどういうことだ」ウィリアムがつぶやいた。

「知るもんか」ジェイムズは路地の先に目を凝らした。シーザーが火を吹くドラゴンとなってあらわれるのをどこか期待して。「僕は……その、カフスボタンと交換できなかったら、金を借りなきゃならない」

ウィリアムはにっこりした。「まかせておけ」機嫌よく上着のポケットをたたく。「力になれてうれしいかぎりだ。おまえがひとこと〝頼む〟と言う気になればの話だが」

ジェイムズはその不愉快な言葉を舌の上にのせてみたが、その言葉は口から出ていこうとしなかった。

「なおかつ、クイーンズ英語でな」ウィリアムはジェイムズの鼻先で指を振った。「フランス風は認めない」

「頼むよ、このろくでも――」ジェイムズは仰天して言葉を失った。暗い路地から、年若い馬丁が鞍をつけた馬を引いてあらわれ、さっきの嚙みあわない会話に納得がいった。少年はカタカタ鳴る歯や、跳ねあげる足からかろうじて身をかわしている。

場面は何かドラマティックな展開を要求しているが、ジェイムズはどう反応すべきかわからず途方に暮れた。かたわらで、ウィリアムが笑いだした。腹の底から響くような大笑いに、馬丁はわけのわからない恥ずかしさに頰を染め、ジェイムズの腹のなかでは真っ赤な怒りが渦巻いた。この馬ならもちろん、小屋の壁を蹴破るだろう。ジェイムズはもちろん、あまり記憶のない状態でここにその馬を置いていったのだ。ゆうべのばかばかしい行動にぴったり符合する。

「さあ、どうぞ」少年はもはや懇願するように言い、爆発しそうなほど鼻息の荒い黒い馬を渡そうとする。

いやいやながら、手をのばして堅い革の手綱をつかんだが、手にはなじまなかった。頭のなかで跳ねまわっている疑問を口から出したが、おそらく新たな友情は築けないし、何もいいことはないだろう。

「こいつはなんだ?」馬のほうへ手を振ると、お返しに馬は耳を後ろに倒して怒りをあらわにした。「これは何かの冗談か」兄が腹をかかえて笑っている姿をなかば予期した。自分の楽しみのためだけに、こんな手の込んだ作り話をでっちあげたのではないかと。

少年は面食らって目をみひらいた。「あなたの馬ですよ」

「これは僕の馬じゃない」それに同意するように、馬は鼻先をのばし、ジェイムズのベストに嚙みついて破り、ついでに皮膚も少しかじった。「僕の馬は栗毛だ」新しい傷を手でさすりながら、怒りまかせに馬をにらみつける。「それに雄だ」

「でも、あなたがゆうべ預けていったのはその馬です」少年の声は震えていた。

「僕の馬じゃないから、僕には関係ない」ジェイムズは手綱を返そうと近づいていったが、馬丁の抗議の叫びに足をとめた。

「払わないなんて言わせないぞ！」少年は死に物狂いになっていた。「払ってもらえないと、仕事をくびになるんだ。おもしろい記事になるだろうな。町の事務弁護士で、おまけにキルマーティ卿の息子が、代金を踏み倒して逃げたなんて」

当然ながら父を失望させることや、自分が失うことになるもののことを思うと、ジェイムズはたまらなくなって指をぐっと内側に曲げた。これまで町の人々の信用を築くために精いっぱい努力してきた。彼はもう父親の助けを必要とする無鉄砲な次男ではないとわかってもらうために。彼は生まれ変わり、影響力を持つ身内の力を借りずに新しい人生をはじめたのだ。そうしてつかんだものを投げ捨てたくなかった。

訓練と必要から身につけた技をつかって、何かを殴りつけたいという衝動を抑えつけた。馬の置き場所をまちがえたのはこの馬丁が悪いわけではないし、ジェイムズがゆうべのことをおぼえていないのも、もちろんこの馬丁のせいではない。ジェイムズは腹を決め、兄のほうを向いた。ウィリアムはすでに財布の硬貨をかぞえながら出していた。支払いがすむと、馬丁は薄汚れた馬小屋の暗がりへ駆けていき、ジェイムズは気性の荒い黒い牝馬の手綱と、おのれの堪忍袋の緒《お》を握ったまま取り残された。

うんざりした目を馬に向け、こいつをどうしたものかと考えた。乗っていくのは問題外だ、せめてこの通りの端まででも首を折らずに行きたければ。いずれにしてもこの馬は健康ではないらしく、あきらかに右の後ろ足をいたわっている。

ジェイムズは牝馬のほうへ一歩近づき、手を置いてなだめようとした。自分の馬ではないけれど、だれかの馬であることにはちがいないだろう。気性は多少荒っぽいものの、馬体は美しい。たてがみは長く、脚はほっそりしている。その耳は——後ろに絞っていないときは——利口そうな目の上で優雅な弧を描く。

モレイグの町民でこれほど立派な馬を持てる者はひと握りしかいない。この牝馬の持ち主が見つかったら、おそらく謎に満ちた夜の手がかりがひとつ増えるだろう。

ジェイムズは馬の鼻面にしっかり手を置いた。それに応えて牝馬はいななき、荒々しく前足を蹴りだして、膝に強烈な一撃を加えた。ジェイムズは後ろに倒れ、馬小屋の壁に頭をぶつけた。帽子が飛び、おがくずと藁《わら》が散らばった地面をくるくると転がっていく。ジェイムズはしばらく壁にもたれたまま、めまいと吐き気をおぼえながら、この野蛮な獣を撃ち殺す弾が買えるだろうかと考えた。

たぶん無理だろう。借金がかさむだけだ。

ウィリアムが心配そうに近づいてきた。正確にいえば、ふたりのウィリアムが近づいてきた。「だいじょうぶか？」兄の声が遠くからかすかに聞こえる。だが、それはありえない。

ふたりの兄が話しているのだから。

「まったく、どうしようもないやつめ」ジェイムズはうめき、めまいを懸命にこらえた。脚が死ぬほど痛むが、なんとか立っていた。足もとの地面は揺れ動いている。見る影もなくなった帽子をひっつかみ、おそるおそる頭に手をやり、昨夜のあやまちの形見を探ってみた。あたたかいものが指に触れる。傷口からふたたび血が流れだしていた。

ウィリアムは唇をぎゅっとのばしてほほえんだ。「この子とのボクシングがすんだなら、ききたいことがある。これからどうしたい？」

ジェイムズは手をのばして手綱をつかみ、今度は用心して馬の横に立った。牝馬の首筋を撫でてやるのはやめにして、身の安全を選んだ。「わかりきったことだろ」とぼやき、破れたベストで手についた血をぬぐった。「この馬の持ち主がいったいだれなのかを突きとめないと」

コルセットと同様、この馬も手がかりだ。無口な手がかりだが、手がかりであることにはかわりない。さっさと調査に取りかからなくては。時間がたてばたつほど、自分の将来が危うくなり、問題の女に彼の財布を持ったまま町から逃げだす機会をあたえてしまう。これが依頼人から持ちこまれた事件だったら、勇んで歩道に足を踏みだし、彼女がおいでおいでと手招きしている跡を徹底的にたどるだろう。

あいにく、体のほうはその考えに賛成してくれなかった。貸し馬屋の風雨に荒れた木の壁に手をつき、鼻から思いきり息を吸いこんだ。生まれてこのかた、これほど気を失いそうになったことはなかった。

「まずはおまえを医者に連れていくのが先だな」ウィリアムの声は懸念で灰色をおびていた。ジェイムズはかぶりを振り、体をまっすぐ起こした。手綱をしっかり握りなおし、もう片方の手でコルセットを握りしめた。「勘弁してくれよ、町じゅうに噂がひろまってしまう。医者へ行ったら、どうして室内用便器で頭を打ったのかときかれるだろう。頭のなかに陶器のかけらのひとつやふたつ残っていても意外じゃない。こんなに痛むんだからね」

「だったら、おまえの部屋まで送ろう」ひそめた濃い眉と、いかめしい声には有無を言わせぬものがあった。「友達のチャニングに手当てしてもらえ」ジェイムズはふんと鼻を鳴らし、すぐにそれを後悔した。手を持ちあげて、頭をさわってみる。ずきずきする痛みは、目下のところ向こうずねの激痛のおかげで弱まっている。

「いや《アィ》あ、そいつは愉快だ。獣医のパトリックに診てもらおう。僕はマッケンジー一族の誇りになるだろう」

「彼はその話をあちこち広めたりしないだろう」ウィリアムは言いかえし、懇願するように両手をひろげた。「おまえには助けが必要なんだ、ジェイミー。わたしではいやだというなら、せめて友達に助けてもらってくれ」

　新たなめまいが四方から襲ってきた。ジェイムズは目を閉じてこらえた。ウィリアムの手が背中にまわされるのを感じ、しぶしぶ兄の肩に心もち体重を預ける。兄を押しのけたい衝動を抑えた。兄に助けを求めたくないように、パトリックにも助けを求めたくはない。だが、〈モリソン〉のおがくずが散らばった通路に顔から倒れ、小便にまみれたカンナくずのにおいを鼻で嗅ぎ、町の人々の笑い声を耳で聞くのはいやだった。

内心忸怩《じくじ》たるものがあるが、自分から誇りを切り離して考えることはできない。一人前の大人への道を進んでこられたのも、誇りがあったからだ。十一年前に父親のもとを飛びだし、キルマーティ伯爵の印のついた一切を捨てたときも、誇りだけは捨てることができなかった。昔はそのプライドが身の破滅の原因になったし、それに家族をも巻きこみそうになった。だが、生まれついての傲慢さは自立の足がかりにもなったのだ。その誇りがいま、自力で進み、問題を解決しろと叫んでいた。

しかし幸いにも、良識が誇りに勝った。とりあえずのところは。

「わかったよ」ジェイムズはつぶやき、目をあけて心配にゆがんだ兄の顔を見た。「じゃあ、パトリックのところだ」ともかく、家に帰れば着替えをして、思いだすことも忘れることもできない女のにおいを洗い流すことができる。「だけど忘れないでくれよ、僕はやつの仕事ぶりを見たことがあるんだ」ジェイムズは釘を刺しておいた。ふたりは牝馬をしたがえ、そうっと最初の一歩を踏みだした。「あいつは僕の頭に包帯を巻くのとおなじ具合に、僕の眉間に弾を撃ちこみかねないよ」

「おまえが賢明になってくれて誇らしいよ」ウィリアムの口調にはおもしろがる響きが少なからずあった。「もっとも、正直に言えば、おまえを苦痛から救ってやるには、そのほうがいいかもしれないと思いはじめたところだ」

6

「ぽかんと口をあけて立ってるなら、せめてタオルくらい取ってくれないかな」ジョーゼットの浴槽につかっている女は、まるでディナーの席で塩を取ってくれと頼むような気楽な口調で言った。

両者の会話のちがいは、服を着ているかどうかだ。

喉が締めつけられたようで抗議の声が出ず、喉の奥がヒューという音を立てた。恥ずかしさに頭のなかまで赤くなったが、目はそむけなかった。まるでマリオネットの糸にあやつられているように、目が離せなかった。

ぴりぴりと張りつめて指先が痛いほどだが、両手から力を抜こうと自分に言い聞かせた。ゆうべの自分も、あの半分くらい恥知らずだったのだろうか。そうだとしたら、見知らぬ美男のベッドで寝ていたのも当然だろう。「あなたはだれ？」ようやく声が出た。

女は首をめぐらせてこちらを見た。とまどったように、鳶色《とびいろ》の眉毛を持ちあげている。

「あら、エルシーよ、お嬢さん。頭でもぶん殴られたの？」

ジョーゼットははっというあえぎをのみこんだ。この娘は裸のうえに下品だ。「よければ、フルネームを教えてくださいな」毅然《きぜん》として言った。

むっとしたようなため息が娘の口からもれた。浴槽から立ちのぼっている湯気とおなじくらい熱く、湿ったため息だった。「エルシー・ダルリンプル。なんだか、まだ知らないみたいにきくのね」

ジョーゼットは目をぱちくりさせた。この娘はかなり親しそうな口をきくが、どこかで会ったというおぼえがないのだ。「どうしてここにいるの、ミス・ダルリンプル」

娘はおもしろがって唇をすぼめた。「おやまあ。今朝はまた他人行儀だこと。ゆうべは気取らないエルシーがよかったのに」そばかすの浮いた青白い腕を頭上にのばして、忘れたのかといわんばかりの仕草で、浴用タオルをひっぱりおろした。「あたしはあなたの新しいメイドでしょ、このまぬけで、とんま」

「わたしのメイド?」記憶がないのはさておき、こんな異色な娘を、そんなこまやかな気づかいが必要な仕事に雇うわけがない。レディに仕えるメイドというのは、水兵も舌を巻くような言葉をつかったりしないし、女主人をまぬけと呼んだりしない。

仮にレディーズ・メイドになれたとしても、長つづきしない。

「ゆうべ〈青いガチョウ亭〉であたしを雇ったでしょうよ」娘は腕を洗いだした。「料理の列の端っこからあたしをひっぱった。宿のおやじより賃金をはずむって約束した」体を洗う手をとめ、はしばみ色の目で、ジョーゼットの汚れたしわだらけのドレスをじろじろ眺める。「できもしないことで嘘をついたか、ほんとうにメイドが必要なのか。どっち？」

「あとのほう」ささやくような声だったので、ジョーゼットは咳払いした。ほんとうにメイドは必要だった、少なくともランドルフの家にいるあいだは。でも、この娘はジョーゼットのふつうじゃない夜遊びの証人でもある。「あなたがわたしのメイドなら」もう少し大きな声で言った。「どうしてわたしの浴槽にはいっているの？　そして、どうしてわたしにタオルを取ってくれと頼むの？」

娘はタオルを取り落とし、かぶりを振って、濡れた前髪を目から払った。その動きで裸の胸がゆさゆさと揺れ、ジョーゼットの目をちくちくさせた。「ちゃんと仕事をはじめるまえに、きれいにしておきなさいって自分で言ったくせに。あたし、まちがってる？」

視線を下のほうへ移動させないようにしよう、見ないようにしようと思うのだが、目の端に浴槽におさまりきらない娘の体がちらっと映ってしまう。さっきからわが身をさいなんでいた羞恥心が最大にまで膨れあがった。「ずいぶんきれいに見えるけど」

それどころか、まちがいなく、これほどきれいな女は見たことがなかった。

エルシーは浴槽の両側に湯を飛び散らしながら立ちあがり、すらりとした脚をごしごし洗った。「じゃあ、あなたも浴槽をつかいたいでしょ」張りだしたヒップに目を奪われ、ジョーゼットの頬は焼きごてを当てられたように熱くなった。片方の素足をラグにのせ、エルシーは近くの椅子の上にたたんでおいたタオルを取った。「ひと浴びしたいなら、お湯はまだあったかいわよ」

人がつかった浴槽に――たったいまエルシーの肌が触れた湯に――もぐりこむという考えも無防備だが、全裸の女が銅製の浴槽から出てくるというショッキングな光景にはとうていかなわなかった。ジョーゼットは片手でぴたっと目を覆い、妙な恥ずかしさに襲われた。娘の全裸が恥ずかしいのではない。エルシーはあたかも洒落《しゃれ》た新しいドレスを着ているかのように、裸を見せびらかしている。そうではなくて、ジョーゼットは自分自身が恥ずかしく、ときおり感じるように自分の体にがっかりしているのだ。わたしも目の前の湯あがりの女とおなじくらい、若いし美しいはずなんじゃないの?

とはいえ、ジョーゼットは裸でいるのが心地よいと思ったことも、だれかに見られても平気だと思ったこともなかった。

ゆうべ、スコットランド男の前で、こんなふうに裸で立っていたのかしら。あの男は緑色の目を輝かせて、わたしがゆっくりと服を脱いでいくのを見つめていたのかしら。ジョーゼットは狼狽《ろうばい》して、頭がかっと熱くなった。もちろん、そんな恥知らずなことはしなかった。そんな自分らしくもないことは。

そんなふしだらなことは。

エルシーの声が、堅く閉じた指のあいだから聞こえてくる。「お風呂じゃないなら、何がいい? 朝食とか?」

ジョーゼットは指をほんの少しこじあけて、のぞいてみた。娘はもう体にタオルを巻いていた。ゆっくりと手をさげる。また裸を見せられそうになったら、いつでももとの場所にもどせるように。「まだ食べたくないわ」

「あ、よかった」エルシーは言った。「あたしはもう食べちゃったから。貯蔵室で見つけたやつをちょっとばかり。だったら、ほんとにお風呂を先にしたほうがいいわよ、お嬢さん」気づかわしそうに鼻にしわを寄せた。「今朝はすごくにおうもの。脱ぐのを手伝ってほしい?」

ジョーゼットはよく知りもしない他人に裸にされると考えただけで、身がすくんだ。ロンドンでつかっているメイドは、子供のころから知っている者だ。「いいえ、だいじょうぶ。あなたの助けはいらないわ」

湯あがり女は頬を赤くした。「じゃあ、考えを変えたってこと?」とっさに答えられないでいると、娘はタオルを落とし、床からくたびれたシュミーズをひったくり、乱暴にひっぱりあげて身につけた。「ねえ、そんなのおかしいわ。ようやく、ちょっとおもしろそうな女主人を見つけたと思ったのに、朝が来たら、あたしのお尻しか見たくないなんて」

ジョーゼットの喉もとを、笑いに似たものがくすぐった。「正直に言うと」とことわりながら、床に丸まっていた着古したドレスをひろいあげて手渡した。「見たのはお尻だけじゃないの」

そんな話をするなんて、自分でも驚く。これまで、ジョーゼットにこんなふうに話しかけてきた者はいない。これがロンドンだったら、エルシーのような娘は雇わなかっただろう。レディーズ・メイドは、屋敷の厩舎にいる二頭の栗毛の馬とおなじで、主人の身分を象徴するものだから。ところがスコットランドでは、なにもかもがちがって見える。口の悪いおてんば娘に身づくろいを手伝わせるのも、なんだか悪くない気がする。それに、娘の着古したドレスの状態を見れば、エルシーには収入を得るまともな手段が必要なことはまちがいない。

けれど、ジョーゼットはメイドがいないと困るほど長くここにいるわけではない。謎のスコットランド男をさがしだし、婚姻無効宣告を取りつけたら、ロンドンへもどるつもりだ。そこにはすでに、レディーズ・メイドが待っている。その女性の母親が亡くなるという出来事がなかったら、スコットランドにも一緒に連れてきていただろう。

「わたしは……これはあまりよくないと思うの」ジョーゼットはすまなそうに肩をすくめた。「わたしが選ぶメイドにしては、あなたはちょっと……ちがうから」

エルシーはボディスのボタンを留めながら、眉をさげて見事にすねてみせた。「つまり、あたしはあなたのメイドの基準に合わないってことね、どんな基準だか知らないけど。教えてよ、お嬢さん。もっと背が高いほうがいいの？」眉の形に合わせて、唇の両端をさげ、声をうわずらせた。「もっときれいなほうがいいの？」

「早く着てしまいなさい」ジョーゼットは命じ、エルシーのせわしく動く指が最後のボタンをきちんと留めおえるのを見て、ほっと息をついた。娘が見苦しくない格好になったから、やっとまともにものが考えられる。「あなたはじゅうぶんきれいよ」と語りかけた。エルシーはほんとうにきれいなのだ、たとえドレスの裾が少々ほつれていようと。くるりとカールした赤みがかった濃い茶色の髪、そばかすの散った鼻——配置が絶妙で、人の目を引くがうるさすぎることはない。

「それはどうでもいいとして」エルシーは鼻をすすった。「見た目は自分じゃどうしようもできないでしょ？　でも、手先は器用で針仕事もできるし、力もあるから浴槽のお湯を運ぶこともできるわ。ちょっとぐらいの力仕事はぜんぜん平気。あたしのどこがいけないの？」

「あなたが悪いんじゃないのよ」ジョーゼットは慎重に言葉を選んだ。しかも、ほんとうのことだ。「悪いのはわたし」唇をすぼめた。愉快な気持ちになってきて、最初に感じた不快さはやわらいでいた。この娘が自分を向上させる機会を望んでいるのはまちがいない。ジョーゼットがその機会をやらなかったら、だれがやるというのだ？　ほかのことはともかく、ランドルフが町からもどってきたときには、エルシーなら断固として自説を主張する盾になってくれるだろう。そうよ、この娘は絶対そばに置いておいたほうがいい。

裸にならないことを約束してくれるなら。

「わたしはものすごい気取り屋よ」そこでいったん、言葉を切った。「それに、ここには数日しかいられない。そのあとは、あなたはまた職をさがさなくちゃならないでしょう。でも、わたしはあなたにいてほしいの」

エルシーの眉毛がさっとあがった。「あたしにいてほしいの？」

「あなたはここにいたい？」

エルシーはいまやしわの寄ったスカートに隠れている腰に手を置き、にこにこ顔になった。「まあ、場合によりけりね。あたしのご主人にはもっときれいでいてほしいの、あたしの言う意味がわかるなら。さあ、きれいにしましょう」

こちらに近づいてきて、ジョーゼットの灰色のシルクのドレスに手をのばした。ジョーゼットはきっぱりとした態度をくずさなかった。「ここは自分でできるわ」

メイドは一歩さがった。ジョーゼットはそうっとボタンをはずしていき、心配になるくらい元気のない子猫を胸の谷間からすくいあげ、メイドに手渡した。「このへんでミルクを手に入れられるところを知らないかしら」期待をこめてたずねる。

エルシーは驚いて目を丸くした。そして鼻をぴくっとさせ、もう一度ひくひくさせてから、全身をねじ曲げて大きなくしゃみをした。「なんなの、これ？」体の震えがとまると、あえぐように言った。

「子猫よ」ジョーゼットはしわの寄ったドレスの肩をずらし、胸を押さえた。その動作で、今朝ドレスを身につけたときの醜態を思いだした。それを着ているジョーゼットを見つめるスコットランド男の目の輝きも。そうよ、少なくとも裸は見られていない。まあ、その点は定かではないけれど。目覚めたときの状態を考えれば、ゆうべのどこかの時点で裸になったと考えるほかないだろう。

「それがろくでもない子猫だってことはわかるわよ」エルシーの鋭い声に、熱中していた物思いからさめた。メイドはこちらに顔を近づけた。「ここで何してるのかってきいてるの」声を荒らげる。

メイドのひどい言葉に、ジョーゼットはびっくりした。激しい口調はともかく、〝ろくでもない〟と〝子猫〟をおなじ次元で言うなんて、どういう了見なのだろう。

「今朝モレイグにいたときには、それがいちばんいいと思ったの」ジョーゼットは体の前を覆っているドレスを握りしめ、ちゃんと脱がないまま背を向けたら変に思われるだろうかと悩んだ。ドレスを下に滑らせながら、屈辱で指先に力がはいった。「わたしはもう少しで荷車に轢《ひ》かれるところだったのよ。だから、その子を似たような目にあわさないためには、ドレスの胸に入れておいたほうが安全だと思えて」

「ドレスのことじゃなくて。まあ、子猫をしまっておくには変な場所だとは思うけど」エルシーはあいているほうの手をひらひらさせて当惑をあらわし、もう一方の手でふわふわの子猫をつかんだ。「この野獣はいったい、あなたの家で何してるの?」

「あら、野獣というのは正しくないわ」ジョーゼットは消え入りそうな声で言った。「わたしの家というのも」ドレスをさっと落とし、服を着ていないという残念な格好が目にとまらないことを願って、できるだけ急いで浴槽まで行った。ぎくしゃくした努力のおかげで盛大にお湯を跳ね散らかしたが、ありがたいことに体を覆う分はなんとか残っていた。ジョーゼットは首までつかり、メイドがどこかほかに行くところがあって、だれかほかの人を見つめてくれないかと思った。

どうやらジョーゼットが胸を見せるのを恥ずかしがっていることには気づいていないらしく、エルシーは忌々しげに片手を投げあげた。「ゆうべ、この仕事を引きうけるまえにちゃんときいたわよね、猫を飼ってないかって。あたし、目や鼻に変なものがこみあげてくるの」エルシーは鼻をぐすぐす鳴らした。はしばみ色の目には、ほんとうに涙がいっぱいたまっている。その濡れた目をせばめて、身をかがめた。「あたしにいてほしいなら、これをなんとかしてよ」

ジョーゼットはため息をついた。モレイグからその小さな生き物を連れてくるとき、それが希望であるかのように胸にしまってきたのだ。けれど、ランドルフとのあいだに立ってくれる人間の盾のほうが緊急の必要性が高い。おまけに、ジョーゼットには子猫の面倒を見てやることができない。動物の赤ん坊より独身男が住むのにふさわしいこんな家では無理だ。どちらを選ぶべきかはわかっていたが、ちっちゃな子猫を手放したら心が痛むだろう。この一時間のあいだに、ますます情が移っていたのだ。

もちろん、この十六時間のあいだで、それだけははっきりおぼえている。

エルシーは浴槽を指さした。「それに、自分が何をやったか見てごらん」

ジョーゼットはうつむいた。濁《にご》ったお湯を透かして、少し顔を出している片方の胸のふくらみの内側に、ほんのり赤い痕がついているのが見える。傷ついた肌をじっと見つめたが、子猫をそこに置いておいたあいだに、痛みを感じたおぼえはなかった。

エルシーは子猫を別の手に持ち替え、顔を近づけて赤い痕をしげしげと眺めた。鼻にはすでにまた、しわが寄っている。「まあ、なんのせいにしろ、このちっぽけな毛むくじゃらがやったんじゃないようね」鼻をひくつかせ、静止し、それからくしゃみをした。「それに、コルセットでついた痕でもない、コルセットなんか着てなかったから」鼻づまりの声には、ジョーゼットが下着をつけていなかったことをからかう響きがあった。

「わたしは……」あとがつづかず、ジョーゼットは透明の濡れた毛布の下でもじもじと体を動かした。どう言えばいいというの？　コルセットは今朝、知らない男といた知らない部屋に置いてきちゃったの。石鹸を取ってくださらない？

こちらを見おろすエルシーは、うれしそうに目をくしゃくしゃにした。「奥様、それはキスマークによく似てるわね。たぶん、ゆうべあなたが結婚したあのすごくいかす男がつけたんでしょ」

ジョーゼットは固まった。裸でいることも忘れて、そのかすかな情報に食いついた。このメイドはわたしがおぼえていない何かを知っている。希望が胸をどんどんたたいた。たぶん、まだ指にはめてある印章つきの指輪よりも正確な手がかりをつかんだにちがいない。「その男性を知っているの？」

エルシーはうっとりとため息をつき、薬草がぶらさがっている天井を見あげた。「ええ、よく知ってる。この町の女性はみんな知ってるよ。ジェイムズ・マッケンジーが評判どおりの男なら、きっとすてきなひとときを過ごしたんだろうね」

7

「マッケンジー」ジョーゼットはその名前を口にしてみた。記憶を呼びさましもしないし、聞きおぼえもないが、下腹がかっと熱くなり、そわそわした気分にさせた。そのミスター・マッケンジーについて知りたくてたまらない。体がおぼえているらしく、くわしいことを教えろと息づかいを荒くしていた。彼はどんな男なのだろう。やさしい人、それともきびしい人？　気前がいい人、それともけちな人？

誠実な人、それとも軽率な人？

無意識の底のほうで、想像が勝手に飛び交っている。かぶりを振ると、浴槽にさざなみが立って縁に当たった。ジョーゼットが最初に結婚したのはまだ二十二歳のときで、そんなぶしつけなことをたずねようとは思いもしなかった。わかってみれば、夫は誠実ではないたぐいの人間だった。けれど、そのジェイムズ・マッケンジーが約束を守る男か、モレイグ一の遊び人かどうかは、どうでもいいことだ。

置き去りにしてきた男にききたいのは、そういうことではない。

「わたしがゆうべしたことを何か知ってる？」ジョーゼットはたずね、ひげを生やしたスコットランド男への好奇心は奥のほうへ押しやった。

「ああ《アイ》、はいよ、お嬢さん」あいている手で浴用タオルを取り、もう一方の手であぶなっかしく子猫を釣りさげている。エルシーは浴槽のなかへ手をのばした。「あなたはメイドを雇った」

ジョーゼットは浴用タオルをひったくった。「自分でできるわ」昨夜の出来事をもっと知りたいという気持ちと、裸を厭《いと》う気取りとが張りあったが、ジョーゼットはさっきまでエルシーのタオルが鎮座《ちんざ》していた背もたれの高い椅子を指さした。自分でも信じられないが、このメイドにそばにいることを許そうとしているだけでなく、それを命じているのだ。「そこにすわって、ほかにわたしが何をしたのか話してちょうだい」

エルシーは椅子に腰かけ、スカートの乱れを直した。子猫を膝にのせ、鼻にしわを寄せ、つぎのくしゃみを回避しようとしているように見えた。何事もなく過ぎると、メイドは笑った。「おぼえてないのね？　まあ、驚かないけど。あなたはゆうべ〈青いガチョウ亭〉の裏口からはいってきた、八時ごろだったかな」心もち、身を乗りだした。「かなりできあがってるみたいでさ、意味わかるよね、あたしはジョッキをかたづけてたんだけど、これはおもしろそうなのが来たぞって思ったのよ」

石鹸を泡立てていたジョーゼットは、手もとから顔をあげた。きっと聞きちがいだろう。

「わたしのことをおもしろそうだと思ったの？」

エルシーはうなずいた。「だって、〈青いガチョウ亭〉の裏口からレディがはいってくるなんて、めったにないもの。あそこはたいがい、路地で一発やる相手を物色する客限定の出口だから」

「一発？」ジョーゼットは憤慨してききかえした。

エルシーの頰がきれいに染まった。「ごめん、お嬢さん。つい、あなたがレディだってことを忘れちゃって」

ジョーゼットも顔を赤くして、不潔な足を洗いはじめた。どうやら、自分も不潔な女らしい。足を洗いつづけながら考えた。まだぴったりつながらないことがある。どうしてランドルフと教会にいるはずなのに、〈青いガチョウ亭〉にいたのだろう。「わたしはひとりだった？」

「ううん、ひとりじゃなかった」

仰天したが、無理やりエルシーと目を合わせた。ランドルフはわたしを〈青いガチョウ亭〉に連れていったのだろうか。「ひとりじゃない？」

「まあ、ずっとひとりだったわけじゃないってことだけど。どのテーブルの客も、思いがけず膝に落ちてきた若くてきれいなレディに興味津々《しんしん》だったから」メイドは鼻にしわを寄せてくしゃみをこらえてから、言い足した。「ほんとうにひとりかふたりの膝に乗ったかもしれない。それから、もちろんあたしに話しかけた。給仕女と話したがるレディにお目にかかったのははじめてだったけど、あなたは心のこもったおしゃべりにすごい興味を示してた。マッケンジーがやってきたときには、店じゅうが笑いの渦で、あたしはあなたのメイドに決まってたの」

ジョーゼットは目をぎゅっと閉じた。困惑顔の使用人からそんな話を聞かされるのは癪《しゃく》にさわる。なにもかも恐れていたとおりにひどい。手を動かして早く体を洗ってしまおうと思うのだが、水っぽい監獄に釘づけにされたまま、苦痛だけで得るところの少ない失敗談に逐一耳を傾けているのだった。

「もちろん、あなたがマッケンジーを見つけてからは、祭壇への道を進むことはみんなわかったわ。だって、あなたが彼の膝にすわったときから、彼があなたをテーブルにのせて未来のミセス・マッケンジーだって店じゅうの人に紹介するまで、一時間かそこらしかかからなかったのよ」

「わたしはテーブルに乗ったの?」ジョーゼットは湯にずるずると沈んでいった。エルシーが嬉々として語っている、その節度のない奔放《ほんぽう》な女はだれなの? 足を強くこすりながら、こうやってゆうべの狂態の汚点がきれいに消えないだろうかと思った。自分の魂からも、それに、おぼえていないけれどそこにあるらしい記憶からも。「未来の妻だと言ったわね」ジョーゼットはその話の断片にぶらさがり、聞きちがいではないことを願った。「じゃあ、結婚したわけじゃなかったのね?」

エルシーは小首をかしげた。「その時点ではね。でも、判事がちゃんと取り計らってくれたからだいじょうぶ。立ちあがって、正式な結婚にしてやろうと申し出たの。その場にいた全員が証人になったのよ」うれしそうにほほえんだ。「〈青いガチョウ亭〉で婚礼に参加することはあまりないからさ。ほら、あなたの足にタールを塗ったり、羽をつけたりもさせてくれたじゃない。あの羽はあたしが用意したんだからね、あれを全部、厨房から運んだんだから」

ジョーゼットはまばたきをして、今朝のおぼろげな記憶の断片をつなぎあわせた。なるほど、それで部屋じゅうが羽だらけだったのか。それに、足の裏にくっついてなかなか落ちない黒い汚れもそのせいだったのか。

けれども、ジョーゼットが何を血迷って、ミスター・マッケンジーと結婚するという重大な決断をくだしたのかの説明にはなっていない。このメイドの描写によれば、自分は自信に満ちたおもしろい女だということだ。その手の女は、上流社会がどう思おうが、夫がどこのベッドから帰ってこようが気にしないだろう。ジョーゼットがずっとそうなりたいと願いながら、けっしてなれなかった女だ。

ゆうべの出来事の何が――とりわけ、このマッケンジーという男の何が――ジョーゼットのなかからそういう女をひっぱりだしたのだろう?

「ミスター・マッケンジーはどういうたぐいの人？」思わずそう言っていた。誓ってもいいが、そんなことをきくつもりはなかった。

エルシーは椅子の上で身をくねらせた。「あら、そりゃあすばらしい男よ。ハンサムで、理論派。あの緑色の目で見つめられるだけで、女のほうから服を脱ぎたくなっちゃう」そこで、ため息をついた。「おぼえてないなんて残念ね。寒い冬の夜のためにとっておけるような思い出なのに」

そのとき、メイドが質問の意味を取りちがえていることに気づいた。体の特徴を知りたいのではない。そっちは今朝の一件でじゅうぶんわかっている。あの男が罪深いほど魅力的なのは知っている。あの緑色の目が楽しそうにジョーゼットを眺めまわしただけで、即座に体が反応したのだから。あの男にかかると、女は恋に夢中な乙女のようになってしまうことは、わざわざエルシーの口から聞くまでもない。

そうではなく、ジェイムズ・マッケンジーの心臓に早鐘を打たせ、てのひらに汗をかかせるにはどうすればいいかを知りたいのだ。目の色などきいていない。

「彼もやっぱり、なんて言ったかしら、かなりできあがっていたの？」ジョーゼットはたたみかけた。ふたりともまともな状態ではなかったのなら、婚姻を無効にしやすくなるだろう。

「そうねえ」エルシーは考えこんだ。「彼も酔ってないようには見えなかったけど、がっしりした大男だから、酒はけっこう強いほうよ」

「大男」ジョーゼットはくりかえし、どのくらい大きいのだろうと思った。今朝はベッドに寝ていたからよくわからなかった。シャツの裾がジョーゼットのふくらはぎまで届いていたのはたしかだ。ひとりでに疑問がわいてきて、暗がりに押しもどそうとしても言うことを聞かなかった――ほかの部分も大きいのかしら。湯のなかで拳を握りしめ、ゆうべ彼と密接な状況になったところを思い浮かべてみた。浴槽のさめかけた湯にたいし、体じゅうをめぐる熱はくらべようもないほど熱かった。

「なんだかわたしは、ずいぶんはしゃいでいたようね」感情をぐっとこらえ、自分に鞭打って体から石鹸を洗い流した。レモンバーベナのにおいが鼻孔をくすぐったが、それよりもっと大切なことがある。ゆうべ、どんななまめかしい行為におよんだのかを考えないようにするとか。

その男をさがしだしてそのときの思い出を取りもどしたいという衝動を抑えるとか。

エルシーはまた笑った。「そりゃあ、すごく楽しんでたわよ。もちろん、喧嘩がはじまるまではだけど。あれはあまり楽しめなかったみたい」

「わたしは喧嘩をしたの？」

「ううん、マッケンジーが喧嘩したの。あなたのことで」

「わたしのことで？」びっくりして、ジョーゼットは浴用タオルを取り落とした。わたしは男たちが取りあいをするような女ではない。

「うん、はっきり言って店にいた男の半分は、なりたてのマッケンジー夫人とキスしたがった。で、あなたの夫はそういうのを嫌うことで有名なの。寝ぼけたことを言うやつらを残らず殴り倒してカタをつけると、あなたにすっごく濃厚なキスをして、あなたをさっと抱きかかえて、そのままドアから出てったわ」

「裏口から?」ジョーゼットはむっとしてささやいた。そんなはずはない。自分はもっと思慮深い女だ。とはいうものの、エルシーの話によれば、自分は公共の酒場のテーブルの上で結婚式を挙げたのだ。〈青いガチョウ亭〉の裏通りの壁際でことにおよぶのも、現実としてありえなくはないだろう。

エルシーは立ちあがり、座席に子猫を置いてから、女主人のためにタオルをひろげた。ジョーゼットはおとなしく腰をあげ、メイドにタオルを巻いてもらった。「正面のドアから出てったのよ、お嬢さん」ジョーゼットの懊悩を感じとったのか、エルシーはなぐさめた。「あなたを見たのはそれが最後だった」

ジョーゼットは押し黙り、着替えはエルシーにすっかりまかせて、物思いにふけった。メイドが慣れない手つきでもつれた髪をいじくるのに耐えた。汚れていない灰色のメリノの散歩服に足を入れた――〈青いガチョウ亭〉にうっかり忘れてきたので、コルセットはつけていなかったけれど。その間もずっと頭は働いていた。どうしたらジェイムズ・マッケンジーを見つけだして、これをなかったことにできるだろうか。

「なかったことにしたいの?」エルシーの声が耳もとで大きく響いて、ジョーゼットはぎょっとした。知らないうちに、最後の部分を声に出していたようだ。

「わたしは……ゆうべはきちんと考えられなかったでしょ」疑わしそうなまなざしを向けられて、両手をよじりたくなるのをぐっとこらえた。「わたしは結婚したくないのよ」と、言い添える。あとから思いついたわけではない。

ずっとそう思っているのだ。

「でも、お嬢さん……」エルシーは目をみひらいた。「だれだって、マッケンジーと結婚したがってるよ。彼は……彼は……」

「わたしには合わないの」ジョーゼットはきっぱり言った。自分の財産を握られてしまうという問題はさておき、ミスター・マッケンジーがどういう人間なのかも知らないのだ。エルシーの無邪気な意見を聞くかぎりでは心をそそられるかもしれないが、つまりは彼が好色で、町の噂どおりの女たらしであると言っているだけではないのだろうか。彼に見つめられるだけでどれほどドキドキしようと、下半身がだらしない男と結婚して苦労させられるのはもうこりごりだ。

それに、復讐を誓って町を駆けまわっているランドルフのこともある。本人はきっと、勇敢な英雄気取りでいることだろう。そうよ、あとのことなど何も考えず、マッケンジーに決闘を挑むかもしれない。

だからこそ、できるだけ早くモレイグへもどりたいのだ。

エルシーは膝をつき、女主人の踵《かかと》の高い靴の紐を結びだした。「あれまあ、ずいぶんと混乱してるんだね。町いちばんの独身男と結ばれたと思ったら、今度はなかったことにしようと必死になって」顔にかかった鳶色の髪を吹いて、払った。「あたしが思うに、あなたはレディだから、彼が相手じゃ釣りあわないってことかな」

ジョーゼットは新しいメイドをぽかんと見つめた。今朝目覚めたときの動揺した状態は別にして、自分とスコットランド男との身分のちがいは考えてもみなかった。「そういうことじゃないのよ」と弁解につとめた。「わたしは喪が明けたばかりで、やっと自分の思いどおり人生を送れるようになったところなの」そこで、息を吸いこんだ。「それを酔った勢いのあやまちで、ふいにしたくないのよ！」

エルシーは顔をあげた。目には共感の色が浮かんでいた。「わかるような気がするわ。でも感情的になっちゃだめよ」おずおずと、ジョーゼットのくるぶしをたたいた。「それじゃ、モレイグへ行きたいでしょ。もっとまともな靴、持ってる？」

ジョーゼットは黙りこんだ。どうしてこのメイドは靴のことなど気にするのだろう？

「あなたはどうやってここに来たの、エルシー」

「アイルランドからは船で」エルシーは体を揺らしながら、行儀悪く腕で額の汗をぬぐった。

「五年くらいまえに」ジョーゼットの地味なハイネックのドレスをじろじろと眺める。「喪は明けたって言ったわよね。ミスター・マッケンジーと会うなら、もうちょっと派手なほうがいいんじゃないのかな」

ジョーゼットは辛抱強くなるのよと念じた。「派手なのは持っていないの。喪が明けたばかりだから。それにわたしがきいたのは、ここってこと。ここに、モレイグからどうやって来たのか。馬で来たの？」期待をこめてつけたした。

「まさか、歩いてきたのよ、お嬢さん。たった四マイルだから」

四マイル。そんな距離は無理だ。

メイドがなぜ靴のことをきいたのかもわかる気がする。子供のように甘やかされた暮らしをしているジョーゼットは、四マイルなんて歩いたこともないし、そんな目的にかなう靴も持っていない。酔ったままスリッパで町をさまよい歩いたらしい夜のあとで、もうちょっとまともな靴を履いて歩くのはいい感じがするけれど、エルシーがいま紐を結んでくれた踵の高いブーツは歩くのには適さない。上等なキッド革製で、蔓《つる》の浮き出し模様がついていて、そちこちでくるぶしを痛めかねない二インチの踵のブーツなのだ。リージェント・ストリートでひと月分の小遣いをはたいて買ったもので、ロンドンのタウンハウスから馬車で買い物に行き、また帰ってくるという目的をになっていた。

そのブーツで岩だらけの道を行けば、途中でぽっくり折れてしまうだろう。

エルシーがそんな距離でも歩けて、しかもそれをまるで苦にしていないのを知って、ジョーゼットは自分が社会に適応できないことを、とりわけスコットランドで暮らすには適さないことを思い知らされた。何をやってもだめだ。わたしはなんという女なのだろう？そして、わたしはどういう女になりたいのだろう？

部屋を出て、肖像画が並ぶ暗い階段をおりていきながら、エルシーがたずねた。「喪が明けたのに、どうして喪に服してるような格好をしてるの？」

ジョーゼットは唇を嚙んだ。答えられないのは、うまい答えが浮かばないからだ。灰色や薄紫色のドレスはひと月まえにかたづけてしまえばよかった。陽気な社交シーズンの真ん中に足を踏みだせばよかった。ところが、ジョーゼットは逃げだしたのだ。スコットランドへ。人生を少し楽しもうというふりをしているなら、どうしてまだ自分の好きな服を着て暮らそうとさえしていないのか。

階段をおりきったところで、大きく響くノックの音に思考がさえぎられた。ジョーゼットとエルシーは凍りつき、悪魔がその向こうにいるかのように玄関のドアを見つめた。

「だれだと思う？」ジョーゼットはきいた。心臓が喉もとまでせりあがっている。マッケンジー？　馬丁？　ランドルフ？　もちろん、ランドルフなら自分の家のドアをノックしないし、馬丁なら、彼がいつもとちがって洗い場の入り口をつかわなかったとしても、せいぜい恭《うやうや》しくドアを引っかくくらいだろう。

ということは、マッケンジーしか残らない。そう思うと、ジョーゼットの心は相反する感情のあいだで揺れ動いた。

震える手を持ちあげ、ブロンドの髪に乱れがないかどうか確かめながら、大胆にも他人が使用したあとの湯につかっておいてよかったと思った。おかげで、だらしない格好のまま新しい夫を迎えずにすむ。

婚姻の取り消しを告げたとき、彼をがっかりさせてやりたい。

「出てよ」ジョーゼットはエルシーをうながして、押しやった。

「だめよ、お嬢さん」メイドは逆らい、もどってきた。「あたしは上階《うえ》のメイドでしょ」唇をゆがめ、気取った笑みを浮かべた。「階下《した》のドアの応対はしないの。外にどんなやつが立ってるかわからないじゃない」

「もう、いいわよ」ジョーゼットはぴしゃりと言った。ドアのほうへ進むと、姿の見えない客はいらだつようにまたドアを強くたたいた。ジョーゼットはなんとか片手で掛け金をはずし、取っ手をひっぱった。ドアはさっとあいた。

目の前にいたのは赤毛の若者で、片手に帽子を持ち、もう一方の手にはうなる犬をつないだロープを握っている。若者は成人したてのようなひょろひょろした体つきだが、顎に無精ひげがぽつぽつ生えているところを見ると、やっぱり二十代後半なのかもしれない。黒と白の獣はジョーゼットの手のなかにいる子猫に襲いかかろうとした。ロンドンの通りでぶどうパンを盗ろうとする浮浪児のような必死さだ。ジョーゼットはさっと体を引き、子猫を胸にかき抱いた。胸のなかで心臓が激しく暴れている。

「ご用は何？」やっとの思いで声を出した。

客は相好《そうごう》をくずした。「これを持ってきたよ、約束どおり」

ジョーゼットはおかしなペアを眺めた、にこにこしている若者と、うなっている犬。そして不安になった。主人があの大事なロープを握る手をゆるめて、その獣を逃がしてしまう恐れはないのかと。

エルシーが背後から顔をのぞかせた。「あら、ジョゼフ・ロスヴェンじゃないの、訪問に来たのね」ほほえみかけると、若者は注目されて頬を染めた。「何を持ってきてくれたの？ああ、お母さんのスグリのスコーンだといいなあ。この家にはろくな食べ物がないのよ」

「お、俺は……レディ・ソロルドの犬を連れてきたんだ」若者はつっかえながら言った。頬はぴらぴらの髪の毛よりも赤くなっている。「つまり、父さんの犬を一匹連れてきた」

メイドが身を乗りだし、犬をもっとよく見ようとしたせいで、あいにく女主人と子猫は、うなりをあげ、歯を鳴らしている犬のほうへぐっと近づいた。

ジョーゼットはたじたじとなっている若者と目を合わせた。彼はぼうっと立ったまま、希望に満ちた表情を浮かべている。「どうしてわたしに犬が必要だと思っているのかしら」

ジョーゼットは消え入りそうな声できいた。この二時間のあいだに、好色な夫と、元気のない子猫と、口やかましいメイドを手に入れたばかりなのに、そのうえ獰猛《どうもう》な犬まで必要だといわんばかりに。

若者はとまどって額にしわを寄せた。「だって、そういう約束だったでしょ？　あなたが大きな番犬がほしいって言ったから。ここにいるあいだ、いとこから身を守れるように。噛むことを恐れないやつがいいって言ったよ」

「わたしが？」ジョーゼットは記憶を探ってみた。ゆうべの出来事に関する法則にしたがって、頭のなかは憂慮すべきほど空っぽだった。それでも、若者の言葉には真実らしさがあった。たしかにランドルフの家にひとりでいるのは不安だと思ったし、だからエルシーを雇って、さっそくそれを忘れてしまったのだ。それならば護身用の犬をさがしていたというのも、さほどありえない話ではない。

「いつ、その約束をしたの？」あまりのばかばかしさに、こめかみがずきずきしてきた。生後三週間の子猫のそばに、歯を鳴らしている大型犬を置いておくことはできない。スグリのスコーンのほうが、この家から無傷で出られる見込みが高い。

「〈青いガチョウ亭〉の裏の路地で俺に手ほどきしてくれたとき」ジョゼフの頰は真っ赤になった。「犬のお代はもらえないよ、俺にあんなにやさしくしてくれたんだから。あなたは笑わなかった。俺がどうしていいかわからないときにも」

ジョーゼットの思考は、風に舞うタンポポの毛のようにくるくるまわっていた。その思考のごく一部は割れたガラスのように粉々だった。そして頭のなかで吹き荒れる風は、夏の嵐のように容赦なく感覚を痛めつけてくる。

この若者は何か下劣なことを言おうとしている。けがらわしいことを。わたしはゆうべ、この紅顔の青年を堕落させたのだろうか、それも悪名高き〈青いガチョウ亭〉の裏の路地で。忸怩たる思いと、そんなはずがないという必死の思いが、ジョーゼットの身を強く蹴りつけた。おなじくらい強く、心はこう訴えていた。わたしはおぼえていないのよ。

けれど、それを言ったところで、自分がやってしまったらしいことの重大さに変わりはない。

もちろん、人ちがいよ。でも、人ちがいじゃなかったら？　昨夜の記憶のない部分についての激しい負い目と、まだ何かぼろぼろ出てくるかもしれないという恐怖で、ジョーゼットは口から飛びだしたがっている質問をぴたりと封じた。そのため、呼吸は浅くなっただけではなく、出口を失って肺が痛いほどになった。

「ああ、どうしましょう」ジョーゼットはうめき、若者と犬を見つめた。いったいどうすればいいの？　年若いミスター・ロスヴェンにお詫《わ》びする？　ご両親にお詫びする？　おまけにこの犬……犬については見当もつかない。たぶん、それほど凶暴ではないだろう。なんといっても、青年はまだ五体満足なのだし、この犬を少しも怖がっていないようだから。とはいうものの、絶対安全だとはいえないこの生き物を放し飼いにするわけにはいかない。そうよ、ランドルフが書斎につかっている部屋に入れて、鍵をかけておくべきだろう。

気分を害した声が聞こえて、ジョーゼットのひとつながりの思考がとぎれた。「教えてもらいたかったならさ、ジョゼフ」エルシーは諭《さと》すように言った。「どうして、あんたはゆうべ、あたしに頼まなかったの?」

「俺は……」青年は女たちを代わる代わる見た。「つまりその……レディ・ソロルドはそういうことを知ってそうだったから。ロンドンの未亡人でしょ」体を心もち近づけ、目をみひらいた。「世の中を知ってるよ」

エルシーは目をむいた。「はいよ、町じゅうが知ってるよ。モレイグの町を浮かれ騒いで歩いたのも、たいした秘密じゃないみたいだからね」

ジョゼフは足をもぞもぞ動かした。「でも、彼女は助けを申しでてくれたんだ。俺が〈青いガチョウ亭〉の裏の路地で、ひとりでなんとかしようとしてるのを見て」

たどたどしく弁明につとめながら、青年の額には玉のような汗が浮かんだ。ジョーゼットがぞっとしながらも目を離せずにいる前で、エルシーは手をのばしてその汗をぬぐってやった。「あら、ジョゼフ、経験を積んだ相手がほしいなら、つぎはあたしのところへおいで」女主人のほうへずるそうな視線をちらりと投げた。「〈青いガチョウ亭〉の界隈のことなら、ロンドンのどんなすてきなレディよりよく知ってるから」

ジョゼフはごくりと唾をのんだ。「ありがとう、ミス・エルシー。レディ・ソロルドとはもう試したから、ほかの女性ともやってみたいんだ」青年は期待をこめて目をみひらいた。

「今夜、やれるかな?」

エルシーはおもしろがって、品のない笑い声をあげ、みだらなウィンクを投げた。「いいわよ、じゃあ、あとでね」

ジョーゼットは鼻から呼吸しようと意識を集中した。新しいメイドの恥知らずさにはあきれかえった。童貞にひとしい若者に性的な誘いをかけただけでなく、ついでに女主人の能力までけなしてみせるとは。「乗り物もなく、ここに足止めされたままで、どうやって彼に今夜会うつもりなの?」ジョーゼットは疑問を口にしてみたが、朝から驚くことばかりつづいたせいで、その声はかすれていた。

エルシーは目を丸くした。「あなたがそんなに怒りっぽくなかったら、答えを目にしてることに気づいたはずよ」メイドはひらいたドアの向こうへ顎をしゃくった。「今日のあなたはついてるわね」

ジョーゼットは表を見やった。紅顔のミスター・ロスヴェンと、ようやくロープをひっぱるのはやめたけれどまだ残忍に目をぎらつかせて子猫をにらんでいる犬の向こうを見た。太陽はきらきらと輝いている。空は雲にだいなしにされる恐れもなく晴れ渡っている。いつもならこういう日のために生きているといってもいいくらいで、のんびりとした一日がはじまる予感を楽しむところだ。

けれどもいまは、今朝の最新のショックにどう対応すべきかという、差し迫った問題しか考えられない。「どうして？」ジョーゼットは声を絞りだした。「どうして、今日のわたしがついてるの？」

「それはね」エルシーがすでにドアへ向かいながら言った。「ジョゼフはあなたのペットをお父さんのじゃがいも用の荷車で運んできたみたいだから。その荷車が、あたしたちをモレイグへ運んでくれるのよ、忘れっぽいご主人様」

8

ジェイムズが家と呼ぶコテージの庭にはいっていくと、三本足の犬が出迎えた。ジェミーという名のその犬は、興奮して吠えたりよろよろと動きまわったりした。黄色っぽいむく犬も、この一年のあいだ毎晩明晰《めいせき》な頭を休ませてきた石造りの小屋も、どちらも見なれた光景だが、ゆうべ酔った頭を休ませたらしい場所で起こったことを消し去ってはくれなかった。

今朝の事態を遮断しようとむなしい努力をしながら、黒毛の牝馬をつなぐ場所をさがして、前庭のあたりを見まわした。できれば、蹴りが届かないところがいい。

パトリックの犬は、失った足のかわりになるものならなんでもほしがるのだ。

「おすわり、ジェミー!」と命じると、犬はおとなしく地面に三つ這いになって尻尾《しっぽ》を振り、興奮を行動にあらわすのはやめてクーンと鳴いた。ジェイムズは牝馬の手綱を間に合わせの囲いの杭にくくりつけた。奥の柵のあたりではパトリックが最近保護してきた子羊が歩きまわり、草を求めてメーメー鳴いている。

「今日のディナーはあいつらしいな?」ウィリアムが冗談を言い、囲いのほうを親指でさし示した。

「僕たちが食べるのは、パトリックが命を救えなかった動物だけだ」ジェイムズはそう答えながら、なぜいつまでも兄への腹立ちを我慢しているのだろうとまた思った。

「ということは、あまり食べることはないって意味だよ」玄関からパトリックが出てきて、布切れで両手を拭きながら、昼間近の太陽のまぶしさに目をしばたたいた。明るい茶色の髪に藁がくっついている様子は、ふつうの人が問題だとみなしそうな格好の一歩先を行っていた。パトリックはさっといつもの笑顔になり、ジェイムズをじろじろ眺めまわした。「ほう、夜を生き延びたんだな」

左の耳に、ウィリアムの笑い声が響く。「まあ、ある意味では」兄が言った。「だが、体の一部分はそれほど幸運ではなかった。きみが診てやったほうがいいだろう」

パトリックは鼻の奥を鳴らした。「腹の下の部分のことを言っているなら、だめになったほうが幸せだ。その後遺症にはまったく関心がないね。ゆうべ〈青いガチョウ亭〉から連れだした女性のほうは、八十歳の無能者でもベッドに転がりこませるような魅力を持っていた」パトリックは笑いかけたが、牝馬を見つけると笑顔が消えていった。「なんであの馬を囲いの杭につないでいるんだ?」ジェイムズに視線をもどして、さらにきく。「それに、シーザーはどうしたんだ?　まさか、きみの気立てのいい種馬を、あの解体業者行きの駄馬と交換したんじゃないだろうな」

「そこが」ウィリアムが割りこんだ。「今朝の問題なんだ。いや、問題のひとつというべきか」手をのばして、ジェイムズの帽子をひったくった。「このひどい傷をどうするかも問題だ」

パトリックは目を丸くした。低い口笛が唇からもれた。ジェイムズはもっともらしい反論をする暇も、起こったことを整理する暇さえもなく、パトリックに右腕をつかまれ、すかさずウィリアムに左腕をつかまれた。ふたりはジェイムズを引きずるようにして、家に連れていった。

玄関ホールは家畜のにおいがして、ジェイムズの胃はひっくり返りそうになった。パトリックが半年前にひょっこりモレイグにあらわれ、家賃を折半しようと持ちかけたとき、ジェイムズはふたつ返事で飛びついた。たしかに、手当てが必要なはみだしものの家畜や動物と一緒に暮らすのは、たいへんだと思うこともある。朝、目が覚めてみれば、隣に寝ているのは女性ではなく、あの犬の野郎だ。台所はパトリックの仕事上の必要が生じて占領されていて、いまや間に合わせのクリニック兼ボクシングの練習リングと大差なく、きちんとした客を招く場所というより納屋の前庭か路地裏と呼ぶにふさわしい。

とはいえ、きちんとした客がしょっちゅう訪ねてくるわけではない。せいぜいジェイムズの母親が月に一度かそこら来るだけで、古びた椅子に腰をおろし、縁の欠けたカップでお茶を飲み、ジェミーのほうが自分の息子よりも行儀がいいことには気づかぬふりをするのだ。

しかし、パトリックと一緒に住むことには利点がある。毎月の家賃が半分ですむこともそうだし、十一年前に卒業してから会っていなかったこのケンブリッジの学友との友情が復活したこともそうだ。もっとも、その友にしっかり腕を握られていては、そんな感傷にひたってもいられない。

三人はよろよろと台所にはいった。ウィリアムはジェイムズが運動やスパーリング用につかっているおがくずの詰まった袋をわきに押しやり、椅子を蹴って明るい窓辺に移動させ、ジェイムズをそこにすわらせた。

「すわっていろ」兄は犬のジェミーに命じるように言った。

いや、犬のジェミーより劣ったものに命じるような言い方だった。抗議の声が唇から出かかったが、言葉にするまえにパトリックが近づいてきて、司令官のように偉そうにこちらを見おろした。一瞬、歯をむいて、この獣医に口のなかを診てもらいたくなった。

「ゆうべ、もどらなかったから心配したんだ」パトリックはジェイムズの片方のまぶたを押しひろげ、じっと見つめた。上唇をひん曲げて意識を集中させている。「ウィリアムが見つけてくれてよかったよ。僕の指を目で追って」

ジェイムズは指の動きを追い、指が目のそばまで来ると、それをつかんでねじった。

「ジェミーをけしかけられたほうがましだ」と、どなりつけた。「いったいどういうわけで、兄に迎えにこさせたんだ?」

パトリックは手をさげた。ジェイムズがそれほど正確に指を払えるなら、目がちゃんと見えているのだろうと思ったらしく、にやりと笑った。「家賃のためさ。きみの分が必要だったんだ」

ジェイムズは顔をしかめた。家賃か。それも財布のなかにはいっていたんだよ。朝の借金は真冬の雪より急速に積もっていく。

「家賃を負担しなかったら、あの犬もあそこまでは喜ばなかっただろう」ウィリアムはくすくす笑いながら財布を取りだし、それを振ってなかの硬貨を、ジェイムズの頭の中身とおなじくらいがちゃがちゃさせた。「今日はジェイムズの金主をつとめているんだ。こいつに恩を売れるのはうれしいよ。昔からずっと援助の手をさしのべても断られてきたからね」

ジェイムズはウィリアムをにらみつけてから、友人に視線を移した。「兄に羊小屋の清掃を言いつけてくれないか。朝から二時間も一緒にいて、もう顔を見るのもうんざりだ」

パトリックは腕を組んだ。「実の兄の顔を見るのもうんざりとはね」同情するふりをして舌打ちした。「それで、そんなひどい顔をしているのか？　頭の傷口がひらいているせいもあるんだろう。念のために言っておくが、縫わないといけないぞ」

「わたしは外に出ていよう」ウィリアムはそう言いながら、足はもう台所のドアのほうへ向かっていた。「実の弟が泣いている姿は見たくない。それとも懇願しているところかな。うん、そのほうがいい。まあ、われわれが生きているうちにそれを見ることはないだろうが」

兄は太い笑い声を響かせたまま、ドアを出て廊下を進んでいった。

ジェイムズはほうっと深いため息をついた。それまで息をとめていたことに、自分でも気づかなかった。「今朝は彼がずっとそばにいて、いらいらしっぱなしだった。ひなのいる雌鶏みたいに面倒を見たがって、コッコッ鳴いたり、ガーガーわめいたり、ひっかきまわしたりされると、何も考えられなくなるんだ」

パトリックは首をかしげた。「いつか」と、おもむろに言った。「小うるさい兄さんがいるのは幸せだと気づくときが来るよ。家族とは恵みなんだ、マッケンジー、災いじゃない」

ジェイムズは鼻を鳴らした。「キルマーティ伯爵のもとで暮らしたことのない男が言いそうなことだ。おまえに災いの何がわかる？」

パトリックは後ろに身をそらせ、細い顔をさっと曇らせた。「きみの災いがそれほどひどいものじゃないことがわかるくらいには」

友の右目の下がぴくりとした。これがはじめてではないが、ジェイムズはパトリックの過去をほとんど知らないことに気づいた。大学時代は寮が同室で、ふたりとも役立たずの次男である不幸をパイントグラス片手に嘆きあったものだ。半年前、パトリックが痩《や》せた体にやつれた顔でなぜかモレイグにあらわれたとき、友情が復活したのは当然だった。金のやりくりに追われていたから、家賃を分担するという考えは理にかなっていた――少なくとも、パトリックが自分の商売に励み、町に捨てられた動物を拾ってくるまでは。もっと重要なのは、悪意のない冗談でたがいの孤独をなぐさめあえることだ。

だが、そういった友情があっても、パトリックは心の底を明かさなかった。彼がなぜそこまで過去を遮断しているのか、気楽なケンブリッジ時代のあとに何があったのかはまるでわからないままだ。

「なあ」ジェイムズは友人の消しがたい秘密をつつくのは気が進まず、ため息をついた。「縫ってくれるのか、それともカートランド・ストリートの医者に行かないとだめなのか?」

思ったとおり、息をしている人間相手に獣医の技術を試せるというチャンスを、パトリックが見逃すはずはなかった。信頼できる友人の例にもれず、血がこびりついた頭の怪我にほどよい同情を示しつつ、パトリックは傷口をきれいな水で洗浄しはじめた。

ジェイムズが怪我をした経緯をたどたどしく説明しだすと、ストップウォッチの針のように狂いもなく、パトリックはあらゆる憂いを忘れて笑いこけた。

「すると、このちょっとした怪我は室内用便器にやられたのか」パトリックは笑いにむせながら言った。収斂《しゅうれん》薬のつんとしたにおいがジェイムズの鼻孔を刺し、傷口に布を押しつけられたのと変わらない痛みを感じた。「きみの見せかけの妻は、なかなかおもしろそうな人だな」

「見せかけ?」友の指が敏感な地肌を探り、ジェイムズは顔をしかめた。「じゃあ、結婚したわけじゃないのか?」

パトリックは針を取りあげ、先端を点検した。「僕が知っているのは、〈青いガチョウ亭〉できみから聞いた話だけだ。彼女に害をなそうとしているだれかから彼女を救うために、結婚したふりをすることにしたって。僕にはきみがとても楽しんでいるようにも見えた。聞いたところでは、きみはかねがね困っている女性には同情しやすかったそうだ」そう言いながら、針の穴に糸を通しはじめた。「その結果が、このありさまだ」

ジェイムズは椅子の上でもぞもぞ動き、膝に乗せたコルセットを指でもてあそんだ。この友人がジェイムズの過去に触れるのも、時空を超えてひろがるジェイムズの噂を知っていることをほのめかすのもはじめてだった。そう、ジェイムズは美人と見れば助けたくなる男だ、そしてやっぱり、その結果がこのありさまだ――町の獣医が外科技術を試す犠牲になろうとしていて、おまけに半年分の貯金を失った。

上等のコルセットを握りしめる手に力がはいった。これを鼻まで持ちあげれば、ブランデーとレモンの香りがすることは知っている。シャツに顔を近づければいまでもその香りを嗅ぎとれると思うから。彼女がだれであれ、忘れてしまいたい。ゆうべの出来事も、忘れてしまいたい過去が詰めこまれた箱に入れて、あっさり葬《ほうむ》ってしまうことができたら。

だが、誇りと経済状況が、それを許さなかった。

パトリックが針に糸を通すのに失敗して、何か小声でつぶやいた。準備がととのうのを待ちながら、ジェイムズはまだ膝に乗せてあるコルセットから張り骨をはずし、ためつすがめつして、女の身元がわかりそうな手がかりをさがした。名前は刻まれていない。張り骨の中央に花の精妙なエッチングがほどこされているだけだ。さらに目を近づけてみると、裾のほうに何かあるのが見えた。

G・T。

彼女のイニシャルだろうか。それとも、恋人の？

ジェイムズはごくりと唾をのみ、目が覚めたときとくらべて、彼女の捜索が少しも進んでいないことを認めた。これが失敗に終わると思うと――彼女を失うと思うと、パトリックがようやく頭皮に刺した針のごとく確実に、ジェイムズを悩ませた。何かほかのことを考えようとしたが、行きつ戻りつする針に邪魔された。

まずいことに、心は彼女のことを考えたがっていた。おそらく椅子にじっとすわり、罪のつぐないとしてパトリックの医療技術に耐えているせいだろう。あるいは、目覚めてからずっと頭に居すわっていた忘却の霧が、ようやく晴れはじめたせいかもしれない。理由はなんであれ、もう少し思いだせそうな気がした。

彼女は手だれとまではいかなくても、人の気を引くのがうまかった。〈青いガチョウ亭〉の客たちをさばくのを十五分ほど見物しているうちに、ジェイムズは目の前の女性とエールのジョッキにすっかり酔わされていた。彼女の自然に身についた仕草のなかには喜びがあらわれていて、見ているだけでこちらまで楽しくなった。彼女は羽化したばかりの蝶のように、羽をひろげ、それがきちんと機能するかどうか試しているようだった。それまでずっと暗闇で過ごし、目が覚めたら窓から太陽の光が燦々《さんさん》と降りそそいでいるのを見つけた人間のようだった。

やがて、店の客たちとたわむれるのは、彼女にはどうでもよくなったようだった。あのまばゆい光線がまっすぐジェイムズに集中したからだ。

ジェイムズはほっとした。いまならモレイグの通りで彼女を見かけてもわかるだろう。一時間前にはそれさえもあやふやだったのだ。目覚めたときには、記憶はとぎれとぎれの静止画にすぎず、それもおぼろげで意味をなさなかった。だが、いまはもっと思いだせるようになった。

動いている画が見える。彼女はゆうべ一瞬たりともじっとしていなかった。髪はブロンドが見事すぎて白っぽく見えるほどだった。顔はエネルギーと興奮に生き生きと輝き、あの忘れがたい髪はピンからこぼれおちていた――髪までもが窮屈な状態にはもう耐えられないとでもいうように。口は大きく、しじゅう笑っていた。ジェイムズはウェイトレスがジョッキに満たしつづけるエールを呷《あお》りながら考えたことを思いだした――僕はこの女性と結婚する。

あいにく、結婚した部分になるとあまり思いだせないけれど。

それをいうなら、結婚しなかった部分も思いだせない。その点に関してはまだ少し混乱している。彼女をからかったのはおぼえている。客のだれかから不当な侮辱を受けて、傷ついた目をした彼女をなぐさめてやりたかったのだ。ジェイムズは自分のエールを空《から》のグラスに注いでやり、それから結婚を申しこんだ。これから一生きみの酒のお代わりを注がせてくれ、と。

少なくとも、なぜこんなことに巻きこまれたのかということだけは、もうわかる。いま、何よりもおぼえているのは、あのキスだから。彼女はこの両腕に飛びこんできて、それから〈青いガチョウ亭〉の居酒屋の傷だらけのテーブルの上で、冷やかしたりはやしたてたりする客たちの前で、この唇に唇を押しつけてきたのだ。その思いがけない感触にひっくり返りそうになったのをおぼえている。彼女の息はどきっとするほど甘く、ジェイムズの神経の隅々まで満たしていった。あのしなやかな体を胸に抱いた感触をおぼえている。唇を重ねたときの、驚いたような彼女のあえぎもおぼえている。あたかも、その熱っぽさに彼女自身もショックを受けたかのように。

ジェイムズは逃れられないその記憶に、ごくりと唾をのんだ。「彼女を見つけなきゃ」とつぶやいていた。

「無理もないね」パトリックがのんきにあいづちを打ち、ジェイムズの頭の上にかがみこんだ。「僕だって彼女とつきあいたいよ。あんなにきれいで……」

気がつくと、ジェイムズは拳を固め、友のネクタイをつかんで、顔と顔が触れあうほど引き寄せた。「おまえが愚弄《ぐろう》しようとしているのは僕の仮の妻だ。だから、よく考えてものを言ってもらいたいね」

パトリックはそっと友人の手を振りほどき、気取った笑みを投げかけた。「ゆうべとおなじ反応だ。きみがまだその女性に夢中かどうか試してみただけだよ。僕は運がよかったと思うべきだろうな。マクローリーはゆうべ、不謹慎とも呼べないようなことで前歯を二本折られたから」

パトリックがまた頭皮に取りかかるなか、ジェイムズは困惑の渦にのまれて目をぱちくりさせた。ゆうべ、あの肉屋の歯を折ったことは知っている——宿の主にそう言われたから。いまではその場面も思いだし、拳に伝わる小気味いい音も、女の甲高い悲鳴も、粉々に割れたガラスや木の砕片も頭によみがえってきた。もちろん、マクローリーが口いっぱいの血を吐きだしたときに当然感じた罪の意識も。

しかし、なぜそんなことをしたのかは、だれもまだ教えてくれていない。女のことで、肉屋と喧嘩になったのだろうか。「僕はどうして彼を殴ったんだ?」

パトリックは肩をすくめた。肌に針を通されているときには避けてほしい反応だったとあとで気づいた。「知るもんか。彼が女のことで何か言ったんじゃないか。きみはいま笑っていたかと思ったら、急に腕を振りまわしたんだ。あんなきみははじめて見たよ、正直な話」

パトリックの容赦ない手当てに痛みが走り、ジェイムズは顔をしかめた。頭のなかではさまざまな考えが入り乱れていた。そう聞かされても、自分の反応は納得がいかない。大人になってからは、そういう衝動を抑えるように気をつけて体面を保ってきた。実際にはどれほど薄い盾であろうと、しっかりおのれを守ってきた。若気の至りの数々を犯したあとで、暴力に訴えることは二度としないと誓った。女のことで揉めないと固く誓ったのだ。

ところが、その努力もゆうべ水泡に帰したようだ。それも、ひとりの悪い女のために。彼女は泥棒だ。おそらく、彼の膝にすわって上着のポケットのふくらみを感じとった瞬間から、財布を盗むことをもくろんだのだろう。彼女に法の裁きを受けさせたいと心から願うなら、パトリックが彼女のことをどう思おうと関係ないじゃないか。

「どうでもいいことだな」ジェイムズは彼女への思いをぐっと押しやって、もう少しで親友を殴りそうになったことに意識をもどした。頭の痛みは鈍痛にまで弱まっているものの、ひと針ごとに目をぎゅっと閉じた。「どっちにしても、彼女の居場所は知らないんだ」

「まあ、僕が妻と馬をおなじ夜になくしたら、デイヴィッド・キャメロンの家をのぞいてみるだろうな」顔を近づけて、縫い目をひとつずつ丹念に点検した。

ジェイムズは目を細めて友を見あげた。パトリックはすでに危険な領域に踏みこんでいた。あの女のことでジェイムズをからかいつつ、真面目に手は動かしている。だが、自分がさがしている女と、自分が嫌悪している男をおなじ文脈で言われると、つい手が出そうになる。

「なんで僕がキャメロンのところへ行かなきゃいけないんだ?」ゆっくりとたずねながら、座席に三日月の痕がつくまで爪を食いこませた。

「それはね、きみが表の囲いの杭につないだあの黒い獣が、彼の牝馬だからさ。つい先月、馬蹄炎にかかったのを治療した。ジェミーのように足が不自由なんだ。繁殖用としては問題ないが、乗馬用には適さないだろう。あの馬をシーザーと交換したんだったら、きみはきっとだまされたんだよ」

頭のなかで警告の鐘が鳴った。シーザーを交換に出すようなばかな真似をしたかもしれないと考えたせいではない。モレイグの治安判事であるデイヴィッド・キャメロンの名前がまた出てきたからだ。

パトリックがまだ彼を友達だと思っていることは知っている。ケンブリッジ時代に築かれた友情の名残だ。三人とも次男で、まともな教育を受けることは強制されたが、財産とそれにともなう爵位を要求する正当な権利は拒否された。まわりは彼らより裕福で将来が約束されている若者ばかりのなかで、三人は身を寄せあってクラブのようなものを結成した。

だが、どんな経緯があろうと、自分もデイヴィッド・キャメロンもモレイグ出身であろうと、ジェイムズはもう長年、デイヴィッドを友人とは思っていない。それどころか、彼のことを考えないように精いっぱいつとめてきた。もっとも、自分はこの町の事務弁護士で、デイヴィッドは治安判事であるという職業柄、ある程度のやりとりがあるのはやむをえないことだが。

しかし、いまは彼のことを考えないわけにはいかなくなった。ゆうべの記憶がよみがえってくる。あの女をテーブルにひっぱりあげ、並んで立った。客たちはテーブルのまわりをぐるぐるまわっている。それは本物ではなかった。少なくとも、本物のつもりはなかった。彼女の顔を見おろし、葦《あし》のようにほっそりした手を取るかたわらで、キャメロン——その場にいるだれにも負けないほど酔っている——が、生まれながらの俳優の才能を発揮して、婚礼の真似ごとを執りおこない、飲んだくれとその妻の結婚を大げさに宣言したのだ。

そんな茶番を演じることを引きうけた理由は思いだせない。あれは良識で許せる範囲を超えていたし、結婚や愛といったジェイムズが神聖だとみなしているものをからかう行為だった。みずからの評判をさげるような騒ぎに参加するなんて、まったくわけがわからない。想像できるのは、あの女に頼まれたからということだけだ。彼女がそばにいると体が反応してしまうということは別にして、なんらかの理由があったからやったのだろう。

だが、デイヴィッド・キャメロンとなると……彼は不確定要素だ。すばらしく立派な治安判事で、公平かつ率直な態度を取るという評判だが、一歩仕事を離れれば、いまだに甘やかされた次男坊のままだ。

「キャメロンのことだが……」ジェイムズは言い淀んだ。「どう思う……つまり、彼はその……ゆうべ、ちゃんとした式を執りおこなったんだろうか」

息をのんで、パトリックの答えを待った。その結婚式のせいで、状況がますます悪化したに決まっている。式そのものはエールに酔った耳にも本物らしく聞こえた。おそらく、キャメロンがその昔、たがいの人生が分かれるまえのケンブリッジ時代から得意にしていた趣味の悪い冗談のひとつだろう。モレイグの法曹界の新星かもしれないが、その職業柄の愛想のよさはうのみにできない。それを発揮してお得意の愉快な冗談の種にしたか、あるいは、ここぞとばかりに皮肉の利いた復讐の手段に利用したかもしれない。

パトリックは眉を寄せた。「僕がいたのは終わりのほうだけだから。気になるなら、キャメロンに直接きいてみたらどうだ」かがみこんで、糸の端っこを歯で嚙み切った。「完了だ」

ジェイムズは震える手をのばし、誘うように梁からぶらさがっているおがくず入りの袋をつかんで体を支えた。ふつうなら、こんなふうにがんじがらめになったと感じたときは、それをつかって鬱憤を発散する。筋肉を屈服させ、頭を服従させる。だが、頭がずきずきすることを考えたら、この袋相手にスパーリングができるようになるまでには、もう数日かかるだろう。あの女をうらむ理由がまたひとつ増えた。

やっとのことで立ちあがるジェイムズを見て、パトリックはため息をついた。「きみが僕の四つ足の患者だったら、町をほっつき歩くのは、風呂につかって、二、三日体を休めてからにすることを勧めるね」

「おまえが四つ足の患者にどんなことをするかは知っているよ」ジェイムズはおぼつかない足どりで廊下へ向かった。「哀れなジェミーがそのいい例なら、僕は手足も玉も無傷のままがいい」

風呂には言葉にできないほど心をひかれるが、ゆっくりつかる暇はない。そう、部屋に置いてある茶色の薄っぺらい石鹼でささっと洗って間に合わせるほかないだろう。それからあと三十秒犠牲にして歯を磨き、きれいなシャツに着替える——空っぽに近い抽斗《ひきだし》に洗いたてのシャツがはいっていればの話だが。

しかし、パトリックが言っていた二、三日の休養は問題外だ。手がかりを追わずに時間が過ぎていけばいくほど、彼女に痕跡をくらませる時間をやってしまう。自分には選択の余地はない。ドアからなんとか出ていけるようになりしだい、キャメロンの家へ行こう。

自分の邪魔をしようとするあの男——あるいは兄——に憐れみを。

9

じゃがいも車の荷台に乗って町までいくのは、湿った土と腐った野菜のにおいはしたけれど、思ったほど悪くはなかった。

エルシー・ダルリンプルが地元の知識の宝庫で、遠くの湖——昼下がりの日ざしに照り映え、海と出会うあたりの水は青く澄んだ帯になっている——を指さして説明してくれたおかげで、恥ずかしい乗り物で運ばれていることから気をまぎらすことができた。でこぼこ道を行きながら子猫を胸に抱いて揺れから守り、エルシーが語る湖を見おろす断崖に建つキルマーティ城にまつわる奇談に聞き入った。町が近づくにつれ、こちらに好奇の目を向ける住民が増えはじめると、エルシーは恥ずかしがるジョーゼットの気をそらそうと、モレイグの町の歴史をくわしく述べ、二十年前に密貿易の港としての役割をになったことを教えてくれた。

〈青いガチョウ亭〉の店先にとまるころには、ジョーゼットはここで生まれ育ったかのように、町のことを完全に把握していた。

もちろん、ほんとうにモレイグで生まれ育ったなら、ゆうべの記憶がもどる気配がなくても関係ないだろう。ミスター・ジェイムズ・マッケンジーがどんな人間であるかも、こちらがあっという間に求婚を承諾してしまうような魅力がどこにあるかも、正確に知っているはずだから。

ジョーゼットはもう自分がやってしまったことに動揺していない。覚悟を決めたのだ。彼のことを調べている時間はない、避けられないことを引きのばしてもしかたない。必要なのは婚姻の取り消しだ。

でも、それにはまず彼を見つけないと。

エルシーが先に荷車から飛びおり、スカートを振ってしわをのばしながら、女主人の期待に満ちたまなざしを無視した。ジョーゼットは咳払いした。「レディーズ・メイドというのは女主人に手を貸すものよ、そばに従僕がいないときは」

エルシーはくすくす笑いだした。「あら、おもしろいわね、お嬢さん。じゃがいも車が馬車だってふりをしてるの？」

たしかにこれがちょっとばかばかしいのは認めずにいられない。ジョーゼットは小ぶりのハンドバッグと子猫をあぶなっかしく片手でつかみ、荷車の後ろから滑りおりた。少しずつ進むのよ、と自分に言い聞かせる。まともな使用人にしつけるには時間がかかる。

「また会えて楽しかったわ、ジョゼフ」エルシーは御者をつとめた若者にほほえみかけた。

「たぶん今夜、もっとよく知りあえるわね」

青年は顔を赤くした。荷車が動きだすと、ジョーゼットはエルシーの肘をつかみ、青年に聞こえないところまでひっぱった。「レディーズ・メイドはそういうことを言わないものよ」と、叱りつける。

エルシーは片手を腰にあてがった。「なんで?」

「それは……不作法だからよ」ジョーゼットは子猫をもう一方の手に持ちかえながら、なぜ不作法なのかを思いだそうとした。

すでに目抜き通りにはいった荷車を、エルシーは目で追っている。「あたしはもうジョゼフ・ロスヴェンのような輩《やから》とはつきあうべきじゃないって考えてるのね」そこで、鼻をすすった。「でもさ、レディーズ・メイドになると、どうしてあたしまで偉くなるのかわからないけど。それにゆうべは、彼もあなたの相手になれたのに」

「ちがうわ」ジョーゼットは喉に詰まった恥ずかしさを言葉で払った。「そうじゃなくて、あなたはだれとでも好きなようにつきあっていいのよ。ただ使用人は、人前では慎重にしゃべらないといけないって言っているの。あなたの態度を見れば、雇い主がどんな人かわかるから」

「えーえ、あんまり楽しそうじゃないな」エルシーはぶつぶつ言ったが、何か不適切なことを口走ろうとしていたにしても、全身を震わせるほどのくしゃみにさえぎられた。

ジョーゼットはため息をついた。反射的なくしゃみは、この一時間で三度目だ。エルシーが夏風邪をひいたか――季節はずれの暖かさを考えたら、それはありそうにないけれど――そうでなければ、ミスター・マッケンジーを見つけることにくわえて、肉屋の場所を突きとめて子猫を返すことも念頭に置かなくてはならない。

あたりを見まわし、景色に注目しながら、血が飛び散った大柄の肉屋か、茶色のひげとニガヨモギ色の目を持つ男がいないかと、人ごみに目を凝らした。右手の〈青いガチョウ亭〉では、男がはしごに登って、壊れた正面に色鮮やかなちょうちんを取りつけていた。背の高さも顎ひげもミスター・マッケンジーらしく見えたが、作業を終えてこちらを向いたとたん、顔が細すぎるし、目も青すぎることがわかった。

ジョーゼットはすっかり気落ちした。モレイグは今朝見たときよりも大きく見える。たぶん、人口数千人の町だろう。どちらを向いても顎ひげをたくわえた屈強なスコットランド男ばかりの町で、どうしてマッケンジーが見つかるなんて思ったのだろう。全住民の目の色を確かめないといけないとしたら、午後が何時間あっても足りない。名前と職業からどう捜しだせばいいの?

「何かお祝いでもあるの?」ジョーゼットはちょうちんのほうにうなづいてみせた。

「ベルテーン《ビャウルテン》祝祭よ」

「ビャウルテンって?」発音したことのない言葉だったが、この地方の訛りらしき響きはわかるようになってきた。

「五月祭のこと」エルシーはいたずらっぽい笑みを浮かべた。「今夜はかがり火を焚《た》いて踊るの。暗がりがいっぱいあって、こっそりキスができるわ」

ジョーゼットは顔をしかめた。ビャウルテンはいつもなら敬遠するたぐいの催しのようだ。それを言うなら、〈青いガチョウ亭〉に夜集まってくる客もそうだ。

ジョーゼットはエルシーをひっぱって目抜き通りを南へ向かい、今朝突き進んだ方角へ歩いていった。夜明けに逃げだしたときとは、においも音もちがっている。揚げパンの香りや市の喧騒のかわりに、肉を焼くまぎれもないにおいと、槌を打つ響きがあたりを満たしていた。ビャウルテンの準備の真っ盛りらしい。ということは、ますます急いでマッケンジーと肉屋を見つけないと、どんちゃん騒ぎがはじまるまえに逃げだすことができなくなってしまう。

「ミスター・マッケンジーのことをもっと教えて」子猫をひしと胸に抱いて歩きながら、ジョーゼットはエルシーに命じた。

メイドは心得顔で女主人を見やり、はしばみ色の目をうれしそうに輝かせた。「彼とは手を切りたかったんじゃなかったっけ」

「そうよ」

いまはちがうけど。彼への好奇心が電流のように血管を流れる。もっと知りたいという思いに、体がブーンと鳴っていた。「できるだけ早く見つけるには、彼のことをもっと知っておいたほうがいいでしょ。どこに住んでいるのか、どんな人なのか」

メイドは肩をすくめた。「ほかに何が知りたいの？　罪深いほどハンサムで、あなたがほしくないって言ったら喜ぶ女たちがおおぜいいる男の」エルシーはにやりと笑った。「あたしも考えるわ、彼が肉屋を窓まで投げ飛ばした様子とか……目覚めたらあの男があたしのベッドにいるなら、なんでもさしだすのにとか」

「肉屋を？」メイドの取りとめのない思考をたどろうとしながらたずねた。

「マッケンジーよ」エルシーは唇を引き結んだ。「もちろん、あなたが終わったあとで」

嫉妬《しっと》に駆られて、胃がでんぐりがえった。子猫をさらに強く抱きしめながら、思いがけない体の反応にとまどった。エルシーが恋に夢中な女学生みたいに、マッケンジーの名前を口にするたびにキスをせがむようなため息をついたって、なんの関係もないじゃないの。

わたしは彼のキスなどいらない――彼とおさらばしたいのよ。

「女の扱いがうまいの、あの人は」メイドは女主人の予期せぬ動揺には気づかず、まだ勝手にしゃべっている。「決まった相手はいなかったみたいだけど、あなたがあらわれるまではね」エルシーは顔を近づけた。「もちろん、噂はあったわよ」

ジョーゼットは唇をすぼめた。その噂がどんなものかは想像できる。ミスター・マッケンジーのあからさまな……男らしさを裏づけるものだろう。

エルシーは右を見て、左を見てから「悲劇があったの。彼が若いころに」と、ささやいた。

「あまり下品な噂じゃないようね」ジョーゼットもささやきかえした。もっとも、なんでこんな押し殺したような小声で話しているのかはわからなかったけれど。

道の左右にいる人々を見やってから、エルシーはさらに身を寄せ、手で口を隠しながらささやいた。「何年かまえに起こった事件で、町じゅうの噂になったみたい。子を身ごもった女がいて、父親はどこかのだれかだと本人は言った。マッケンジーは自分が父親だと名乗りでた」

ジョーゼットは押し黙り、そんなとんでもない状況を思い浮かべようとした。「どうなったの?」

「あたしがモレイグに来るまえのことだから。でも、聞いた話では、女はまもなく橋から身投げして、マッケンジーは少し荒れて、やる気のある相手ならだれとでも喧嘩しまくったみたい。それで彼はちょっと評判が悪くなった。でも、何がいけないというの? ときには拳をつかうのを必要とすることもあるじゃない」

「ロンドンではないわ」ジョーゼットはその手のことを考えるのが苦手だった。自分がだれかを殴る場面なんて想像もつかない。

「ふうん、あなたはもっと人生を楽しんだほうがいいかもね」

沈黙が訪れた。そんな個人的な悲しい噂のあとで、いったい何を言えるだろう。

ふたりは歩きつづけた。ジョーゼットは今朝笑いながらベッドにもどっておいでと誘った悪党のことを考えた。鬱憤を晴らすために手当たりしだい拳をふるっていた、傷ついた若者の姿を思い浮かべようとした。彼を思って、胸がぎゅっと締めつけられた。

「彼はキルマーティ伯爵の息子よ」エルシーがつぎの話題を提供した。

「伯爵の息子ですって?」ジョーゼットは声をうわずらせた。今朝じろじろ眺めたあの筋骨たくましい体と、何不自由ない貴族の甘い生活とを一致させるのに難儀した。あの男を従僕だと思ったなんて! それならみんな、彼をマッケンジー卿と呼ぶべきなんじゃないの? あまりの驚きと恥ずかしさに頰がかっと熱くなり、やがて思考はつぎの目的地へと飛んだ。

「じゃあ、お城に行けば見つかるの?」

エルシーは首を振った。「彼は後継ぎじゃないの。町に住んでる。それに、伯爵は〈青いガチョウ亭〉の界隈には来ないわよ。でも、マッケンジーはちがう。彼らが親族だなんてわからないと思うよ。彼は貴族というより庶民みたいだもん。こそこそ出歩いたり、ふさふさしたひげを生やしたり」

ひげの描写に関しては、ジョーゼットの記憶と一致しているようだ。「じゃあ、町にある住まいを訪ねてみたほうがいいかしら」彼を見つける機会を逃したくなくて、しつこくたずねた。

「どうかな」エルシーは唇をすぼめ、頭上に浮かんでいる太陽を見た。「この時間だと、仕事してると思う」

もどかしさが無数の小さな指となってジョーゼットをひっぱった。エルシーとこの話をするのは予言者を相手にしているようなもので、話の方向が変わるたびに底のほうに隠れていた事実があきらかになる。ジョーゼットはため息をついた。この娘がマッケンジーについて知っていることを全部話していないことはまちがいない。「彼はなんの仕事をしているの？」このメイドを拷問して吐かせたほうが簡単だろうかと思いながらきいた。

「町の事務弁護士よ」エルシーはうわの空で答えた。首をめぐらせ、左手を通り過ぎていく紳士に蠱惑《こわく》的なほほえみを投げた。マッケンジーではない――この男のひげは彼のより長いし、白髪が混じっている。だが、この紳士がエルシーを眺めた目つきは、今朝のマッケンジーの目つきを思い起こさせた。

ジョーゼットは心を震わせた。あの男の影はあちこちに見えるのに、本物にたどりつく道はどうしてこれほど遠いのか。彼が事務弁護士だというなら、紳士ではないことになる。少なくとも、ジョーゼットの認識する紳士とはちがう。それに、いまだに記憶のなかのたくましい体と、机にかじりついているような職業とが結びつかない。でも、追う価値のある手がかりがようやくつかめたのはたしかだ。

「どうしていままでそれを言わなかったの？」ジョーゼットは声を荒らげた。「訪ねていける事務所を持っているはずでしょ」

「はいよ、モレイグの北部に事務所を借りてる。依頼人にはジンジャー水とケーキを出すの、相手が罪人でも」エルシーは遠ざかっていく紳士から視線を引きもどし、ぎこちない間を避けようとした。柄《がら》にもなく、頬が赤くなっている。「えーと……そう聞いた」

「エルシー」ジョーゼットはいきなり足をとめた。「わたしに何を隠しているの?」恐ろしい疑惑が頭に居すわった。「ミスター・マッケンジーと、エールを給仕するより意味のある交流を持ったことがあるの?」

エルシーは肩をすくめた。自分では気に入っているらしい片方の肩だけをすくめる、あの妙な仕草で。「一度か二度。もちろん、まえの仕事のとき」

「あなたの仕事? 〈青いガチョウ亭〉での?」

「そのまえよ」エルシーは顎を突きだしたが、口調にはかすかなためらいがあった。「あたしは……〈青いガチョウ亭〉の裏で働いてたの」

ジョーゼットはびっくりして手をだらんとさげた。「あなたは娼婦なの?」喉がからからに渇いていく。足は凍りついたが、頭のなかは少しもじっとしていなかった。

エルシーはそんなことをしたの? わたしの現在の——一時的とはいえ——夫である男と?

「だった」エルシーは片足からもう一方の足へ体重を移動させた。「娼婦だったの。それに、本物の娼婦じゃない。ときたま目にとまった男と外に出ただけよ」

「裏の路地に」ジョーゼットはずばりと言った。「愛を語りあう男女にふさわしい場所とは言えないわね」

「そんな目で見なくたっていいでしょ」エルシーはすねていた。「そのことはゆうべ教えたじゃない、この仕事を申してでてくれたときに。それに、あなたが考えてるほど悪くない。そういう暮らしにも満足してたのよ、マッケンジーが割りこんでくるまでは」

怒りが体を駆け抜けた。ジョーゼットにはエルシーの選択を批判する気はない。最初の愚かな結婚の犠牲となった自分を批判したくないのとおなじだ。エルシーが自分でそういうことを選んだなら、好きこのんでやったのだろうし、我慢できないことでなかったのはたしかだろう。けれども、この下品な話に登場する男のことは……批判せずにはいられなかった。

たとえ、その男が依頼人をケーキとジンジャー水でもてなすとしても。

「ミスター・マッケンジーはあなたの……奉仕を必要としていたの？」ジョーゼットの声は不快感でざらざらしていた。「それとも、無理にそうさせたの？」

エルシーは目を丸くした。「あら、お嬢さん、なんか誤解してるよ」

「じゃあ、あなたを起訴しようとしたの？」

「もう、そんなことじゃないってば」エルシーは顔をぎゅっとしかめた。「彼はあたしを助けてくれたの、去年の春、牧師が公然わいせつ罪であたしを訴えようとしたとき。公判に付き添ってくれたし、あたしが罰金を払わなくてすむようにもしてくれた。マッケンジーは道を誤ってしまった者たちの味方なの。でも、いつまでもそれをつづける気ならあたしを守ることはできないって言って、〈青いガチョウ亭〉でパイントグラスを運ぶ仕事を世話してくれたのよ」

マッケンジーの善行を知って安堵の波に包まれると同時に、彼が嫌悪すべき人物ではないかという不安をいだいたときとおなじくらい、心をかき乱された。ジョーゼットは身震いしてその思いを振りはらった。あの男への愛着を深めるのはまずいし、そのやり方に共感をおぼえるのもまずい。

手放すつもりの生き物に餌《えさ》をやったりかわいがったりするな。

「あたしは昔の自分を恥じてないよ」エルシーは話をつづけながら、またもや通り過ぎる紳士に野性的な色目をつかった。「あたしは男といるのが楽しいし、彼らも喜んで行為の代金を払ったし」

それを聞いて、ジョーゼットは目をぱちくりさせた。この使用人がなぜ顔を紅潮させているのかも、なぜ〝男〟と〝楽しい〟をおなじ文脈でつかうのかも理解できなかった。性の交わりはそそくさとすます気まずい行為で、結婚生活の義務でしかない。もちろん、それだけではないと思う。それ以上の意味がありそうだから。自分にとって、義務だけではないものがあるはずだから。

また脈が速まるのを感じた。今朝ミスター・マッケンジーの裸の胸を眺める厚かましさに驚いたように、自分の知らない一面に気づかされて。たぶん、自分にとって義務だけではないものがあるのだろう。

それをもっと深く探れないのは残念だ。

子猫が散歩服に体をこすりつけ、不満げに鳴いた。目が覚めたら母親ではなく、ウールを着こんだ人間に抱かれていたからだろう。ジョーゼットは子猫を顎の高さまで持ちあげ、つぎはどうすべきかを考えた。優先事項を変更したほうがいいかもしれない。急いで何かあたえないと、この子の命があぶない。通りを見渡し、温かいミルクを出してくれそうな茶房かカフェをさがした。「この子に何か食べさせたほうがいいと思うんだけど」

「あたしもちょっと食べたいな」エルシーは意味ありげに腰をたたいた。「このレディーズ・メイドの職が合わなかった場合にそなえて、体形を維持しておかないと。でも、マッケンジーを早く見つけたいんじゃなかったの？」

「そうよ」ジョーゼットは深く息をついた。謎のスコットランド男を見つけだしたいという気持ちは、エルシーの話が意外な方向に進むうち、複雑であいまいなものになっていた。相手はベッドを共にした悪党というだけではなさそうだ――わたしがさがしている男は、思ったよりいろんな顔を持っている。

ジョーゼットは新たな焦りをおぼえた。彼を見つけたいのは、婚姻の取り消しを要求するためだけではない。あの男の記憶をいくらかやわらかく修正したかった――エルシーが説明したような英雄的な行動をとる放蕩者に。今朝、室内用便器を用いてレディらしからぬ振る舞いにおよんだことを謝りたかった。そして、たとえそれが感心しないことでも、たとえ危険なことでも、彼を見ただけで胃がざわざわするあの感覚を味わいたかった、ロンドンでの生真面目な生活にもどるまえに、一度だけでいいから。

「食事がすみしだい」ジョーゼットはすでに期待に胸をはずませながら言った。「ミスター・マッケンジーの事務所の位置を正確に教えなさいね」

10

デイヴィッド・キャメロンはいつになく熱心に仕事に励んでいた。

つまり、モレイグの治安判事は父親の厩舎で、飼い葉桶に向かってかがみこみ、尻を天井に向け、ドレスの裾に包まれ、お楽しみの真っ最中だった。

一瞬、怒りに染まった不穏な空気のなかで、ジェイムズの体を激しい嫉妬が駆け抜けた。ここに来れば、旧友の悪だくみに利用された自分の馬と仮の妻に会えると思っていた。キャメロンに大切なものを盗まれたのはこれがはじめてではない。彼はそれを飽きたら捨てるだけなのだ。

もう少しで彼をひっぱり起こして決闘を挑むところだったが、そのとき流れ落ちる茶色の髪とメイド用の白い帽子が目にはいり、人違いだと気づいた。ジェイムズの記憶の中心を占めている盗っ人は金髪だった。

怒りがじょじょに引いていき、ジェイムズはぐったりと身を震わせた。なんてことだ、自分のさがしている女がこの男に襲われていると思っただけであんなにかっとなるなら、ゆうべ衝動的な行動に出たのも無理はない。

だがもちろん、こいつはそんじょそこらにいる男ではない。デイヴィッド・キャメロンなのだ。相手が彼だったら、憤りはいっそう激しいものになるだろう。

藁と革のにおいが感覚を刺激するなか、ジェイムズは兄と一緒にとんだ場面に出くわしたが、これをどうしたものかと考えた。黒い牝馬は、立ち去れと指図するかのように手綱を強くひっぱる。隣ではウィリアムもいらだち、そわそわと足を動かしている。「何かしたほうがいいんじゃないか」と、低い声でささやいた。「彼女を助けるとか」

女の恍惚《こうこつ》としたあえぎはジェイムズの耳にも届いていた。「いや、彼女は気にしていないようだ」まぶしい日ざしをよけて後ろにさがり、男女の行為が終わるのを待つことにした。

友達づきあいは絶えて久しいが、この男のケンブリッジ時代の性癖はおぼえていた。

こいつはキャメロンだ。長くはかかるまい。

「だが、わたしは気にするね」ウィリアムは言葉だけでなく、苦りきった顔で非難をあらわした。「彼は真昼間から女中と交わっている。彼女にその気があろうが関係ない。女を口説《くど》きたいなら、きちんとベッドに誘ってやるべきだ。男爵も黙っていないだろう」

キャメロンの父親の話が出て、ジェイムズは立ちどまり、一歩さがった。そういうことなら、いやというほど承知している。父親の家で暮らすには代償がともなう。しじゅう素行を問いただされる。だれとどこで何をやっていたのか。だれを愛しているのかまで。

それがいやなのもあって、十一年前にモレイグから出ていった。グラスゴーへ行って、暴君である事務弁護士のもとで修業に励んだのだ。何はともあれ、それは自分のためにした選択だった。キャメロンはそれより数カ月前にモレイグを離れ、父親の金で陸軍の士官の地位を買った。だが、キャメロンがモレイグを去るときに捨てたのはこの土地だけではない。そこに問題があるのだ。

ふたりとも、それぞれの道をたどったあと、それぞれの理由のために、去年モレイグにもどってきた。放蕩息子であるジェイムズは、過去の面影を払拭《ふっしょく》し、自立してまじめに働くことで、町のおおかたの意見を変えさせてやろうと心に決めて帰郷した。キャメロンは勇敢な次男を気取り、胸を勲章だらけにして帰ってきた。どうやらその勲章は、使用人にスカートを持ちあげさせるのに利用しているようだ。

パトリック・チャニングはおとなしく、書物でいえばジェイムズとデイヴィッドという騒々しいページをつなぐ背だ。過去にパトリックは、モレイグに根を張りはじめたばかりのジェイムズとキャメロンの平和をそれと知らずにかき乱したことがある。

キャメロン自身も、その平和を乱すのにおおいに貢献したのだが。

ジェイムズは唇に人さし指を当てて首を振り、ウィリアムにさがるように合図した。手綱を引いて馬に方向転換させようとしたが、この牝馬は洞窟のような厩舎でひそかにおこなわれていることにたいして、いななくことを選んだ。その鳴き声に、甲高いいななきが応えた。

牝馬は耳を前方にまわして踊りだし、おがくずを蹴散らし、足もとの板を揺らした。

負傷した頭とまだ痛む向こうずねをかかえたジェイムズにできるのは、手綱を放さないことだけだった。こうなっては隠密行動など無理な話だ。

デイヴィッド・キャメロンの下にいる女が、驚いて悲鳴をあげた。キャメロンの大きな胸を押しのけるのが見えた。「お願いです、ミスター・キャメロン、あたしは……あたしはお屋敷にもどらなくてはなりません」

熱烈な抱擁のさなかでも彼に敬意を表するからには、この女はまちがいなく使用人だ。その青ざめた頰と不安をたたえた目からして、おそらくは彼の母親のメイド、禁断の果実といったところだろう。

藁の詰まった桶にいるキャメロンは、ぎこちない姿勢のまま首をねじ曲げた。濃いブロンドの髪がくしゃくしゃになっているのは、メイドがもみくちゃにしたからだろう。彼はだるそうな目をジェイムズに向けた。女が立ちあがり、あわててボディスのボタンを留めだした。

「心配しなくていい。きれいな顔がだいなしだよ、メグ」

メイドの顔つきからすると、手を握ってやったほうがましだったようだ。メイドは身を硬くした。「あたしの……名前はマギーです」

キャメロンには恥ずかしそうな顔をする良識だけはあった。「えーと……マギー。だいじょうぶ、彼はしゃべらない。その点は昔から信用できるんだ。糸で縫ったように口をぎゅっと閉じている。そうだよな、マッケンジー？」

ジェイムズは手をぎゅっと握りしめ、どう答えてやろうかと考えた。「ああ《アイ》」とうなずき、キャメロンの皮肉めいた言葉の含みは無視した。「僕はしゃべらない」

メイドは震える手で髪を撫でつけ、後れ毛を帽子のなかに押しこんだ。「ご……ごめんなさい」と小声で言った。「こんなことすべきじゃなかったんです」

「そうだよ」ジェイムズはあいづちを打った。「すべきじゃなかった。だが、悪いのはきみだけじゃない。彼もそこまでバカではないはずだ」

この皮肉を聞くと、金髪の大男は立ちあがりながらこちらをにらみつけた。「屋敷にもどったらどうだ、マギー」低く響く声はジェイムズへの警告で、メイドに向けたものではなかった。

だが、かわいそうな娘にはその区別はつかなかった。

いままでキスをしていた男をうろたえた目で見つめてから、メイドはスカートを持ちあげ、丘の上に建つ石造りの大邸宅へ駆けていった。よく手入れされた芝地を飛ぶように去っていく彼女を、デイヴィッド・キャメロンはしばらく見送っていた。「これで満足か、マッケンジー」

「おまえよりは。この状況を考えればな」ジェイムズは嫌悪もあらわにかつての友を見た。干し草にまみれ、上着も帽子も身につけていない様子は、ただの馬丁とあまり変わらなかった。いまだに理由がわからないが、なぜ女たちは、彼が受け継ぐ富ばかりでなく彼の容姿にも惹きつけられるのだろう。ふたりが友人だったひと昔前からそうだった。まるで、彼のハンサムな顔と父親の重い財布に惑わされて、彼の本性が見えないかのようだ。キャメロンの鼻をへし折ってやりたくなることがときどきある。その光り輝く完璧性を損なうためだけに。

時がたってもその誘惑が薄れていないのは不思議だ。

「いまだにおなじ手をつかっているんだな」ジェイムズは自分の手をもっと痛快なことにつかうかわりに、黒い牝馬の首筋をたたいた。

「おまえはいまだに、馬の趣味がひどいな」キャメロンはズボンのボタンをきちんと留めながら、遠慮のない皮肉を返した。「わたしが昨日、肉屋に売った馬をいったいどうしようというんだ？」

思いがけない質問に、頭がくるくる回転した。デイヴィッド・キャメロンのやつめ、今日はなにひとつまともじゃないな。いまモレイグの通りを引いてきたこの馬が、最近肉屋に売ったものだというなら、ジェイムズの馬が裏手のパドックで草を食《は》んでいる姿は見られそうにない。

ということは、大障害競馬《グランドナショナル》の優勝馬の子孫にして、インヴァネスシャー一の名馬の呼び声が高いシーザーの身は、この黒い牝馬に待ちうけていたはずの運命の危機にさらされているかもしれない。

パニックが胸を滑りおちていったが、ジェイムズはなんとか平静を保った。「この馬は治療を受けさせてやるべきだ」この不運な探索の旅を心のなかで毒づいた。ろくでもない手がかりを発見するたびに、切迫感が増していくようなのだ。「チャニングが言うには繁殖用としてならまだ価値があるそうだし、体つきも立派じゃないか。いかにもおまえらしいな。少しの努力も払わず、ほんとうの価値を量ることもせずに判断するとは」

「そういうおまえは、いつも即座にわたしのものを手に入れるな」吐き捨てるように言うと、馬の手綱をひったくろうとした。

ジェイムズはすぐには手を離さなかった。怒りに上気したキャメロンの顔に目を据えたまま、頭にちらちら浮かぶ疑問の数々に意識を集中した。「交換条件を出そう。この馬をやるかわりに、質問に答えてくれ」手綱からそっと手を離した。「ゆうべのことで話がある。〈青いガチョウ亭〉にいた女についても」

「どの女だ？」キャメロンはシャツにくっついた干し草を払いのけてから、牝馬の鼻面に手を置いた。「酒場の女給のエルシー・ダルリンプルか？」捕食者の笑いを浮かべ、きれいに並んだ白い歯を見せた。「それとも、麗《うるわ》しのミセス・マッケンジーか？」

かたわらでウィリアムが身をこわばらせた。目覚めてから影のようにつきまとう兄のことを一度ならずののしったが、いまは隣にいてくれることに感謝した。いざとなれば力を貸してくれると思うと心強い。前に出ようとする兄を片手で制した。ジェイムズは名誉を守ってもらいたいのではない。答えがほしいのだ。

キャメロンのまっすぐな鼻を折ることでは、それは手にはいらない。

「彼女の名前を知っているか」と、きいた。

キャメロンはひらいたままの扉から射しこむ日ざしに目を細めた。「おまえがそんなことをきく意味がわからない」牝馬を連れたまま背を向けようとして、ふと動作をとめ、眉をひそめて考えこんだ。「ただし、おぼえていないというなら別だが。そんなに酔っていたようには見えなかったよ、マッケンジー。もっとも、わたし自身が昨夜どれだけ飲んだかは知らないがね」歯がすっかり見えるほど笑みがひろがったが、笑い声はあがっていない。「なんともおもしろいことになってきたな」

ジェイムズはその皮肉には取りあわなかった。「本物の式を挙げたのか?」

「まあ、一概には言えないな。彼女は本物の女だった。おまえの言葉も本物らしかった」

「きいたことにだけ答えればいいんだ」ジェイムズは語気を強めた。「僕が屋敷にあがって、おまえの午後の気晴らしがどんなものかきいてみたくなる衝動に負けないうちにな」いったん言葉を切り、身を乗りだした。「最初にたずねる相手は、おまえの父親になるだろう」

キャメロンはそこで、大きな体を揺らしながら笑った。「わたしを脅しても無駄だ。おまえもそれは承知しているだろう。だが、質問に答えるなら、本物の式ではなかった。ほんの座興だ。おまえも花嫁も婚姻登録簿にサインしていないし、指輪の交換もなかった。おまえのことは好きではないが、わたしだって本人の同意もなしに結婚させるほど根性は腐っていない」

「スコットランドの法律では、そんなもの必要ないのはよく知っているくせに」ジェイムズはずばりと言った。「証人さえいればいいんだ。そのあとで肉体交渉をもつか、同棲《どうせい》したとみなされれば婚姻は完成する」

キャメロンは反撃されて顔色を変えた。「さっきも言ったように、わたしがおまえの証人になれたとは思えない。あれが茶番以外の何物でもないのはわかっている。心配はいらないよ、マッケンジー」

体を安堵が駆け抜けた。ジェイムズの仕事は事実を掘り起こすのとおなじくらい、相手の心を読むことに頼るところが大きい。デイヴィッド・キャメロンが真実を語っているのは直感でわかった。だが、真実を手に入れたからといって、まだすべてを説明してもらったわけではない。「たとえ真似ごとであろうと、なぜ僕たちを結婚させたんだ？　そんなに嫌っている男のために」

「おまえのためにやったのではない」笑みが消え、苦々しさがあらわになった。「彼女のためにやったんだ」

ゆうべ〈青いガチョウ亭〉にいた女はふたりしかおぼえていない。鼓動が脈打つ音が耳に聞こえはじめた。「エルシー・ダルリンプルのためか？」

「ジョーゼットのためだ」

「ジョーゼット？」地上でいちばんばかな男のような気がしたが、鸚鵡《おうむ》返しにその名前をくりかえすことしかできなかった。

「レディ・ソロルドだ」キャメロンは説明を加えた。「あれほどすばらしいレディが、わたしではなくおまえに興味を持つとは信じられないが、まあ蓼《たで》食う虫も好き好きだからな」

ジェイムズの世界が斜めに傾き、胸のなかから藁まみれの厩舎の床へとつづく長い坂道をゆっくり滑り落ちていった。ジョーゼット・ソロルド。その名前はコルセットの張り骨にあったイニシャルと一致する。彼女は本名を名乗っていたらしい。これで、彼女をなんと呼べばいいかわかった。頭を離れない生き生きとした姿に、母音と子音が添えられた。

そして、どうやらデイヴィッド・キャメロンも彼女のことが忘れられないようだ。

「彼女はレディだとおまえに言ったのか」ジェイムズは笑おうとしたが、かえってこの展開が少しもおもしろくないことに気づいた。レディなら体面を大切にする。見知らぬ者のグラスからエールをがぶがぶ飲んだりしない。男の膝にすわって、大きく口をあけて笑ったりしない。

知りあって一時間かそこらの男と、真似ごとの結婚式を挙げたりしない。

「おまえなんかにはもったいないほどのレディだよ」キャメロンはうなるように言うと、牝馬を引いてあいている馬房に入れ、腹帯を取りはずしだした。

ウィリアムが隣の馬房から身を乗りだし、黒い牝馬が興奮して踊りだすほど低音を轟かせた。「キャメロン家のほうがマッケンジー家より上だと言いたいのか？　下半身がだらしないのは上手《うわて》だという証拠にはならないぞ。この拳を犠牲にしても、喜んでそれを証明してやる」

「それには、ふたりがかりになるだろうな」キャメロンは牝馬の背から鞍をはずし、馬房の床にどさっと投げ捨てた。「相手がどのマッケンジーだろうと、わたしは引けをとらない」

ジェイムズは両者のあいだに割ってはいった。必要な答えを得るまえにキャメロンを殴らせるわけにはいかない。「レディが付き添いも連れず、〈青いガチョウ亭〉の酒場で何をしていたんだろう」

「知るもんか」馬の面懸《おもがい》をゆるめ、押さえたまま口から轡《くつわ》を取りだした。「だが、彼女はいい女だった。そう、つんと澄ました鼻の先から、テーブルにのぼるときに見せたほっそりしたくるぶしまで。たぶん、相手をさがしていたんだろう。気晴らしを求めて〈青いガチョウ亭〉にやってきて、おまえとそうすることにしたんだろう」

キャメロンは舌なめずりしながら馬房から出てきた。まるで、話題の女を味見できなかったのが残念だというふうに。そして、扉に面がいをぶらさげた。「とても断れるような女じゃなかったんだ、マッケンジー。偽の結婚式を挙げてくれと頼まれたとき、わたしは喜んでしたがった。あの美しい灰色の目がわたしに向けられた、その幸せなひとときのことは一秒たりとも忘れないだろう」

「それほど心を奪われたなら、彼女に打ち明ければよかったのに」と指摘する。「どうしてそうしなかった？　自分のほしいものを我慢するのは得意じゃなかっただろう」

鋭く息を吸いこむことで気持ちを雄弁に語りながら、キャメロンはいま鞍を取りはずした馬の房にかんぬきをかけた。「彼女はわたしをほしがらなかった」歯をきしらせて言った。「あのレディはおまえのことだけを見ていた」

ゆうべ、一座のなかからあの女が自分を選んだという確証が得られても、これが丹念に仕組まれたもので、狙いは自分の財布にあったのだという疑惑はますます深まるはずだった。ところが、彼女を所有したいという思いがけない気持ちがつのった。「それはおだやかではいられなかっただろうな。いつもなら部屋じゅうの女がおまえに媚《こび》を売るんだから」

キャメロンは鷹のような鼻の上から、ジェイムズをじろじろと見た。「ああ《アイ》、意味がわからなかったよ。だから、彼女がいくら美人だろうが関係ない。頭がおかしいのはあきらかだ」

心の目に映っている女の頭がまともではないとほのめかされたが、体はあまり反応しなかった。心のなかでは憤り、脈が速まり、拳を固めていた。ジェイムズが思いだしはじめたあの女の頭はおかしくなかった。彼女は頭の回転が速く、ユーモアにあふれ、生き生きしていた。酒場にいた男全員が彼女をほしがった――デイヴィッド・キャメロンをはじめとして。「もちろん」キャメロンはいま彼女を中傷したのを忘れたようにつづけた。「おまえがほしくないなら、もう一度説得してみるかもしれない。あれだけのレディは、モレイグではそうそうお目にかかれないからな」

鋭い嫉妬が、胃のなかで渦を巻いた。「おまえが彼女をほしいかどうかは問題ではない。つきあう人間にはもっと注意したほうがいいぞ。あの女はレディじゃないんだ」

キャメロンの疑わしげな笑い声が厩舎の天井に響きわたり、見えない房にいる馬たちがそわそわしだした。「わたしが最初に彼女と話したのも忘れているのか？　おまえはあまりおぼえていないかもしれないが、わたしははっきりおぼえている。彼女はボナム家の遠縁にあたり、ベンジャミン・ソロルド子爵の未亡人だと名乗った。わたしは妻をさがしてはいないが、もしそうだったなら、彼女はこのあたりのどの田舎娘より結婚相手としてふさわしいだろう」

キャメロンのほうがあの女のことをよく知っていると言われて、ジェイムズは金属たわしをこするように歯ぎしりした。僕は彼女と一夜を共にしたのだ。キャメロンは彼女に見とれただけじゃないか。おまけに、あの余裕たっぷりの話し方、まるでなんでも知っている人間のような。

なんでもおぼえている人間のような。

「見かけはなんとでもごまかせる」ジェイムズはぼそっとつぶやいた。家系が紳士をつくるわけではないことは、だれよりも知っている。ならば、淑女だっておなじ理屈だろう。キャメロンは真顔になり、推し量るように目を光らせてジェイムズを見た。「彼女は本物のレディとは思えないと言っているのか？」

「彼女はろくでもない泥棒だと言っているんだ。僕の財布を盗んだ。なかには五十ポンドはいっていた。おまえのほうが裕福であることを彼女が知っていたら、今朝、馬がいなくなり、これまで貯めた金を失うなんて目にあうのは、おまえだったんじゃないかな」

これでようやく、キャメロンの口を閉じさせることができたようだ。笑いながら罪を告白するのを待ったが、相手は押し黙ったままつったっている。ふたりのかたわらで、ウィリアムが藁を足でかきまわし、バターにナイフを入れるようにすっぱりと、張りつめた空気を破った。

キャメロンは乱れた髪に手を走らせた。その仕草は、ジェイムズには見なれたものだ。その顔つきは、人望のある判事たちに見られるものだった。

デイヴィッド・キャメロンはふだん身にまとっている傲慢な空気を脱ぎ、判事の帽子をかぶったのだ。「それで、おまえがここにいる理由がわかった気がする」考えこみながら言った。「望みはなんだ？」

望みはなんだだと？　あの女を見つけだしたい。この町でこつこつと築きあげてきた信望を剝《は》ぎ取っていったあの女を。それから、ああ、ぼくはなんて哀れな男なんだ。財布を盗まれたことに加えて、今朝この僕を置き去りにしたことでも、彼女を罰したい。

謎の女の影を追うようにモレイグをさがしまわってきたが、いまや名前を手に入れた。これからは記憶だけではなく、人間を追うのだ。最後には彼女をつかまえるだろう。そのときは完全武装でことに当たるつもりだ。

「彼女を出頭させてもらえればいい」これまで考えてきたなかで、この手段にはいちばん確信を持っていた。

「マッケンジー」キャメロンはかぶりを振った。「ほんとうにそんなことをしたいのか？ 彼女が財布を盗んだとは決まってないんだろう」

「だから召喚するんだ」ジェイムズは腕を組み、尊大な事務弁護士らしく見えるようにした。

「彼女は幸運だ。すぐに窃盗で訴えることはしないから」

「訴える必要はないだろう」キャメロンは言いかえした。「おまえの父親はわが国でも有数の金持ちだ。いったいどういうわけで、こんなことをするんだ？ たかが五十ポンドのために」

ジェイムズはしかめ面をした。ウィリアムから施しを受けただけでもじゅうぶんだというのに、父親に弱みを認めるなんてことは誇りが許さない。デイヴィッド・キャメロンにすれば五十ポンドなどはした金だろうが、ジェイムズにとっては全財産なのだ。

「いいからやれよ」ジェイムズはすごんだ。「かならずレディ・ジョーゼット・ソロルド宛てにするんだぞ」

11

子猫の食事の心配を口にしたとたん、ジョーゼットの不運な胃がぐるぐる鳴り、目抜き通りに絶え間なく響くビャウルテンの金づちの音のように大きく響いた。

空腹どころではない、飢え死にしそうだ。最後に食事をしたのがいつだったかは、それこそ思いだせない。だれと結婚したのかを思いだせないことほど不幸ではないだろうが、こっちも気にしてほしいと体が要求していた。

半ブロック先にある真っ赤な日よけに目が留まり、あいているほうの手でそちらを指さした。「あそこはどうかしら」ジョーゼットの目を引いた茶房はにぎわっており、店先に並べた練鉄製のテーブル席には十人以上の客がすわっていた。昼食にはうってつけの居心地のよさそうな店だ。町へやってくるときの不様さのあとでは、とりわけそう思える。

ところがメイドは、ジョーゼットのぐうぐう鳴るおなかほど感激していないようだった。「あら、だめよ、お嬢さん。あそこでは食べられない」エルシーは首を振った。「〈青いガチョウ亭〉の厨房に行ってみたほうがいい。あたしのことはよく知ってるから、何か手早くつくってくれるよ」

ゆうべ醜態をさらした場所で食事すると考えただけで、頬がかっと熱くなった。「あそこは絶対にいや。あの茶房のどこが悪いの？」

エルシーは色あせた木綿のスカートに手をこすりつけた。「あの店で食べるお金がないの」

「あなたは食事代を払う必要はないのよ、エルシー」

メイドの細い肩は頑としてこわばったままだ。「表で待ってるほうがいい」

ジョーゼットはじれるなと自分に言い聞かせた。なんといっても、この娘は自分の役目を学びはじめたばかりなのだ。「あなたがこの新しい職で認められたいなら、その役を演じないといけないわ。レディーズ・メイドは女主人に付き添って店にはいるものなの」なぜエルシーはなんでもやりにくくするのだろう？　事情が許ししだい、ジョーゼットはロンドンへもどる。エルシーがつぎの仕事を見つけるには、いまのうちに腕を磨いておく必要があるのに。

エルシーはつんと顎を持ちあげた。鳶色の髪が日ざしを照りかえすように、その目にも強情な光が輝いていた。「このへんの人はあたしを知ってるし、一緒にいればあなたも悪く思われる。あなたはレディでしょ。あたしは一緒にテーブルにつく相手としてふさわしくないの」

「二時間前にわたしの浴槽にはいっていたときは、そんなこと気にしなかったじゃないの」

ジョーゼットはずばりと言った。空腹にいらだちが加わり、機嫌が悪くなってきた。「あなたは向上しようとしていたはずだけど」

「そうだったの！」エルシーは大声をあげた。「つまり、いまもそうよ。でも、これは無理だわ」太陽を見あげ、目の上に手をかざした。「帽子がないもん」と、愚痴《ぐち》をこぼす。「帽子もないのに、どうやって自分をよく見せられる？」

そのとき、ジョーゼットにはわかった。メイドの問題はお金が足りないとか、すてきなボンネットがほしいとかいう単純なものではないと。手際のよい槌《つち》の響きとともに、共感が耳を打ちはじめた。自分が他人の目にどう映るのか、基準に達していないのではないかと不安になる気持ちがどういうものかはわかる。ロンドンの社交界――きらびやかな舞踏会に、まぶしくて目が痛いほど美しい女たち――は、まさにそういった自己不信の巣だった。ある意味では、着るものから振る舞いまできびしく要求される服喪という締めつけは、保養でもあった。

未亡人でいるのは簡単だ。黒い服を着て、外に出なければいいのだから。

「すわってお茶を飲むのに帽子は必要ないのよ」正直さよりも緊急さを優先して、元気づけた。そこは戸外のカフェで、レディたちは無帽で表を歩きまわったりしない。それどころかロンドンなら、いちばん下っ端の皿洗いのメイドでさえそんなことはしないだろう。でも、空腹には勝てない。それに一秒ごとに、最後に食事をしたのがいつかわからないと思い知らされるのだ。

「帽子のことだけじゃないの」エルシーは逆らった。「あなたはレディらしい服を着てる。手袋もつけてるし、どのフォークをつかえばいいかも知ってる。あたしはなんにも知らないのよ」

ジョーゼットは手袋をはめた手を見おろした。片方は子猫をつかみ、もう片方は灰色のウールのドレスを押さえている。亡き夫は一年の喪にも値しない男だったのに、ジョーゼットは律儀に二年も喪に服した。そのうえまだ灰色の服を着て、ボンネットのつばはきちんと顔を隠すだけ広く、見えるところにはひだ飾りや縁飾りひとつない。これを着るときには快適だと感じたけれど、いまはまるでこの場にふさわしくなく思えた。

「ひと口サイズ《フィンガー》のサンドイッチを頼めばいいわ」ジョーゼットはメイドを納得させると同時に、自分自身を納得させた。「わたしもフォークなしですませるから」

「わかってないなあ、もう」エルシーはいらいらと両手を放りあげた。「フィンガーサンドイッチを横向きに口に放りこもうと、あなたはレディなのよ。あたしはいくらフォークの正しい使い方をおぼえたって、いつまでも〈青いガチョウ亭〉の女給だと思われるの。それは気にしてないよ、ぜんぜん気にしてない。でも、あたしのせいで、あなたが町の人から悪く思われるのはいやなの」

ジョーゼットはほほえみたくなるのを我慢した。この娘はわたしの評判を心配しているの？　ちょっと遅かったようね。それも、何ひとつエルシーのせいじゃなくて。

「レディというのは、あなたが思うような特別なものじゃないのよ」メイドに言い聞かせながら、ジョーゼットの心臓はそのとおりだというように胸をたたいた。「レディは世間話や噂話をしないと思っている？　あのね、彼女たちのほうがもっと噂話をするの。それに、あなたはわたしをその称号で呼ばないほうがいいと思う。ゆうべのわたしの振る舞いを考えたらね。わたしもあなたと変わらないのよ。あなたよりよくもないし、悪くもない」

エルシーの不安をやわらげようとして、やさしい言葉をかけているのではない。この娘をメイドとして雇ったとき、エルシーに人生がもっとよくなる機会をあたえてやれると思った。レディーズ・メイドの役割についても学べるだろうと思ったのだ。

自分自身についてもっと知ることになりそうだと悟るのは、落ちつかない気分だった。自分はまだレディなのだろうか。そうじゃなかったら、気にするだろうか。

ジョーゼットはハイランドのまぶしい日ざしのもとに立ち、エルシーの言ったことを考え、ここにいないミスター・マッケンジーのことを考えた。彼はゆうべのジョーゼットが礼儀正しく振る舞うかどうかは気にしなかった。結婚を申しこむくらいだから、わたしのことは気に入ったのだろう。エルシーがつぎつぎとあきらかにする説明を聞けば、レディというよりは酒場の女給のように振る舞ったようだけれど。

彼の腕に抱かれたときの感触を思いだせたらいいのに。生まれてはじめて、男に――ちがうことを言えとか、ちがう服を着ろとか、ちがう人間になれと要求したりしない男に——望まれるのがどんな感じなのか思い出せたらいいのに。彼の隣で眠るのがどんな感じか思い出せたらいいのに。満ち足りた心で、明日を楽しみに眠るのがどんな感じなのか。

だが、ジョーゼットの記憶は依然として、あの男のようにとらえどころがなかった。

そんなわけで、ジョーゼットはいちばん効果的な反逆で満足することにした。あいているほうの手をあげて、今朝かぶってきた地味な灰色のボンネットのリボンをほどいた。陰気な帽子を少しずらし、そのまま埃っぽい道に落とした。気分がすっきりして頭皮がうずうずする。容赦のなさのおかげであらわになった地肌が、日ざしを浴びてはしゃいでいた。

「ほら、わたしも帽子をかぶっていないわ」ジョーゼットは共犯者のような笑みを浮かべた。「わたしたちがだらしない服装で一緒に食事をしていても、だれも気にしないでしょ。もし気にしたとしても、わたしは気にしない。試しにやってみない？」

エルシーはかがみこんでボンネットを拾いあげ、埃を払った。「こんなことしなくていいのに、お嬢さん」と、たしなめるように言った。「みんな、あたしがあなたのお世話をちゃんとしてないと思うじゃない。そんなんで、どうやってつぎの仕事を見つければいいの？」口もとにかすかな笑みが浮かんでいる。「それに、こんな日ざしを浴びたら、鼻が赤くなっちゃうわよ。ほかのレディたちの話題になりたくないでしょ」

ジョーゼットは笑い声をあげ、空のほうへ顔をぐいっと向けた。肌はイギリス人のなかでもとりわけ白いほうで、髪の色は金糸というより、漂白したリネンに近い。こんな幽霊のような容貌をソネットの題材にしようと思う男はいないし、自分でもそれは欠点だと思ってきた。けれど、あの無頓着なひげと引き締まった筋肉を持つジェイムズ・マッケンジーなら、ジョーゼットが日焼けしていようがいまいが少しも気にしない、と告げる声がどこからか聞こえてきた。

「野暮ったいボンネットのことなんかどうでもいいの」本音を言ってから気づいた。ひと月まえなら、そんな自分にはそぐわない言葉を口にするのは、けっして許さなかっただろう。ジョーゼットはエルシーの目を見つめた。「何を着て、だれと一緒にいるかで人を判断するような人たちのことも、どうでもいい」

メイドは目を丸くした。無理もない。そういった考えは、去年の保存食のように瓶に詰めて、ブランデーと夫というものについての自説と一緒にしまっておくのがふつうだから。

そのうち、さっきまでしかめ面をしていたエルシーが、だんだん笑顔になった。捨てられたボンネットを頭にのせ、しっかりした指で手際よくリボンを結んでいく。「ほんとに、よく言ったわ、お嬢さん」鳶色の眉毛を持ちあげてみせた。「でも、あたしはどこも悪くない帽子を昨日のゴミみたいに投げ捨てたりしないの」そう言うと、さっさと茶房へ向かった。

ジョーゼットはぽかんと口をあけた。信じられない思いで見ていると、ボンネットをかぶったばかりのメイドはテーブルに近づき、にっこりと笑って腰をおろした。

そろそろとテーブルに向かうと、エルシーはすでにメニューをさかさまに持ち、読んでいるふりをしている。ここでは歓迎されるとメイドには言ったものの、ジョーゼットの散歩服はじゃがいも車の床についていた土で汚れ、帽子をかぶっていない髪はシニョンがほつれはじめていた。手袋をつけているのはせめてもの慰めで、これでいくらか格好はつくだろう。

ところが、そう思ってほっとするまもなく、手のなかで子猫が身をくねらせた。キッドの手袋に、まぎれもないあたたかな液体が染みこんでいくのを感じた。何が起こったのか、ぼんやりわかった。この子はおしっこをしたのだ。

わたしの手に。

こんなことありえない。帽子やフォークがなくても、娼婦から侍女に変身した娘と三十分ほど会話をもたせながらでも、食事をすることはできるけれど、尿が染みこんだ手袋をしたままでは席にすわることができない。

けれど、ジョーゼットにはできた。信じられないほど自然にできた。

その様子を眺めて、エルシーは吹きだした。湿った生き物を押しつけようとすると、両手を振って断った。自分でもほほえみながら、ジョーゼットは子猫をテーブルに置き、手袋を脱ぎ、裸の手で子猫をつまみあげた。やわらかな毛が肌に触れる感覚にどきっとした。手のなかの子は小さくて湿っているけれど、たしかに生きているのが感じられた。

そして、ジョーゼット自身にも生きている実感があった。エルシーの陽気な笑い声、きちんとした服装をしていようがいまいが気にしないという決意、ひらいたドアから漂ってくるおいしそうなにおい、そのすべてがひとつに混じりあって、思いがけない考えが生まれた。ジョーゼットは楽しんでいるのだ。ここ数カ月はないほど、いえ、ここ数年はないほど楽しんでいる。

注文をすませると、茶房の店員は温めたミルクのはいった陶器のカップを持ってきた。はじめのうち、子猫はスプーンのにおいを嗅ぐことしかできないように見えた。遅すぎたのだろうか、子猫は弱りすぎていて、生き延びられないのだろうか、とジョーゼットは不安になった。ハンカチの端をカップに入れてミルクに浸し、その布をさしだしてなんとか子猫の口に入れることができた。

子猫は小さく満足げな声をもらし、布を吸いはじめた。またミルクを浸してやろうとしてハンカチをひっぱると、爪を立てて抗議の鳴き声をあげた。

「そうするように生まれついてるみたいね」エルシーが感心して、熱のこもった声で言った。「レディがそんなことするの、はじめて見たわ」

相変わらずレディと呼ばれて、胸がざわざわと落ちつかなかった。「この件はもう話しあったんじゃないの？　レディもふつうの人のように、赤ん坊や動物を愛してもいいのよ」

「それがほんとなら、乳母の需要があんなにあるわけないよ」エルシーは小首をかしげ、けげんそうに額にしわを寄せた。「あなたは結婚してたんだよね」

「そうよ」ジョーゼットの神経は、ハンカチの端を吸っている小さな口に集中していた。その質問が来る気配は感じたが、避けることはできなかった。

「子供はいなかったの？」

なじみのある喪失感は、二年前の不幸があってから少しも減じていなかった。説明する気になれず、ジョーゼットはかぶりを振るだけにした。説明するのはつらいし、まだ傷が生々しすぎる。おなかの子は唯一の希望だったけれど、酔っぱらった夫が階段を転がり落ちて死亡した二カ月後に、この世を去った。その話をすれば、血まみれのシーツや、その後何週間も落ちこんでいたことに触れないわけにはいかない。そこに触れても、エルシーには理解できないだろう。

ただ首を振るだけのほうがいい。子供がほしい、と思うことはある。

でも、また夫を持ってもいいと思えるほど強い願望ではない。

子猫はハンカチを吸うのをやめ、ミルクで腹がふくらんだのか、ジョーゼットのてのひらでうとうとしはじめた。ジョーゼットは石鹼と水を持ってきてもらい、汚れた手を洗った。膝で眠っている子猫の寝息を感じながら、茶房の席で人生を満喫していたが、見覚えのある顔が目にはいったとたん、そちらへ気持ちを持っていかれた。

あいにくそれは、骨太のスコットランド男ではなかった。いとこのランドルフでもない。今朝、いとこが通りで指さして教えてくれたラムゼイ牧師だった。彼がこちらに目を向けるとざわっと背中を寒気が走ったが、それには気づかないふりをした。しかし、店員からサーモンとクレソンのサンドイッチの皿を受けとりながらも、とっさの本能は荷物をまとめて逃げろと告げていた。

だが、テーブルに影がかかり、その男から逃れることはできなくなっていた。

「こんにちは、レディ・ソロルド」

ジョーゼットは笑みを張りつけたが、目の端では、近づいてきた男を見てエルシーが椅子から滑り落ちそうになる姿をとらえていた。「ラムゼイ牧師」まだ手袋をしているほうの手をさしだした。「正式にはご紹介いただいておりませんけど、いとこから聞いております。わたしのことでも、あなたに何かお話ししたそうですね」

ラムゼイ牧師は礼儀正しくジョーゼットの手を取ったが、その仕草に親しみはまるでなかった。糊《のり》の利いた白い襟が、不快そうな暗い顔つきと醜い対照をなしている。「ミスター・バートンはきみのつきあいを知っているのかね」手を離しながらそうきいた。

ジョーゼットは指先に力をこめて拳をつくった。この牧師は会話が下手で、何を言っているのかわからない。頭のなかで思いつくかぎりの道をたどり、ひとつの結論に至った――ゆうべのことを言っているにちがいない。まあ、意外ではないけれど。エルシーの話からすれば、町の住民の半数は〈青いガチョウ亭〉にいて、目撃していたそうだから。その噂は午後の馬車より速くモレイグを飛びまわっているだろう。

だがそのとき、牧師の目はエルシーに向けられた。メイドは好戦的に鳶色の眉毛を持ちあげ、見つめかえした。

「ミス・ダルリンプルのことを言っているの?」ジョーゼットは面食らってきいた。「彼女はわたしのレディーズ・メイドよ」

「メイドだと?」いつになく黙っているエルシーの前で、牧師の顔は真っ赤になった。「今度はそう名乗ってるのか?」

ジョーゼットはふたりを代わるがわる見ながら、この状況にどう対処しようかと考えた。昔習った礼儀作法のなかには、元娼婦と聖人とのあいだに勃発しそうな口論をどう鎮めればいいかという教えはなかった。この男が、エルシーを公然わいせつ罪で訴えた者なのか?

ジョーゼットの問題は、ラムゼイ牧師がメイドにあっさり背を向けることで解消された。

「ミスター・バートンはどこだ?」と、牧師はいきなりきいた。「ゆうべ、教会に来なかったときは気が変わったのかと思ったが、今朝きみたちふたりが一緒にいるところを見て、遅らせただけなのだろうと解釈している」

牧師は今朝目撃したことについて、きっと自分なりの結論を出すだろうといういとこの主張が、耳のなかでいまも鳴っている。ジョーゼットは唾をごくりとのんだ。「牧師さん、今朝のことについて説明させてください。わたしはゆうべ帰りが遅くなって、ランドルフが見つけてくれたんです。でも――」

「こまかい説明は必要ない」牧師はいらだたしそうに手を振ってさえぎった。「きみは今朝、婚約者と一緒にいた。むろん、具合の悪いことだが、修復できなくはない。むろん、これ以上結婚を遅らせることは勧めない。人の噂になるだろうから」

「あのう……どういうことでしょうか」ジョーゼットはぎょっとした。自分がいとこと婚約しているかのような当てこすりにも、この男のはっきりした口ぶりにも。

「ミスター・バートンとまだ結婚するつもりはあると推察するが」

ジョーゼットは思いきってエルシーのほうを見てみた。メイドはすばらしい技を発揮して会話を聞き流し、ごていねいに目の前のサンドイッチに感激するふりをしていた。ジョーゼット自身はもうそれほど空腹を感じなくなっていた。「まだ、とおっしゃいました？」牧師に目をもどしてきいた。

「先週ミスター・バートンから聞いた話では、きみたちふたりは大げさにせずさっさと式を挙げたいということだった」ジョーゼットを上から下まで眺めまわし、汚れたドレスと、無帽の髪と、片方だけの手袋に目を留めた。「その格好からすると、一秒も無駄にすべきではないでしょう」

啞然として口もきけないジョーゼットに、牧師はそっけない会釈をし、背を向けて去っていった。

「おやまあ、いまのはいったいなに？」エルシーはひとつめのサンドイッチを半分食べ終えていた。

「わたしもそう思っていたところ」ジョーゼットはグラスのなかの水のようにじっと動かなかった。この妙な喉の痛みはなんだろうと思いながら。

いいえ、それは正しくない。

ジョーゼットは怒っていた。ランドルフが結婚の予定を組んでいたことに。それも、先週のうちに。ジョーゼットがまだこちらに来ないうちに、彼が求婚さえしないうちに。

そしてゆうべ、もくろみがある男の余裕に満ちた態度で、あの最初のブランデーを手渡したのだ。そのあとのことは思いだせないが、想像はつく。ランドルフはゆうべ、わたしと結婚するつもりだったのだ。わたしの意思など関係なく。これまでわたしがほとんど飲んだことのないブランデーを利用して、目的を遂げようとした。

「どうするつもり？」口をもぐもぐさせながら、エルシーがきいた。「ふたりの男と結婚できないよ」

「ええ、できないわ」メイドの下品な食事の作法を注意したいという抑えがたい衝動について、一瞬考えた。結局、注意するのはやめて、自分もサンドイッチをつまんだ。それでなくても今日はやることがいっぱいあるのだし、エルシーの食事作法を改善している場合ではない。「でもね、どちらとも結婚する気はないの」

「それをいとこに知らせたほうがよさそうだね」エルシーはサンドイッチの端から垂れてい

るソースを舐めた。

メイドはあたりまえのことを言っただけだが、まさしくそのとおりだった。そこで、ジョーゼットのやることリストに新たな一項目が加わった。

エルシーにレディーズ・メイドの基本を教えること。

ミスター・マッケンジーをさがすこと。

肉屋に子猫を返すこと。

そして、いとこをさがしだし、当然の罰としてきつく叱りつけること。

12

ジェイムズはずしんと沈む胃をかかえながら、目抜き通りにある肉屋にはいった。ここで発見するかもしれないことを思うと気は進まないが、自分の馬のためにも、自分自身の正気を保つためにも、あきらかにする義務がある。

ウィリアムがすぐあとにつづいた。その揺るぎない影からすると、ジェイムズがマクローリーの残った歯までだめにしないように見張っているつもりらしい。ばかばかしい。もしシーザーがとうに肉屋の手にかかっていたら、兄が心配しなくてならないのはマクローリーの歯ではない。

殺人という最悪の事態になるのを阻止しなければならないだろう。

ジェイムズには自分があの馬に何をしたのかも、どうして失ってしまったのかも、まったくわからなかった。この一時間で、ゆうべのことはだいぶ思いだせるようになってきた。まずは愉快なレディ・ソロルドの体にあるくぼみだ。〈青いガチョウ〉亭の上のみすぼらしい部屋で、その数をかぞえたのはおぼえている。背中のちょうど腰のふくらみの上に、キスしたくなるようなかわいらしいくぼみがふたつあった。頬のえくぼを見たくて笑わせると、彼女はふたりの緊張をふきとばすような笑みを浮かべた。たまたま、左の膝の裏にあるくぼみを見つけたこともおぼえている。

そう、ジョーゼット・ソロルドのうっとりさせる魅力はなにもかも思い出した。

だが、シーザーを町の肉屋と交換したことは思い出せなかった。

どんなにがんばってみても、肉屋のぴかぴかのカウンターは、記憶のかけらさえ呼び起こさなかった。肉の生臭いにおいも嗅いだおぼえはないし、店内から外の目抜き通りを見渡してもぴんと来るものはなかった。

そんなことはやっていないと思いたかった。だいたい、シーザーを肉屋に売るわけがない。あの馬がほしくて懸命に働いたのだから。モレイグにもどってきて二週間ほどたったころ、父親からあの馬が届いた。そのときから、自分のものにしたくてたまらなかった。キルマーティ伯爵は贈り物としてさしだしたのだが、ジェイムズはその好意を断った。誇りが許さなかったし、あれだけの年月がたっても父親に干渉されるのはものすごく腹が立ったから。

だが、馬にはひと目ぼれした。心底ほしくてたまらず、生活をぎりぎりまで切り詰めて金を貯め、数カ月後に父親の陰で馬を買い取る交渉をしたのだ。そんな上等な馬を買える身分ではなかったが、なぜかやってのけられた。もっとも、その金をほかのことのためにとっておくべきなのはわかっていたけれど。

あの馬は、彼の未来と誇りのあらわれだった。それをジェイムズは失ってしまったのだ。たったひと晩酒を飲みすぎただけで。

自分に激しく怒りながら、ジェイムズは肉屋の狭い店内を歩きまわった。「マクローリー！　話があるから出てこい！」

歯抜けの店主のかわりに、片隅から幼児サイズのぶち猫があらわれた。昼寝を邪魔されたのをとがめるように、大きな黄色の目で客をにらみつけた。一瞬の緊張のあと、猫はのんびりとかたわらを通り過ぎ、正面のドアから表へ出ていくと、日だまりにすわりこみ、体を舐めはじめた。

「彼はいったいどこにいるんだ」ジェイムズはカウンターに拳をたたきつけ、正面の窓をがたがた震わせた。

ウィリアムは店の奥へ進み、窓から外を眺めて低く口笛をもらした。「裏をのぞいてみたほうがいいかもしれない」

ジェイムズは裏手の路地を見渡せる窓に近づいた。ここの景色は、モレイグの住民の大半が肉を買う磨きあげられた白いカウンターとは、まるでちがっていた。奥にはくず肉の樽が置いてあり、ハエが飛びまわっていた。そこらじゅうに乾いた血や毛がくっついていた。この目を覆うような光景に、胃がコマのようにくるくるまわり、中身が飛びだしそうになった。

シーザーがここにいたなら、まだ生きている望みはないだろう。

ウィリアムは、狭い路地に渡した鎖にぶらさがっている処理済みの肉を眺めた。「元は馬だろうか」その形に目を凝らしながらきく。

「牛だよ」赤い筋肉や、あばらを囲む白い軟骨には目を向けないようにした。それがほんとうに牛であるようにと念じた。どうか牛でありますように。

影がかかって、さっと振りむくと、肉屋のでっぷりした体が戸口に立っていた。

「マクローリー」ジェイムズはそろりと言った。

「マッケンジー」肉屋は店内に足を踏み入れ、背後の日だまりから暗がりへと進み、ひと足ごとに脅威を増していく。口をあけ、ごく最近まで前歯があった位置にあいた、赤く縁どられた穴を見せた。それを見たとたん、ジェイムズは罪悪感で胸がぎゅっとなった。

自分はゆうべ、マクローリーの歯をへし折ったのだ。シーザーの身を案じるあまり、そのことを忘れていた。まずは謝るのが筋だろう。だが、ジェイムズは喉もとにこみあげる胃液を飲みこみ、大事な用件を切りだした。「僕の馬がいなくなった。何か知らないか?」

マクローリーは目をせばめ、これ見よがしに顎のひげを掻いた。「そりゃまあ、馬ならいくらでもいるが。あんたのものだったのは、どんなやつかな」

僕のものだった。この男は過去形で言ったぞ。

不安が波のように押し寄せてきた。「栗毛の馬で、顔と後ろ足に白い縞がついている。体高は立つと手幅十七だ」ジェイムズは思いきって吐き気をもよおす窓の外を眺め、「ステーキにするには骨が丈夫すぎる」と、つけくわえた。

「うちでは馬の肉は売らない」肉屋は気を悪くしたように言った。「それに、店の裏の路地はお客に見せたくない。商売にひびくから」

ジェイムズは肉屋の不機嫌な顔に視線をもどした。その理屈はもっともだと思った。その窓ガラスの向こうにある死骸を見たあとで、またここの厚切り肉を食べる気になる自信はなかった。

「デイヴィッド・キャメロンがおまえに黒い牝馬を売ったから来たんだ。彼がそんなことで嘘をつく理由はない。おまえが馬は扱っていないのなら――」

肉屋は鼻を鳴らしてさえぎった。「馬を扱ってないとは言ってない。切り分けることはしないだけだ」

ジェイムズは男の汚れたエプロンを見つめた。爪のあいだにはあまり口にしたくない汚れが詰まっていて、店先の看板のようにはっきりと商売を示している。ジェイムズは眉をあげた。この男は肉屋だ。肉として売る以外に、どんな商いの方法があるというのだ。

じろじろ見つめられて、マクローリーは顔を赤くした。「キャメロンから黒い牝馬を買ったことは認める。だが、繁殖用の価値があると踏んだから買ったんで、死体に興味があったんじゃない」彼は身を乗りだし、ぞっとするひげの奥で、唇をぎゅっと結んだ。「治安判事には黙っててくれ。安い値段で買ったから」

「それなら、おまえの買った馬がどうして僕のもとに来たんだ？」ジェイムズはいらだちながらきいた。ここへ勇んで乗りこんできたときから、シーザーの居場所へは少しも近づいていない。馬が解体されていないのはうれしいが、まだどこにいるかさっぱりわからないのだ。

肉屋は肩をすくめた。「そんなこと、知るわけないだろ」にっこり笑って無惨な前歯を見せた。「うちには一日もいなかった。すぐに売りはらって、おまけに儲けが出た」

ジェイムズはそのかすかな手がかりに食いついた。「だれに売った？」買い手がわかれば、シーザーの行方もわかるはずだ。それでも、この忌々しいパズルのピースがつながるところはどうにも想像できないし、ましてぴったりはまるとも思えなくなっていたが。

マクローリーはちょっと足を動かし、両手を腰のあたりでひらひらさせた。「はっきりおぼえてないんだ。あんたじゃなかったなら、ヒルストンかもしれねえな、町の南側の。それとも、マクドゥーガルかもな。こういうことはよくやってるからさ。でも、この話は広めないでくれると助かるな。ばか正直に暮らしていくのはたいへんなんだよ」

ジェイムズは早く馬に会いたいという焦りと闘った。新しい手がかりが見つかるたびに、さらに泥沼のような混沌に導かれている気がする。シーザーはなおも行方がわからないまま。レディ・ソロルドはなおも身を隠したまま。そして、どうやら肉屋は馬の目利きではあるらしいが、馬の肉は扱っていない。ジェイムズは懸命に頭を絞りながら兄を見つめた。つぎはどうすればいい？

モレイグじゅうの馬の売買人を訪ねて、シーザーを見かけなかったかときくか？それとも、シーザーがどこかの食卓にのることがないのはわかったのだから、ゆうべ結婚した女をさがすという、もっと差し迫った問題に集中するか？

ウィリアムのほうには、何か別の考えがあるようだ。咳払いをすると、ジェイムズに険しいまなざしを投げた。「弟からきみに話したいことがある」

「僕から？」

「そうだ」ウィリアムは肉屋のほうへ顎をしゃくった。「言いなさい」ジェイムズがぼうっと突っ立っているだけなのを見ると、兄はてのひらを上に向けてだれにでもわかる謝罪の仕草をした。

ジェイムズはがっくりと首をたれた。兄が正しいに決まっている。兄はいつも正しいに決まっている。

「歯のことは悪かったな」おずおずと言った。自分が悪かったのはわかっている。マクローリーにゆうべの出来事を広めないようにしてもらうには、謝罪がいちばんだということもわかっている。「冷静に考えられなかったんだ。まあ……あんなことしなければよかった、とだけ言っておくよ」

肉屋のもじゃもじゃの眉がさっと持ちあがった。「いやあ、あんたは冷静に考えてたと思うよ。あれは無理もない。だって、結婚したばかりなのに、美しい妻がキスされそうになったんだから。俺だったら、歯よりもう少し下を狙うだろう」

ジェイムズはびっくりした。「おまえは彼女にキスしようとしたのか？」頭はすばやく回転し、この男の言葉で呼びだされた記憶が渦を巻いていく――熊のような肉屋が金髪の妖精をがしっと抱きしめ、妖精がいやがって悲鳴をあげ、ジェイムズの拳がひとりでに振りまわされる。

肉屋は頬を赤らめた。「そりゃまあ、彼女はあんなにかわいいし、習わしだから。花嫁にキスするとかそういうやつは」

ジェイムズは歯ぎしりして言った。「彼女は僕の花嫁じゃない」花嫁じゃなかった。自分の記憶にはないし、キャメロンもそう言った。

なのになぜ、そう思うと胸が締めつけられるような気になるのだろう。

それを聞いたマクローリーが、元気を取りもどした。「花嫁じゃないって？　そりゃ、ちょいと運がいいな」唇を舐め、獲物を前にした動物のように目をぎらつかせる。「つまり、まだ見込みがあるってことだろ？」

謝るのが早すぎたのではないかという考えが、耳のなかでもつれはじめた。肉屋の奥歯を狙うのもたいした面倒ではないだろう。拳を固めようとしたとき、ウィリアムに肩をつかまれ、店から引きずりだされた。あとを追いかけるように「毎度どうも」と「すまなかったな」の声が聞こえた。

兄はジェイムズの背中をポンとたたき、あわただしい通りへ押しだした。「ようやく謝ったばかりだろう。いったん口にしたからには、おなじあやまちをくりかえすな！　マクローリーはおまえをちょっとからかっただけだ」ウィリアムは正義漢ぶって、弟の肩を指でつついた。「その女はおまえをがんじがらめにしている。心を決めるべきだな。その女がほしいのか、そうじゃないのか。どっちつかずのままだと、ふだんのおまえではなくおまえに手を貸してやろうとする者を辟易《へきえき》させる」

ジェイムズは深呼吸した。兄に指摘されるまでもなく、自分がばかみたいに振る舞っているのはわかっている。この女はなんなんだ、自分を怒らせると同時に守ってやりたくさせる。拳が勝手に暴れようとするので、意識を集中してことさらゆっくりと指をゆるめた。気性の激しさは自制できるようになっていた。台所に置いてあるおがくず入りの袋を毎日何時間も、肺が焼けつきそうになるまで、関節の部分が切れて血が出るまで殴りつけることで、怒りを発散させていた。

だが、ここにいるのはおがくず人形ではない。鷲鼻と、おだやかな笑顔と、正論を持つウィリアムがいるだけだ。ウィリアムと、物見高い見物人たち。

ジェイムズは両手を腰までさげた。兄の言うとおりだ。大事なことを忘れていた。ゆうべ、どんな失態を演じようと、自分はまだモレイグの住民にたいして——そして、自分自身にたいしても——品格を失わずに行動する責任がある。マクローリーの歯をもっと折ったり、善意から言っている兄に喧嘩をふっかけたりしても、住民がジェイムズに法的な助言を求めようという気にはならない。それに、恋に夢中になった田舎者のように町をうろつくのも、消えた恋人をさがしてそこらじゅうの穴や隙間をのぞいてみるのもおなじことだ。

深呼吸をくりかえし、冷静になろうとつとめていたとき、人ごみのなかから風のように飛びだしてきた者に倒されそうになった。だがナイフが当たるショックが、その痛みよりも強く感じられた。ナイフは胸の筋肉と骨をひっかけ、それから下に滑っていった。ジェイムズは攻撃者を押しのけた。白っぽい金髪とひょろっとした体がちらっと見えたが、ズボンを穿いた足はモレイグの乾いた通りに埃を蹴立てて逃げていった。

そうして、攻撃者は姿を消した。

ジェイムズは信じられない思いで手を胸に当てた。手を離すと、指にねばねばした血がついていた。

ウィリアムの喉が詰まったようなあえぎが大きく、近くなってきたあとで、兄に腕をつかまれるのを感じた。「あの野郎、おまえを刺したな!」ウィリアムは叫んだ。「だいじょうぶか?」

「ああ《アィ》。そんなに深く刺されていない」足は意外にもしっかり立っていた。傷口にそうっと触れてみる。血は流れているものの、うれしいことに傷は浅かった。「かすり傷だ」と断言した。「パトリックのお粗末な包帯さえいらない」

ジェイムズは地面に視線を落とした。自分の血がついたナイフが転がっている。かがみこんで拾いあげると、それをひっくり返してよく見た。いや、ナイフではない……何か道具のようなものだ。弓なりで、折りたたみ式の刃もついているが、ナイフに似ているのはそこまでだ。鋭い道具だったら、もっと手際よく目的を達していただろう。

致命的だったかもしれない。

「なんてことだ、今日だれかに命を狙われたのは二度目だな」ウィリアムはその事実にうなり、かぶりを振った。「最初はあの女に室内用便器で狙われ、つぎがこれだ」

ジェイムズは上着の裾で刃を拭き、苦い顔でうなずきながらそれをポケットにしまった。遅ればせながら痛みがやってきて、手当てをしろとさいなむが、無視して考えをめぐらせた。たしかに、今日襲われたのはこれが二度目だ。

人生でも二度目だ。

「レディ・ソロルドの件と関係があると思うか」ウィリアムが低く響く声できいた。

兄が怒りもあらわなのを見て、ジェイムズはなぜか気分がほぐれた。もう一度うなずき、人ごみに目を凝らして相手をさがした。見つけた。婦人帽子屋のわきを通って北へ向かっている。薄い金色の髪をした人物が、人ごみを縫って進んでいる。服装は男のようだ。そこまでは、攻撃を受けたさいにもわかった。だが、ズボンを穿いているから男だとはかぎらないし、ドレスを着ているから女だともかぎらない。

ぶつかってきた相手は華奢《きやしや》な体つきで、帽子の下から見える白っぽい髪はふわふわしていた。さっきまでの怒りが十倍になってもどってきて、体の奥に焼け焦げをつくった。彼女はこの僕を殺そうとしたのか？　先のことなど考えず、足が勝手に動きだしていた。

攻撃されるほんの少しまえに、兄はなんと言ったか。どうしたいのか心を決めなければいけない。この出来事のおかげで、決心がついた。

ジョーゼットを手に入れてみせる。

罪を償うところをこの目で見たいのだ。

13

食事が終わるころになっても、ラムゼイ牧師との会話のせいでおぼえた動揺は振り払えなかった。サンドイッチはおがくずのような味がし、お茶は生ぬるい川の水のようだった。味覚とおなじように、頭もぼやけていた。

どうしていいとこのたくらみが見抜けなかったのだろう。彼がそういうことをしかねない人間だとわからなかったのだろう。ジョーゼットは夏の休暇を過ごさないかという、ランドルフの無邪気な招待状のことを考えた。たがいへの好意が募っていったころのことを考えた。男にたいする判断を誤ったのはこれがはじめてではなかった。

けれど、その経験があっても男を理解するのはむずかしいものだ。

あやうくいとこの罠にはまるところだったと思うと、胸がどきどきする。ジェイムズ・マッケンジーはそれでわたしを助けようとしてくれたのか？　ゆうべ〈青いガチョウ亭〉で、わたしは彼に助けを求めたのだろうか、彼をいい人だと思ったのだろうか？

真実を突きとめる方法はひとつしかない。

ジョーゼットは茶房の錬鉄製のテーブルを押して立ちあがり、ふたりの男を見つけて答えを手に入れようと思った。バッグをつかみ、子猫を片手にかかえたとき、通りの反対側から聞こえた驚愕の叫び声に、注意を奪われた。そちらに目を凝らすと、向こうの店先で取っ組みあいのようなものをやっている。集まってきた野次馬に邪魔されて見えなくなったが、大声と足を踏みならす音は聞こえた。

取っ組みあっていたふたりは離れ、北へ向かって駆けていく。ジョーゼットはみぞおちのあたりに妙なときめきをおぼえながら、彼らの姿を見つめた。ひとりは顎ひげを生やしていて、もうひとりは生やしていない。それ以上は、距離が離れているため判別できなかった。ひとりが白いきれいな歯並びをしているかどうかもわからなかった。ふたりの目の色が、緑なのか青なのか、あるいは、はしばみ色なのかさえも見えなかった。

けれども、ふたりともどこか見覚えがあるような気がした。

「エルシー」考えこみながら呼びかけ、メイドを肘でつついた。とてもレディとは呼べない仕草だ。「あの男たちの……」

だが、メイドは急速に視界から消えていくふたりのほうは見ていなかった。その視線は残った群衆にまっすぐ向いていた。「わあ、喧嘩大好き!」エルシーは混乱騒ぎのほうへ近づいていった。ふつうの娘なら敬遠するところなのに。

「エルシー……」メイドが足をゆるめないので、ジョーゼットは声を大きくした。「エルシー！」

メイドは振りむき、腰に両手を置いた。「聞こえてるわよ、お嬢さん。叫ばなくてもいいの」

「あの男たち」ジョーゼットはそのふたりが去っていった方角を指さした。「彼らを知っている？」

エルシーは女主人の指先をたどったが、当の男たちは午後の人ごみにのまれ、ふつうの町の人たちがうろうろしているだけだった。「何人かは知ってる」メイドはおもしろがっているように答えた。「なんで？　紹介してほしいの？　男はもうこりごりなんだと思ったけど」

「顔に見覚えのある人がいたの」

「マッケンジーとか？」

ジョーゼットはうなずいた。

メイドはもう一度そちらに目をやった。「うーん、いまは見えないな」歩きだしたくてそわそわ足を動かしている。「人影がみんな彼に見えちゃうんじゃないの、彼をさがしてるから」

ジョーゼットはため息をつき、左のてのひらにのっている子猫を見おろした。まだすやすや眠っている。「そうかもね」出だしでつまずいてばかりいるから、今日じゅうに彼が見つからなかったら、わたしはきっと打ちのめされてしまうだろう。婚姻無効を手に入れたいからではない、それもまだ理由のひとつだけれど。それだけが理由だというふりをしても、もはや意味がない。

彼に会いたいのは、彼のことを考えずにいられないからだ。この騒動は、ゆうべのランドルフのとんでもない振る舞いと、まちがいなくどこかでつながっている気がする。マッケンジーと結婚したのは彼に守ってもらうためだったのだろうか。あの男についての噂のはしばしが、困った人を助けずにはいられないタイプの男だと告げている。

そう、昨夜ジェイムズ・マッケンジーとどんなことをしたかを考えても、もう恥ずかしさは感じない。それよりも、今朝彼にしてしまったことを恥ずかしく思う。彼はわたしを求めていた。それなのに、室内用便器を頭に投げつけてしまったのだ。

「彼は見つかるわよ、お嬢さん」エルシーは群衆のほうへ歩を進めた。

「もちろん見つかるわ」ジョーゼットはうなずいた。「あなたがすぐに彼の事務所に案内してくれたらね」

「あら、だめよ」エルシーは反対して、急に立ちどまった。「五分くらい待てるでしょ」通りの向こうの騒ぎのほうへ顎をしゃくった。「お楽しみを見逃しちゃう」

「お楽しみ?」ジョーゼットは群衆を見やった。だんだん散らばりはじめているが、まだがやがや言ったり肘でつつきあったりしている。「楽しそうには見えないけど」

エルシーはむっとした。「ただちょっと騒いでるだけよ。あなただって、ゆうべの〈青いガチョウ亭〉ではあまりいやがらなかったじゃない」いらいらして、人が減っていく群衆のほうへ手をあげた。「ほら。見逃しちゃう。少しは根性を見せたら?」

だが、メイドの憎まれ口はほとんど聞いていなかった。散り散りになっていく群衆を透かして茶と黒のぶち猫が目にはいり、ぽかんと見つめていた。信じられない。手のなかにいる子猫とそっくりな猫が、通りの向こうのくたびれた木の看板の真下にすわっている。その看板はそこが肉屋だと表示していた。

メイドのあぶないという叫び声をぼんやり聞きながら、ジョーゼットは通りを渡り、子猫を胸に抱きしめて、高速の馬車を三台かわした。歩道にたどりつくとようやく足をとめ、子猫を地面におろし、待ちかまえている母猫のもとへ行かせた。

「まあ」母猫が行方不明だった子をかいがいしく舐めだしたのを見て、ジョーゼットはほっと息をついた。母親の舌でこすってもらって、子猫は生きかえったようにミャーミャー鳴いたり動いたりしはじめた。

エルシーが追いついてきて、女主人というのはしょっちゅう気が変わるし、何がどうなっているのかも教えてくれないとぶつぶつ言っていたが、ジョーゼットは聞き流した。石畳の歩道にしゃがみこみ、親子の再会の場面を目撃する特典に浴しながら、体の奥底の痛みには気づかないふりをした。

「美しい光景だ」

自分の心を反映するような声が舞いおりてきて、顔をあげると、戸口に肉屋が立っていた。今朝見たときとおなじ染みだらけのエプロンをつけ、数時間前と変わらず前歯がなかった。ジョーゼットは腰をあげた。朝からの緊張に加え、心温まる情景に体が反応して、落ちつかない気持ちになっていた。「あなたのおかげじゃなくてね」と突っかかり、エプロンの上から、肉屋の胸を裸の指でつついた。子猫の無事がわかって、さっきまでの不安が消えると、いらだちだけが残った。「いったい何を考えていたの？　こんな幼い子を母親から引き離すなんて」今朝目覚めてからずっと胸のなかでくすぶっていた自分への非難を相手にぶつけた。「どうしてこんなことをするの？　どうしてわたしが、こんな重荷をほしがると思うの？」

血の染みだらけの大男はもぞもぞと足を動かし、意外だというように両手をひろげた。「だけど贈り物だったんだよ、お嬢さん。あんたはもらって当然なんだ」

子猫をあげたのは何かしてもらったお礼だということを念押しされ、ぞっとして胃が引きつった。「朝もそう言っていたけど」ジョーゼットはきつい口調になり、肉屋にまた指を突きつけた。「それは何かのまちがいよ」

肉屋は面食らって、顔をしわくちゃにした。「俺の命を救ってくれたじゃないか」

ジョーゼットは目をみはった。胃の痙攣《けいれん》はかすかな痺《しび》れ程度に弱まっていた。「わたしが？」

エルシーが会話に割りこんだ。「マクローリーがなんのことを言ってると思ってたの？」

ジョーゼットはふたりの顔を代わる代わる眺めながらがんばってみたが、どうしても思いだせなかった。「わたしはてっきり、何かほかのことを言っていると思ったの」かぶりを振って、つけたした。「わたしが何をしたかは知らないけど……」

「俺は歯を喉に詰まらせそうになった」肉屋は言った。「マッケンジーの拳が喉まできれいにはいったから。俺はまちがいなくくたばると思った。ほかの連中はくだらない芝居だと思って、まともに取りあってくれなかった。そこに、あんたが近づいてきて、飛んできて、俺に腕を巻きつけ、ぎゅっと抱きしめたんだ。すごくぎゅっと」肉屋はジョーゼットの顔をのぞきこんだ。「そんな華奢な体つきにしては、精いっぱい力を振り絞った」

ジョーゼットはなんと答えていいかわからなかった。

「そうして、彼の歯がぽろっと飛びだしてきたの、あのテーブルの上に。それでみんな拍手喝采《かっさい》」エルシーはそう言うと、鋭く息を吸いこみ、くしゃみをした。

「神のお恵みがありますように《ゴッド・ブレス・ユー》」ジョーゼットはくしゃみをした人にかける言葉を反射的に唱えていたが、頭のなかではその信じられない出来事を思いだそうとしていた。

「ありがとう」エルシーは鼻をすすってからマクローリーに身を寄せ、手で口もとを隠してはいるものの、聞こえる声でささやいた。「彼女、ゆうべの騒ぎを何ひとつおぼえてないの。酒に弱いのよ」

ジョーゼットはため息をついたが、すごくほっとしていた。自分がこの男の命を救ったかどうかは、議論するまでもない。彼らがそうだと思っているのだから。胃の痺れは感じなくなっていた。この肉屋と口にできないようなことをしたわけではなかった。彼を助けてあげただけだったのだ。自分のほうにはその記憶はまったくないけれど。

ゆうべ、ひとつでもいいことをしたのがわかってよかった。

「ほしくないのかい、お嬢さん」マクローリーは目をぱちぱちさせた。「その子猫だよ。さっきも言ったように、もらって当然なんだよ」

今度は慎重に言葉を選んで答えた。「ほんとうにすばらしい贈り物だと思うわ。いただけて光栄です。でも、子猫は幼すぎるから、母親から離さないほうがいいわ。たぶん、もう数週間したら……」そこで言い淀んだ。この約束はできない。数日後にはモレイグにいないだろうし、数週間後ならなおさらだ。

だが、すでに言いすぎていたようだ。肉屋は歯のない口をあけて笑っている。「そいつは名案だ、お嬢さん。乳離れするまでとっておくよ。この子はよく鼠《ねずみ》を捕る猫になる予感がするし、きっとあんたを守ってくれるだろう」

「ありがとう」ジョーゼットははずまぬ口調で言った。モレイグから逃げだすことを考えている理由を説明するのは、面倒がかかりすぎる。「だれかに守られているというのはすてきでしょうね」

マクローリーはにやにやした。「俺と結婚すればいい。一生守ってやるよ」ほがらかに言う。「いまちょうど去ってったやつとはちがってね」

ジョーゼットは息を吸いこんだ。いまの言葉の重大さに気づき、心臓が口から飛びだしそうになった。「どんなやつ？　だれがいま去っていったの？」肉屋がなかなか答えないのにじれて、足を踏みならした。「だれが去っていったの？」

「マッケンジーに会わなかったのか？」マクローリーはがっしりした肩をひょいとすくめ、両手を大きくひろげた。「彼につまずいたと言ってもいいくらいだったんだ。彼はここにいて、あんたのことを話してた」

ジェイムズ・マッケンジーが自分の噂をしていたと聞いて、ジョーゼットの腕の産毛が起立した。彼はここに立っていた。ほんの少しまえまでこの店にいたのだ。

そして、わたしのことを考えていた。

「いいえ」取り乱した目を通りの先へ向けた。「彼には会わなかった」視線を追いかけるように、さまざまな考えがあとから浮かんできた。走り去っていった男には見覚えがあった。いまその理由がわかった。ほんの数分ちがいだったのだ。

ということは、ここでぐずぐずしている暇はない。

ジョーゼットはスカートを持ちあげ、五本目の手足のように一体となっていた子猫と離れ、ようやく両手が自由になったことに感謝した。「彼は北へ向かったわ」あえぐようにエルシーに告げると、あとを追いはじめた。

メイドはおとなしくついてきて、横に並んだ。「彼の事務所は町の北側にあるの」足並みをそろえながら言う。「そこへ向かってるのかも」

ジョーゼットはうなずいた。鼓動も足どりに負けず速まっている。彼に会いたいということしか考えられない。会って、ゆうべの振る舞いを説明し、今朝怪我を負わせたことを謝りたい。そのあとでしなければいけないことを思うと、身をひっぱられるような気持ちだが、足どりはゆるめなかった。ふたたびマッケンジーを失うことはできない。これほど近くにいるのがわかったのだから。

ジョーゼットの未来はそこにかかっているのだから。

「俺の言ったことを忘れるなよ！」マクローリーが後ろから叫び、その大きな声が通りに響きわたった。「店の上にはふた部屋のアパートメントがある。肉だって食い放題だぞ！」

肉屋と結婚したらと想像するだけでぞっとなり、こみあげてくる悲鳴にも似た笑いを嚙み殺した。だが、親切な申し出と思えなくはないし、マクローリーが魅力的な男に見えないというわけでもない。ゆうべ、彼の命を救っただけではないことはわかった。けれど、わざわざ頭痛の種をほしがる女がどこにいるだろう？　スコットランド男と結婚しただけでもじゅうぶん頭が痛いのに。

それがふたりになったら、へとへとになってしまう。

14

ジェイムズは彼女よりもっと先を行っていた。

肺が空気を求めてあえぎながら、焼けつくような脚に合わせて、腕を前後に動かしている。頭はやたらと痛み、キャメロンの馬に思いきり蹴られた膝は、一歩足を踏みだすたびにずきずきする。もちろん新しい傷は、昨日紙で切った傷よりも浅いかもしれないが、肌の下で金属の刃がハイランド・ジグを踊っているかのように感じられた。

だが、ウールの帽子をかぶった頭をひょいとさげながら、ビヤウルテンに集まってきた群衆を縫って進むのは気力が萎《な》えてくる。

フランクストン通りにさしかかるころには帽子をなくし、三ブロックも行かないうちにウィリアムとははぐれていた。あの女をつかまえたい気持ちが兄よりも強いからか、日頃のおがくず袋相手の練習の成果で困難な追跡をこなせるようになっているからか。理由はどうあれ、攻撃者の追跡をはじめて五分後にはジェイムズはひとりになっていた。

あたりにすばやく目をやり、モレイグのあまり好ましくない地域に迷いこんだことがわかった。祝賀ムードにわく目抜き通りにぶらさがっていた色鮮やかなちょうちんが少なくなると、ゴミの悪臭が漂う路地があらわれた。この界隈の住人は頬がげっそりとやつれていて、青白い顔色は栄養不足と先行きの見込みがよくないことを物語っている。

この界隈のことはよく知っている。職業柄モレイグの全住民と接触があるし、弁護料が払えない者を避けたりもしない。いや、むしろ、気持ちは彼らのほうを向いている。それも、まともな収入を確保しようとがんばっている理由のひとつだ。

僕があの泥棒を手遅れにならないうちにつかまえたい理由のひとつだ。

ジェイムズは急にスピードをあげた——体は震えながら抗議のうめきをあげたが無視した。追いかけている相手は、恐怖に駆られているせいもあるが、風にも押されて速度が増しているように見える。それに、ジェイムズのように怪我のハンデがないことはまちがいない。

相手が通りに渡された洗濯物干しロープをくぐったとき、おぼえている女より敏捷《びんしょう》なだけでなく、背も高くなっているように感じた。たぶん、自分より数インチ低いだけだろう。まあ、自分の記憶には自信がないけれど。まだ断片だらけだし、追跡に全力を振り絞っているせいで、頭の働きがよけい鈍っているにちがいない。

前方を逃げていく相手は、ひょいと横道に飛びこんだ。ふたたび目抜き通りに出たときには、攻撃者の姿は増えはじめた買い物客の一団に完全にまぎれて、わからなくなってしまった。

ジェイムズはかがみこみ、膝に手を置いて息を思いきり吸いこんで、胸の痛みをやわらげようとした。あたりは人だらけだった。知っている人。知らない人。

ビャウルテンのバカ野郎。五月祭の群衆のバカ野郎。彼らのなかから金髪のよそ者をさがしだすのは不可能だとわかった。夜を徹しておこなわれるこの祭りは毎年の行事で、半径五十マイル以内に住む自尊心のあるスコットランド人を全員惹きつけるのだ。日暮れまでには、あちこちの通りは浮かれ騒ぐ者たちや仮装した者たちでさらにごったがえすだろう。

体を起こし、そのつらさと抗議の悲鳴をあげる筋肉に顔をしかめた。彼女を失ってしまった。馬を失い、財布を失い、彼女とともに自尊心まで失ってしまった。

町の中心のほうへ体を向け、ゆっくりと歩きだす。半ブロックも行かないうちに、小走りに進む兄を見かけた。ウィリアムの顔は真っ赤で、胸は大きく波打っている。この十分間でめぼしい成果はなかったが、自分にも兄よりすぐれているものが何かあると目で見てわかり、いくらか気分が上向いた。

「もう少し運動したほうがいいな」立ちどまって目の前でゼイゼイあえいでいるウィリアムに言った。ジェイムズもまだ肺が痛むが、もう息を切らしてはいなかった。

「あんなふうに走っちゃだめじゃないか」ウィリアムは言った。「そんな体で、彼女をつかまえたらどうするつもりだったんだ？　彼女に殺させるつもりなのか？」息をつきながら、兄はなんでも見通すような目で、探りを入れている。

「まさか」指を折りながら、やることを挙げていく。「僕の馬の居場所を突きとめ、あの女をつかまえ、その邪悪な首をひねってやる」

ウィリアムはかぶりを振った。「家に帰ろう、ジェイミー坊や」気軽な口調とはうらはらに、声には心配がにじみでていた。「おまえは疲れている。ぐっすり眠ったほうがいい。それに、医者に診てもらわないと」

「いやだ」ジェイムズの計算では、兄のよかれと思う提案にしたがうより、やることリストに取り組むほうが、ずっと気分がよくなるはずだった。「今朝、医者に診てもらわなくてもだいじょうぶだったなら、もうその必要はないに決まっている。それに、彼女を見つけるまでは眠れないよ」

「それが、わたしの言い分が正しいなによりの証拠だ」ウィリアムは鼻を鳴らし、いきり立って手を振った。「おまえはまともにものが考えられないんだよ。ナイフの傷は軽視できない。おまえは自分らしくない行動をしている。ひたすら走って女を追いかけまわし、貧民街までいくなんて。おまえの通ったあとに血痕が点々とつづいていても驚かないね。家まで送らせてくれ」

ジェイムズはその考えを振りはらった。家。僕には家などない。どこにも居場所はない。すり減った石鹸とパトリックが待つ借家にもどるという考えには、あまり心ひかれなかった。子供みたいにおとなしくベッドにはいる気にはなれなかった。目覚めたら、ジェミーが尻尾をパタパタ振りながら情熱的な目で見つめているだけで、女のやわらかな体が隣にあるわけではない。

もうそんな暮らしはたくさんだ。怪我をしていて、手当てが必要なせいだけではない。怪我ならまえにもしているし、そのときもこんな感傷的な気持ちにはならなかった。

きっとさびしいのだ。その率直さに自分でも面食らった。今日はそばにウィリアムがいるし、ゆうべこの腕に抱いた女のあたたかな記憶もあって……何かを望む気持ちがあるのだろう。おそらくゆうべ愚かしいことをしたのも、あの女と結婚するふりをしたのも、自分でも意識しない心の空隙を埋めるためなのだろう。これまで結婚についてはあまり考えたことはなかったが、その真似ごとを経験したいまは、真剣に考えはじめていた。

もちろん、問題の女はその相手にはとうていふさわしくない。目覚めのキスと同時に、首を掻き切られそうだ。

「家には帰りたくない」ジェイムズはため息をついた。「あの女をさがしたいんだ」

「だが、彼女のほうは見つけられたくないだろう」ウィリアムは核心をついた。「パトリック・チャニングに面倒を見てもらう気がないなら、キルマーティ城に連れて帰らせてくれ。父さんなら、どうすればいいかわかる」

「やなこった。あそこは僕の家じゃない」もうちがうんだ。

兄はジェイムズが知るなかでもきわめて温厚な人間で、いつも謎めかしたり冗談でからかったりする。だが、ジェイムズが考えてみることもせず、にべもなくはねつけると、その目に怒りがともった。「頼むよ、ジェイミー。一度でいいから、助けを求めてくれ。父さんはおまえの敵じゃないんだ」

「兄さんに何がわかるっていうんだ?」ジェイムズは食ってかかった。「兄さんの道は、父さんが爵位を継いだときからちゃんと敷かれていた。僕の道の方は、変更を余儀なくされつづけている。その原因の大半は父さんなんだ!」

「今回の騒動にはまったく関係ないだろう」

「僕がそれを認めていないからね」人生の指針についてずっと父親を責めつづけてきたから、息をするように自然なことになってしまい、今回おちいった問題がまったく自分のせいであることになかなか気づけなかった。

「父さんなら力になってくれる。ほうぼうに伝《つて》があるから、きっと——」

「いやだ」二度と助けてもらうものか。

ウィリアムはもう怒る気もなく、悲しげな顔でかぶりを振った。「おまえが理性に耳を傾けようとしないのはわかったから、無駄な努力はよそう。これだけ聞いてくれ。おまえは昔のようなやんちゃ坊やじゃない、ジェイミー。立派な男になったおまえを、わたしは誇りに思う。それどころか、しばしば嫉妬をおぼえるくらいだ。父さんもおまえを誇りに思っている。だが、いつまでも過去を引きずっていると、未来までだいなしにしてしまうぞ」

「わかったようなことを言うな」兄に認めてもらえたことにびっくりして、過去に触れられたことに取り乱して、気持ちが言葉にならなかった。

ウィリアムは降参だというように両手をあげた。「わたしは家に帰る」くるりと向きを変え、歩きだした。「だが、背後に気をつけろよ」肩越しにどなった。「おまえの後始末をするのはもう疲れた」

ジェイムズは兄を呼びとめて謝りたいという衝動をなんとかこらえた。心の奥底で、昔の怒りを荒れ狂わせながら、去っていく兄の後ろ姿を見送った。ジェイムズは二十一歳の自分にもどったような気がした。正しいことをしようとしたのに、非難されるはめになった。父にまで疑われたあげく、事態を収拾しようとされたのは、なにより悔しかった。

ジェイムズは身震いし、よくない考えを振りはらった。ウィリアムはまちがっている。過去を引きずっているからこそ、未来がある。昔の罪は、おぼえているかぎりの孤独な歳月を費やして少しずつ償ってきた。モレイグにもどってきたのは罪滅ぼしのためだった。父にも町の住民にも、自分が改心した人間であることを見せようと心に決めたのだ。

それが、あの女のせいで、すべての努力が水の泡になろうとしている。

ジェイムズは空を見あげ、太陽の位置を確認した。まだ日は高いようだ。懐中時計を見た。午後二時。日暮れまでにはだいぶ間がある。つぎの方針が決まった。

上着のポケットには召喚状がはいっているが、襲われたことで、ちがった角度から考えるようになった。殺意をもった攻撃は重罪だ。それを証明できれば、相手に弁償させるだけではなく、もっと罪を問えるだろう。

あの小娘を流罪《るざい》にしてやれるかもしれない。

ジェイムズは頬をゆるませ、どうすればいいか考え、自分がつかまったとわかったときの、あの女の顔を思い浮かべた。まずは法律書にあたって、窃盗より重い罪で告訴できるかどうかを調べなければならない。

ジェイムズは北へ向かった。いや、家へ帰るのではない。仕事場へ行くのだ。

15

ジェイムズ・マッケンジー氏の法律事務所は、モレイグの北側のほとんど人影のない通りにあって、数を増していく群衆の活気に満ちた目抜き通りから歩いてすぐの距離だった。事務所となっている木造の建物は、馬具店と仕立屋にはさまれていた。三軒とも厳重に戸締まりがしてある。

それがわかったのは、ぎょっとして見つめる前で、エルシーが扉のノブをガチャガチャさせながら、大きな声で「おーい」と呼びかけたからだ。

「レディーズ・メイドは『おーい』なんて、新聞売りのような言い方はしないのよ」ジョーゼットはメイドをたしなめた。目の上に素手をかざして、午後の強烈な日ざしが手肌に染みこむにまかせた。いま思うと、ボンネットを失ったのはまずかった。

「へえ、じゃあなんて言えばいいの?」

「『こんにちは』とか『ごめんください』と言うの」手をおろし、メイドに険しいまなざしを向けた。エルシーの鼻は、ジョーゼットのおさがりのボンネットの広いつばのおかげで、日ざしから申し分なく隠れている。「この仕事をしたいなら、もうちょっと真剣にがんばらないとだめよ」

エルシーは申し分なく白い鼻にしわを寄せた。もしあと十歳若かったら、きっと舌を出していただろう。「レディーズ・メイドになるのって、思ったよりおもしろくないね」

「お金をもらってやる仕事なのよ。おもしろいわけないでしょう」

「あら、〈青いガチョウ亭〉の裏で働くのはおもしろかったわ」エルシーは頬をふくらませた。「『おーい』って声をかければ、たいがいうまくいったのよ。とくに、腰を振ってから、ウィンクすれば。こんなふうに」エルシーは大げさに片目をつぶってみせた。「レディーズ・メイドはウィンクもしないんでしょうね」

ジョーゼットは首を振った。「家の主人がいるときは、なおだめよ」その様子を想像して楽しむのをぐっと抑えた。エルシーのように快活な娘が相手だと、怒ったままでいるのはむずかしい。いくらその物腰が、信頼のおける家事使用人というより酒場の給仕にふさわしくても。

「でもさ、女主人がもうちょっとウィンクすれば、家の主人もメイドの尻を追いまわしたりしないんじゃないかな」エルシーは指摘した。話の内容にくらべると、かなり無邪気な声だった。

メイドの理屈には反論できない。ジョーゼットは亡き夫にウィンクしたことなど一度もなかったし、夫のほうはメイドのひとりやふたりは絶対に追いまわしていた。もしレディーズ・メイドとしてやっていけなくても、エルシーは哲学を武器にして仕事をしていけそうだ。

「やってみたら」エルシーはそそのかし、もう一度ウィンクしてみせた。「むずかしくないよ」

ジョーゼットは唇をすぼめた。目に意志があるかのように、片目が震えながら閉じた。

「こんなふう?」

「うん、まずはそんなもんでいいかな」エルシーは首をめぐらせた。「彼を怖がらせようとしてるなら」

「だったらやめたほうがいいわね、ミスター・マッケンジーがあらわれるまえに」ジョーゼットはくすくす笑い、閉じていた片目をあけた。あの男の姿はまだどこにも見えない。正確に言うなら、あたりには人っ子ひとりいない。ふだんは商いが営まれている通りにぽつんと取り残されるのは奇妙な感じだ。まるで住民がすっかりいなくなり、あとは寂れ果てるだけの町のようだ。

「みんなどこにいるの?」またもやマッケンジー事務所の鍵のかかったドアを揺すっているエルシーにきいた。「モレイグではだれも働かないの?」自分の声がいらだっているのはわかるが、彼のすぐそばまで来ているという感触があるだけにじれったい。彼の事務所が銀行の金庫のように厳重に施錠されているとは、思いもしなかった。

エルシーは窓からなかをのぞきこんでいる。「いやいや、ミスター・マッケンジーは働き者で有名なのよ。〈青いガチョウ亭〉に来るのも週に二回くらいだし、ふつうはエールよりも食事目当てで、たいてい書類をいっぱいかかえてる」

ジョーゼットはその情報を頭の片隅に押しこんだ。それならわたしの結婚相手は、暇さえあれば〈青いガチョウ亭〉でどんちゃん騒いでいるわけではないのだ。そのことについてどう感じるかは、自分でもよくわからなかった。

「何も見えないなあ」窓ガラスにぴったりと顔をくっつけて、エルシーがつぶやいた。

「そこから離れなさい」ジョーゼットは叱った。「窓からのぞくなんて、お行儀が悪いわよ」

エルシーは妙に思慮深げな表情で、こちらを向いた。「それはレディーズ・メイドとしてもふさわしくないって言うんでしょ。あのさ、あたしが何考えてるかわかる？　男を追いかけまわすのも行儀がよくないけど、あたしはあなたがそんなことをしても尊敬できる。あなたは彼を見つけたいんだと思うから。行儀を気にしてたら、見つけられないもん」

ジョーゼットはメイドの慧眼《けいがん》を無視した。そばにあった木のベンチに腰かけ、手で顔を扇ぎながら、ここで彼を待ち、頭に焼きついている疑問に答えてもらおうと決めた。仕事熱心な駆けだしの事務弁護士と結婚したのも運命だ。並みの人間ではないし、上流人士でもない。これがひと月まえだったら、そんなこと考えもしなかっただろう。それに、彼に法律知識があるのは、婚姻無効を訴えるときに便利かもしれない。

逆手に取られなければの話だけれど。

「なんで彼を見つけにいかないの？」エルシーが隣に腰をおろし、ふうっとため息をついた。

「もう手がかりがないから」エルシーのけげんそうな目を見つめた。「理屈では、ここで待っていれば、すぐ彼に出会える」

「それはどうかなあ、お嬢さん」まだ日ざしがまぶしい空をうさんくさそうに見あげた。

「午後になっちゃったし、今夜はビャウルテンの祭りがあるし」

「だから？」ぶっきらぼうな言い方になったが、もう疲れていた。しかも、暑い。それに、行方不明の夫を見つけるのがこんなにも困難だということに、いらだちがつのっていた。

「だから、祭りは明日の夜までつづくの」メイドの声にも不機嫌さがにじんでいる。「なんでどこも店じまいしてて、みんな町なかに集まってると思う？　マッケンジーは月曜までここに来ないかもよ」

エルシーのそっけない説明を聞いて、手っ取り早くかたづくという望みは砕け散った。

「わたしは……月曜までいられないわ」

「あたしのほうは、一日じゅういられない。今夜はダンスを踊るの」悪びれた様子もなくほほえんだ。「ダンスは絶対逃さない」

「ちっ」ジョーゼットはひそかにつぶやいた。卑語をつかうという似あわないことをして頬が熱くなったが、はっきりした意見を声に出すのは気分がよかった。エルシーのお気に入りの表現をひとつ借りてみた。「こんちくしょう」禁じられた文句を口にするだけで、心臓がばくばく言った。

「ほんとよね」エルシーがあいづちを打ち、感心してうなずいた。「その意気よ、お嬢さん。ありのままに言えばいいの」

ジョーゼットは別の表現をさがしたが、何も思い浮かばなかった。やはり、新しい語彙《ごい》をもう少し磨かなければならないようだ。お手あげだという身ぶりをした。「それでおしまい。わたしたちにはもうほかに方法がないわ」

メイドは鍵のかかったドアを見つめた。「ねえ、そんなに急いでるなら、彼の家に行ったほうが見つけやすいんじゃないかな」

「どこに住んでいるか知っているの？」ジョーゼットは背筋をのばした。エルシーがどうしてそれを知ることになったのかは想像したくなかった。マッケンジーの過去のつきあいなど気にしない。ハドリアヌスの長城より北でいちばんの放蕩者だとしても、気にしない。その問題は避けることに決めたのだ。

「ううん」メイドは首を振り、はちきれんばかりのジョーゼットの肺にほっとひと息つかせた。「でも、事務所にはいれれば、手がかりになりそうな紙切れが見つかるはずよ」メイドは立ちあがり、好奇心もあらわにドアの錠を点検しはじめた。「だいじょうぶ、なかにはいれそう」

それはよくないといって、胃がよじれた。ああ、どうかエルシーが本気じゃありませんように。彼女の提案はまちがっている。違法だ。しかし、エルシーはすでに、借りもののボンネットの下からヘアピンを取りだしていた。鍵をこじあけるつもりなのは、エルシーの顔にあるそばかすくらい明白だ。

ジョーゼットはあさましい行為をやめさせようと立ちあがった。「やめなさい」小声で叱りつけ、左右に目を走らせた。「住居を破壊して侵入するのは罪よ。彼は弁護士なのよ」

「破壊じゃない」錠の仕組みを調べていたエルシーはあざ笑い、体を起こした。「侵入するだけ」と言って、ジョーゼットにヘアピンを手渡す。「これはどこのレディーズ・メイドでも女主人に教えてやるべき技ね。彼を見つけたいんでしょ、お嬢さん。そのチャンスよ」

「でも……」ジョーゼットはごくりと唾をのんだ。喉は言葉にならない反論でふさがっていた。ずしりと感じるヘアピンの重さはピストルのようだった、撃鉄を引いて、いつでも撃てるようになっているピストルだ。

エルシーはふふんと笑った。「ゆうべ〈青いガチョウ亭〉に舞いこんできた恐れを知らないレディはどこへ行ったの？　彼を見つけたいなら、勝負に出る勇気を持たなきゃ」

ジョーゼットは決心がつかず固まった。一方では、自分のあるべき姿は、こんなことをしないと言っている。

もう一方では、自分にも別の面があることを証明しつつあるではないかと言っている。

勇敢な人間にはなりたい。新生ジョーゼットがどんな人間なのかは定かでない。だが、結婚した男のことを感じとりたいし、そのためなら法を破ることも辞さない人間かもしれないことはわかった。ジョーゼットはかがみこみ、思いつめた顔でピンを鍵穴にさしこんだ。胸のなかで、息が氷の塊《かたまり》になった。驚いたことに、空から急降下してきた雷に打たれて死ぬことはなかった。そっとピンをひねってみると、またまた驚いたことに、地面が割れてのみこまれることもなかった。

肺の氷が解けはじめた。勇敢になることは、ふつうとそれほどちがうわけでもなさそうだ。元気づいて、目の前の作業に真剣に取り組んだ。「ちゃんと見張っていてよ」と、こちらをのぞきこんでいるエルシーにささやく。

「だれもいないわよ、お嬢さん。さあ、左にまわして、ちょっと持ちあげて。そのまま、そこで揺すって、そうそう」

「エルシー」ジョーゼットは命じた。「ひとりでやらせて」

「やらせてあげたのは、あたしでしょ」メイドは言いかえした。「あたしがやってたら、もうなかにはいってたわ」

「もう、お願いよ」ジョーゼットはぶつぶつ言った。息を凝らし、ヘアピンが何かにひっかかる感触を待ち望んだ。だが、鍵はまわらず、ヘアピンも動かなくなった。ひっぱってみたが、ぴくりともしない。

ジョーゼットはエルシーを見あげた。「動かないわ」何度かひっぱってみたが、ピンは見えない裂け目にはまりこんだままだった。

エルシーはかがんで、地面から何かを拾いあげた。ふたたび立ちあがった姿を見て、ジョーゼットは目を丸くし、指は錠にしっかりはまりこんだままの冷たいヘアピンの上で凍りついた。エルシーはいたずらっぽい笑みを浮かべると、持っていた石を無造作に窓へ放り投げた。

鋭い破砕音がしてから、あとから思いついたように、ガラスのかけらが雨のように降ってきた。

「これで破壊しちゃったね」エルシーは楽しそうに言った。

信じられないことに、ドアが内側にひらいた。「そして、その説明をしてもらわないとね」その深いバリトンは、ジョーゼットの頭を離れない男の声だった。

16

ジョーゼットはいま壊した窓の持ち主である男を見て、体をまっすぐ起こした。心臓が肋骨を激しくたたいている。ああ、まさかこんなことがあるなんて。

彼はずっとなかにいたのだ。

薄情なエルシーは少しわきにずれて、両手を握りしめている。わたしは悪くありません、とでも言うように。女主人のおこないにはわたしもあきれているんです、とでも言うように。

女主人が法的な責任を問われているときには、レディーズ・メイドはつねにその責任をかぶるものだということを、この娘に教えてやろうと心に留めた。

ジェイムズ・マッケンジーが一歩こちらに近づいた。ジョーゼットは浅はかにも不安をおぼえた。いいえ、そうじゃない。最初は、この人だという生々しい感じがぴりぴりと伝わってきた。今朝はじめて見たときは、彼は横になっていた。記憶のなかの彼は、目覚めるとみだらな笑みを浮かべ、ジョーゼットが忘れてしまった、禁じられていた喜びのもとへ、もどっておいでとからかったのだ。

午後の彼は、すっかり目覚めていて、その目に喜びは宿っていなかった。

彼は信じられないほど背が高かった。帽子をかぶっていない頭は、戸口の上にかかげた手描きの看板に届きそうだ。くしゃくしゃの茶色の髪は、妙な方向に突っ立っている――たったいま手でかきあげたばかりのように。顎ひげは野性的で、今朝見せた少年っぽい魅力とは調和しないが、いまの険しい目にはぴったり合っているように思える。そして、彼が不適切なほどのすごいハンサムであることに気づくと、胃がもんどり打った。

不安は、そのつぎに襲ってきた。

ジョーゼットは自分をにらみつけている乱れた髪の男を見つめた。彼を見つけだして、自分の人生から追い払いたい一心で、室内用便器のことはすっかり忘れていた。彼は今朝見たときと少しも変わらずハンサムだったが、新たに加わっているものがあった。頭皮にジグザグの縫い目があり、がっしりした肩には血の染みがついた上着をはおっていた。

「まあ」ジョーゼットは息をついた。「ご、ご、ごめんなさい。怪我をさせてしまったのね」

「そのとおり」せばめた鮮やかな緑の目が、若草に降った霜のようにきらりと光った。

ジョーゼットは深く息を吸いこんだ。彼は心を読みにくい男だ。厳格な表情は何も語っていなかった。わたしに会えてうれしいの？　怒っているの？　関心がないの？

否定してもはじまらない。答えが三番目だったら傷つくだろう。いくら自分が関心を寄せられるに値しない人間だとわかっていても。

真っ白な顔でまだ隣に立っているエルシーによれば、ゆうべ、彼に追いかけさせるように誘惑したのはジョーゼットのほうだという。ああいう成り行きになった責任はわたしにあるのだから、彼を攻撃すべきではなかったのだ。今朝、この男に言われたように彼のベッドへ這いもどることは考えられないけれど、せめて彼が着替えるのを待ち、何があったのかを話しあえばよかった。

それなのに、恐怖に負けてしまった。

「お会いできてうれしいわ」とささやき、ジョーゼットはまつげを透かして彼を見あげた。そんなやさしい言葉をかけても、もう遅いのはわかっている。いくらそれが本心だとしても。ジョーゼットは会えてほんとうにうれしかった。彼がもう少し……歓迎してくれればもっとうれしいのだけれど。

マッケンジーはだるそうに手をのばした。一瞬、この腕を取ってくれるのではないか、ピンからはずれて右の頬で白旗のように揺れている髪を後ろに撫でつけてくれるのではないかと思った。「僕もおなじことを言えたらと思うよ」

ジョーゼットには触れず、その手をさげた。「ところが」彼は鍵穴にはまりこんだピンを引き抜き、ジョーゼットの顔の前に持っていった。「きみに二度と会わずにすむよりうれしいのは、きみに法の裁きを受けさせることだ」

そのとき、ジョーゼットはこれが想像していたような再会にならないことを悟った。

ジェイムズは彼女を見つけたらどんな気持ちになるだろうと考えていた。朝からずっと、行きどまりの手がかりを追い、数々の怪我の痛みに耐え、ウィリアムに見捨てられて思いがけない落胆をおぼえながら、考えつづけた。その答えがいまわかった。

何も感じなかった。

目抜き通りからここまで、あやしい路地をくまなくさがしまわり、ようやく目の前にあらわれた女は、顔に罪悪感を浮かべていた。そばにいる鳶色の髪をした連れは、目の錯覚でなければミス・ダルリンプルだ。

残念だ。娼婦から酒場の女給に転向し、〈青いガチョウ亭〉でグラスを満たしてくれる女なら、もっとつきあう人間を選んでいると思ったのに。

「ふたりきりにしてくれ、ミス・ダルリンプル」ジェイムズはうなった。「きみには関係ないことだ」

「でも……あたしは彼女のレディーズ・メイドです」鳶色の髪の女は口ごもりながら言った。

「そりゃ意外だな」ジェイムズはすかさず言いかえした。「彼女はレディではない。したがってメイドは必要ないんだ」

その娘が言葉もなく足をもぞもぞ動かすことしかできないでいるのを見ると、いくらかおだやかな声で言った。「僕がだれかを傷つけたり、故意に残酷な仕打ちをしたことがあるか？　約束するよ、きみの女主人の身に危険はおよばない。さあ、僕たちをふたりきりにしてくれ」

なおも、娘はためらっている。

「行くんだ！」ジェイムズは法廷で異議を唱えるときのように大声を出した。

ミス・ダルリンプルはいきなり、そんな一面があるとは思いもよらなかったほどの従順さを示し、スカートを持ちあげると、シーザーも顔負けのスピードで走り去った。シーザーがそばにいたら恥じ入ったことだろう。

あいにく、あの馬はそばにいない。金髪の女が目の前に立っているだけだ。彼らはふたりきりになった。

そして、これほど相手を意識したのははじめてだった。

獲物はつぶらな瞳でこちらを見つめている。並べたらモレイグ湖の水が色あせてしまうような、鮮やかなグレイの目だ。格好はまるでレディらしくない。髪は乱れ、帽子もかぶらず、午後の日ざしに頭をさらしている。一歩近づくと、調子を合わせて一歩さがった――まるでばかげた求愛儀式をしている小鳥たちのように。ただし、ジェイムズには彼女に求愛する気はない。

彼女を絞め殺したかった。

ジェイムズはかろうじて身動きせず立っていた。彼女の足は後ずさりするのをやめたが、ほかの部分は動いていた。ガラス瓶にはまった蛾のように手をひらひらさせ、目をきょろきょろさせている。ことによると彼女は共犯で、そばに大きな石を持った主犯がぬうっと立っていて、今度は窓ではなくジェイムズの頭を狙っているのではないかという考えが浮かんだ。

体の位置を半歩変え、標的と通りが両方見えるようにした。「だれかさがしているのか?」

「正直に言うと、あなたをずっとさがしていたの」目に突き刺さるようなまばゆい笑みを浮かべたが、声のはしばしは震えていた。

ジェイムズはそれを鵜呑みにしなかった。洗練された母音の発音が育ちのよさをあらわしていても、信じなかった。「それはとっくに知っているよ」皮肉たっぷりに言って、彼女がたじろぐのを見て楽しんだ。「もっとましな手を考えたほうがいい」

彼女は目をみひらいた。「ほんとうなのよ!」と抗議する。「だからここにいるの」不安そうに下唇を嚙む仕草を見ていると、その唇を味わいたくなってくる。たとえ、この女が嚙みついてくるとわかっていても。

怒りが胸をたたいた。「きみは僕の事務所に不法侵入したんだ」核心をついた。「外のベンチで待っていないで」

「それは……なかにはいったら、あなたにつながるものが見つかるかもしれないと思ったから」

ジェイムズは不信の念を弓につがえ、矢のように空に飛ばした。「金をもっとさがしていたのか？　金目になりそうなものを？　自信をもって言うが、僕が裕福だと思っているなら、きみは見た目よりも愚かだ」

彼女は金切り声をあげた。金切り声。ジェイムズの記憶にあるゆうべの女だったら、気の利いた言葉を返してきただろう。言いあい合戦の賭けにのって、賭け金を四倍に吊りあげただろう。ところがこの女は鼠のように甲高い声で鳴いた。思い描いていた当意即妙の会話の達人ではない。

「何か誤解があるようね」彼女はようやく口をひらき、両手をひろげた。「わたしはあなたの考えているような人間じゃない」

ジェイムズは答えるかわりにじろじろ眺めた。ゆうべとおなじ人間だが、どこかちょっとちがう。非凡な髪の色もおなじ、つんと澄ました鼻もおなじ――記憶より少しピンクがかっているが。あの大きな口もおなじだ。困ったことに、彼女を見つめるだけで下半身がふくらみはじめる感覚にもなじみがある。とらえどころのないえくぼが、灯台の明かりのように光り、帰っておいでと告げた。

だが、彼女はやっぱりちがっている。ゆうべよりぎこちなく、居心地悪そうに見える。実際、事務所の窓に石を投げた現場をつかまったのだ。

居心地がいいわけがない。

「きみがジョーゼット・ソロルドだということは知っている」ジェイムズはおもむろに切りだした。「きみが子爵の未亡人であると名乗っていることも」

ジェイムズは彼女がそわそわと息を吸うのを見つめた。いまもありありと思いだすあの美しい胸が、地味な灰色の牢屋のなかで張りつめるのを見つめた。これだけ近くに立ち、すぐ届くところにふっくらとした唇があり、彼女のシトラスジンジャーの香りに感覚をかき乱されるのは、拷問以外の何物でもなかった。彼女の顔から目をそらして遠くを眺めようとしながら、いままでモレイグのあまり評判のよくない地域を追いかけまわしていた相手とちがって、彼女がズボンを穿いていないことに気づいた。

彼女がズボンを穿いているところを見たいような気もした。

ジェイムズは乱暴にかぶりを振ったため、取り散らかった頭に当然の痛みが刺しこんできて、大事な用件を思いだした。男物の服を着た彼女の曲線美を思い浮かべるだけで、あの黒い牝馬のひづめに蹴られたような衝撃をおぼえるなど、そんなことはどうでもいい。

僕を殺そうとした人間がいるのだ。

そして、彼女はその最重要容疑者なのだ。

「だが、きみがなんと名乗ろうが関係ない」ジェイムズは非情な声で言った。「きみの口から出る言葉はすべて疑わしい」

彼女の顔は青白くなった。これほど白い肌をしている者にそんなことができるかどうか疑わしいが。口をあけかけ、また閉じた。ジェイムズは音のない唇が動く様子に、心ならずも見とれてしまった。「何か言いたいことがあるのか？」いたぶるように言った。「また口先だけの詫びの言葉か？」

なんと言おうが信じないからな。

彼女は手を組んだり離したりしてから、声を出しはじめた。「ちょっと……小耳にはさんだんですけど」と、せきこんで言った。いかにも練習したらしい話を声に震えをまじえてしゃべっている。「わたしたちが……つまり、ゆうべわたしが望ましくない約束を交わしてしまったと。それを悔やんでいるんです、心から。あなたもきっと賛成してくれるでしょうけど、婚姻無効を訴えるのがいちばんいいと思うの。ミス・ダルリンプルの話では、あなたは法律問題にくわしいそうね、ミスター・マッケンジー。だから、ことは簡単にすむような気がして――」

「友達は僕のことをジェイムズと呼ぶ」ジェイムズは話をさえぎり、彼女が言葉で組み敷こうとする態勢をくずさせた。

彼女は唇を舐めた。「ジェイムズ、じゃあ……」

ジェイムズは尊大に眉をあげた。「きみはミスター・マッケンジーと呼びたまえ」

彼女の顔に血の気がのぼり、目に何かを光らせて――怒りか？――みひらいた。「あなたをどう呼ぼうとわたしの自由よ」と言いかえし、顎を持ちあげた。

それに応じて、ジェイムズの胸がそちらに引き寄せられた。「きみはそんなたどたどしい話し方じゃなくて、もっとなめらかに話さないといけないな」

「ろくでなし」彼女は吐きだすように言い、ゆうべのような媚態《びたい》らしきものを見せた。「放蕩者のほうがいい呼び名ね、自分にぴったりだと思わない？」一瞬、視線をさげ、ジェイムズの下腹のあたりをちらっと見やってから、また目を合わせた。「夫」彼女は勇気をかき集めるように息を深く吸いこんだ。「それがいちばん癪にさわるの」

ジェイムズは理不尽な衝動を抑えつけた。彼女の意気を認めてにやりとしたくなったのだ。ようやく――ついに――もじもじと謝るのではなく、立ち向かう気になった彼女は、輝いていた。まったく、ゆうべ自分が衝動的な行動をとってしまったのも無理はない。彼女の笑顔にそそのかされて思いきったことをしたくなっただけではないのだ。

警戒心を石に巻きつけて、まだ割れていない窓に投げつけたいほど彼女に眩惑《げんわく》されているのだ。

本人にそれを伝えるかわりに、散らばった考えを説き伏せてきれいに積み重ね、自分がここにいる意味と、彼女が何者かを思いだせと念じた。「きみが僕をどう呼ぼうがどうでもいい」ジェイムズは言った。「大事なのは、僕がきみをどう呼ぶかだ」

彼女はこちらを見あげた。とまどって額にしわが寄っている。「それで、どうお呼びになるの？」

照りつける午後の日ざしのもとにいると、ゆうべのあやまちがずっと昔のことのように感じられる。ジェイムズは彼女の心配そうな額のしわをのばしてあげたいという本心を、上着のポケットにしまいこんだ。財布がはいっているはずのポケットだ。あの白っぽいまつげをパタパタさせれば、僕がゆうべのように骨抜きにされると思っているのだろうか。

そんなことは許さない。もう許さない。

「罪人だ」ジェイムズは仰々しく召喚状をさしだした。「召喚状だ、レディ・ソロルド」

17

恐怖、ジェイムズ・マッケンジーの忌々しい緑の目より冷たい恐怖が、ジョーゼットの胃を揺さぶった。

彼はわたしを罪人だと思っている。レディではなく。尻軽女と思われるならまだしも、罪人はないだろう。

今度会ったら、エルシーを殺してやろう。

公平に考えれば、マッケンジーの事務所に不法侵入しようとしたのはジョーゼットだ。でも、鍵をこじあけて机の抽斗《ひきだし》を探ろうとしただけだ。それを彼は誤解して、召喚状を渡すという……そう思うだけで、怒りに胸が締めつけられた。

ジョーゼットは手をのばし、さしだされた令状をひったくった。彼がうなるように告げた名前がそこにあった。達筆の持ち主によって太字でくっきりと書かれていた。彼の顔をうかがった。目を合わせようと首をのばしながら、まるで天を仰ぐようだと思った。この男はいったいどういう魔人なのだろう。正式なものに見える書類をまたたくまに取りだしてみせるなんて。

「ミスター・マッケンジー――」言いかけたところで、野生のうなり声にさえぎられた。

「何も言うな」彼は一歩近づいた。

「ミスター・マッケンジー」ジョーゼットは臆せずくりかえした。まだ彼のやり方にむかむかしていた。ファーストネームで呼んでもらいたいようなことを言っておきながら、いざこちらがそうしようとすると、偉そうにそれをさえぎったのだ。「わたしにも話をさせてください。あなたはあきらかに誤解しているわ。それに――」

彼は指を一本立てて、ジョーゼットの唇に押しつけた。

ジョーゼットは鋭く息を吸いこんだ。仕事で荒れた彼の指が、敏感な下唇に触れたショックで言葉を失った。指はあっというまに離れてもう触れていなかったが、心のざわざわは消えなかった。彼はブラウンソープの香りがした。それだけだ。ブランデーのにおいもしない。ほかの女と会っていたことをほのめかす香水のにおいもしない。

石鹸のにおいだけ。

ジョーゼットは彼をにらみつけた。「わたしが思ったことを口にするのをとめる権利はないわ」

「ああ《アィ》」彼はうなずき、半歩さがった。「だが、きみは弁護士を見つけるまでは黙っていたほうがいい」怒りで、右目の端がぴくぴくひきつっている。両手を握りしめたり離したりしているのも見える。

頭がぼんやりする。ずっと水に潜ったあとに、水面に顔を出してあえいでいるような感じだ。どうしてわたしに弁護士が必要なのだろう？　気持ちはまだ彼のにおいに集中していた。その香りは亡き夫のものとは、まるでぜんぜんちがう。彼にたいするジョーゼットの体の反応も、まるでぜんぜんちがう。けれど、体は賛成していても、気持ちはがっかりしていた。彼は想像していた男とちがっていた。想像よりどこか冷たい。話に耳を傾けようともしない。エルシーのおしゃべりのおかげで、ヒーローのイメージができあがっていたせいかもしれない。知る価値のある人間だと思いこんでいた。

ここにいるのは、そういう男ではない。

ジョーゼットはそわそわと唇を舐めた。「なんだか妙な助言ね。あなたは弁護士なのに」

「いかにも」と彼は言った。「だが、僕はきみの弁護士じゃない。そうだったとしたら、口をつぐんでおきなさいと助言するだろう。こういった件についてのきみの未熟さにつけこむ者たちから身を守らないといけないからね」

ジョーゼットは眉をあげた。「ゆうべ、あなたがわたしの未熟さにつけこんだように？」

彼は目を細くして、ジョーゼットの体を眺めまわした。遅ればせながら、自分のうかつな発言がその行為を招いたようなものだと気づいた。「僕の記憶が完全にもどっていないことは認めるが、ゆうべのきみは未熟だとは思えなかったよ、レディ・ソロルド」

じろじろ見られて、頬が熱くなった。けれど、何かひっかかることがあったような……彼は自分の記憶もあやしいと言っているのだろうか。これまでずっと、彼は少なくとも婚姻を取り消すことに協力してくれるくらいには、ゆうべのことをおぼえていると思っていた。道理を説いて聞かせれば、取り消したくなるだろうと思っていた。

ところが、彼は自分たちが結婚したことさえまだ認めていない。いったいどういうつもりなのだろう。

ジョーゼットは息を吸いこんだ。「あなたは状況を誤解していますわ。わたしは盗みが目的でこの事務所に押し入ろうとしたんじゃないの」

「きみは正しい」笑みに力がこもり、危険なにおいを漂わせている。歯の先がはっきり見えるまでにやりとした。

ジョーゼットはまばたきした。「わたしが？」

彼が身を乗りだしてくると、なぜだか、不敵な笑みを浮かべた口もとのことしか考えられなくなった。「きみはすでに僕の財布を盗んでいる、おそらくは僕の馬も。僕にはもう財産は残っていないんだ。だから、きみが本好きの泥棒でもないかぎり、僕の事務所からは手ぶらで出ていくだろう」

その言葉にはっとして、自分の置かれた状況に鋭く焦点を結んだ。それなら話がわかる。召喚状が用意されていたのも。彼の口調が険しいのも。わたしが彼の財布を盗んだですって？　それに馬も？　そんな大きさの動物をいったいどこにしまっておけるというのだろう。ただでさえ、子猫や吠える犬をもらって困っているというのに。

「どうしてそう思うの？」ジョーゼットはきいた。「証拠はあるの？」

「思うに決まっているだろ？」憎たらしい答えが返ってきた。彼は指先で頭をたたいた。傷の縫い目が非難がましくジョーゼットを見つめた。「今朝目覚めたら、頭にひどい傷を負っていた。ほとんど記憶にない女のおかげでね。朝からずっと、きみに関する話や手がかりを整理していた。きみが何者なのか、僕たちがゆうべ何をしたのか。僕の馬は――おそらく僕たちふたりを足したよりも価値があるが――いなくなった、たぶん死んでいるだろう。僕の財布はなくなった。僕がそれを身につけていたことを知っていたのは、きみだけなんだ」彼はなおも身を近づけてきた。緑色の目の虹彩に散らばった、きれいな金色の斑点が見えるほどそばに。「ずばぬけた頭のよさがなくても、すべてはきみを指していることはわかる」

マッケンジーもゆうべの記憶があまりないと認めたことで、ジョーゼットの頭はめまぐるしく回転しだした。「あなたはまちがっているわ」と言い聞かせる。いくら雄弁を振るおうとしても、恐怖に邪魔されてうまくいかない。

「まちがっているのはきみだ」その返答にがっかりしたかのように、彼はかぶりを振った。こちらに手をのばし、今度は後れ毛を耳にかけてくれた。ジョーゼットは巧みな指の動きにとらわれ、馬のように身震いした。「不注意に獲物を選ぶのは、愚かな泥棒だけだ」

ジョーゼットは身を引いた。「わたしを愚かと呼んだのは、いまのが二度目ね」頭は論争へと飛んでいた。まだ議論の筋道を立てていなかったけれど、彼がさしだした書面を見たとたん、気づいたことがあった。「それでも、そんな役に立たない召喚状を発行したのはわたしじゃないわ」

またもや、彼の手がさっとあがった。今度はやさしく触れるのではなく、ジョーゼットの腕に指を巻きつけた。腕をしっかりとつかまれたうえ、悲鳴をあげたとしても聞きつけてくれそうな人はひとりもいない。

「どうして役に立たないと思うんだ？」不安がかすれた声にあらわれている。

ジョーゼットは顎を持ちあげた。「ジョーゼット・ソロルド宛てになっているからよ」腕をつかむ彼の手に力がはいったが、ジョーゼットはもうとまらなかった。昨夜しでかしたあやまちならいくらでも認めるが、彼の財布を盗んだのはわたしではない。「おぼえていないといけないから言っておくけど、わたしはもうミセス・ジェイムズ・マッケンジーよ」

くそ、彼女の言うことは正解に近い。ジェイムズは怒りを振りはらいながらも、あのやわらかな灰色の目の奥に鋭い知性が宿っていることをしぶしぶ認めた。ふたりが結婚したなら、この召喚状は役に立たない。

だが、僕たちは結婚していない。デイヴィッド・キャメロンがそう請けあったし、自分の記憶でもふたりの誓いは冗談にすぎなかったと言っている。ということは、彼女は僕の記憶喪失につけこもうとしているのだ。僕が目覚めたときほどなにもかも忘れているわけではないことを知らずに。

自分が優先すべき目的を思いだすのはもはや簡単だ。彼女は無実を主張し、傷ついたようなふりをしている。ついさっきまで彼女のほうへ傾いていた気持ちが、急激にもとにもどった。

「すると、きみは泥棒なだけじゃなく嘘つきでもあるんだな」ジェイムズは事務所の戸締まりをし、彼女をひっぱって通りを歩きだした。彼女の靴底がゆるんだ敷石を踏みつけ、耳ざわりな音を立てた。

「ちがうわ！」彼女は叫んだ。「どうかわたしの話を聞いてちょうだい。わたしを信じてもらわなくては」

悲嘆に暮れた彼女のかすかなあえぎを聞いて、ジェイムズは腕をつかむ力をゆるめた。

「歩いてくれるなら話を聞く」きびしい口調で言った。本人の意思に逆らって引きずっていきたくない。目抜き通りに出たら、みんなから眉をひそめられるせいだけではない。

そういうことをすると、逆に自分が弱い人間に思えるからだ。

彼女はうなずいた。怒りで頬と胸もとが赤く染まっている。ジェイムズはゆっくりと手を離した。少しでも逃げだしそうなそぶりを見せたら、つかまえてやろう。

自分を襲ったのがこの女だとはもう思っていない。服装の面を別にしても、彼女は攻撃者より背が六インチほど低いし、曲線は十倍も美しい。だからといって、彼女がなんらかの手をつかって攻撃した可能性が消えるわけではないが、泥棒以外の罪で訴えるには証拠が足りないのだ。ジェイムズは人けのない通りを進むよう手ぶりで合図した。まるで、友人どうしが午後の散歩に出かけるような調子で。まるで、ゆうべ彼女の裸など見なかったかのような態度で。

まるで、彼女に室内用便器で頭を殴られたことなどなかったかのように。

彼女は顎を持ちあげたが、足は動かさなかった。「なぜ、わたしを嘘つきだと非難したの？」

「なぜ、僕たちは結婚したと言い張るんだ？」ジェイムズは言いかえし、彼女の肘を目的地のほうへ押した。目抜き通りに集まった群衆の叫び声や口笛が聞こえてくる。あと一時間か二時間もすればビャウルテン祝祭がはじまるだろう。彼女を治安判事のもとへ連れていく時間はあまりないが、やるだけやってみようと思った。

「エルシーがそう言ったからよ」彼女は言った。「あなたも今朝、宿でそう言ったからよ」足を踏んばり、指にはめた指輪をひねった。「それに、これがあるからよ」

ジェイムズは彼女が挙げた理由のなかに「おぼえているから」という言葉がなかったこと

に気づいた。視線を落とすと、肺が動くのをやめた。彼女はジェイムズの指輪をはめていた。いや、訂正しよう。彼女はキルマーティ家の指輪をはめていた。金で打ちだした牡鹿の模様が、こちらに向かってウィンクした。

なんてことだ。ジェイムズでさえ、その忌々しい指輪ははめていなかったのに。というより、はめるのを拒んだ。十一年ほどまえに、金銭的にも感情的にも家族との絆《きずな》を絶ち切ったときに奪ってきた。だが、家族とは決別したはずなのに、それをポケットに入れておくのをやめることはできなかった。

彼女はどうやってそれを手に入れたのだろう？　キャメロンの言葉がよみがえってきた。

「おまえも花嫁も婚姻登録簿にサインしていないし、指輪の交換もなかった」

その指輪はちがう解釈を暗示している。

ジェイムズは髪をかきあげ、指が縫い目に触れると顔をしかめた。「僕たちは結婚していないと思う」熱くなりすぎた息を吐きだした。かつてないほど、自分に自信が持てない。

「その指輪はさらなる疑惑を招いている」

もちろん、彼女はそれも盗んだのだ。記憶がもっとしっかりしてくれたら、とジェイムズは思った。ゆうべの出来事は、肝心なところがまだごちゃごちゃしている。自分の馬に何があったのかとか。いったいどうして、体面を傷つけるようなばかなことをしでかしたのかとか。

「ゆうべのことは何も思いだせないの」彼女はすなおに認めた。「今朝になって人から聞いた話をつなぎあわせるのが精いっぱいで、エルシーとミスター・マクローリーの話では……」彼女は言い淀み、懇願するように両手をひろげた。「だからあなたを見つけだそうとした、問題を解決するために。あなたもおぼえていないなんて思いもよらなかった」

ジェイムズは胸の真ん中で呼吸するよう意識を集中した。そうしないと、目の前に立っている麗しい泥棒に、下半身が関心を持ちすぎてしまうから。この長くもどかしい追跡のあいだ、彼女は狡猾《こうかつ》な男たらしにちがいないと思っていた。だが、実際に会ってみると、想像よりずっと世間知らずに見える。

弁護士として何年にもわたって磨かれた直感は、彼女が真実を語っていると告げていた。

「治安判事の前ですっかり説明すればいい」ジェイムズは彼女に歩きだすよううながした。だが、きびしい言葉――この五時間ずっと言ってやろうと決めていた言葉だ――を投げたにもかかわらず、自分でもまだ納得がいかなかった。

「治安判事？」彼女はあえぐように言い、両手を後ろに隠した。「そんな必要はないわ」

「必要はじゅうぶんある」ジェイムズ自身もデイヴィッド・キャメロンに確かめたいことがある。結婚式が本物じゃないなら、どうして彼女が自分の指輪をはめているのか。「彼には嘘をつかないほうがいい。そうじゃないと、きみの罪に偽証罪が加わるからね」

「嘘なんてついていないわ！」彼女は声を荒らげ、顔をあげて通りを進みはじめた。あたかも、自分の話を裏づけてくれる人間をさがしにいくかのように。しかし、通りには彼らふたりのほかには、町なかから聞こえてくる喧騒しかなかった。「あなたの財布がなくなったのなら、どこかのだれかに盗られたか、あなたがよくさがしていないかよ。わたしには盗む必要がないの、あなたの財布も、だれの財布も」考えただけでも腹が立つというような口調だった。

ジェイムズは自分がまずい立場にいることに気づいた。彼女のせいで、自分の判断が疑わしくなってきた。この場面を想像していたときは、報われた気がするだろうと思っていた。だが、彼女に責任を負わせ、復讐してやろうという決心はゆらぎはじめていた。

「五十ポンド」ジェイムズはしぶしぶ言った。「財布にはそれだけはいっていた」自分が何をしようとしているのか信じられない。「なくなった金を弁償してくれるなら、訴えを取り下げることを考えてもいい。それがいやなら……」ジェイムズはお手上げの仕草をした。「モレイグにはすてきな監獄がある。窓はなく、鼠がうようよしている」

彼女はぽかんと口をあけた。ジェイムズの全身に罪悪感の波が押し寄せた。五十ポンドはすぐに用意できるような金ではないだろうし、脅すなんて紳士らしくない。

そして、彼女は笑いだした。

怒りと羞恥が胸にあいた穴のなかでとぐろを巻いた。「何がおかしいんだ？　自分でも正気を疑うが、重罪に問われようとしているきみに救いの手段をくれてやったんだぞ」

「わたしがわずか五十ポンドのために財布を盗んだと思っているの?」彼女はあえぎ、こんなふざけた冗談はないというように身を震わせた。「わかりやすくしてあげるわ」手の甲で目尻をぬぐう。「あなたに百ポンドあげましょう。いいえ、二百ポンドにするわ。ご迷惑をかけたお詫びをこめて」

「きみは百ポンドだって持っているとは思えない」ジェイムズはおもむろに言った。この砂利道の上で、彼女に足もとを払われたような気分だった。

「二百ポンドよ」彼女はあくまで言いはった。「ひとつだけ条件があるわ。婚姻無効に応じてもらいます。それから二度とわたしにかまわないで」

これはまた新手の責め苦だ。この女は僕と結婚したくないだけじゃなく、しなくてすむなら金を払うと言っているのか? 彼女の提案が、神経を逆撫でして息苦しくなった。「きみは金で解決しようとしているのか」信じられない思いできいた。過去の記憶が、別の女の記憶が、別の花嫁の記憶が、迫ってきた。ジェイムズはそれを頭のなかの足で思いきり蹴飛ばした。「そうだとしたら、きみは僕を見損なっている」

「贈り物よ。奉仕にたいする報酬でもいいわ。好きなように呼んで」

贈り物なんか受けとれるか。だが……奉仕にたいする報酬というのは議論の余地がある。昨夜おこなった奉仕にはかすかな記憶がある。ブランデーと、自分の熱をおびた口と、あの甘美な胸がともなうやつだ。

「賄賂《わいろ》は受けとらないよ、レディ・ソロルド」そう言い聞かせ、ごくりと唾をのんだ。「婚姻無効にも応じられない」ジェイムズは喧騒が漂ってくる目抜き通りのほうを向いた。

「どうして？」

パニックのにじむ声に、足をとめた。そして、横目で彼女をちらりと見た。「僕たちは結婚していないからだ」

彼女はジェイムズの行く手をふさぐように、前にまわってきた。まったく信じられない行為だ。「それはたしかなの？」彼女は食ってかかるような口調できいた。

もちろん、そこが問題なのだ。ふたりは結婚していないと言いつづけてはいるものの、思いだせるかぎりの記憶は、それを支持していない。いずれにしても、あいまいなことが多すぎるのはたしかだ。

彼女は怒って指を突きつけた。その指が胸に触れただけで、ジェイムズは全身が震えるのを感じた。「あなたはわたしの前に立って、あなたの忌々しい財布に起こったことについて考えや仮説をまくしたててくれたわね。わたしたちが結婚しているかいないかは別にして、あなたの頭に縫い目があるのがあきらかなように、あなたもわたしとおなじくらい記憶がないことはあきらかなのよ！」

彼女の叫びはジェイムズを立ちどまらせた。より正確にいえば、立ちどまって考えさせた。彼女の言うとおりだ。じっくり考えもしないで、あるいは彼女に正当な権利をあたえもしないで、結論に飛びつくのは自分らしくもない。「もしきみが盗んだんじゃないなら」ジェイムズはおずおずときいた。「僕の財布はどこへ行ったんだろう?」

「たぶん〈青いガチョウ亭〉のベッドのわきのテーブルにのっているわよ、ひょっとすると」

ジェイムズは今朝目覚めた部屋の様子を、あのひどい混乱状態を思い浮かべてみた。ベッドのわきのテーブルは思いだせる。そこに財布がなかったのもはっきりしている。だが、さがしそびれたところはなかったか? 衣装ダンスはのぞいてみたが、その下は見ていない。そういえば、洗面台の下に棚があった。そこも見ていない。不安が襟の下にもぐりこんできた。

直立不動の姿勢で怒っている、目の前の女を見つめた。彼女のことは信じていない。彼女はゆうべ、僕をだまして何かさせたのだ。それなのに、僕は償いの機会をあたえてやろうという気になっている。

「〈青いガチョウ亭〉だ」ジェイムズは常識を働かせようとするのをあきらめた。自分がまちがっていてほしいと思うくらいだった。「部屋をさがす時間を五分やろう。それで僕の財布が見つからなかったら、きみは治安判事の前で自分を弁護しなければならないだろう。きみが約束した二百ポンドはほしくない。きみの言い訳も聞きたくない。文句はないだろう?」

彼女は灰色の目を細くした。「監獄のことはどうなるの？」

ジェイムズは肩をすくめた。「モレイグの刑務所についてはあまり正直ではなかった。ベッドはあるかもしれない。窓も」そこで躊躇《ちゅうちょ》した。つぎの件は自分に分があるが、嘘はつきたくなかった。「あの召喚状は民事のもので、刑事訴訟ではない。証拠についても、きみが指摘したように、僕が持っているのは状況証拠がほとんどだ」

彼女は警戒した小鳥が飛び立とうとするように身じろぎした。「なんだか罠みたい」

ジェイムズはため息をついた。「レディ・ソロルド、約束するよ。僕にはきみを罠にはめるつもりはまったくない。僕が財布をなくしたことに責任を感じるなら、金を弁償すると主張すればいい。きみが無実で、それが証明できるというなら、喜んで耳を貸そう」

彼女は小首をかしげ、こちらをじっと見つめた。その灰色の目のなかにある信頼の尺度で、用心深く量っているのが見えそうなほどだ。ジェイムズはそのまなざしにがっちりととらわれた。ゆうべ、偽の誓いの言葉を交わすためにこちらを見あげたときとおなじように。ちがうのは、ゆうべは酔ってみだらな気持ちになっていたが、いまはまったくのしらふで、やさしい気持ちをいだいていることだけだ。

悔しいが、この女は思いもよらぬ方法でこちらの感情をかきたててくる。

彼女はうなずいた。そのとき肺が動きはじめ、ジェイムズは自分が息をとめていたことに気づいた。だが彼女の腕をつかんだり肘を押したりすることはせず、おそるおそるその手を握った。

これはおぼえている。小さいけれどあたたかい手。ゆうべ、彼女の手の感触を楽しんだことを思いだした。

ジェイムズは彼女の手に指をからませ、目抜き通りのほうへひっぱった。ジェイムズに触れられて彼女がたじろいだことには気づかないふりをした。彼女が自分を好きかどうかは、どうでもいいはずだ。それでも、心のどこかでは〈青いガチョウ亭〉の上の狭い部屋で、ほんとうに財布が見つかることを願っていた。

そして、心のどこかに、見つからなかったときに自分がしなければならないことを恐れる気持ちがあった。

18

二ブロックのあいだ、ジョーゼットはミスター・マッケンジーに手を引かれるまま歩いた。その間ずっと、心はふつふつと煮えていた。彼に泥棒と思われたいらだたしさに。彼に最後通牒《つうちょう》を突きつけられた怒りに。いちばん腹が立つのは、彼に手を握られているのを意識していることだ。目抜き通りにはいって人をよけながら進むころには、ジョーゼットの頭は麻痺したようになっていた。

その手のせいだ。その手のせいで、板に打ちつけた釘のように彼にぴったりくっつけられると同時に、確認するのが危険な感情をかきたてられる。彼は想像していたような、意に染まぬ結婚から救ってくれる英雄ではなかった。けれども、今朝ベッドに呼びもどすときに見せたようなだらしない放蕩者の片鱗《へんりん》も見られない。実際の彼は、険しい目をした非情な男だった。断固たる足どりと握りしめる手の力強さに、ジョーゼットは魅力を感じるというより不安になって胃がきりきりした。ビャウルテンに集まってきた群衆のあいだを縫い、店の軒並みを通り過ぎていく――見覚えのある景色だと自分に言い聞かせる。

それでも、見覚えがあるようには思えなかった。

〈青いガチョウ亭〉の板を打ちつけた窓と色鮮やかなランタンが見えたときには、ほっとして力が抜けた。彼は手を離したが扉をあけるためで、すぐ背後に立っている。自由になった手は、自我にめざめてうずうずしている。ジョーゼットは両手を握りしめ、店内にはいっていった。気づかぬふりをしたが、マッケンジーの手はなおも肘のあたりをさまよっている。強引にうながすのではなく、そっと手を添えるような感じで、礼儀を知っていると思った。この顎ひげをたくわえたスコットランド男に、イギリス式の作法をたたきこんだ者がいるのだ。そこまで手をかけてやったのはだれだろう。母親か？　それとも恋人かしら。その女性の苦労が報われて脅しや非難以外のものを受けとっていますように、とジョーゼットは思った。

午後四時の外の暑さにくらべて、なかはありがたいほど涼しかった。店内には何日もまえのエールのにおいがこもっている。だれかのマグからこぼれたエールが、そのまま片隅で拭かれもせずにほうっておかれているのだろう。店内を占めているのは、裏の厨房から漂ってくるローストチキンのにおいだ。エルシーは言っていた。ミスター・マッケンジーはときおりこの店で食事をとっている、と。そう思ったとたん、彼の胃がぐるぐる鳴るのが聞こえた。わたしをさがしまわって、朝食をとりはぐったのだろうか。べつに関係ないけれど。彼に食事をごちそうしなくてはと感じる必要はない。あんないやな思いをさせられたのだからなおさらだ。

ふたりで並ぶように進んで帳場まで行った。そこではじめて、ちょっと困った事態になった。ここに来る途中のどこかでエルシーがいきなりあらわれ、邪魔されるのではないかと思っていたが、あの娘の姿はどこにもなかった。いとこのランドルフに出くわすこともなかった。彼は今朝灰色の馬で出かけてから、一度もその姿を見ていない。

困らせられたのは宿の主で、ジョーゼットが部屋をちょっとのぞかせてほしいと頼むと、腕を組んで、もじゃもじゃの眉をあげた。

「とんでもない」主は首を振った。「やっときれいにしたところなんだ。メイドがふたりがかりで午前中いっぱいかかった。シーツはタールまみれ、床板にはブランデーが染みこんでた……あんたたちをあの部屋にあげるわけにはいかない。あんなことをされたあとじゃね。あんたたちは恥ずかしくないのか。立派な部屋をさんざん荒らして」

マッケンジーの唇からあざ笑うような音がもれた。〈青いガチョウ亭〉を立派な宿だと言ったのが信じられないのだろう。「そのメイドのどっちかが、僕の財布を見つけなかったかな?」彼はとげとげしい声できいた。

宿の主は首を振った。「そういう報告は受けてない。だが、仮に見つけて猫ばばを決めこんだとしても、とがめられないね。あんたたちがめちゃめちゃにした部屋をかたづけたんだから」

ジョーゼットは唇を嚙み、背後で体をこわばらせているスコットランド男は、これも五分の勘定に入れているのだろうかと考えた。「おいくらかしら」喉もとに不安がこみあげた。この主が法外な金額を要求するのはまちがいないが、それで自由が確保されるなら高い買い物ではないだろう。

宿の主は目をせばめた。「ひと晩の宿代をもらえれば、部屋にあげてやってもいいだろう」

「ひと晩だと？」マッケンジーがいきなり叫んだ。「僕たちは五分でいいと言っているんだ！」

主はジョーゼットに顔を近づけ、舌を鳴らした。「五分ですまされちゃかなわないね？あんたも気の毒に。スコットランドのたいがいの男はもっと時間をかけるもんだ」マッケンジーをちらっと見やる。「彼もそのうち夫婦の営みに慣れるだろうが」

首筋に熱が忍び寄り、かっとほてり、刺すような不快な痛みを感じた。どうやらこの男は、わたしがゆうべ狂態を演じたせいで、そういう下世話な話に応じる女だと見ているらしい。そしてわたしたちが夫婦だと思っているらしい。獣のうなりのような押し殺した声が、左の耳に聞こえた。ジョーゼットは肘でつついてマッケンジーを黙らせ、シューッという息がもれるのを聞きながら、いかめしい笑みを浮かべた。「おいくらかしら」バッグの紐をゆるめながらきいた。

主はごつごつした指をあげて、顎を搔いた。「一ポンド」

「そんなの泥棒だ！」マッケンジーが抗議した。自分の楽しみのためだけに、もう一度肘で突いてやろうかと思った。彼に触れると、相手も生身の人間なのだと納得できたし、彼のことは浮世の問題として考えたほうがいいと感じられる。けれども、衝動に身をまかせるかわりに、ジョーゼットは硬貨をかぞえて、主の欲深いてのひらにのせた。

「それが僕の金じゃないのはたしかなんだろうな」マッケンジーが強い口調できいた。

「もちろん」ジョーゼットは紐をひっぱってバッグの口を閉じた。さしだされた部屋の鍵を彼のほうに押しやり、宿の入り口にある薄暗い階段のほうへ手を振った。「それをいま証明するわ。お先にどうぞ、ミスター・マッケンジー」

「ジェイムズ」彼は階段に片足をのせながら言った。「僕の名前はジェイムズだ」首をめぐらせ、こちらを見おろして笑った。「五分たっても財布が見つからなかったら、またミスター・マッケンジーにもどるだろうけど」

ジョーゼットは後ろからついていった。「名前については、ミスター・マッケンジーのほうがふさわしいと思うわ。わたしを治安判事の前に引き立てていこうとする人には」その脅しをまた思いだして、どくどくという音が耳の奥で響いた。

「だから言っているように、きみが財布を返してくれたら、僕には訴える必要がなくなるだろう」

「ええ、わたしをここへ引きずるように連れてきた男性に、本能的な不信感をいだいているとしたら、ごめんなさい」ジョーゼットはつづけざまにとんとんと階段をのぼってから、踊り場で立ちどまった。「あなたの財布にはいっていた金額だって、あなたが真実を語っているとどうしてわかるの？　ほんとうは五ポンドだったかもしれないし、自分の口座の残高を増やすためにわたしをさがしているのかもしれないでしょ」

彼はあげかけた足をとめたが、振りかえることはしなかった。「財布が見つかれば、そんな心配はいらなくなる。もういいかな？」

ふたりは押し黙ったまま、残りの階段をのぼった。二階分、いえ三階分のぼっただろうか。今朝はあわてていて、まっさかさまに落ちるくらいの勢いでおりていき、自分がまっすぐに立っているかどうかもあやふやな状態だったから、まして下に着くまで何段あったかなんておぼえているわけがない。ミスター・マッケンジー――というか、ジェイムズは部屋までの行き方を知っているようだ。迷いのない足どりで階段をあがり、てっぺんに着くと左に曲がって、右手の三番目のドアに鍵をさしこんだ。ドアがひらくと、ふたりは今朝ジョーゼットが彼を置き去りにした部屋にもどっていた。

すべてのはじまりである場所。

そこは今朝とはちがって見えた。きれいにかたづいているせいもある。ジョーゼットがおぼえているのは、もつれたシーツや鳥の羽やガラスが散らばった部屋だ。床はごしごし磨いたらしく、八時間ほどのあいだに部屋の見栄えがよくなっていた。ベッドはきちんととととのえられ、白く清潔な上掛けがかかっている。新しい室内用便器も用意されていた。それがベッドの足もとにあることと、その使い方を心に留めた。

もちろん、念のために。

「きみの五分間がはじまるよ」マッケンジーが言って、ポケットから懐中時計を取りだし、部屋の真ん中のほうを指さした。

宿の主との交渉はあたえられた時間にはいっていなかったことには安堵したが、まだ無実を証明しなければならないことにいらだち、いちばんそばの家具へつかつかと近づいていった。がたぴしと音をさせて、洗面台の抽斗をひっぱりだしていく。きれいにたたまれたタオルしかはいっていなかった。縁の欠けた陶器のピッチャーをのぞきこんだが、そこにも財布はなかった。背筋をのばし、財布が隠れていそうな場所はないかと見まわした。

彼はひらいたドアにもたれかかり、のんびりと見物していた。額にしわを寄せておもしろがっている。「きみが散らかした部屋がすっかりかたづいているね」

その言葉に、頰に熱い波が立った。〝きみが散らかした部屋〟ですって？　ずうずうしいにもほどがあるわ。ゆうべここを荒らしまわったのはふたりの酔っぱらいでしょ。

「わたしには散らかしたおぼえはないの」ジョーゼットは膝をつき、房のついた上掛けをめくって、ベッドの下をのぞいた。妙なことに、今朝もおなじようなことをした気がする。スリッパをさがしたときだ。今回はメイドが見逃した羽が一、二枚落ちているだけで、大事なものは何もなかった。

「いや、僕はおぼえているよ」彼の言葉が頭上から漂ってきた。「きみはフランス産の上等なブランデーの瓶を床にたたきつけたんだ」床に近い位置から、彼の靴が近づいてくるのが見える。「ちょうどこのへんで」埃をかぶったつま先が、ジョーゼットがしゃがんでいるすぐそばで、ベッドサイドの敷物くらいの大きさの円を描いた。「今朝家に帰ったら、靴のなかにガラスの破片がふたつか三つはいっていた」

ジョーゼットは立ちあがり、スカートで手を拭いた。ここに、この部屋に彼といて、ふたりがベッドでしたことをまるでおぼえていないという事実に、胃がかき乱された。「わたしは自分の才覚を褒めるべきでしょうね。そんな忌まわしいお酒をだいなしにすると同時に、そのことであなたにわたしを印象づけたんだから」いらいらと眉を吊りあげた。「ゆうべのことは何もおぼえていないんじゃなかったの？」

「いまはちょっとちがう。ところどころ、ポケットナイフのように鋭い記憶があるんだ」彼は鮮やかな緑の目を向けた。うなじをこすりながら、こちらにほほえみかける。女を誘惑することしか頭にない放蕩者の姿だ。「たとえば、きみにキスしているところとか。きみと結婚したことはちゃんと思いだせなくても」

ジョーゼットの胸のなかで、心臓が新たなぎこちないリズムを刻みだした。今朝、ベッドにいたのは、まちがいなくこの男だ。「それはよかったわね。わたしは何ひとつ思いだせないけど」

「僕の記憶力はもっとよかったはずだ」彼はことさらゆっくり言った。「今朝きみが室内用便器を投げつけなければね」

ジョーゼットは目をみひらいた。こともあろうに、ふたりとも記憶がないことに室内用便器を持ちだしてくるなんて。いったいどんな関係があるのよ。「その件についてはもう謝ったでしょ」

「言ってもしょうがないかもしれないけど、僕はきみを信じるよ」そう言うと、彼は歩きだした。

ジョーゼットはまばたきをして、彼がいままで立っていた場所を見つめた。信じるって、どの部分を？　わたしが泥棒じゃないってこと？　それとも、謝罪が心からのものであることだけ？

振り向くと、彼が家具に近づいていくところが見えた。まだ修繕がすんでいない衣装ダンスだ。巨大なタンスで、一方の壁を占領している。凝った彫刻をほどこした扉は、まだ枠から斜めにぶらさがっている。なかは空っぽだったが、ジェイムズはタンスのなかをさがすのではなく、しゃがみこんでその下にあいた二インチの隙間をのぞきこんだ。形のいい尻があいさつがわりに揺れた。

口のなかが綿のようにからからになり、つかのま、まばたきさえ忘れて見つめた。なんてことなの、わたしは男の臀部《でんぶ》をじろじろ眺めている。エルシーにレディらしい行儀を教えようとしてきたけれど、これじゃ彼女と変わらないじゃない。ジョーゼットは無理やり目をそらし、なじるように頭皮を横切っている縫い目を見つめた。そう、このほうがいいわ。自分があたえた傷を眺めるほうが、心誘われる部分を眺めるよりいい。

火傷《やけど》したような衝撃はすうっと引いていった。ジョーゼットはもっとあたりさわりのない領域に視線を移した。染みのついた壁紙は眺めるのに最適だった。ゆうべどうしてそんなに無分別な行為に走ったのかと反省をうながすこともないし、礼儀を忘れさせるほど魅力的な体もついていない。

彼は立ちあがって首を振った。「何も見えないな」タンスの端から端まで歩き、片方の端に肩を当てて思いきり押した。ジョーゼットの見たところ、重さは三百ポンド近くありそうだが、タンスは見事に少し動いた。彼は手招きした。「これを動かすのを手伝ってくれ」

ジョーゼットは慎重に近づいた。不適切なことを考えていたあとだけになおさらだ。ジェイムズ・マッケンジーは厄介であると同時にわかりにくい人だ。最初は、ジョーゼットが失敗するのを願って五分間が過ぎるまでただ突っ立っているだけだと思った。ところが、彼は腕まくりし、がっしりした肩をタンスに押しつけている。

ジョーゼットは指示された位置につき、彼の掛け声とともに力をこめた。衣装ダンスはゆっくりと滑り、床板をいくらかあらわにした。そこは今朝見たときの床によく似ていた。

埃が厚く積もり、とがめるように鳥の羽が横たわっている。ガラスのかけらが散らばるなかに、ボタンがひとつ落ちていた。それはどうも、今朝着ていたドレスの胸のボタンのようだった。

「くそっ」彼は床を見つめてつぶやいた。「そこにあってくれればと思っていたのに」

その言葉は意外だった。そんなことを彼が気にかける必要があるの？　なくなった財布は中身もろとも弁償すると言ってある。彼の異様なまでの努力は、お金を手に入れるというより、財布を見つけることにかかっているようだ。見つからなければ失うものが大きいのはわたしのほうなのに、治安判事のもとへ連れていくと脅されているのだから。ベッドや洗面台や衣装ダンスの下までさがしたが、どう考えてもこの狭い貸し部屋に財布が隠れていそうな場所はあまりない。

わたしが盗んだのだろうか？　たぶん、節度ある行為に考えがまわらなかったゆうべか、それとも今朝になってから？　正直なところ、なんとも言えない。ジョーゼットは自分への不審に打ちのめされ、衣装ダンスにぐったりとよりかかった。斜めにぶらさがっていた扉がはずれ、すさまじい音を立てて床に落ちた。

マッケンジーの口の端が持ちあがって、笑みが浮かんだ。「店主はそれも弁償させるだろうな」

しかめ面のままでいればいいのに、とジョーゼットは思った。あの口をぎゅっと結んでいてくれたほうが、彼への嫌悪を保つのが楽だから。「わたしたち、もうちゃんと弁償したんじゃなかった?」目もとに垂れさがった髪を怒りまかせに吹き払った。「ゆうべ、どうやってあの扉を壊したのかもおぼえている?」

マッケンジーは床で水平になっている哀れな木の扉に目をやった。靴の先でそっとつつきながら、しげしげと眺める。つかのま、法廷にいるときも彼はそんな顔つきをしているにちがいない、とジョーゼットは思った。頭脳の明晰さと洞察力にあふれた真剣な表情で、彼はベッドのほうへ顔を向けた。

「そこはもう見たわ」と言ったが、彼はもうそちらへ歩きだしていた。「寝具類を元にもどす役はいやよ」抗議の声をよそに、彼は毛布とシーツを引きはがし、床に放り投げた。「それに、マットレスの上に置きっぱなしにしたなら、メイドがベッドをととのえるときに見つけているはずでしょう」

「僕が興味あるのはマットレスの上ではない」彼はマットレスを斜めにずらした。

そしてそこに、ベッドの足板と羽根板のあいだに、ふくらんだ革の財布がはさまっていた。

19

ジョーゼットはすでに治安判事に会う覚悟を決め、なくなった財布についての論法も頭のなかでまとめていた。ところが、彼がそれを見つけた。ジェイムズ・マッケンジーが、あれほど脅したり辛辣な皮肉をぶつけてきたりした彼が、わたしを解放してくれたのだ。

なぜか、ジョーゼットは笑いだしていた。張りつめていた気持ちをなんらかの形で発散しなければならなかったが、この状況で泣くのはあまり賢明な方法ではないと思った。ほどなく、彼も笑いに加わり、その声が部屋に響きわたった。ふたりの笑い声は息が合っていた。議論になっても、ふたりの息は合うのではないかとふと思った。

ジョーゼットは手の甲で目尻の涙をぬぐった。「どうしてそこにあるとわかったの？」あえぎながら、そうきいた。

「衣装ダンスの扉を壊したときのことを思いだしたんだ。きみはベッドからマットレスを引きずりおろし、その上でジャンプしてコルセットを取ろうとしていた。そのときに飛ぶ方向がずれて、扉にぶつかったんだ」

頬がかっと熱くなった。「どうしてわたしは、コルセットに手をのばさなくてはならなかったの?」

彼はにっこりとほほえみかけた。間の悪いことにジョーゼットの胃はまたよじれた。「カーテンレールにひっかかっていたからだよ」

ジョーゼットは彼のつま先から視線をあげていき、帽子をかぶっていない茶色の髪まで眺めた。彼はいままで見たなかでいちばん背が高い男だ。「わからないわ。わたしがわざわざマットレスの助けを借りなくても、あなたがちょっと手をのばして取ってくれればよかったんじゃないかしら」

彼はまばゆいばかりの笑顔になった。顔のあらゆるパーツが作用を受けて、顎ひげのある顔が、野性味あふれるものからとてつもなくやさしいものに変貌した。「おっと、言い忘れたけど、助けようとはしたんだ。でも、かわいい胸を揺らしている姿を眺めるのが楽しすぎて。きみはマットレスの上で飛び跳ねていたからね」

耳のあたりがむずむずする。彼とことにおよんでいるところは想像したが、マットレスの上で飛び跳ねているところは、いくら想像をたくましくしても浮かばなかった。「さてと、これで財布がもどったわね」ジョーゼットはかわいい胸やらなんやらから話題を変えたかった。いったんためらってから、呼ぶ権利をあたえられた新しい名前を口にしてみた。「ジェイムズ」

彼は革の財布を上着の前ポケットに滑りこませた。ジョーゼットのボディスをちらりと見た。「ああ《アイ》、きみのコルセットも持っているよ。家に置いてある」そこで咳払いした。「返したほうがいいだろうな」

彼がそれを取りはずす段階でどれだけ触れたかはともかく、彼の手が触れた身のまわりの品を返してもらうのは具合の悪いことに思えた。「ありがとう、でもけっこうよ」彼のふくらんだ上着のポケットを見た。「上着のポケットに財布があることを忘れちゃだめよ。ロンドンに行ったことのある人ならみんな知っているけど、そのままにしておいたらすられてしまうわ。そのポケットには垂れ蓋もなければボタンもついてないのよ。しょっちゅうかがんでいたら、落ちてしまう」

「ロンドンへは行ったことがないから、きみの言うことを信じるほかないな」彼には悔しそうな顔をするだけの心遣いがあった。「つまり、きみは財布を盗んでいなかっただけじゃなく、泥棒の餌食にならないコツまで助言してくれたんだ」彼はかぶりを振った。「財布を盗んだと責めて、ほんとうにすまなかった」

そう言ってもらえるとすっとした。この一時間かそこら、ずっと不安をかかえていたのだ。

「その埋めあわせに、婚姻無効を承諾してくれるわね」

彼は眉根を寄せた。「レディ・ソロルド、僕たちは結婚していない。それについてはもう話しあっただろう」

ということは、これがゆうべの出来事のうちの欠けている部分であり、争いの種でもあるわけね。「わたしがジェイムズと呼んでいいなら、あなたもジョーゼットと呼ぶべきよ。でもね、わたしたちが結婚したところはエルシーが見ているの。宿の主も、いやな男だけど、わたしたちを夫婦だと思っている」

彼は首を振った。「さっきも言ったように、僕はだいぶ記憶がもどりはじめている。式を挙げたから勘違いしている見物人もなかにはいるが、あれはインチキだったんだ。酒場の客たちを楽しませる座興だよ」

ジョーゼットは目をぱちくりさせた。「よくわからないわ」

「本物じゃなかったんだよ、ジョーゼット。だから心配はいらない」

「そんなの筋が通らない」彼女は体のわきで拳を握りしめて言いかえした。「どこのだれが結婚のふりなんかしたがる?」

「すごく酔っている者とか」ジェイムズは認めた。ゆうべの自分はまちがいなくその範疇《はんちゅう》にはいる。いまは後悔している。自分のやったことやその相手のせいではない。記憶がだんだん落ちついてきたいまでは、その点においては自分の行動を少し誇らしく思える。彼女がさしだしてくれた機会をふいにするなんて、とうていできなかった。

だが、今日になったら彼女がそのことでひどく狼狽しているのを見ると、どうしようもなく気分が沈んだ。「そういう状況では、いつもちゃんと配慮した行動を取れるわけじゃないからね」と、やさしくつけくわえて、そちらを見た。

彼女は紙に火がつきそうなほどぎらつく目でにらみつけてきた。不当な召喚状を振りかざすような迂闊なことをまたやってしまったのだろうか。「わたしはお酒を飲みません」眉をあげると、彼女は全身から怒りを発散させ、歩きだした。「見知らぬ男性とキスもしないし、彼らの膝に乗ったりしないし、結婚のふりもしません」

ジェイムズは彼女が歩きまわるのを見守った。彼女の記憶がないのがかわいそうになってきた。彼女の言うとおりだ。これは筋が通らない。だが、この部屋になじみがあるのと、自分に助言をする彼女を見て、ジェイムズの記憶は数分前にあらかたもどってきた。まだ欠けている部分はある。〈青いガチョウ亭〉をいったん出てからこの狭い部屋にもどってくるあいだに何があったのかとか。それにもちろん、自分の馬をどうしてしまったのかとか。だが、重要なことのいくつかはようやく思いだした。財布やマットレスのこともそうだが、もっと重要なのは、どうして彼らが結婚するふりをしたかということだ。

「ミス・ダルリンプルが僕のことを弁護士だときみに紹介した。それで、きみは僕の膝に乗ることになったんだ」ジェイムズは説明しはじめた。彼女は腹立ちまぎれの歩みをゆるめ、顔をこちらに向けた。それに励まされて、先をつづけた。「きみはだれかに結婚を強要されていると言った。僕の耳もとでそうささやき、僕に法的な意見を求めたんだ」

彼女は歩みをとめた。「その意見というのが、わたしたちが結婚したふりをすることだったの？」

ジェイムズはくすくす笑った。彼女はなかなかの毒舌家だ。そう、それもいま思いだした。「いちばんいいのはだれかと結婚することだ、と僕は言った。きみを守ってくれそうなだれかと。するときみは、嘆かわしい失敗をすぐにはくりかえしたくないと言った」

そこで、ジェイムズは少し厳粛《げんしゅく》な気持ちになった。彼女は暗い目をして、最初の結婚相手がいかにろくでなしであったかを語ったのだった。その話はジェイムズの心を打った。いまも胸に響いている。

ジェイムズは両のてのひらを上にあげて申し訳ない気持ちをあらわした。「僕はまともな男と結婚するのがいかに簡単かをきみに示そうとした。結婚するふりをしたのは賢明じゃなかったが、僕は酔っていたし、きみは美しかったし、治安判事もおおいに乗り気だった。だけど、式を挙げるふりをしたというのは本物の結婚じゃない。その意志がないとね」

彼女は穴のあくほどこちらを見つめた。「自分の記憶にほんとうに自信があるの？」

ジェイムズはほんの少しだけ首をかしげた。「いまはもう、かなりはっきりしているようだ。それに、信頼できる証人が本物じゃなかったと言っているからまちがいない。ちなみに、その座興を執りおこなった治安判事だよ」

彼女はちろりと舌を出し、ピンク色の唇をしめらせた。「じゃあ、結婚していないのね？」

ためらいと希望が入りまじった声できいた。

「ああ《アィ》」ジェイムズは大げさに首を振った。「結婚していないと思う」

「でも、わたしたちはゆうべ……行為におよんだんでしょ。治安判事のいないところで」頬に真っ赤な斑点が浮かんだ。

その表現にはさまざまな種類の可能性が考えられる。たしかに、行為におよんだ。もう一度およびたい。だが、まずは彼女を動揺させるのではなく、安心させようとした。

ジェイムズは一歩近づき、彼女が後ずさりしないのを確かめ、さらに近づいた。そして、断固とした指で顎を持ちあげた。彼女の張りつめた肌が、指の下でぴくりとひきつった。きらきらと輝く唇は、水中で揺れる鮮やかな色の石のようで、目が離せなくなった。「行為か」ジェイムズはくすりと笑った。「そういう言い方もあるね」

彼女は目を細くした。「教えておいてあげるわ、わたしはふつう、行為もしないの……」

彼女の唇はなおもジェイムズを惹きつける。本能に突き動かされるように、ジェイムズは彼女の異議を唇でふさいでいた。最初から誘惑するつもりでいたわけではないし、彼女の気持ちを変えさせようとするわけでもない。ただ、彼女の声にこもっていた嫌悪を鎮めたかっただけだ。

彼女は身をすくめている。ジェイムズはちょっと唇を休め、機をうかがいながら相手の出方を待った。唇の下で、彼女の唇がひらき、おずおずと舌がさしだされるのを感じた。そのとき、体を引いて紳士らしく振る舞うこともできた。だが、ジェイムズは夢中で彼女のキスらしきものに応えていた。

ジェイムズはていねいにキスをした。自分の記憶が正しいかどうかを確かめるために。ゆうべ知りあった女が、今日見つけた取り澄ました淑女のなかに息づいているかどうかを確かめるために。彼女を引き寄せ、口のなかに押し入った。まるで、彼女の反論をのみこみ、彼女の自己不信に食ってかかるように。彼女の手が上にのび、ジェイムズの上着の襟をつかんで胸が押しつけられた。そんな親切をとても断れるものではない。ジェイムズはキスをしながら乳房にてのひらをあてがい、彼女の体を隠している布地を指先で撫でた。今日は探索を邪魔するコルセットはなかった。ふたりの抱擁をさまたげる鯨骨はなかった。

ゆうべの記憶は助けになるどころか、ジェイムズを苦しめた。ようやく彼女の衣装をすべて脱がせたときのことを思いだした。信じられないほど白い肌に映える誘うような色の乳首。だが、いまは服に覆われ、人目につかないところにしまいこまれた他人だ。もう一度、彼らに会いたい。

指でボディスのボタンをひとつはずし、もうひとつはずして、片手がはいるだけの隙間をつくった。指先を少しずつ進めてシュミーズの端を越えると、願いがかない、やっと肌と肌が触れあった。はじめて触れられたかのように、彼女は身を震わせた。それでわかった。彼女のなかでは、僕に触れられるのはそれがはじめてなのだ。ジェイムズは彼女の記憶喪失をありがたい贈り物のように感じた。

巧みな指で円を描きながら乳首をなぞると、喜びのあえぎが聞こえ、ジェイムズは自制心をぎりぎりの線までゆるめた。ああ、コルセットをつけていない肌の感触の、なんというすばらしさ。彼女が体を押しつけてくると、奮い立っている部分を布地の壁がさいなんだ。かすかな抵抗の声は、その瞬間に遠のいていった。際限ない甘美な心地と、自分を解き放つことへのためらいのくりかえしだ。彼女の手が胸のあたりで妖精のようにひらひら舞い、上着にからみついてきた。

上着の肩がずれて半分脱げかかったとき、財布が床に落ちる音がして、ジェイムズは現実に引きもどされた。

ちくしょう。ジェイムズはキスをやめた。無粋《ぶすい》な邪魔のせいで動揺し、息を切らしていた。ふたりが理性を失いかけていた証拠のように、足もとには硬貨と五ポンド札が散らばっている。彼女は立っている状態としては可能なかぎり、ジェイムズの膝にすわらんばかりになっていた。その高鳴る鼓動が、自分の耳に聞こえそうなほどだった。

ジェイムズは彼女をやんわりと押しもどし、安全な距離を保った。自分との関わりを望まないことがあきらかな女とキスをしてしまった。脱げかかった上着をひっぱり、揺さぶってちゃんと着なおした。これ以上最低な気分になることがあるだろうか、あるいは自分が愚かだと証明できるだろうか。

「すまなかった」みじめで耳ざわりな声に、ジェイムズは顔をしかめた。「僕はこんなことをすべきじゃなかった」

彼女は手を口もとに当てた。少し青みがかった目が、とまどったようにまばたきした。

「わたしたちは、でしょ」と訂正した。

ジェイムズは膝をつき、散らばった財産を集めることに気持ちを集中した。あの美しい目に浮かんでいるにちがいない非難を見てはならない。喜びの余韻が少しずつ消えていくのを見てはならない。僕は何を考えていたのだろう。弁解の余地もない。ゆうべの彼女にはその気があった。いや、一分前の彼女にもその気があった。

とはいえ、彼女はふたりの関係を永遠につづけることには興味がない。二百ポンドとひきかえに、自分との縁を切りたいと言った。

あれはただのあやまちだったと認めたのだ。

彼女は僕を欲していない。たとえ、快楽にその頰をピンクに染めようとも。

記憶がねじれ、別の時代の別の女がよみがえった。エリザベス・ラムゼイ、あの牧師の娘。心にぎざぎざの傷をつけられたのはずいぶん昔の話だが、傷の肝心な部分はまだ癒えていない。エリザベスも僕を欲していなかった。もてあそんだあげく、恋人にはデイヴィッド・キャメロンを選んだ。その後、彼女の事情とキャメロンの思いがけない旅立ちのせいで、ジェイムズはヒーローを演じることを余儀なくされたのだった。

だが、ジョーゼットはエリザベスとはちがう。彼女は僕とのキスは楽しんだようだが、ヒーローになってくれとは頼まなかった。それどころか、ヒーローにならないでくれと要求しているのだ。

それなら僕には自分の後始末をするよりほかない。

ジェイムズは五ポンド紙幣を集め、半分空っぽの財布に押しこみ、それからすぐ足もとに落ちている硬貨に手をのばした。上着の前ポケットについての彼女の注意は正しかったようだ。だが、こんな野暮な方法でそれを知るとは。

彼女は膝をついてまわりの空気を払うと、ボタンが取れたままのボディスから佳景を見せてくれた。ジェイムズは目をそらそうとした。頭はそう命じたのだが、体が言うことを聞かなかった。胸の丸いふくらみが、手で触れたときとおなじくらいすばらしく見えたからだ。彼女は咳払いした。どこかおもしろがっているような響きがあった。

顔をあげると、ジョーゼットは目の前で何かを振りまわしていた。

「これは何?」

ジェイムズはその紙切れを手に取った。「領収書だ。鍛冶屋《かじ》が金を受けとった証拠だよ」

記憶がすっかり思いだせとせっつく。

「それはわかるわ」彼女の声がくぐもって聞こえる。「そこであなたの馬をなくしたかもしれないと思う?」

ああ、しまった。僕たちは何をしてしまったんだ？　ジェイムズは財布に領収書を押しこみ、硬貨もしまいこんだ。可能性を考えるのはうんざりだ。彼女は自分を嫌ってはいないようだが、今日はまだ終わっていない。「その可能性を調べないといけないだろうな」ジェイムズは立ちあがり、彼女に手を貸して立たせた。「きみも一緒に来たほうがいい」

彼女はぽかんと口をあけた。「まさか、わたしは必要ないでしょ。つぎの馬車に乗ろうと思っていたのよ。この結婚問題が解決したら」

彼女は行ってしまう。もちろん、行ってしまうだろう。彼女をこの町につなぎとめておくものなどないのでは？　ただし、ジェイムズの記憶の最後の欠落部分を調査するとなれば別だ。「今夜はもう馬車は出ない」と切りだした。「かがり火がはじまってしまえば、町は乗り物や馬の通行を禁じる。それに、きみも鍛冶屋にききたいことがあるはずだ」

「どういうことかしら」

ジェイムズはため息をついた。「僕たちが〈青いガチョウ亭〉を出た姿を見られてから、この部屋にもどってくるまでのあいだに何をしたかは、まだ解決していない」彼女がそわそわといじっている指輪に視線を落とした。僕の指輪だ。その指輪が、納得のいく説明をしろと要求している。

「あいにくなことに」それを口にするのは怖かったが、ほんとうのことなのだからしかたない。「スコットランドではふつう、鍛冶屋で結婚式を挙げるんだ」

20

熱くなった石炭のにおいが一ブロック手前からでも漂ってきて、まもなく鍛冶屋に着くのがわかった。近づくにつれて、焼けたひづめのにおいが鍛冶屋でございますと自己紹介している。ビャウルテン・イヴの午後五時になろうとしていたから、来るのが遅すぎたのではないかと思っていたが、槌を打つ響きが聞こえて期待は裏切られた。鍛冶屋はまだ仕事に精を出しているのだ。

残念だ。ジェイムズはこの話しあいを望んでいなかった。できることなら翌朝までのばしたい。今朝目覚めてからはじめて、たずねるまえに答えがはっきりわかっていた。あの領収書を見たとたん記憶がもどり、これですべて思いだしたと確信した。あとは事実の裏づけを取り、どの部分を取り消すことができるかを見極めるだけだ。

ジョーゼットは僕の腕を軽くつかんでいる。簡単に解決できると高をくくっているのだろう。いまはそう思わせておこう。もうすぐ打ちのめされるだろうから。

ジェイムズが片手をあげて近づくと、鍛冶屋は革のエプロンの上から顔をのぞかせ、にこやかに出迎えた。「ほほう、マッケンジー」と彼は呼びかけた。「こんなに遅れるなんてあんたらしくもない。あんたが馬を引きとりにくるのをずっと待ってたんだ」

握りしめてくるジョーゼットの手をぎゅっと握りかえした。「やむをえない事情があってね」

鍛冶屋はふいごから手を離し、エプロンで手を拭きながら炉の端をまわってきた。「そうかい、俺は朝いちばんではずれた蹄鉄をつけかえておいた。馬はすっかりよくなったよ。裏につないである。干し草はあたえてあるが、オート麦がちょっと足りないな」

ジェイムズはうなずいた。やっぱり、ここまでは記憶しているとおりだ。僕たちは〈青いガチョウ亭〉を脱けだした。マクローリーと喧嘩したあとだ。あまりにも酔いすぎていて、酒場にあたえた損害を弁償することも忘れていた。ジョーゼットを自由にしてやろうとしてお別れのキスをした。だが、彼女は歩けなかった。足にくっついていた鳥の羽のせいであることはまちがいない。それに、彼女は正体不明の脅迫者の影におびえていた。だから、ジェイムズは彼女をシーザーに乗せ、自分の家にかくまってやろうとしたのだ。目抜き通りの途中まで行くと、馬から蹄鉄がはずれた。それもなんと鍛冶屋のまん前で。

「ゆうべは黒い牝馬を貸してくれてありがとう」ジェイムズは鍛冶屋に言った。「あんたならわかるだろうけど、あの馬は四ブロックも行かないうちに足がだめになった。この先、乗用にはあまり向かないだろうね」と、つけくわえる。「馬はいまデイヴィッド・キャメロンのところにいる。彼は手もとに置いておきたいようだ」そこで、ジェイムズはにやりとした。このごたごたにも、ひとついいことがあった。「彼に会いにいって、あんたに借りがあることを教えてやったらいい」

「彼の居場所はわかると思う」鍛冶屋はジェイムズとジョーゼットを交互に見やって、にっこりした。「もう一度おめでとうを言わせてくれ。うちを選んでくれて、ほんとに光栄だよ」

「正確には、なんのためにあなたを選んだの?」かたわらでジョーゼットがきいた。その声が炉から漂ってくる煙のように立ちこめた。

「なんだよ、結婚式に決まってるじゃないか。あんたたちは今週三組目だ。もっとも、あとの二組は喧嘩をおっぱじめるまでに二週間もつかな。あんたたちはちがう。幸せそうだ」

ジョーゼットの喉が息を吸いこむ音が聞こえる。ジェイムズの腕をつかんでいた手がさがった。接触のなくなったことが、腹に拳をたたきこまれたように感じた。「それは……わたしたちが正式に結婚したということ?」彼女はためらいながらたずねた。

彼女を責める気はない。ふたりとも、今日はこの件をめぐってさんざん行きつ戻りつした。彼女はおぼえていないが、ジェイムズは思いだした。ふたりは鍛冶屋のドアをたたいた。鍛冶屋は夜着姿の寝ぼけ眼《まなこ》であらわれ、ふたりが駆け落ちするつもりだと思いこんだ。それは彼女が決めたことで、僕の意見ではなかった。だが、自分はいやがらなかった。

それどころか、進んでその話にのったのだ。

ジョーゼットの呆然とした反応に、鍛冶屋はとまどっているようだ。そばの棚からしわくちゃの書類の束を取り、ページを何枚かめくって、ふたりに見せた。「彼はあんたに指輪をやった。俺の登録簿やなんかにもサインしてある」

ジェイムズは書類の束を受けとり、さっと目を通した。ふたりの名前がそこにあった。自分の名前はかろうじて判読できる字で、彼女の名前は女性らしいきれいな字で書かれている。日付も合っているし、自分の名前のスペルも合っている。「スコットランド法では、登記簿にサインすることまでは要求されていないが」ジェイムズはつぶやいた。事務弁護士の部分があらわれて、可能性をふるいにかけていた。「だが、残念ながら証拠にはなる」

ジョーゼットはさっと前に立った。「結婚していないって言ったじゃない」容赦ない非難の指が胸をつつく。「この茶番劇が、ゆうべの〈青いガチョウ亭〉での座興より正式なものだなんて信じませんからね！　だいたい、この人は登録官でさえないじゃない！」

隣にいる鍛冶屋の目が大きくみひらかれたのがわかる。〝幸福〟だと思われていたふたりの現状にびっくりしているにちがいない。ジェイムズは非難の指を手でつつみ、そっと腕をおろさせた。「聖職者や法律家は必要ないんだ、ジョーゼット。まともな市民の立会人さえいればいい、その人に立会人になる意思があれば。この鍛冶屋はまちがいなくそれに該当する。彼はモレイグの結婚の半分において牧師役をつとめているんだ」ジェイムズは個人的な経験からそれを知っていた。事務弁護士をしていて気がめいることのひとつは、秘密結婚を悔やんでいる依頼人の必死の要求に対処することだ。そういうことがあるから、ハードウィック婚姻法が制定されたともいえる。無謀な結婚をふせぐ目的で。

だが、ここはイングランドではなく、スコットランドだ。それに、ジェイムズにはこの結婚が失敗だという確信はまだない。

「じゃあ、わたしたちは結婚しているのね」彼女は声を落とし、とげとげしくささやいた。

鍛冶屋が割りこんだ。「まあ、手続きははじまった」彼はちょっともじもじした。その体つきと職業からすると、妙な光景だ。「ところでもう……なんだその……あれはすませたのか?」

「なんのことだかさっぱりわからないわ」ジョーゼットがぼんやりと答える。

「床入りはすませたのかと言っているんだ」ジェイムズは説明した。

「彼には関係ないでしょ!」彼女は叫んだ。

ところが、関係あるのだ。それはまったく正規の質問なのだ。そのおかげで、ふたりが結婚したかどうかには、まだ法解釈上の問題が残っている。

「ありがとう」ジェイムズは当惑のていの鍛冶屋に言い、ぎこちない会話を終わらせた。これはふたりだけで話しあったほうがいいだろう。隣の女性に目をやった。いまや頬を染め、唇は赤く輝いている。その言葉にできないほどの美しさ。かんかんに怒っていて、だれかにその責任を取らせようとしている。ふたりが婚姻予告をして正規の結婚をしたなら、床入りの件は問題ではなくなるだろう。

だが、僕たちは正規の結婚をしたのではない。駆け落ちしたのだ。それが問題をややこしくしているが、同時に解決策もあたえてくれる。

ジョーゼットがことの成り行きに満足していないことは、自分であきらかにした。たとえ半時間前にあやうく愛を交わしそうになったとしても。この結婚の前途を予測できないのは残念だが、鍛冶屋の祝いの言葉に体をこわばらせた様子や、床入りの話に真っ赤になって怒った様子からすると、答えはもう出ているもおなじだ。

彼女が婚姻の取り消しを望むなら、なんとか願いをかなえてやろう。自分の誇りと感情が傷つこうとも。


店の横手に消えていったジェイムズは鞍をつけた馬を連れてもどってきた。とても立派な馬で、すらっとのびた栗色の足で軽快に歩いている。あんなに必死にさがしていたのも、馬の失踪にジョーゼットが関わっているのではないかと怒っていたのも、無理もない。

彼はジョーゼットの目の前でとまった。口もとに疲労のしわができているのが、顎ひげを生やしていてもわかる。ジョーゼットは彼の唇に浮かんでいる不安を指で払ってやりたかったが、持ちあげた手で馬の鼻面を撫でた。しわをつけたベルベットを撫でているような手ざわりだった。馬はもっとかまってくれというふうに、もどかしそうに手に鼻をすりつけた。

この男とはちがって。

ジョーゼットは手をさげ、馬の持ち主をしげしげと見た。今日のジェイムズ・マッケンジーは礼節の士であることを示していた。彼を望まぬ結婚に引きこんでしまったなら、わたしは不幸をくりかえすことになるだろう。

「結局わたしたちは結婚しているの、いないの?」鍛冶屋に聞こえないように小声できいた。頭は四方から押されたようにぐじゃぐじゃになっている。この一時間足らずのあいだに、結婚したと思いこんでいたら、結婚していないと言われ、またやっぱり結婚していたという。女でもブランデーがほしくなるところだ。

彼はジョーゼットの手を取った。それが癖なのか、そうする必要がないときにも、わたしに触れる。自分でもそれをどう感じていいのかわからない。ロンドンでは、そういう行為は不作法だと思われるだろう、ふたりとも手袋をしていないのだからなおさらだ。肌と肌が触れあったりすべきではない。けれど、彼にそうされると、わたしを誘惑しようとか、悪くすれば拘束しようという意思は感じず、ごくすなおに受けとめられる。

「そんなに簡単なことじゃないんだ」大きな手でジョーゼットの手をつつんで歩きだすと、彼は言った。「スコットランド法では、僕たちは結婚まであと一歩のところにいる。足りないのは床入りか、周知の同棲だけだ」

ジョーゼットは首をめぐらせ、彼の横顔を見つめた。驚きが先で、胸が締めつけられた理由はわからなかった。「わたしたちはまだ……？」

「ああ《アィ》」彼はこちらを見ず、歩きつづけた。だが、そういった彼の声には力がこもっていた。あらためて、彼が記憶を取りもどしたことを思いだした。

奇妙な疑惑の念がジョーゼットをつついた。「でも、わたしたちは一夜を共にした。わたしたちは行為におよんだのよ」

「行為か」彼は口の端をひねりあげた。「たしかに《アィ》、だが、僕たちがやったのはその〝行為〟ではない」

ジョーゼットはいきなり立ちどまり、手をひっこめた。「あなたはわたしのコルセットをカーテンレールに放り投げて、わたしがマットレスの上でジャンプするのを眺めたんでしょ！」裸でジャンプするのを、と心は叫んでいたが、声に出すことはできなかった。「目が覚めたら、わたしたちはふたりとも裸だった。何もなかったなんて信じられない」

「僕たちにその気がなかったとは言わないよ、ジョーゼット。もしくは、我慢するのが簡単だったとも言わない」半歩前に出て、片手は手綱を握ったまま、ジョーゼットの顔を見つめた。「僕は朝まで待ったほうがいいと思っただけなんだ。きみの判断が曇っていたと言えないように」手をのばし、ジョーゼットの後れ毛を耳にかける。「僕はきみが妻になったことをおぼえていてほしかった。体のすみずみまで」

ジョーゼットはしばらくその場に立ちつくし、彼のほうへ身を乗りだしたい気持ちと、その欲望を抑えなければいけない気持ちとの板挟みになっていた。わたしはジェイムズ・マッケンジーのおかげで、言葉でたわむれるだけだった事柄をほしいと思うようになってしまった。最初の結婚では立ちどまって考えてみることもなかった事柄を。

けれど、そんな考えをいだくのは不実だ。どれほど彼の思いがけないやさしさに膝が震えようとも、考えてはいけない。亡き夫はときおり耳に心地よい言葉をささやくのも、見え透いた嘘をつくのも苦手ではなかった。結婚するまでその本性は見抜けなかった。彼がわたしの持参金を贅沢好きな愛人たちへの贈り物などにつかっているのがわかるまでは。

いとこのランドルフとはちがって、いまわたしを見おろしている男は、夫婦の財産契約によってわたしが手にしたお金が目当てなようなことを、一度もちらつかせたことはなかった。彼はそういう事情も知らないし、二百ポンド払ってけりをつけると言われたときには心底驚いていたようだった。

とはいえ、ここに何がかかっているかを忘れてはいけない。わたしの未来、わたしの経済的自立、これからの人生のすべてが、このろくに知りもしない男の手に握られているのだ。いまこれを解決しなければ、ずっとそのままになってしまうだろう。

ジェイムズ・マッケンジーの愛撫を享受しているような余裕はない。

ジョーゼットは去りがたく残っている彼の手から身を引いた。「それで、結婚は無効にできるの」と、きいた。「英国法ではどう?」

彼の手が離れていった。「英国法のもとでの婚姻無効はきわめてむずかしい。床入りがないだけでは、じゅうぶんな根拠があるとは言えないんだ。きみは僕が不能であることを証明しなければならない」

ジョーゼットは眉をあげた。「不能なの？」わたしの非常に限られた経験からしても、みずから進んで裸の女と一夜を共にしたあげく、彼女には触れていないと言う男はいないだろう。

彼は鼻を鳴らした。「まさか」まなざしにみだらな熱がこもった。「喜んできみにそれを証明するよ」

ジョーゼットは顔が赤くなるのを感じた。「まあ、それが唯一の方法というわけじゃないでしょ。もしそうなら、英国にはおおぜいの不能な男たちが歩きまわっていることになるもの」

ジェイムズがくすりと笑うのを聞いて、ジョーゼットの体はあたたかくなった。「詐欺《さぎ》の面からも無効を訴えることはできる」と彼は認めた。「だが、僕たちは登録簿の氏名欄にサインしたし、相手に婚姻能力がないことを証明できるとも思えない」いったん言葉を切った。「きみは配偶者かきみのどちらかが不適格者だと主張することはできる。きみはヒステリックな人間には見えないから、その方法がうまくいくとは思えないが」

「あら、それはどうも」ジョーゼットはむっとして言った。「わたしたちはどちらもひどく酔っていたようだけど……」

「酩酊《めいてい》は、心神耗弱状態とおなじじゃない」彼は手綱をつかんだ手を動かした。「その主張を証明するためにはどちらかが幽閉されなければならないだろう」

ジョーゼットは彼が挙げた少ない選択肢を考えてみた。何か方法はあるはずなのだ。「エルシーが言っていたけど、あなたは優秀な弁護士なんでしょ。どうにかできないの？」

「婚姻無効の条件を満たすために平気で嘘をつく者はいる」その声も口もとも険しかった。「だが、僕をそんな連中と一緒にしないでくれ」

ジョーゼットは驚いて彼を見つめた。「この件について、あなたの方針を曲げてほしいとは思っていないわ。ただ、法の範囲内で何か方法がないのか知りたいのよ」

彼はわずかに肩の力を抜いた。「スコットランド法のもとでは、この結婚は合法じゃないという議論もできるかもしれない。だがそれには、エディンバラ代理法廷で事実の提示をしなければならないが、その証拠は僕たちにとって有利とは思えない。僕たちが結婚の床入りをすませていないことを証明するのは困難だ。きみが記憶を失っていることと、処女の証がないことを考えるとね」そこで一拍置いた。「証がある？」

ジョーゼットは恥ずかしさに頬を染め、無言で首を横に振った。ジョーゼットはふしだらな貴族と結婚していた。その相手はあいにく夫の権利を定期的に要求した。自分は手つかずだとはとても言えない。

彼の目が少しみひらかれたような気がしたとたん、やぶれかぶれの質問がやってきた。

「僕と結婚するのがそんなにいや?」

「わたしは――」ジョーゼットは言い淀んだ。どう答えていいかわからなかった。自分の人生を思いどおりにできなくなるという恐怖が一段高まり、この男に引かれてしまう説明のつかない気持ちを見くだした。「結婚する気がまったくないのよ」と説明した。「相手があなたかどうかは問題じゃないの」

彼は身を寄せてきた。「ゆうべ、何か言っていたね。結婚は好きになれないとか」

彼になんと言ったかはおぼえていないけれど、わたしの考えを受け売りした言葉を否定する必要もない。「結婚が楽しい制度だとは思えなかったの」と澄まして言った。「最初の夫は……期待はずれの人だった」

「僕のキスはいやじゃないみたいだった」

ジョーゼットはごくりと唾をのみ、顎を少し持ちあげた。「わたしがゆうべ、まともな判断ができる状態じゃなかったのは、あなたも指摘したでしょ」

「今日の午後のキスのことを言っているんだよ」彼の視線がジョーゼットの口もとにさがった。身を焼かれるような熱が走り抜ける。一時間前に巧妙なキスをされたときに燃えあがったのとおなじ熱だ。彼に触れてもらいたがるようにしつけられたかのように、唇がうずうずした。

ジョーゼットはうわの空で唇を舐めた。「キスくらいで結婚する必要はないわ」心臓の鼓動が耳にやかましく響いている。

「それを聞いてうれしいよ」彼は言って、顔を傾けながら口を近づけた。「僕が望むのは、きみともう一度キスすることだけだから」

21

「だめよ」

ジェイムズは動きをとめた。彼女は手でさえぎるより先に、警告するようにこちらの胸を押していた。その唇からこぼれた言葉はやさしかったが、熱心に迫るジェイムズの体をナイフのごとく鋭く切り裂いた。

「わたしたち、もうあやまちをくりかえしてはいけないわ」目に揺らめく炎が、冷静さをよそおっているだけなことを伝えていた。「賢明じゃない……わたしにとって終わりまでたどるつもりがない道を探るのは」

ジェイムズははっと身を引いた。彼女の唇にもう少しで届くところまで体を寄せていた。物見高いモレイグの住民のおそらくは半数が、すぐ近くで見物していたにもかかわらず。彼女は僕が連れていこうとしている道を探る力がないとは言わなかった。これは自分の意思なのだと言っているのだ。この道がどこへつづくのかを確かめたいという僕の気持ちは関係ない。

彼女の考えは責められない。公衆の面前でキスしているところを見られたら、窮地を脱する方法はますます限られてしまうだろう。そして彼女がキスを許せば、もっとほしくなる。彼女のそばに寄るたびに訴えてくる体の反応を考えれば当然だ。

この状況では自分の欲望を正当化できない。ろくに知りもしない相手との結婚となれば、父の賛同を得るためにできることは少ないだろう。そのうえ、自分は爪に火をともして未来のためにちまちまと金を貯めている人間だ。妻をめとる余裕はない。とりわけ、その上等な服や洗練された物腰から、高価な装身具を好むであろう女を養うことはできない。彼女は拒絶することによって僕を楽にしてくれているのだ。

どうして自分の弁論は弱々しく聞こえるのだろう。経験を積んだ弁護士なのに。

ジェイムズは半歩さがり、シーザーの手綱を握りなおした。「地図を描いてくれないかな、ジョーゼット」後悔がどっと胸に襲ってくる。「きみを見るたびに迷子になっちまうんだ」

彼女は答えなかった。いきなり、右手のほうへ顔をひねった。とまどって見ていると、彼女の注意を喚起したものがわかった。ビャウルテン祝祭にわく目抜き通りの喧騒を縫って、こちらにぐんぐん向かってくる者がいる。気配を察したシーザーが馬銜《はみ》を噛み、暴れだした。ジェイムズは馬の首筋にそっと手を置いた。

手拍子や口笛に乗って、ちょうどかがり火が焚かれたところだった。その煙のなかからあらわれた男に見覚えはなかった。ウィリアムではない。デイヴィッド・キャメロンでもないし、ふたりが接近しすぎたことに文句を言いそうなモレイグの住民でもなかった。

だから、ジェイムズは彼女のそばを離れなかった。というより、もっとそばに寄った。

こちらへすたすたと歩いてくる男は、ものすごい形相をしていた。近づいてくるにつれ、彼がおそらくまだ二十代の若者で、髪の色がジョーゼットのものによく似ていることがわかった。縞模様のベストと磨きあげられた靴からすると紳士のようだ。もっとも、その姿はどこか滑稽で、鼻にのった眼鏡はおかしな方向にずれ、片手には血が染みだした包帯を巻いている。

ジョーゼットの手は、いったん喉もとに当てられてから、声が出てくる場所のあたりをたゆたった。「まあ……」勇気を出そうとするかのように、息を深く吸いこんだ。「ジェイムズ、こちらはミスター・バートンよ」蚊の鳴くような声だった。

「彼女のいとこだ」男は吐き捨てるように言った。「ずっと彼女をさがしてたんだ。ようやく見つけたと思ったら、どう見てもあやしい連れがいる」バートンは威嚇するように一歩前に出た。いまは両者が似ていることがわかる。ふたりとも淡い金髪だということのほかに、目の色も不思議な灰色だ。

ジェイムズはもぞもぞと足を動かした。彼女はこの近くに身内がいることは言わなかった。頭のなかで警鐘が鳴っている。

「きみにはがっかりだよ、ジョーゼット」バートンは言った。口調には辛辣な響きがあった。

「きみは完全に堕落した。僕の指示にしたがっていれば、このごたごたは平穏にかたづいたのに」

ジェイムズはバートンの言葉に注意を傾けた。この男は紳士ではない、こんなふうに話すやつはちがう。これは人前で話すようなことじゃない、人通りの多い道で唾を飛ばして非難するのはまちがっている。バートンの薄っぺらい鼻に拳をたたきこんでやりたい。さらに、ジョーゼットをつついて、ほんの数分前に毅然たる態度で僕を拒絶した女はどこへ行ったのかと教えてやりたい。なぜ、彼女はあの毒舌をしまいこんで、無言で立ちつくしているのだろう。ジェイムズは彼女を泥棒だと思いこんだときに、自分でもあんなふうに彼女を非難したことはわかっている。そのとき、彼女はもっと気骨を見せた。だが、それは自分が泥棒ではないことを知っていたからだ。

彼女はほんとうに堕落したと思っているのだろうか、それともこのキザな男の軽蔑に値する女なのか。

彼女は男に脅されていると言っていた。そして、現にいま彼女を脅した男がいる。証拠の断片がみずからくっつきはじめ、反駁《はんばく》を許さぬひとつのパターンができあがった。これが彼女と無理やり結婚しようとした男か。その考えが喉を這いおりていき、腹の底に居すわって、爆発しそうになった。

「おまえは彼女の話をさえぎった」すでに筋肉をつかいたくて、腕が鳴っていた。「僕はジェイムズ・マッケンジー。彼女の夫だ」

それで、バートンはこちらを向いた。「情報を拾い集め、人目につかないようにあとをつけてみれば、そのレディはまだ議論の余地ありと考えてるようだ」

この男にあとをつけられていた――いや、つきまとわれていた――と思うと、ジェイムズははらわたが煮えくりかえった。「それは個人的な問題だ」

「個人的？」バートンはかぶりを振った。「僕はそう思わない。そんなに簡単なことじゃない。彼女は僕の申し出に承諾したんですよ、きみと出会うまえに。婚約したんだ。きみには権利がない」

「このレディは僕のものだ」ジェイムズは断言した。ジョーゼットから聞かされた意思が頭のなかで渦巻いたが、いまは忘れることにした。彼女が結婚を無効にしたがっていることより、この男のほうが差し迫った脅威だ。ジョーゼットひとりでこの男に対処させるわけにはいかない。「僕たちは結婚しているんだ」と、バートンをどなりつけた。「信じたほうが身のためだぞ」

「ジェイムズ」ジョーゼットが叱りつけた。「ずっとつづくとはかぎらないでしょ」

ほう、ようやく彼女は声を取りもどしたのか。自分のために争う必要がないことを念押ししようとしているのはまちがいない。ジェイムズは目の前の脅威を永久に取りのぞくことに全神経を集中した。自分が彼女を守る権利を失うまえに。

「ほらね、彼女がいかに気が変わりやすいかわかるだろう」バートンはあざ笑った。「信用できない女なんだよ」包帯を巻いた手を武器のように振りまわす。「彼女は僕の家に獰猛な犬を残して、僕を襲わせた。きみにも何をするかわからないよ。その頭の傷を見てみろよ。すでに一度きみを殺しかけたっていうじゃないか」

損なわれていない記憶がよみがえり、注意をうながしている。今日僕を殺そうとした者がいた、室内用便器でではなく。ジェイムズはしばし逡巡し、午後の出来事を振りかえってみた。自分は彼女を完全に信じているのか。彼女は泥棒に関しては身の証を立てた。シーザーも無事手もとにもどった。だが、彼女がもっと悪辣《あくらつ》なことをたくらんでいないなんてだれにわかる？　目の前にいる男と共謀しているかもしれないじゃないか。

だが、頭のなかで漠然とした不安が光ったとたん、すぐに消えた。彼女の思いつめたような恐怖の表情を見たからだ。彼女がモレイグの埃っぽい道を輝かせる名女優でもないかぎり、この男は彼女をぞっとさせている。疑惑にかられている場合ではない。いかに混乱していようとも自分の直感を信じるしかない。

そしてジェイムズの直感は、彼女が危険にさらされていると言っている。

ジェイムズは彼女の手を取り、ジョーゼットのいとこに向かって、この腹立たしい問題やありのままの事実については法廷で争おうと言った。「おまえが僕の妻にさっきのような口のきき方をしたのが耳にはいったら、ミスター・バートン、診療所で手に包帯を巻いてもらうくらいではすまなくなるだろう」

あきれたような大笑いが男からもれた。「きみのことは聞いてるよ、マッケンジー。町じゅうが陰で噂してる。きみはろくでなしの次男にすぎない。父親の面汚しだ」

ジェイムズは自制心を失い、抑圧された暴力衝動に体を震わせながら前に飛びだそうとした。だが、ジョーゼットに手をつかまれ、いとこを傷つけてはならないと警告された。彼女の手は、ジェイムズならやりかねないことを知っていると語っていた。たしかに、自分は相手を傷つけかねない。過去にそれを証明していた。深く息を吸い、心の平静を保とうとする。もちろん、この男を殺してやりたい。だが、ジョーゼットには自分の暗い一面を見せたくなかった。

ジェイムズがためらっているのを見て、バートンは元気づいたようだ。肉屋の包丁から逃れてきた鶏が毛づくろいするように、ベストをひっぱった。「やっぱりもう彼女を妻にしたくないかも。たぶん、もっといい方法があるだろう」彼は目を細くした。「きみたちふたりは結婚してるかどうかについて、意見が一致してないようだな。きみがやったことを家族に知らせたら、口止め料を払ってくれるだろう」

その脅迫に、最後の抑制の糸が切れた。ジョーゼットの手を振りはらって、ジェイムズは男に飛びかかっていった。バートンは乏しい知恵が働いたのか、ささっと二歩さがり、土と石の地面をこすった。

兎《うさぎ》よりもすばやく、ジェイムズが拳を振りあげるまもなく、バートンは逃げだし、ビャウルテンの人ごみにまぎれていった。

ジェイムズは拳を握りしめたまま取り残され、積年の鬱屈をかろうじてこらえた。

ジョーゼットはたったいまふたりの前に立ちはだかった男が、休暇をこちらで過ごすように招いてくれた男とおなじ人間だとは、にわかには信じられなかった。

まるですっかり人が変わってしまったようだった。

「どうか、わたしのいとこの話に耳を貸さないで」とジェイムズに言う。「彼は……彼はわたしと結婚したがって、わたしはその気がないと断ったの。そのせいで、頭のネジがはずれてしまったんじゃないかしら」

「ネジがはずれたか。そうとも言えるな」

ジョーゼットは顔をしかめた。自分のせいで、ジェイムズはいま脅されたのだ。どうしてランドルフを信頼できる人だなんて、わたしのために気を配ってくれる人だなんて思ったのだろう。夏を過ごすのに人里離れた場所を選んだのも、いまではあやしい。彼はわたしがまだ喪中のときから、これをたくらんでいたのだろうか。

「ゆうべ、きみはだれかに無理やり結婚させられそうだと言っていた」ジェイムズは法廷で窮地に立たされているように、こちらを険しい目で眺め、指を曲げたり伸ばしたりした。

「その男はきみのいとこだと考えていいのか、それともほかに隠れている婚約者たちを嗅ぎださなければならないのか？」

ジョーゼットは鋭い一瞥《いちべつ》を投げた。「ランドルフ・バートンはわたしの婚約者ではないし、過去にもそうだったことはない。彼はゆうべ無理やり承諾させようとしたはずだけど、わたしはどうにか逃げだしたにちがいないわ」

ジェイムズの表情がおだやかになった。「それならつじつまが合う。きみはゆうべ、だれかを怖がっていた。なぜ、彼がそんなことをしようとしたのか心当たりはある？」

ジョーゼットはかぶりを振った。どんなにがんばってみても、パズルのその部分が見つからない。ランドルフの動機が思いだせないのだ。金銭的なことだろうという想像はつく。わたしに熱烈な思いをいだいていたとは思えない。本人がそう言っても信じられなかった。

「彼は僕の家族に会いにいくと脅した」ジェイムズはこわばった声で言った。

「ご家族にこの状況を説明しましょう。そうすれば心配しなくても――」

「そんなに簡単にはいかないんだよ、ジョーゼット」静かな口調だが、言葉に棘《とげ》があった。

「父は僕より彼を信じるだろう」

ジョーゼットは息をのんだ。目の前にいる男のような冷静沈着な者よりも、ランドルフのようなちょっと頭のおかしい男の暴言を信じるなんて、ばかばかしいにもほどがある。

ジョーゼットは手をのばして、彼の腕に置いた。木の幹のような感触だ、皮膚のざらりとした感じとがっしりした力強さが伝わってくる。感謝の気持ちに、胸がきゅっとなった。生まれてこのかた、わたしのために戦ってもいいとまで思われたことはなかった。

この男はわたしにその価値を認めてくれた。彼のものでさえないのに。少なくとも、ずっと彼のものでいるつもりはないのに。

「ランドルフはただのしがない学者で、自分の将来を窃盗か暴力によって確保しようと躍起になっている男よ」ジョーゼットは彼に言い聞かせた。「きっとあなたのご家族にもそれがわかるでしょうし、会うことを拒否するわ」

「ミスター・バートンは僕の父にたいしては、あんな支離滅裂なことは言わないだろう」ジェイムズは答えた。「彼は学者だと言ったね。どの分野？」

「植物学。木とか草とか。ここに着いたときから、彼はおかしいと気づくべきだったわ」自分をつねってやりたいくらいだ。女性の供も連れずに滞在するなんて、無邪気すぎる。「彼は剪定《せんてい》バサミを武器のように振りまわして、学名をつぶやきながら歩きまわるの」

ジェイムズは息を長くゆっくりと吐きだした。「まさにそういうところが、父の興味を引いて会う気になるかもしれない」ジョーゼットから視線をそらし、かがり火のほうへ目をやった。「情緒不安定は、なんといっても優秀な学者の特徴だからね」

ジョーゼットは彼の視線を追った。一ブロックかそこら先で焚かれているかがり火は、ますます勢いを増し、真っ赤に輝いている。夕日に向かってあがっていく火の粉が、まるで不死鳥のようだ。ジョーゼットはそのまま、彼がその気になるのを待った。混乱した頭のなかを説明してくれる気になるのを。

「父はその昔、学者だった。古代ローマ文明の」ジェイムズは一歩ずつこちらに近づき、隣に立った。「若いころはエディンバラで学んだ。その後、僕たちはモレイグのそばに住み、父は大英博物館に頼まれて古代スコットランドの人工遺物を発掘した」

「お父様は情緒不安定なの？」ジョーゼットはとまどってたずねた。

ジェイムズはさびしそうにほほえんだ。「いや、父は優秀じゃなかった。二流の学者にすぎなかったが、本人は満足していたし、家族も養えていた。父は爵位を継ぐはずじゃなかったんだが、運命のいたずらでそうなった。僕が十八かそこらの年のことだ。伯爵になったとたん、父の僕にたいする期待が変わり、僕は父を失望させることしかできなかった」そこで、かぶりを振った。「僕への非難を金で解決したのも一度や二度じゃない。これもまた、自分が後始末しなければならないことだと父は思うだろう」

ジョーゼットはつかのま考えこんだ。エルシーがほのめかしていた悲劇のことを思いだした。「それは牧師の娘さんのことと関係があったの……関係があるの？」

ぎくりとして、彼は顔をゆがめた。「どうしてそれを知っているんだ？」手をあげて答えを制した。「いいんだ。この町の人たちは恐ろしく記憶力がいい」

彼がまたもやこわばらせた腕を、ジョーゼットはそっと撫でながら、自分がジェイムズの触れ方を真似しはじめていることに気づいた。なぜか、自然にそうなっていた。「エルシーがそのことについて言っていたの。あなたが彼女の子供の父親だと名乗りでたと」

ジェイムズはおかしくもないのに笑った。「彼女の父親に、僕の子だと言ったのはたしかだ。彼女は父親を恐れていて、僕に肩代わりさせたがっているのはみえみえだった。僕はケンブリッジを出たばかりの二十一歳の若造だった。僕は彼女に首ったけで、ここで頼りになるところを見せれば彼女の心を射止められると考えた。おそらく子供の父親はキャメロンだったろうけどね」

「キャメロンってどなた？」またまたとまどって、たずねた。

「デイヴィッド・キャメロン。例の治安判事だよ。いまは治安判事だが、当時は僕の友達だった」

怒りがこみあげてきた。ジェイムズのために、名前も顔も知らない娘のために。「でも……なぜ彼は名乗りでなかったの？　なぜあなたにそんなことをさせたの？」

「彼の父親が陸軍の士官の地位を買い与え、彼は訓練のためにブライトンへ送りこまれた。彼女はみずからの命を絶った、良識が働くのを待たずに。キャメロンが事情を知ることも、僕が自分のやったことを家族に説明することも、もしくは説明する気になることも待たずに。あとで知ったんだが、牧師は父の書斎に乗りこんできて、娘を奪った件はなかったことにするかわりに金を要求したそうだ。父は金を払って黙らせた、僕にひとことの相談もなく」最後の部分で、彼は声をうわずらせた。「そのあとで……彼女は自殺した。僕の彼女への思いがその程度のものだったのだと思いこんで」

ジョーゼットは言葉もなく、呆然と立ちつくした。ジェイムズは彼女の死の責任を感じている。彼は拳を固め、それから見えない指に一本ずつ指をのばされているかのように、ゆっくりと拳をほどいた。だが、話はまだ終わっていなかったようだ。

「だから、僕は彼女の父親と対決した、葬儀のあとで。彼の顎の骨を折った。もう少しで首の骨を折りそうだった」ジェイムズは唾をのんだ。「父は僕を金で救った、このときは監獄から救いだした。牧師の治療費を払い、少なからぬ損害賠償金を払った。そして、ただの一度も僕の言い分をたずねなかった。それもあって、僕は法律を学ぼうと思ったんだ。父や町の住民の誤りを悟らせようとした、法廷に立たなくてもね」

「でも、どうして町の人たちはあなたを悪く思ったの？」ジョーゼットは筋の通らない説明を聞いて、胸が痛んだ。「あなたは彼女を助けようとしたのに」

「その大半は僕が拳を使ったせいだろう。僕は牧師を殴ったんだよ、ジョーゼット。町の住民が畏《おそ》れ敬っている人間を。だが、彼は神に仕えるような人間じゃない。少なくとも僕が知りたいと願うような神には仕えていない。娘がなぜみずから命を絶ったかわかるよ。あんな暴君のもとで未婚の母として生きるより、死を選んだ理由が」

声にこめられた痛みの破片が、すぐ近くまで飛んできた。その苦悩をやわらげてあげたい。

あやまちとさえ呼べないような過去の傷を消してあげたかった。

ジョーゼットはエルシーの言葉を思いだした。「ときには」と、切りだす。「拳をつかうのを体が必要とすることもあるわ。あなたの場合もそうだったように思える」

「それが適切なときだったかどうかも自信がないんだ」ジェイムズはぼそっとつぶやき、足もとに目を落とした。

ジョーゼットは唇を引き結んだ。自分が口をはさむ問題ではないけれど、黙ってはいられない。「わたしのためにそんなふうに戦ってくれる人がいたら、あるいはあなたがその娘さんに示したような犠牲を払うほど愛してくれる人がいたら、わたしは自分で命を絶つような、それにおなかの子の命も道連れにするような身勝手なことはけっしてしないから安心して」

彼ははっと顔をあげ、みひらいた目でこちらを見つめた。彼にショックをあたえることができたのだ。よしよし。でも、これだけじゃないのよ。

ジョーゼットは体を寄せ、つま先立ちになった。彼の首に腕をまわし、口もとまで顔をさげさせた。目を閉じてキスをした。自分にはそうするつもりはないと言ったにもかかわらず。公共の道端で、木の煙のにおいとビャウルテンの喧騒に包まれているにもかかわらず。

口を重ねたまま彼はうめき、腕をのばしてきて爽快なほどの力でぎゅっと抱きしめてきた。最初のキスは、というより、ジョーゼットがおぼえている最初のキスは、昼下がりの浮ついた言葉のやりとりのすえに手に入れたもので、それでも血が騒いだ。けれど、このキスは、これはどこかちがう。

彼は自意識をかなぐり捨て、自分の問題をわたしの前に投げだした。彼は痛々しいほど無防備だった。

そして、わたしは彼のもとへ飛びこんだまま、息も継ぎたくなかった。

彼はわたしの招きに——いえ、欲求に応じ、わたしの口のなかで妙《たえ》なるリズムを奏でている。彼のひげが頰をこする。ざらりとした痛みが心地よい。彼の顔が自分の体のさらに敏感な部分をこすったらどんな感じがするのだろう。ジョーゼットはこのキスをもっと味わいたくて、彼をもっと味わいたくて、彼にしがみついた。彼はその巧妙な口をつかって、わたしの心の奥の扉を少しずつこじあけていく。そして、結婚が過去の経験の寄せ集めにとどまらないことに、なぜこれまで思いいたらなかったのだろう、という疑問を残していった。

最初に体を離したのは彼のほうだった。荒い息をつき、まるで心が読めない目をしている。彼はわたしの大胆さに気づいただろうか。それとも、あんなにすげなく拒否したあとでは、ただの軽はずみな行為だと思っているのだろうか。

だれかが野次を飛ばした。「もう一度キスしろよ、マッケンジー!」口々にわめく声や口笛がつづいた。

呆然として周囲に目をやると、ビャウルテンの群衆が、かがり火の前から離れてあちこちに散らばっているのがわかった。まわりには、抱きあっているカップルが何組もいた。心臓が足もとまで落ちた。まだあたりは明るく、しかもわたしたちのことを知っているだれかに見られていたのだ。どうしてもっと思慮深くなれなかったのだろう。

彼のしたりげな声が耳をくすぐった。「そんなに肩に力を入れないで」彼はささやいた。「キスもビャウルテンの習慣なんだ。僕たちがこれ以上注意を引かなければ、みんななんとも思わないよ」

心臓をまだどきどきさせたまま、ジョーゼットはかたわらでおとなしく待っている馬のほうを見た。わたしとちがって、ビャウルテンの騒ぎに少しも動じていないようだ。いまは午後六時くらいで、祝祭は夜遅くまでつづくという話だ。

そのとき、ジェイムズがさっき言ったことが、頭によみがえった。かがり火が焚かれたら、町の交通は徒歩以外は遮断される。ということは、ランドルフは町まで乗ってきた灰色の老馬をどこかにつないであるだろうから、そこまで歩いていかなければならない。つまり、ここにチャンスがあるということだ。

「あなたの馬は歩くより走るほうが得意？」キスの余韻に胸が締めつけられている恥ずかしさを、肘でかき分けながらきいた。

ジェイムズはいぶかしそうに眉をひそめた。「なぜ？」

「わたしのいとこの脅迫について、あなたのお父様に警告するチャンスがあるから」ジョーゼットは言って聞かせた。「ランドルフは群衆を縫って馬をさがさなくちゃいけないだろうけど、あなたの馬はもうここにいるもの」

ジェイムズは硬直した。「父とは十一年も話していない。もう僕の話を快く聞く気はないだろう」

ジョーゼットはこれまでにない確信に満ちた足どりで、馬のほうへ近づいた。「十一年前、あなたのお父様は適切な判断をするのに必要な情報もなく行動された。またそうさせたいの？」彼に背を向けて馬の横に立ち、鞍に手を置いて命じる。「わたしの脚を持ちあげて」

「きみも一緒に来るの？」ジェイムズは信じられないという声できいた。

ジョーゼットは天を仰いだ。ケンブリッジ卒の事務弁護士にしては、彼は信じがたいバカだ。「わたしがここにひとりで残るわけないでしょ、ビャウルテンの人ごみを縫って進むなんて。わたしはあなたの助けになりたいの。たぶんお父様だって、わたしがランドルフとのことを話してこういうことになった経緯を説明すれば、あなたの話も聞いてくれやすくなるわ」

固唾《かたず》をのみ、鞍をにらんだまま、ジェイムズがどうするか様子をうかがった。彼の手ががくるぶしに触れ、意を決したかのようにぎゅっと握りしめる。彼の力強さを感じながら、ジョーゼットは空中に持ちあげられた。馬の背に腰をおろすのはぎこちなかったが、すばやく前にずれて彼が飛び乗る場所をつくった。彼を見おろし、背後に乗ってくるのを待った。

彼は途方に暮れたような顔をしている。これまでこの男を助けた者はいないのだろうか。

「それに、わたしはあなたと一緒に行きたいのよ」と言ってみた。「そういうこと」

しぶしぶ承知したような顔をすると、ジェイムズは鐙《あぶみ》に足をかけ、馬にまたがった。ああ、彼がいる。がっしりしたあたたかい壁が、背中に押しつけられた。ジョーゼットは目を閉じ、その先を言わないようにぐっと我慢した——でも、明日になって後悔するかどうかはわからないけれど。

22

半時間ほど膝でジョーゼットのバランスを取っているうちに、ジェイムズは自分が地獄へ向かっているのを確信した。

いや、すでにもう地獄だ。

モレイグの混んだ通りを抜けるや、シーザーを駆歩《キャンター》で走らせた。彼女にはバートンより先に家に着かなければならないと釘を刺されている。馬の足どりが速くなるにつれ、速歩《トロット》のときよりも体の揺れはましになったものの、不運にも、彼女が体をはずませた拍子にジェイムズの敏感な部分にぶつかってきた。こちらの多大な関心がスカート越しに彼女に伝わったのはまちがいない。欲望をそそられたまま馬の背に――とりわけ、猛然と突っ走っている馬の背に揺られていくのは、生半可《なまはんか》な腕ではできない。

どうやらそれは、ジェイムズが身につけてしまった技らしいが。

キルマーティ城の前で手綱を引き、疲れきった白斑のある馬をとめたときには、ジェイムズの下半身は欲望で硬くなり、膝は切望でわなわなと震えていた。

馬からおりると、まずは上着の前をととのえて解消されなかった欲望の証を隠した。その問題を解決するには、この女から距離を置くしかない。だが、ジョーゼットを抱きおろすときには、ずりあがったスカートの裾から見えているストッキングに目をやらずにいられなかったし、支えている腰からいつまでも手を離したくなかった。ゆうべはこの女を腕に抱いたのだ。かくもつらい旅やいろいろあった一日のあとで、願うのはもう一度そうすることだけだった。鍛冶屋の表で、僕をなぐさめる以外にはこれといった理由もなく彼女がしてくれたキスには、これまでの人生でいちばん心を揺さぶられた。

しかしながら、これから十一年の重い沈黙を破って、父との対決が控えている。〝心を揺さぶる〟の定義が問い直されようとしているのだ。

ジェイムズは両手をおろし、彼女から身を引きはがした。馬丁が、どこか知らぬがいつも馬を手にしていないときにひそんでいる場所から、ぬっと姿をあらわすと、汗まみれの馬を彼に預けた。「少なくとも十分は歩かせてやってくれないか。町からふたり乗せてきたから、息も絶え絶えだ」

馬丁はうなずいた。「承知しました」

「鞍ははずすなよ」ジェイムズは注意した。「長居はしないと思う」

馬丁はシーザーを連れて歩きだした。シーザーはなんの不安もいだかず彼らを見た。この馬がキルマーティ厩舎から出てくるときは、はいっていったときより毛並みも行儀もよくなっていることは疑いない。父がそれを要求することは言うまでもない。

ジェイムズは邸《やしき》のすべての角を飾る石造りの小塔のほうを見あげた。「キルマーティ城だ」とジョーゼットに言い、表玄関のほうへ気のりのしない手をひろげた。この城が建てられたのは四世紀前だが、この五十年間に新しい翼棟が加わり、どうしたいのかわからないといった宙ぶらりんな印象をあたえている。家は——隙間風のはいる古い城をそう呼ぶことができるなら——湖を見渡す断崖の上にあり、見張りに立つごつごつした石像が人の目を惹く。ジェイムズは十年以上ものあいだ、うまくそれを無視していた。

胸がぎゅっと締めつけられる。これからなかにはいり、自分を追い払った張本人に面会を求めようとしているのだ。懐中時計を見て、避けられない対決を先延ばしにしようとする。バートンが先に着いている見込みはない。シーザーの駿足をもってすれば、ほかの馬に勝つのはなんでもないことだ。「七時だ」とジェイムズはジョーゼットに言った。「この時間だと、うちの者たちはディナーの着替えをしているだろう」

「でも、わたしたちはおつきあいしないの？」子供っぽいものほしそうな口調だった。

「ああ《アイ》、つきあわない」その答えに、胃が反対の声をあげた。今日は朝から何も食べていない。体の要求はもうひとつの生理的欲求の前で方向転換した。

夕食はいつも〈青いガチョウ亭〉で午後六時までにはとり、日が暮れるころ——この時季だと九時ごろになる——には、たいていぐっすり眠っている。ジェイムズの一日は子供のころもだいたいそんな具合だった。だが、父が伯爵になってからは、台所の傷だらけのテーブルで過ごす家族の団欒《だんらん》の時間はなくなった。ジェイムズとウィリアムは、八時ちょうどにディナーのテーブルにつかなければならなくなった。きちんと身だしなみをととのえ、父がもはや集めることもなくなった博物館の標本のように礼儀正しく振る舞うことを期待された。冷えたスープと堅苦しい会話を思いだして、首のあたりが苦しくなった。どれほど腹が減っていようと、そんな光景に耐えるほど長居することは考えられない。

自分がそんな心のもやもやをかかえていることに、ジョーゼットは気づいていないようだ。後ろを向いて、邸の前にひろがる景色を眺めている。「だれかの夢をのぞいているような感じだわ」と小声で言う。

「喜劇か悪夢かは、見る者の考え方による」ジェイムズは答えた。

ジョーゼットは好奇の目を向けた。「この家も景色も、気高い人が住むのに適しているわ」

ジェイムズは答えるかわりに首を傾けた。十一年ぶりに見るこの圧倒されるような景色に、自分でも息をのんだ。はじめて見る者がどう感じるかは想像もできなかった。

おそらくかつては、湖から近づく脅威を警戒するには格好の場所だったのだろう。だがいまは、極上の景観を提供しているだけだ。湖のはるか先、山の冷たい水が、それよりあたたかい潮水と出会うところでは、夕日が迫っているのを告げるように海がきらきら光っている。それまではまだあと一時間か二時間ある。今日のようにあたたかい夜は、遠くの海原から潮の香りが風に運ばれてくる。西の地平線上に浮かぶのは切り立った崖で、ジェイムズもそこで楽しいひと夏を過ごしたことがあり、崖の端で体のバランスをとったり、崩れやすい岩の上を歩いたり、そこから海に飛びこんだりできるようになった。

ジョーゼットに視線をもどすと、彼女はもう景色ではなくこちらを見ていた。唇をすぼめて沈黙を守っている。たぶん、彼女はジェイムズが城主の息子だとは想像もしなかっただろう。なんといっても、自分は紳士らしく見えないから。この女がどこでどんな生活をしているのかは、まったく見当もつかない。子爵の未亡人らしいが、ひと口に貴族といっても暮らしはさまざまだ。これ見よがしのこの城は、彼女の目には仰々しく映るだろうか。ジェイムズ自身もそう感じたように。

一家がここに移ってきたときからジェイムズはこの城が嫌いで、使用人にジェイムズ卿と呼ばれても返事をしなかった。十八歳のころのことで、父が新たに定めた厳格なルールにいらいらしていた。なにもかもしっくりこなかった。夏は裸足で歩きまわりながら育ったのに、一夜明けたら仕立てた靴に自分が押しこまれていた感じだった。それは暗い日々で、ケンブリッジへ旅立つときはせいせいした。反抗心とそこから逃げだせるという気持ちが半々だった。

「そろそろなかにはいったほうがいい」ジェイムズは物思いにふけったまま言った。

ジョーゼットはうなずき、スカートのしわをのばした。ジェイムズがなおもためらっていると、彼女は小首をかしげた。「どうかしたの、ジェイムズ?」頰が紅潮している。「それとも、ご家族と会うときはミスター・マッケンジーと呼んだほうがいいかしら。そのほうがわたしたちの筋書にも合っているような気がするけど」

ジェイムズはため息をついた。彼女は自分がどんな格好をしているか気づいていない。髪は乱れ、片側の頰が鍛冶屋の煤で汚れていることにも。疾走する馬に四マイルも揺られたおかげで、ドレスにおかしなしわが寄っていることにも。だが、そんなことはどうでもいい。彼女は自分と一緒に来てくれたのだ。この問題を解決するために僕の心の悪魔と戦う覚悟で。

「ジェイムズ」と彼女に言った。「僕のことはジェイムズと呼んでくれ。僕たちがなんの関係もないふりをすることもないし、たがいに好意を寄せているのを隠す理由もない」

軽々しい告白に、ジョーゼットは目を丸くした。だが、ほんとうのことだ。彼女を知って一日もたっていないのだから自分でも驚いている。ジェイムズの心は少し明るくなった。たとえこの扉の向こうに何が待っていようと、たとえ伯爵の領地に足を踏み入れれば墓場のような静寂に包まれることがわかっていても、彼女は一緒に来てくれた。

来ると言ってきかなかったのだ。

「ありがとう」とジェイムズは言った。「一緒に来てくれて」簡単ではあるが、自分の気持ちをそのまま伝える言葉だった。

ジョーゼットは風に吹かれながらほほえみかけた。「お礼はあなたのご家族と話しあったあとにして。安心できたら、言葉以上のものを要求するわ」彼女は手をのばし、ジェイムズの手を取った。まだ慣れていない接触に、ぞくぞくする感覚が体を駆け抜けた。「行きましょうか」

ジェイムズは気持ちを引き締め、階段をのぼりだした。

扉をノックし、無謀な試みに突入した。

従僕が通した玄関ホールに、甲高い笑い声とやかましい足音が響き渡った。頭上を見ると、ジェイムズが一度もそこから滑りおりる楽しみを味わわなかった手すりのてっぺんから、赤い制服らしきものを着た子供が身を乗りだし、木のライフルを振りまわしている。「ナポレオンに死を！」少年は叫んだ。

白いモスリンと素足がちらりと横切った。逃げ惑う〝将軍〟が敵の攻撃をよけているにちがいない。少年の発する奇声と笑い声が響き渡った。そのやかましさに、ジェイムズは自分が胸に銃弾を受けたかのような衝撃を感じた。

いったいだれの家にはいりこんでしまったんだ？

「ジェイムズ！」ホールの右手から女性の声が聞こえたと思うと、腕を巻きつけられ、スカートがからみつき、バラ香水のにおいに包まれた。

「母さん」騒がしさに面食らっていたジェイムズは、やっとの思いで声を出した。ジョーゼットとつないでいた手を離し、ぼうっとしたまま母の頬にキスをした。「だれが……あの子供たちは何？」

「あなたのいとこが、夏のあいだ子供たちをよこしたのよ。わたしたちも家族が増えて喜んでいるわ。もちろん、あなたが訪問を律儀にわたしの肩にゆだねずに、たまに寄ってくれていたら、そのことも知っていたでしょうに」ちょっぴりうらみがましい笑みを浮かべてから、視線を上にやって鋭く息を吸いこんだ。「まあ、ジェイミー」息を吐きながら言った。「いったい何があったの？　お医者さんを呼びましょうか」

ジェイムズは首を振った。「パトリック・チャニングに診てもらったからいい。ほかの怪我もかすり傷程度だ。見た目ほどひどくないよ」まずい茹でプディングをのみこむように、渋る気持ちをのみこんだ。「父さん、いるかな。じつは……話したいことがあるんだ。すぐに」

「たぶんお昼寝でしょ。子供たちにくたびれさせられたから。今朝、釣りに行こうってせがまれたのよ。さがしてくるわ」

ジェイムズはぽかんと口をあけた。父が子供たちと釣りをしている姿は、自分の頭のなかにある話しかける気にもなれない姿と、あまりにも結びつかない。

「ウィリアムも呼んできましょうか」母の声が思考にはいりこんできた。

「えーと……いいよ」ジェイムズはためらった。「まだいい」兄にはほんとうに謝らなくていけない。だが、それより先に父のほうをかたづけないと。

母は不安そうに両手をひらひらさせたが、ようやく体のわきにおろした。「ここであなたの顔を見られるのはうれしいわ」と言って、ほほえみかけた。こみあげる感情に頰が染まっている。「お父様もきっと喜ぶでしょう」

小さな将軍がまた視界を横切った。今度はその姿がよく見えた。少年は五歳か六歳くらいで、さらには、自分とおなじく、マッケンジー一族の証である緑色の目をしていた。手すりの上にいる赤い制服の子はよく見えなかったが、おいしい食事をとって時が来れば、軍人になるのは確実だと思えた。記憶のなかにある静かすぎる家に住人の立てる物音が響くのは、ありえないことのような気がする。頭を納得させようともがいていると、手すりにいた少年が鬨《とき》の声をあげて滑りおりてきて、ジェイムズの足もとでとまった。

「よかったらお父様の書斎で待っていて」母は床に転がっている少年に近づいた。大喜びでうめき声をあげ、片手で負傷した場所を押さえるふりをしている。母はジェイムズについてくるよう合図した。「ウィリアムの古い上着がないかどうかさがしてみるわ。それは破れて血だらけだもの」

それで、ジェイムズは物思いからさめた。「上着なんかいらない」思わずぶっきらぼうな言い方になっていた。この家のものは、この家族のものは何もほしくないが、不和の相手は母ではない。口調をやわらげてつけくわえた。「僕はだいじょうぶだよ、母さん。ほんとうに」

父の書斎へ行こうと前に進みかけ、はっと足をとめた。背後で辛抱強く待っている女の姿があらわれた。母は驚いた目をジョーゼットに向けた。そして、待っている。十八歳のジェイムズの頭にたたきこんだ作法のかけらを期待しているにちがいない。ジェイムズは息を吸いこんだ。紹介するのを忘れていた。彼女は……えーと、どう言えばいい？　ジョーゼットは妻ではない。簡単に説明できるような間柄でもない。とりあえず、さしさわりのない事実だけにしておこう。

「母さん、紹介するよ。こちらはレディ・ジョーゼット・ソロルド。ロンドンから見えて、いまはモレイグに滞在している」ジェイムズは自分をここに来させた女を見た。こんな状況でも胸をどきどきさせる女を。「レディ・ソロルド、こちらは僕の母のレディ・キルマーティだ」

ジョーゼットは口もとを持ちあげ、母に会釈した。その光景が胸のなかで飛びまわった。母のほうを見ると、やはり口の端をあげて笑みを浮かべている。うれしそうな笑みだ。

びっくりして固まっている息子を肘で軽く押すと、母は前に出てジョーゼットに手をさしのべた。「ようこそ。お会いできてこんなにうれしいことはありません」

子供たちがいるとは思いもよらなかった。

目をやればどこにでもいて、走りまわったり叫んだりものにぶつかったりしている。ふたりの小さな狼藉者《ろうぜき》は、目の前にいる男によく似た特徴を持っていて、先祖がおなじであることはあきらかだった。スコットランド以外で、あんな目の色をした人は見たことがない。

だがそれよりも、ふと、ジェイムズも昔はあんなふうだったのではないかという気がした。蚊に刺されたところを掻いてかさぶたができている腕、すきっ歯を丸出しにして楽しそうに笑う顔。これはわたしがあきらめようとしていることだ。この結婚の解消をあくまでも求めるならば。自分の子供、こんな感じの子供。ジョーゼットは自分にほかの男と婚約する度胸があると思うほどおめでたくはない。

心は横へずれていき、元へもどるのを拒んでいる。

子供をつくる自信はない。というより、自分が子供を持つにふさわしいとは思えない。二年の結婚生活で、やっとひとつ希望の種が芽を出した。それを失った悲しみは、ナイフのように鋭く記憶に居すわっている。あのときはこのおなかの子が、わたしの人生に息を吹きこんでくれるというううれしい予感がしていた。たとえ、歯を食いしばって耐えた行為の結晶だとしても。しかしその子さえも守りぬくことができず、自分が妻としても未亡人としても失格だとわかって、ひどい罪悪感にさいなまれたのだった。

ジョーゼットは首をめぐらせ、ジェイムズの姿をさがした。だが、レディ・キルマーティが困惑顔でこちらを見ているだけだった。「あの子は伯爵の書斎へ行ったわ」ジェイムズの母親は言った。「男性の領域。体験するのはお勧めしないわ」

ジョーゼットは行間を読んだ――息子はあなたが同席するのを望んでいない。

「わたしは……彼がいなくなったのに気づかなくて」ジョーゼットはもぞもぞと足を動かした。

「お食事はすんだの？」

じっと答えを待っている女性を見つめた。伯爵夫人はジェイムズとは少しも似ていない。灰色の髪にはかつて黄金色だった名残がある。目の色は射通すような緑ではなく、おだやかな青だ。だが、目尻のしわには彼とおなじあたたかさがあり、いまにもほほえむか笑いだすかしそうだ。もっとも、いまはそのどちらでもないけれど。

「ありがとうございます、お昼ごろ簡単にすませました」ジョーゼットはおもむろに答えた。「ジェイムズはまだですけれど」母親の前で彼を名前で呼んだことで、肌が赤くなろうとするのを懸命にこらえた。レディ・キルマーティに厚かましい女だと思われたのはまちがいないだろう。

思われて当然だ。

ジョーゼットだって、こんな女が自分の息子の相手だったらうれしくない。ブランデーの一杯や二杯飲んだくらいで自制心を失い、破廉恥《はれんち》な振る舞いにおよんだレディなんて。彼の母親は伯爵夫人だ。ふたりの恥ずべきなれそめを知ったら、息子にはもっとふさわしい相手がいると思うだろう。彼にはほんとうにもっといい相手がいてしかるべきだ。とはいえ、そう考えると、熱い嫉妬の炎がめらめらと燃えあがるのだった。

レディ・キルマーティはほほえんで、手招きした。「あなたをここに立ったまま待たせておくわけにはいかないわ。ジェイムズは父親ともう十一年も口をきいていないの。何を話せばいいか慎重になるでしょう。おいそれとはいかないでしょうね」

ジョーゼットは顔をしかめた。「ずいぶん久しぶりであることは聞いています」

母親はかぶりを振った。「バカなのよ、ふたりとも。死ぬまで治らない頑固さもそっくり。あの子がここに来る気になったほうが不思議なの。わたしはあなたと何か関係のあることじゃないかとにらんでいるけど」

ちがうとは言えなかった。ジェイムズがここにやってくることになったのは、そもそもわたしのせいだ。ただ、この感じのよい女性が思っているような理由じゃないけれど。後ろめたい気分が、猛禽《もうきん》類のように鋭い鉤爪で襲ってきた。ジェイムズが父親と話しあおうとしていることは、わたしの落ち度からはじまったことで、わたしがゆうべ、だまされて最初のブランデーに口をつけたりしなければ起こらなかったことなのだ。

「ちょっと厨房に寄っていきましょう」レディ・キルマーティはジョーゼットの懊悩《おうのう》には気づかず言った。「お父様を呼びにいくまえに」

ジョーゼットは言われるままそちらへ足を運んだ。案じるほどのこともなく窮地から解放されてほっとしたとたん、あることを思いついた。表にいたとき、ジェイムズの胃がぐるぐる鳴っていたことを思いだしたのだ。「書斎にお料理の皿を運ばせたほうがいいでしょうか」

母親は、わが意を得たりというようにほほえんだ。「そうね、ぜひそうしましょ。ジェイムズは食べることを忘れてしまうの。いつも忙しくて食事の時間をとろうとしなかった。妻としては腹立たしい試練のひとつになるでしょうね、きっと」

「わたしは……」ほんの数分前に首筋に感じたほてりが、羞恥で全身にひろがった。「誤解されているようですが、わたしは息子さんの妻ではないんです、レディ・キルマーティ」

目の前の女性は困惑して、白っぽい眉をさげた。「勝手な思いこみをしてごめんなさい……あなたがあの子の指輪をはめているのを見て、てっきりその件を報告にきたんだとばっかり」

ジョーゼットは玄関ホールの大理石の床にしゃがみこみたくなるのをぐっとこらえた。この忌まわしい指輪のことで、急におろおろしはじめた。なんと答えていいかわからない。この女性がそれほど観察力が鋭いとは思っていなかった。どうしてはずしておかなかったのだろう。ジェイムズの事務所の前にいるのを発見された時点で、彼に返しておけばよかった。

「もうすぐ彼の妻ではなくなるだけでなく」ジョーゼットは説明した。「そもそもまちがいだったんです」ジェイムズはこれが正式なものかどうかを確認するために、委員会に結婚の事実を提示する必要があると言っていた。「わたしたちはこの結婚を取り消そうと思っています」

母親は口をひらいた。「そうなの。あなたたちが愛情をいだきあっていても、その考えは変わらないの?」

ジョーゼットは目をぱちくりした。レディ・キルマーティの口調にはとがめる気配はなかった。鋭い洞察力から自然にわいた疑問だった。自分の夫にはならない男に、はからずも愛情を感じていることは否定できない。

それどころか、二年の結婚生活で亡き夫にそういう感情をいだけたらと願っていたものより強い感情を、知りあって一日にしかならないジェイムズにいだいている。けれど、不幸な結婚生活のあとでの自立したいという願望は変わらなかった。「わたしは……その愛情がじゅうぶんなものかどうか、ほんとうに自信がないんです」

結婚は軽々しく応じられるようなことではない。男が妻をどう扱うかも考慮すべきことだし、妻が夫の家族に受けいれられるかどうかも大事だ。もっとも、そういったことについては好ましい方向を指し示しているようだけれど。さらに、男の経済感覚も重要になる。その点に関しては、ジェイムズはあやしい。五十ポンドなくしそうになっただけで、あれほど大騒ぎしたのだ。お金を稼いだり維持したりすることが当てにできない男と一緒に暮らすのは、たいへんな苦労であることをジョーゼットは身をもって学んだ。

そしてもちろん、男が妻のほかに愛人をつくるかどうかというささいな問題もある。それについても、ジョーゼットは身をもって学んだ。

気まずく黙りこんだジョーゼットを見て、レディ・キルマーティは笑い声をあげ、腕を組んできた。「あなたは偉いわ」目尻のしわから想像していたとおりの笑顔になった。「わたしはひと目であなたが気に入ったの。息子があなたを馬からおろしてぐずぐず手を離さなかったとき、あなたは息子の足もとに倒れこむのではなく背筋をしゃんとのばして立っているのを見たときから」共犯者めいた気配を漂わせ、顔を近づけた。「あなたたちが着いたとき、客間の窓から見ていたのよ。息子があなたを好きなことはだれが見てもわかるけど、あなたが与《くみ》しやすい相手じゃないことに、わたしは息子のために喜んでいるの」

異論がのたうちまわる頭を説き伏せて、なんとかまともな言葉にした。「ちがうんです、レディ・キルマーティ。わたしには彼のためにするつもりは一切ないんです」

母親ははねつけるように手を振った。「もう手遅れよ、あなた。ふたりが対《つい》になるピースはもうそろっているの。あとはうまく組み合わせるだけ。うちの息子は理解するのに骨が折れるわ。とことん逆らうの。おそらく、あなたが愛をきれいに包んで贈り物にしたら、ぽいと投げ捨ててしまうでしょう」彼女は唇をすぼめた。「あなたたちはふたりで努力しないといけないわね、これでいいのかどうかを確かめるために。そうしてはじめて、結婚に発展させてもいいと思える兆候が見えてくるでしょう」

ジョーゼットは不安になるのと同時にびっくりして喉が詰まった。彼の母親は愛を口にした。そんな突拍子もない話はない。愛とは時とともにふたりのあいだに芽生えるもので、たがいを思いあう感情と、たがいの人生経験を分かち合うことで育《はぐく》まれる。ジョーゼットの母は娘が社交界にデビューするときに、それをはっきりと説明した。そういう感情は良縁に恵まれたのち努力と思いやりがなければ生まれない、と。ジョーゼットは最初の夫とのあいだに愛を見つけようと精いっぱいがんばった。だが、歳月が過ぎても心は固く閉ざされたままだった。夫に何か欠陥があるのではないか、感情や思いやりが欠落しているのではないかとも思った。彼の好意を得るためにできることはなんでもやったが、夫は妻の一挙手一投足にますます批判的になるだけだった。

そうしてある午後のこと、ジョーゼットは夫が赤毛の愛人とハイドパークを散歩しているところを目撃した。女は生き生きと輝いていて、ジョーゼットにないものをすべて持っていた。女のほうへ身をかがめた夫の顔には、うれしそうな笑みが浮かんでいた。そのとき、この不実な男が人を愛することができるのを悟った。

彼はジョーゼットを愛していないだけだったのだ。

目下の苦しい状況は、それとはちがう。ぞくぞくする魅力を感じるけれど、ジェイムズとは知りあってまだ四時間にしかならない。ゆうべの結婚の誓いは、わたしにその記憶がないことを考えれば、共通の経験には含まれないだろう。愛が芽生えるなんてありえない。

それとも、ありえるの？

話す能力はあるのに、彼の母親の憶測に答える言葉がなかった。だからジョーゼットはぼんやりとレディ・キルマーティにしたがい、あたたかなにおいのする厨房へはいっていった。そのあとから、急に行儀よくなった小さな兵士がふたりついてきた。テーブルにつき、少年たちが好奇心を丸出しにして見つめているのに気づきながら、彼らが今朝釣った大きな魚を見て、控えめな賛辞を送った。ジェイムズの母親があたふたと夫を呼びにいったことには気づかないふりをした。

その間もずっと心の奥底では、この結婚をどうするつもりなのかと自分に問うていた。

23

ジェイムズは父親の書斎の椅子にすわって待っていた。

もし正直になるなら、この緑色のダマスク織りは心地いいと言えるかもしれない。椅子の曲線を手でなぞり、指先を贅沢な質感を持つ布地にめりこませた。ふつうの椅子とちがって、これはマッケンジー一族の男の体がやすやすとおさまるようにつくられている。ジェイムズのひとり身の部屋には、こんな椅子はない。近所の人が捨てたおんぼろの家具をパトリックと拾ってきて、継ぎ手が壊れませんようにと祈りながら体を押しこんでいるのだ。

これはたぶんウィリアムの椅子だろう。父の机に向かい、鈍い頭で帳簿やら勘定書やら招待状やらを調べるときにつかうにちがいない。伯爵の修業中の身にはこういう椅子がふさわしいのだろう。兄の身分をうらやんだことはないが、この椅子に関してはちょっと嫉妬を感じた。

丈夫な椅子であるにもかかわらず、ジェイムズは座席の端にちょこんと腰かけていた。心も体もゆったりと落ちつくことを拒否している。これまで幾度も依頼人や治安判事に待たされてきた。待つのは、事務弁護士の仕事のひとつだ。

そして、自分はそれが苦手なのだ。

押し殺したうなり声をあげて立ちあがると、部屋を歩きまわりだした。東へ六歩進み、西へ六歩進む。頭のなかでは話の筋道を組み立てていた。よく考えて、理性的な論法でいかなければならない。昔の不安や恨みはわきに押しやっておく。そうでもしないと、硬直して黙りこんでしまうのがおちだ。

ジェイムズは立ちどまり、机の端にのっているペーパーウェイトをいじくった。手のなかでためつすがめつする。古い何かの石でできている。それを見て、子供のころを思いだした。遺跡で父と一緒に何時間も地面を掘っていたころを。視線を移動し、机の奥にある古い槌や、本棚の外縁に並んでいる馬具の一部らしき金属片に目をやった。ジェイムズは体をくるりとまわした。あちらに人工遺物があり、こちらに書類がある。添えられたメモのきちんとした筆跡は、見なれた父のものだった。

扉をノックする音に心臓が跳ねあがったが、エプロンをつけたメイドが料理の皿を運んできただけだった。

「レディ・キルマーティのお申し付けで、これをお持ちしました。それから、レディ・ソロルドがあなた様に召しあがっていただきたいとのことです」使用人はわけを説明すると、食器を机に置いてさがっていった。

ジェイムズは不思議な切迫感をおぼえながら、雉《きじ》のローストと新じゃがいもに目をやった。ジョーゼットが僕に食事をしてくれと頼んだのだ。感謝の念が胃のなかでひらひらと花を咲かせ、セージとタイムの香りが鼻孔をくすぐった。胃袋がはしゃいだうなり声を出し、ほうっておかれたことへの文句を言った。

ほんとうに朝から何も食べていなかったのだろうか。いやそれより、厨房ではこんな短いあいだにこの料理を用意できたのだろうか。事実なのだから異の唱えようがない。これほどすばやく料理が出てくるのだから、この家の食事はもうすんでいたのだろう。

まだ夜の七時にもなっていないというのに？

ジェイムズは胸が締めつけられた。十一年の歳月はなにもかも変えてしまった。記憶にある不毛で寒々しい家は、ぬくもりと子供たちの叫びにあふれている。父が爵位を継いだときにあきらめた畢生《ひっせい》の仕事は、こっそりと這いもどっている。自分はいまそこで、伝えなければならないことがあるのを強く感じながら、十年以上前にすべきだった面会を求めているのだ。

父がはいってきたときは、ウィリアムの椅子の端に腰かけ、最後のエンドウ豆を飲みこんだところだった。ジェイムズは厨房の窓からパイを盗んだところを見つかった十歳の子供のように皿を押しやると、あわててきれいな椅子の座席で指先をぬぐった。

ジェイムズは立ちあがり、ごくりと唾をのみ、まだべとつく手を父にさしだした。

「閣下」あいさつにしては情けない声なのはわかっている。だが、長年の沈黙のすえにようやくこの男に話しかけたのだから、ずいぶん譲歩したつもりだった。

「ジェイミー」父は一歩横に寄ってさしだされた手をよけると、ぎこちなく抱きしめてきた。ジェイムズは唖然として、両手を父の肩にのせた。ほんの一秒か二秒の出来事だった。

だが、その触れあいが胸を刺した。針のような鋭さで肌をひっかいた。

父は後ろにさがり、手で椅子にもどるように合図した。息子が顔をそむけたすきに、伯爵は急いで目もとをこすった。こっそり行なった父の仕草の意味するところを思うと、ジェイムズはガラスをたたき割ったような衝撃を受けた。椅子にすわり、言葉もないまま、自分の父である男を、その怒声と失望に耐えることを覚悟していた男を眺めた。

父はなんだか……年老いて見える。父には十一年前のあの日以来会っていない。父がやったことについて問いつめ、答えらしいものを得られなかったときだ。目の前の父は、黒かった髪のこめかみのあたりが白くなり、きれいに剃りあげた顎にはしわが刻まれている。あれからのあいだに、ジェイムズが失ったのは父との交流だけではなかった。

父も年を取るのだということを忘れていた。

「久しぶりですね」ジェイムズは言い、敬意を示して首を傾けた。そんなことを言うつもりじゃなかった。この部屋を歩きまわりながら練習した台詞《せりふ》は、頭のなかでこんがらがった。

「十一年と二か月と十三日だ」父は自分の椅子に背をあずけ、机の上で手を組んだ。

時はこの男から黒い髪を奪ったかもしれないが、記憶力は奪われていないようだ。根っからの勤勉な学者である父は、事実をけっして忘れない。

記憶力は少しも衰えていないようだ。

「そのうち、僕は一年以上も町にいます」ジェイムズは自分の声にひそむ非情さを歓迎した。つかのま予定を狂わせそうになった甘い感傷は去っていた。「ほんの四マイルしか離れていないところに住んでいるんです。その気があるなら、いつでも訪ねてこられたでしょう」

「おまえは招待してくれなかったじゃないか」父は年に似あわぬ暗い目で息子を見た。その声にはさまざまな色合いの痛みがこもっているようだった。

「キルマーティ伯爵が町を訪れるのに招待状はいらないでしょう」ジェイムズはその手にはのらず、ずばり指摘した。「ウィリアムはいやになるほど会いにくるし、母さんだって少なくとも月に一度は訪ねてくる」

父は口の端をさげた。「ああ《アイ》、母さんから聞いたが、台所とは名ばかりのおかしな部屋で、天井からさがっているおがくず入りの袋をよけながらお茶を飲んだそうだな。おまえはあれから一年にもなることをわたしがまったく知らないと思うのか？　おまえはわたしに会いたくないとはっきり意思表示したんだ」

ジェイムズは礼儀にうるさい父が悪態をつくのをぽかんと見つめた。「いつです？　いつ僕がそんなことを言いました？」

「おまえがわたしを拒絶したときだ」

驚いて両手を握りしめた。「僕がいつ父さんに会うのを拒んだんです？」

父の目がきらりと光り、なじみのある緑色が鋭くなった。「あの馬だ。おまえはわたしが贈った馬を拒絶した。それから、あの意思表示をわたしの面前に投げ返してきたんだ」

「あれは贈り物じゃなかった。試金石だったんだ」ジェイムズは言いかえした。「そうじゃなかったような顔をしてもだめだ。もし父さんがシーザーを自分で連れてきていたら、僕の反応ももう少しおだやかなものになったかもしれない。だが、あなたは馬丁をよこしたんだよ、父さん。静まりかえった自分の立派な城から出て、末子が選んだ不面目な生き方を認めることができなかったんだ」

「おまえはそんなふうに考えていたのか？」食いしばった顎の筋肉がぴくぴく動いた。まるで、大きな鏡に映る白髪の怒った顔を見ているようだった。「わたしがおまえを恥じていると？　ジェイミー、おまえには思うところはいろいろある。いらいらさせられた。おまえの決心にとまどった。おまえに出ていかれて悲しい思いをさせられた。だが、おまえを恥だと思ったことは一度もない。おまえの仕事や、おまえが自分で築きあげてきたものも」

ジェイムズは呆然となった。すわっている椅子が壊れて、床に投げだされたような気になるくらい、父の言葉は意外だった。これまでずっと、長い年月、自分は父の目には落伍者として映っていると思いこんできたのだ。

「あの牧師のことはどうなんです？」そっとたずねた声はかすれていた。

「どういう経緯でああなったかは知っている」父は椅子の背にもたれた。「おまえの行為は妥当だった」きっぱりと唇を引き結んだ。「何ひとつまちがっていない」

「そんなのひとことも言わなかったじゃないですか」激しい感情の波が、ここから西へ一マイルも行かないところで岩を砕く波のような強さで、ジェイムズを押し潰しそうになった。「父さんは彼に金を払って黙らせた。その結果、牧師の娘の死は彼の責任であると同時に、僕たちの責任にもなった。あなたの行為は、あなたが僕のせいだと思っていることを世間に知らせただけだ。世間は僕に教えてくれた。あなたが僕のせいだと思っていること、僕があなたの息子にふさわしくないと思っていることをね」

「それはちがう、ジェイミー。わたしはおまえを助けようとしただけなんだ」

ジェイムズは深く息を吸いこんだ。父が自分をジェイミーと呼んだことは、さっきからぼんやりと感じていた。ウィリアムと母は、その子供のころの呼び名をずっとつかいつづけている。だが父にとっては、彼が伯爵になった瞬間から、自分は〝ジェイムズ〟になったのだ。あれは自分が十八歳になった二か月後だった。

意味がわからない。まったくわけがわからない。

「僕を助けるだって？」押し殺した声が出た。「どうやって助けてくれた？　ここにいるあいだ、僕の決めたことに、僕のやることなすことに、僕がどの大学に行くかまで、みんなあなたのきびしい審査の目を通らなくてはならなかった。自分で決められることは何ひとつなかった。僕がここを出ていかざるをえなくなったのは、牧師との件だけじゃないんだ。あれはひとつのきっかけにすぎない」

伯爵は目をそらし、机に散らかった人工遺物を眺めた。しばらくして口をひらくと、慎重に言葉を選ぶように話しだした。「おまえには理解しがたいかもしれないが、わたしは貴族になったばかりで、そんな教育も受けていなければ望んでもいなかった境遇に押しこまれた」

ジェイムズは身を乗りだした。両手は何かつかむものをさがしたが、つるつる滑るダマスクしかなかった。父が伯爵になりたくなかったという話ははじめて聞いた。

「当時、わたしは貴族になるには本来の自分をあきらめるほかないと思った」父は話をつづけた。「そして不本意ではあったが、おまえも爵位を継ぐ心構えをしておいたほうがいいと思った。わたしのように動揺しないために」

「だけど、僕は後継者じゃなかったでしょう」ジェイムズは壁に小石を飛ばすように言葉を投げつけた。

「わたしもそうじゃなかった」父は訴えるように両手をひろげた。「わたしは学者のままのほうがしあわせだった。母さんや息子たちと一緒に町で平凡な暮らしをするほうがよかった。しかしそれでも、わたしはここにいる」

　ジェイムズはもぞもぞと身動きし、座席をさらにしっかりとつかんだ。「なんで十一年前に話してくれなかったんです」

　父は顔をあげた。その目には後悔の涙がたまっていた。「そうしていたら、聞いてくれたかい？」

「チャンスをくれなきゃ、それもわからないじゃないですか」

　父は机に両手をつき、深く息を吸った。「身から出た錆だな。がっかりさせてすまんな、ジェイミー。わたしは貴族としても父親としても責任を負う準備ができていなくて、まずいことをやってしまった。自分の不満をおまえとウィリアムにぶつけて、ほんとうに悪かった。長年のあいだにわかったんだが、自分に正直になっても伯爵のままでいられるんだ。気づくのが遅すぎたが、おまえを傷つけたことは心からすまないと思う」

　驚いた、ではこの胸を貫く気持ちは言い表せない。父は自分に謝罪した。大急ぎでここへ向かっていたとき、何が待っているかはわからなかったが、謝罪は要求のうちにはいっていなかった。

　父は拳を固めるように、ぎゅっと背を丸めた。「わたしはずっと、胸を痛めてきた。おまえが犠牲的精神を発揮するほど気にかけていた娘さんに起こったことで。あれはむごい悲劇だった。だが、これだけは信じてほしいんだが、当時、望まぬ人生に放りこまれたわたしにできることで唯一思いついたのは、おまえを金銭的に援助することだったんだ。あの父親が要求した金を支払ったとき、わたしはおまえの役に立てたと思った。ほんとうなのだよ」

ジェイムズは頭のなかで考えをめぐらせた。父の説明を聞いているうちに、自分の過去の出来事が整理しなおされ、別の光が当たっていた。ふたりの立場が逆だったら、自分は父とはちがう行動を取っていただろうか。この会話が十一年前におこなわれていたら、自分はすなおに耳を傾けて理解できるほど大人だっただろうか。

それはなんとも言えない。ひとつわかるのは、いま話しあう機会ができてよかったということだ。

「ありがとう」と、ジェイムズはうわずった声で言った。椅子にゆったりと身を沈め、座り心地のよさと、このつかのまの休戦の心地よさを味わった。「もう僕のあやまちに一ペニーたりとも払わないと約束してほしいんだ。僕は誇り高き男なんだよ、父さん。正直言って、悲しむべき血筋だと思うよ」そこで、口の端を持ちあげた。「僕が判断をまちがえたことは否定しない。いや、これからもまちがえることはあるだろう。だけど、僕を自分の思うように生きる男でいさせてほしいんだ」

父の両肩から力が抜けた。「その判断のまちがいのなかには、十一年音沙汰なしだったことも含まれるのか？」

ジェイムズはうなずいた。安堵の波が胸の内ではしゃいでいる。「それには値段をつけようとしてもつけられないでしょうね。そんなことをして悪かったと反省しています。じゃあ、約束してくれますか?」

「ああ《アイ》」父はうなずいた。

ジェイムズは息を吐きだし、ふたたび身を乗りだした。「よかった。じつは大事な話があるんです」

ジェイムズは何年ぶりかで軽くなった心で扉に手をかけた。これでうまくいくだろう。父はゆうべの出来事やジョーゼットのいとこがもたらしそうな脅威についての説明に、じっくり耳を傾けてくれた。息子が酔っぱらってばかなことをしでかしたのを知っても、おもしろがりはしたものの、批判がましいことは何も言わなかった。バートンの名前を聞いたときは驚いた顔をして、先月その男に、領地の東端にある狩猟小屋を貸したのだと告げた。

それから、息子にどうしたいのかときいた。

息子の話を信じるだけではなく、相談にまでのってくれるというのは、ほんの十五分前までなら、絶対にありえないほうに賭けただろう。ジェイムズは何も頼まなかった。というより、何もしないでほしいと頼んだ。驚くことに、父はそれを了承した。

言葉にできないほど胸がほっとした。これで脅迫されることも、金のやりとりもないだろう。バートンがやってきて面会を求めても、父は会わないと言った。ジョーゼットに押し切られる形でここに来て事情を打ち明けたことは、いま考えうるなかではいちばん賢明な方法だったと思える。もっとも、ジェイムズにとってはこれまでの経験のなかでもかなり厄介なものだったけれど。

扉をあけると、母があわてて後ろにさがった。後ろめたさに頬をぽっと染めている。ジェイムズは笑みをこらえた。立ち聞きを機嫌よく認めるべきではない。とはいえ、このふたりの男のせいで困らせられてきたのだから、この鍵のかかった大きな扉の向こうで、どんな会話が交わされたのかと知りたがる権利はあるだろう。

「何かおもしろい話が聞こえた？」ジェイムズはからかいながら廊下に出て、扉を引いて閉めた。

母は唇をすぼめた。「いいえ、この扉はわたしには頑丈すぎるわ」体の前で両手を組んだり離したりしている。「あなたたちのあいだの障壁はどうなったの？」

ジェイムズはにっこりした。ほほえまずにはいられなかった。口のあたりに生まれた笑みが、急速に顔じゅうにひろがった。「僕はときおりディナーに顔を出すようになると思うよ」と教え、母がうれしそうに顔を輝かせるのを見て楽しんだ。「父さんから、母さんをさがしてきてと頼まれたんだ。母さんに教えてあげたいからって。だけど、扉の前で見つかるとは思っていないはずだよ」

母は恥ずかしそうな笑みを浮かべて答えた。「父さんはわたしがどこにいて、何をしているかちゃんと知っていたはずよ」咳払いをしてから、考えこむような目になった。「レディ・ソロルドが厨房で待っているわ。それとも、ミセス・マッケンジーと呼んだほうがいいかしら」

ジェイムズはじっとしていたのに、自分の足につまずきそうになった。「どうして……どうして知っているの?」

永続的なものはいやだと断言していたジョーゼットが、母のような詮索好きの赤の他人に打ち明けるわけがないだろう。

「彼女があなたの指輪をはめているのを見たの」母はとがめるように舌打ちした。「まったくねえ、レディには男ものの印章つき指輪じゃなくて、もっとちゃんとした宝石を贈るものよ、ジェイミー。いったい何を考えていたの?」

ジェイムズはもじもじした。「それが、正直に言うと、ふたりとも何も考えていなかったんだ」

母は小首をかしげ、射るような目で見つめてきた。「彼女もそんなことを言っていたわ。あなたたちは結婚を解消するつもりだと。ほんとうなの?」

うなずきながら、胃にぽっかり穴があいたような感じがした。じゃあ、ジョーゼットは結婚したくないことを母に話したのだ。ふたりのあいだだけの話だったときには、なぜかまだ交渉の余地があるように思えたが、第三者がはいりこんでくると、ジョーゼットの心変わりは残念だが本物だという気がしてくる。

「お父様はご存じなの？」

「知っているよ」ジェイムズは顔をあげ、廊下を彩る花模様の壁紙を眺めた。母の目を見るのが怖かった。自分が発散しているはずのためらいを見られたくなかった。「ジョーゼットはどうしている？」

「だいじょうぶよ」母は請けあった。彼女を名前で呼んだことに母が難色を示すかと思ったが、声にはそんな気配はなかった。「さっき見たときは、子供たちが作り話を聞かせてお相手していたわ」

ジェイムズは母と目を合わせた。「彼女を玄関ホールに置いてけぼりにしてしまった。父さんとの話しあいのことで頭がいっぱいだったんだけど、それをちゃんと説明しておくべきだった」

「言わなくてもわかっているようよ」母の目がやさしくなった。「彼女のことは好きよ、ジェイミー。あなたもそうなのね」スカートの目立たないポケットに手を入れ、何か取りだして手をひらくと、てのひらに女性らしい指輪がのっていた。「あなたの心が決まっているかどうかは知らないけど、あまりことを急《せ》いてはだめよ」

ジェイムズはそれをつまみあげた。結び目を交差させたデザインの金の指輪だった。「意味がわからないけど」

「これはフェデリングと呼ばれるものよ」母は教えた。「あなたのおばあさまのものだったの。絡みあった結び目は、強い絆をあらわしている。サイズもぴったりだと思うわ。結婚というのは、暖炉の灰のようにぽいと投げ捨てるまえに、よく考えてみるものよ」そこではじめて、母の声に非難めいた響きがかすかに感じられた。

母は息子の気持ちを斟酌《しんしゃく》しているが、残念ながら、そこには金髪の花嫁のことは反映されていない。ジェイムズはいらだちがつのるのを懸命にこらえた。「そこが問題なんだよ、母さん。僕たちはよく考えずに結婚してしまった。知りあって数時間しかたっていなかったのに。母さんたちは結婚するまえに一年交際したからいいけど。これが正しいかどうかを判断するのは無理だよ。それに僕たちは、ぐずぐずしていたら一生取り返しがつかないことになる恐れがあるんだ」

母は首をかしげた。「ふたりが結婚を決意するのに時間は関係ないわ」

「もうひとつ問題があるんだけど、僕は彼女を窃盗罪で訴えそうになったんだ」と、つけくわえた。「そのとき、彼女が僕のことをあまり好きじゃなかったことはたしかだよ」

母はくすくす笑いだした。「キスをしながらお父様の首を締めてやりたいと思うこともあるわ。ディナーにはどんな肉を出させたらいいかとか、そういうつまらないことで揉めて。いらだちの種はいつもあるの。交際期間は一年あったかもしれないけど、わたしはひと目見たときから、お父様にたいする感情に気づいたのよ。彼女を好きなら、彼女にチャンスをあげなきゃ。チャンスをあげるなら、ちゃんとした指輪をあげたほうがいいの」

ジェイムズはそわそわと金の指輪をもてあそんだ。こんな味方がいようとは思ってもみなかった。「知りあってたった一日にしかならない女性に、母さんが母親から譲られた指輪をあげろというの？」

母の目がいたずらっぽく光った。「わたしたちがおつきあいしていたとき、お父様が決心するまでにどれだけ時間がかかったかは知っているわね。でも、わたしの両親の出会いについて話したことがあった？」

とまどって首を振ると、母は先をつづけた。「出会いはノース海峡を渡る船上。アイルランドを出て、スコットランドに向かっていたの。ふたりは他人同士として乗船し、夫と妻として下船した。その後の四十三年間の結婚生活は、とても円満だったわ」

ジェイムズは指輪をぎゅっと握りしめた。「ふたりがどんな困難にもびくともしないほど愛しあっていたからといって、僕の場合にもあてはまるとはかぎらないよ」言いかえす声がどこか心もとない。「彼女は赤の他人なんだ。明日にはロンドンへ発《た》ってしまうかもしれない」

それに、彼女は僕を欲していない。

母はジェイムズがたったいま出てきた扉に手を置いた。「その指輪には考慮に値する歴史があるのよ、ジェイムズ。わたしにはあの娘さんが、あなたにとって運命の人かどうかはわからない。ただ、よく考えてちょうだいと頼んでいるの」

ジェイムズは指輪をポケットに滑りこませた。はずむ心に合わせて、希望に満ちたリズムが耳のなかで鳴っている。「考えてみるよ」と母に告げた。だが、ひとりよがりではその言葉も意味がない。考えるだけではだめだ。

ジョーゼットを説得し、ふたりの結婚の正当性を――いや、必要性を――考えなおさせるには、交渉上手なだけでは足りないだろう。

奇跡が必要だ。

24

かたわらを通り過ぎるとき、廊下の時計が八時を打ちはじめた。独特の長いチャイムの音が、句読点のように頭に響く。

ジョーゼットは用件がかたづきしだいロンドンへ帰りたいと言っていた。その思いが、熱い石炭のように胃に居すわっている。自分はたしかに彼女に惹かれているが、その気持ちの底には好きだという感情だけではないものがひそんでいる。その感情がどんな意味を持つのかはわからないが、距離を置いて意味を明確にするのは避けたほうがいいことはわかる。時は刻々と過ぎていく——彼女を翻意させることにつかえる時間が、彼女をもっと知ることにつかえる時間が。ズボンのポケットにあるちっぽけな指輪が、金の延べ棒のようにずっしりと重い。なんとかチャンスをものにできるだろうか。

それともまったく無理だろうか。

厨房に彼女はいなかったものの、オーブンから出したばかりのおいしそうなアップルタルトを見つけた。たっぷりとひときれ切って、それをかじりながら捜索をつづけた。彼女は客間にも図書室にもいなかった。父の家をあちこち見まわしていると、懐かしさが引きかえす波のようにもどってきた。見つける機会を逃すたびに、胸が締めつけられていく。しまいには、ジェイムズはじっとしたまま首を傾け、彼女の気配に耳をすました。

図書室の表向きの窓から風がはいってきていた。ひらいた窓のひとつから、外の叫び声や甲高い笑い声がかすかに聞こえてくる。ジェイムズの足は心の声にしたがって表玄関へ向かっていた。

彼女は生垣の迷路で、いとこの子供たちと鬼ごっこをしていた。ジェイムズは夕日のもとにたたずみ、ジョーゼットを眺めた。胸の高さまである生垣から頭を出したりひっこめたりしながら、こっちで叫び、あっちで身をひねってよける子供たちをつかまえようとしている。彼女は勝ち目のないゲームをし、生垣まで背丈が届かないような子供を相手に果敢に闘い、自分の無能さを笑っていた。

夜が訪れるにはまだ一時間かそこらあり、日の光は弱まって、ぎょっとするようなまぶしさから、やさしいものに変わっている。ジョーゼットの髪はあちこち乱れ、あわれへアピンはゲームの犠牲となっていた。

ジェイムズはうらやましさに胸がきゅっとなった。僕が彼女を笑わせてやりたい。

こんな彼女を想像できる。身だしなみなど気にせず、子供たちの世話をしている姿を。母には赤の他人だと言ったが、それは厳密には正しくない。今日のようなきちんとしたジョーゼットはまだ謎だ。だが、この女なら、風のなかで笑っているこの女なら、知っている。体が自然に引き寄せられる。たとえ百ヤード離れていようと。

ズボンのポケットに両手を押しこみ、迷路のほうへ歩きだす。手がフェデリングを探りあてた。指輪の外縁の盛りあがった意匠をいじりながら、手のなかで指をひっくり返すように、頭のなかで考えをめぐらせた。ジョーゼットは贈り物をくれた。自分の頑固さゆえに失った父と再会する強さと意志をくれたのだ。

その思いやりにどう報いてやればいいだろう?

五十ヤード向こうで、彼女はジェイムズが近づいていくことに気づいた。そのあたりだろうと見積もったとおりの地点だった。気ままな姿勢がこわばり、警戒心が加わった。彼女のかわりに、ジェイムズは自由奔放さがなくなったことを惜しんだ。どうして彼女は落ちつきと堅苦しさが必要だと感じるのだろう。子供たちと鬼ごっこをしているときまで。ジェイムズがさらに近づき、迷路にはいると、彼女は両手で髪を押さえた。

十ヤード手前で、さっき子供たちにおぼえた嫉妬は、心からの感謝に近いものに変わっていた。彼女はこんなふうに美しくもなれるんだ。激しい運動で胸を上下させ、頬をピンクに染めている。乱れ髪を肩に散らした生き生きとした笑みに、風に揺れる象牙色の地味なモスリンまで生気を取りもどしたようだ。

ジェイムズはジョーゼットの目の前で足をとめた。きれいに刈り込まれた生垣の投げる影がまわりに長くのびはじめ、風はかなり涼しくなっていたが、彼女の周囲はあまりの熱気にゆらめいていた。

少年たちは遊び相手を奪われて文句を垂れた。大声で。

ジェイムズは彼らにほほえみかけた。「僕のせいでやめる必要はない。観戦するのはおもしろかったよ」ジョーゼットに一歩近づき、耳もとで意地悪くささやいた。「というより、きみを見ているのがおもしろかった」

ジョーゼットは乱れた髪をそわそわといじっている。「ひどい格好でしょ。あなたもよくわかっているくせに」少し体を離した。「ご家族はわたしのこと、おかしいと思うにちがいないわ」

「愉快だという意味でね」ジェイムズは彼女が心を落ちつけようとしているのを見守った。喜びで上気している女そのものの姿。ゆうべもそんな姿を目にした。あれはたしか……だめだ、彼女をあんなふうに上気させたことを思いだしたとたん、胃が三方向に飛び跳ねた。視線を少年たちにさげると、ふたりそろって怒った顔をしてこちらをにらんでいた。これはただちに解決しなければならない問題だ。

どうやら、自分は彼らの楽しみをだいなしにしたようだ。見るからに恐ろしげな男に見えるジェイムズが、わざとやったと思っているのだろう。

「厨房をのぞいたら、コックがちょうどオーブンからタルトを出していたよ」ジェイムズは自分がこのくらいの年だったころの行動規範を思いだしながら、少年たちに教えてやった。ふたりは喜びの雄叫びをあげ、迷路の出口のほうへ勢いよく駆けだしていった。ゲームのことなどすっかり忘れている。なんだかんだいっても、リンゴとシナモンの焼き菓子の誘惑に勝てるゲームがあっただろうか。

ジェイムズにはひとつ思いつくものがある。たしかにそうだと思うと体に力がはいり、そんな考えを起こさせる女のほうへ注意を集中した。

脱線した考えにとらわれた頭のなかでは、勇敢にも彼女の髪をひねって結び目をつくろうとしている。「あなたのいとこの子供たちはかわいいわね」彼女は髪をなんとか落ちつかせようと悪戦苦闘している。かきあげた髪は手を離したとたんにだらりと垂れさがってくる。

「すっかり胃の言いなりになっているみたいで」

「ふたりとも食欲が旺盛のようだ」ジェイムズはあいづちを打ちながら、目の前の光景を楽しんでいた。髪型を必死に制圧しようとする姿を眺めるのは、じつに愉快だった。

ジェイムズはその髪に賭けていた。

「ピンを渡してくれたら、髪をまとめるのを手伝ってあげるよ」とは言ったものの、そんなもったいないことに手を貸すのは気乗りがしなかった。

ジョーゼットは馬のほうへ顎をしゃくった。「たぶん、ピンはここに来る途中ではずれて、なくしちゃったんだと思うわ」手を動かしながらにっこり笑った。「お父様とのお話はどうなったの?」

「思っていたよりうまくいった」彼女が手を動かすたびに、ドレスの下で盛りあがる胸に気をとられたままつぶやいた。「きみのいとこのことは、もう心配いらないよ。ねえ……髪は……そのまま束ねたほうがいいかもね」ジェイムズは気のはいらない仕草で髪を結えてみせた。

「ほんとうにいやになっちゃう」ジョーゼットはため息をついた。「この髪にはいつも苦労させられているの。ピンでしっかり留めるには細すぎるけど、全体には量が多すぎてまとめにくいのよ」顔をしかめ、降参したように両手をおろして、淡い金髪が自由に垂れさがるにまかせた。「色だって嘆かわしいわ。灰色のほうがまだましよ」

こんな機会をあたえられたら、とても拒めるものではない。ジェイムズは手をのばして彼女の髪をつかみ、親指と人さし指でつまんで滑らせた。記憶がナイフの鋭い切っ先のように、身を刺した。彼女が〈青いガチョウ亭〉の上の小部屋で髪をほどいたとき、うっとりと見つめたことを思いだした。彼女はじれったいほどゆっくりとピンをひとつずつはずしていった。そして、その髪をジェイムズの裸の胸の上に垂らしたのだ。なんと残酷な感覚だったろう。

ゆうべ、ふたりは触れあった。文字どおり。ふつうのカップルとくらべると出発点は異なるかもしれないが、肉体が引かれあうことに気づいてから、いまの自分のように恋情の渦に放りこまれて翻弄《ほんろう》されるというのも悪くないだろう。僕たちのあいだには、何かがある。何か濃密でしっかりとした、おそらくいつまでも褪《あ》せないであろうものがある。彼女の髪の美しさや好ましい笑顔を超えるものがある。

ポケットのなかのフェデリングは熱した鉄のように心を焚きつける。自分がこんなことを考えているなんて、まったく信じられない。ジェイムズはじっくり筋を組み立て、周到に将来の計画を練る男だ。だが、この瞬間を、この機会を逃してしまうのは、悔やまれるべき愚行に思える。ジェイムズは彼女に求婚しようと片膝をついた。

ところが、色よい返事をもらおうと気がはやったせいで、自分の怪我のことを忘れていた。あの黒い牝馬に蹴られたほうの脚で、膝をつこうとした。地面に当たったとたん、稲妻が炸裂するような痛みが走り、膝は体重を支えるのを拒んだ。ジェイムズはぐらりと揺れ、肺からヒューという息をもらした。あおむけに寝転がったまま、オレンジ色の空を見あげた。

ジョーゼットがすぐさまかたわらにしゃがみこみ、不安そうに顔をしかめてのぞきこむ。背の高い生垣の投げる影が、彼女を包んだ。一瞬、肺のなかの空気がすべて吸いとられたような気がした。彼女の姿はゆうべとおなじだ。〈青いガチョウ亭〉の部屋で自分のほうに身を乗りだし……それから、あの心誘われるキスをしたときと。

ただちがうのは、彼女はそのときほとんど何も身につけていなかったことだ。

ジョーゼットがジェイムズの顔に両手を添えると、いい香りのするやわらかい髪が垂れてきて鼻孔をくすぐった。彼女はいらだたしげに髪を後ろに払った。「だいじょうぶ？　おうちの人をだれか呼んできましょうか?」

ジェイムズは息も絶え絶えにうなずいた。

「だれかを呼んでくるってこと?」

これには首を横に振った。目は、彼女が心配のあまり嚙んでいるふっくらした下唇を見つめたままだ。

彼女は不安にみひらいた目をいぶかしそうに細くした。「わたしにまたキスさせようという魂胆《こんたん》なの?」

ジェイムズは笑いだしそうになった。そんないかめしい顔で手きびしいことを言うのがおかしかった。誘うような唇やこの状況を思えば、叱りつけるような声は似つかわしくない。彼らは生垣の迷路にある草道に、ふたりきりで横たわっていた。彼らをさがしている者がいるとしても、ふたりがここまで来ていることはとっくに聞こえているだろう。そして邸内の窓からは、ふたりの姿はだれにも見えないだろう。

キスよりも、彼女にはもっとしてもらいたいことがある。

暗がりのほうへ彼女を転がして、その肩肘張った体からドレスをはぎとり、あらゆる曲線を舌と唇だけでなぞって降伏させてやりたかった。たかがキスくらいで恐ろしげな顔をされたことに、ジェイムズの心は動揺していた。ゆうべは出会って五分もしないうちに、軽いキス以上の好意を示してくれたのだ。

彼女はおぼえていないんだよ。頭のなかでそう告げる声がする。

その機会さえあれば思いださせてやれるのに。

「僕は型破りなやり方でうまくやろうとしているのかな」ジェイムズは両手を草地について、彼女のほうへ手をのばさないようにこらえた。

彼女は上体を起こし、唇を引き結んだ。「こんなことよくないわ、ジェイムズ。わたしたちはここで、どんなゲームをしているの？」

彼女のなかにいるふたりの女が、入れ替わる早さには舌を巻く。かたや物静かで上品で、父の領地を走りまわる鹿のようになんにでもびっくりする。かたや自信にあふれ大胆で、もうひとりの自分から抑制をとっぱらったような女だ。だが、ジェイムズの口から出かかっている言葉を考えてみてもらうには、どちらの女に訴えればいいのだろう。

「わからない」とジェイムズは答え、やわらかな草に頭をのせた。望みは岩のように胸に居すわっている。「僕にはきみの気持ちをもてあそぶつもりはない。ただ、これを終わりにしたくないことだけはわかっている」

ジェイムズは息もできない思いで、彼女の反応を待った。正直になって困るのは、彼女をおびえさせてしまうことだ。こんなことを考えているなんて、自分でも怖い。この結婚を正式なものにしたいと、みずから認めたのだ。

ジョーゼットは驚いて口を少しあけた。かすみのかかった灰色の目が、挑むようにきらりと光った。彼女がこちらに身を乗りだして体が触れあうと、今度は心臓を蹴られたような衝撃があった。「それは公平とは言いがたいわね。わたしはあなたに負い目があるんですもの」

「そうだ」ささやき声しか出なかったが、こんなふうに胸を押しつけられていたらそれが精いっぱいだ。「きみはいやとは言わないだろうね」

ジョーゼットの心臓は、手に負えない若駒のように暴れまわった。

彼はキスをしてもらいたがっている。

彼は頼んでいる――いえ、けしかけているのだ。ジョーゼットが我慢したチャンスをつかめと。自分の口で彼の口を探索しろと招いているようなものだ。

ああそして、わたしはそうしたがっている。生まれてこのかた、これほど何かを強く望んだことはない。

沈みゆく太陽と長くのびる影が、彼の肌をオレンジと金色に染め、顎ひげの赤を引きだしている。彼は野性的で希望に満ち、緑の目がジョーゼットを招いていた。すなおに応じる体の手綱を締めるまえに、ジョーゼットの顔は彼に近づきはじめていた。

ジョーゼットは自分に自重しなさいと言い聞かせた。スカートの裾をつかんで、この人目の届かない迷路から逃げだし、安楽な暮らしへもどるべきだと、自立できるだけの収入のあるたしかな未来が待っているのだからと言い聞かせた。

あいにく、その声は小さすぎた。口が触れあうなり、うるさい反対意見に耳を貸すことをやめ、なにもかも忘れて、彼の唇しか感じられなくなっていたから。

彼はシナモンとリンゴの味がした。この悪党は少年たちに約束したタルトをひと口かじったにちがいない。舌で彼の唇をなぞり、お菓子の風味だけではなく、彼の危険をはらんだ熱気も味わった。ジョーゼットは男の人にこんなふうにキスをしたことはなかった。彼の上に身を乗りだし、素足を草地に押しつけて。その危険な状況が、非日常さが、ぞくぞくするスリルとなって体を駆け抜けた。

頭の薄暗い片隅で、ゆっくり進めと命じる声がする。ここは戸外なのよ。危険も何も顧みず、貪欲な若い恋人たちみたいに草地に寝転がるなんてとんでもない。だが、いくら理性がとめても、体の欲求にはかなわなかった。ジョーゼットは二十六歳になるまで、自分にわがままを許さずに生きてきたのだ。

もうそんなのはたくさんだった。

彼の顔に両手を添え、ひげのあたりをつかんだ。ジョーゼットは激しいキスをした。舌を滑らせ、待ちかまえていたような彼の熱い体を感じて、頭にわく疑問の声を黙らせた。今日の午後あの宿屋で彼に触れられたことを思いだすと、懸念は散っていった。彼にまたさわられたい。その手で胸に触れられ、心臓をわしづかみにされたい。けれど、彼は下でじっとしたまま、こちらの誘導に身をまかせている。

ジョーゼットはみずから震える手を自分のボディスへ持っていき、彼にやってほしいことを教えた。ボタンをはずしながら、その指の動きに合わせて彼の肺からもれる荒い呼吸の音を楽しんだ。ドレスを肩からずらし、それからもう一方の肩もあらわにした。

ついに、彼も動きはじめた。シュミーズの紐をさげるのを手伝おうと焦り、荒っぽい手が、ジョーゼットのおずおずした手とぶつかった。

そこで、彼は動きをとめた。しばらくのあいだ、ジョーゼットは気をもんだ。自分は彼の想像していた女とちがうのか。彼の望んでいた女ではないのか。しかし、そのときようやく彼が手をのばし、ジョーゼットの裸の胸をそっと包むと、痛いほど堅くなった乳首を親指でなぞった。

「きみは自分がどれほど美しいか知っているか?」ジェイムズは目を合わせ、感極まった声できいた。

やがて、彼の口は手のほうへ引き寄せられ、ジョーゼットの胸に舌を這わせた。そして、ジョーゼットは崩壊した。想像したこともない感覚が、全身をくねくねと通り抜け、これまで関連があるとも思わなかった体のいろいろな部分をつないでいく。体がずきずきとうずき、糸がぴんと張られたようになる。彼は巧みな技を披露して、楽器となったわたしを奏でている。喉の奥から悲鳴があふれでてきて、手で口もとを押さえた。ほかのだれかにこれを知られてしまうような、ほんのかすかな音さえも立てたくなかった。

音を立てたら、彼がやめてしまうかもしれない。

彼の唇は胸を離れ、キスを求めてきた。ジョーゼットの唇の上で舌を動かし、はいりこむ隙間を見つけようとしている。ジョーゼットは全身を押しつけながら、肌と肌が触れあったらどんな感じがするだろうと思った。スカートを通しても彼の突きでたものが、硬くみなぎったものがわかる。これは興味のない相手に一時的に示す関心でもなければ、気乗りのしない配偶者との夜のおつとめの前触れでもない。彼の口の熱さと腿に突き当たるものの硬さが、彼はわたしを欲していると語っていた。それがわかっても、ジョーゼットはおびえなかった。

それどころか、彼にこんなふうに触れられると、この先も一生彼がそうしている姿が思い描けた。

発作的に、ジョーゼットは彼の髪をつかみ、顔を引き寄せた。ふたりのあいだにあいているわずかな距離も縮めたかった。

そのとき、彼がうめいた。

喜びのあえぎにも似ているけれど、おそらくちがうだろう。その声は胸の底から聞こえてきて、まぎれもなく苦痛に満ちていた。

ジョーゼットはびっくりして、身を引いた。「どうしたの?」

「頭が」ジェイムズは目をぎゅっと閉じた。「気をつけてくれよ」

自分の手に視線をやると、つかんでいる髪のすぐそばの頭皮に、傷を縫いあわせた糸の列があった。ジョーゼットはひとつあえいで、手を離した。「まあ！」すぐさま、片手で口を押さえた。「ほんとうにごめんなさい」

「だいじょうぶだよ」ジェイムズは目をあけ、弱々しくほほえんだ。「たいした傷じゃない。今朝だれかさんにやられたんだ」

「笑いごとじゃないわ」ジョーゼットはぎこちない手でボタンをはめなおし、急いで身だしなみをととのえた。彼がだいじょうぶかどうか注意を向けられるように。激情はもう消えていた。自分がいま触れてしまった傷口をしげしげと見た。ありがたいことに、縫い目は破れていなかった。欲望を抑えるのにこれほど効果のある手段はない。「今朝、あなたに傷を負わせたんですもの。あなたの身の安全のために、わたしはそばにいるべきじゃないわ」彼の胸を押しやって立ちあがったが、彼がまたうめいたので凍りついた。

「そこも気をつけてくれ」ジェイムズは苦しそうに言った。

ジョーゼットは彼の上着に目を落とした。胸のあたりに乾いた血の染みがある。それは頭の怪我と関係があるのだろうとなぜか思いこんでいたが、よく見ると生地が引き裂かれている。

上着をわきへ押しやり、痛がる声は無視して裂け目を調べた。「これもわたしがやったの？」小声でたずねた。頭のてっぺんからつま先まで恥ずかしさでいっぱいになった。彼にそんなひどい仕打ちをしたなんて。

「ちがうよ。今日の午後、町で襲われたんだ」

「なんですって？」ジョーゼットは体を離し、彼の目の下に浮かぶ疲労のしわを見つめた。「どこで？」彼の言うことは筋が通らない。エルシーの話では、ジェイムズ・マッケンジーは町の英雄扱いをされ、モレイグの全住民が見習いたいと思うような男のなかの男だという。彼にこんなことをするほど憎む者がいるはずがない。

ジェイムズはなんとか体を起こしてすわりこむと、前かがみになって頭をこすった。「肉屋の店先で。きみを見つけてからはほとんど忘れていた。最初はきみに刺されたのかと思ったんだ」

「だれかに刺されたの？」ジョーゼットはあえいだ。「それがわたしだと思っていたの？」

ジェイムズはうなずき、上着のポケットに手を入れて何か取りだした。「これでやられたんだ」それをひっくり返して眺めながら、顔をしかめた。「だけど、きみを見つけたとたん、そうじゃないのがわかった。服装のちがいもあるけど、僕を襲った者はもっと背が高かった」そこで、不敵な笑みを浮かべた。苦痛を感じながらも、賞賛の表情を見せた。「それに、きみよりずっと魅力がなかった」

自分をとらえていた恐怖がよみがえり、ジョーゼットを激しくゆさぶった。こんな思わせぶりなからかいを無視させられるのは、その恐怖くらいなものだろう。「でも、わたしだと思ったのね」ジョーゼットはゆっくり言った。「あなたを襲った者が、どこかわたしに似ていたから」

彼は真剣な顔つきになった。目からいたずらっぽさが消え去り、疑念が残った。「ああ《アイ》。髪の色がおなじだった。どうしてわかったの？」

ジョーゼットは唇を噛んだ。ジェイムズが父親と和解できたと聞いてほっとした気持ちが、もっと鋭く、強い感情に変わった。「それはいとこのランドルフの剪定ナイフだから」柄に真珠をはめこんだナイフを指さした。それを見た瞬間にいとこのものだとわかった。「彼が通りの真ん中であなたを襲うほど大胆になっているなら、あなたのご家族の身の安全が心配だわ」

25

ジェイムズの家族はすぐさま図書室に集合し、テーブルに所領の地図をひろげた。書物の心地よい革のにおいや、色あせたページのにおいも、恐怖を少しもやわらげてくれなかった。ジョーゼットは靴を履く間も惜しんで手に持ったまま、裸足で絨毯に立っていた。

ジェイムズの父親と兄には簡単に紹介された。キルマーティ伯爵はあたたかく迎えてくれたが、兄のほうは怖い顔でいんぎんにあいさつしただけだった。こちらを信用していないことはあきらかで、不信感を厚手のウールの外套《がいとう》のようにまとっていた。無理もない。わたしのせいで、みんなここに集まって地図を眺め、いとこのランドルフのつぎの動きを読もうとしているのだから。

キルマーティ伯爵がランドルフに石造りの小屋を貸していると聞いたときには驚いた。いとこが白昼に伯爵の息子を襲うほど大胆不敵になっているなら、一家は全員危機にさらされているかもしれない。ランドルフが伯爵を脅迫するつもりなのを本人が知ったいまではなおさらだ。いとこはすでに今日ジェイムズに怪我を負わせている。自分のためにほかの人が傷つくと考えただけで、鼓動が速まった。ランドルフはただのもったいぶったナルシストだと思いこんでいた。

暴力傾向があるなんて、頭をかすめもしなかったことが悔やまれる。

「狩猟小屋はここだ」伯爵は地図を指さした。そこは城からほんの少し先の地点だった。

「まあ、一マイルも離れていないじゃありませんか」レディ・キルマーティはあえぎ、地図をよく見ようと身を乗りだした。

ジョーゼットもそちらへ目をやった。あの小屋は辺鄙《へんぴ》な場所にあるように感じていたけれど、意外にもキルマーティ城からそう離れていない。自分はスコットランドに着いたときから、ジェイムズの家族のすぐ近くで暮らしていたのだ。

彼の父親は地図から顔をあげ、眉をひそめた。「先月ミスター・バートンにそこを貸したときは、気立てのいい若者に見えたがね。自分の若いころを思いだしたよ。科学の探究に熱心なあまり社交的な会話をする時間もなかったころを」

「父さんはいやがる女性を無理やり結婚させようとしたことがある？」

「ないだろうな」伯爵の声には驚いた響きがあった。「どうしてそんなことをきくんだ？」

「彼が父さんとはまるでちがう人間だという証拠だから」ジェイムズはこちらに目を向けた。ほかの三人もつられてこちらを見たので、ジョーゼットは身をすくめた。「自分で説明したい、ジョーゼット？」

ジョーゼットは話したくなかった。いとこを信じきっていた自分の甘さを強調するだけだ。自分がいかに考えが足りなかったかを。けれど、黙っていても問題は解決しない。

「彼はゆうべ、わたしに結婚を強要しました。わたしはそのまえに断っていたんですけど」恐ろしさに舌がもつれそうだった。ジョーゼットは後ろにさがり、木の壁にもたれて体を支えた。「息子さんがこの件に巻きこまれたおおもとは、わたしをいとこの魔の手から守ろうとしたためなんです」

ジェイムズは部屋をひとわたり見まわしてから、父親に視線を据えた。「バートンにどんな力があるかどうかはわからない。彼を立ち退かせる法的手段はある？」

「彼は二週間分の賃料を前払いした」伯爵は地図をくるくると丸めた。「だが、残りの支払いは滞《とどこお》っている。従僕をつかいにやって、彼を領地から追いださせればすむことだろう」

ジェイムズは地図を取りあげ、片方のてのひらにたたきつけた。「従僕にまかせるのは不安だな。バートンは頭がおかしいんじゃないかと思えるふしがある。僕たちのだれかひとりないしそれ以上で、ことに当たるべきだろう」

「彼が正気じゃないのはたしかなのか？」向かいの壁にもたれていた肩幅の広い兄が、壁から身を離し、ジョーゼットのほうへ疑い深そうなまなざしを投げた。「借金が払えないというのは動機になりそうだ」ジョーゼットだけにわかるように、眉をあげてみせた。「共犯者もいるかもしれない」

ジェイムズが額にしわを寄せて考えこみ、こちらを見つめた。「きみのいとこは最近、金に困っていた？」

またもや、彼が自分を会話に引きこもうとしていることにジョーゼットは驚き、裸足のつま先を絨毯にめりこませた。戦略を相談するのは彼らのほうがお手のものなのだから、壁にもたれて立っているだけのほうがずっと楽だ。

ジョーゼットは息を吸いこみ、スコットランドに到着した日からのランドルフの様子を思い起こした。いとこが自分と結婚したがるのは、わたしの持参金で生活の安定をはかろうという魂胆があるからではないかと疑っているが、それは証拠にはならない。「彼は収入のことは何も言わなかったけど」考えこみながら言った。「夏を過ごすにしてはつつましい家だと意外に思ったことはたしかよ」

レディ・キルマーティが口をはさんだ。「ひょっとすると、素朴な休日を過ごしたかったのかもしれないわね」

「ランドルフが？　素朴？」ジョーゼットはかぶりを振り、ジェイムズの上着のポケットのほうを手で示した。自分にも貢献できることがあるという自信が深まっていた。「あの人にそういう趣味はありません。ちょっと彼の剪定ナイフを見せてもらっていいかしら」

ジェイムズがそれまで地図をひろげてあった場所にナイフを置いた。みんないっせいにナイフを眺めた。ジョーゼットは一歩まちがえばジェイムズが重傷を負うところだったのを思い、息をのんだ。ナイフはランドルフの目的を達成するにはなまくらかもしれないが、引っかき傷は心臓の真上を通っていた。彼の意図は明白だ。

ジェイムズの兄が前かがみになり、ナイフを眺めた。「男ものの折りたたみ式ナイフだな、デザインも簡素だ」

「それほど簡素でもないわ」ジョーゼットは前に進みでて手をのばした。「これをご覧になって」指先でナイフに軽く触れた。「柄に象牙をはめこんで、手の込んだ彫刻をほどこしてある、簡素な木でじゅうぶん間にあうのに。草を刈るにしては、ばかばかしいほどの贅沢品だけど、いかにもいとこが好みそう。彼は貧しい学者ですけど、貴族のような趣味を持っているんです」

キルマーティ伯爵が口もとをゆがめて割りこんだ。「彼はさんざん値切って、夏の家をはした金で借りたんだ。わたしが彼にあの家を、ここから近い家を貸した。それはつまり……」伯爵はかぶりを振った。「自分の家族を危険にさらしてしまったんだ。彼が提出した信用照会先に手紙で確かめておけばよかった」

ジョーゼットはその声にこめられた嘆きを吸いこみ、それが頭のなかで十倍に拡大した。わたしのせいで彼らを危険に巻きこんでしまった。そして自分にはそれを阻止する力もない。

「夕方、彼を見たとき、服装はたしかに贅沢を好む感じがした」ジェイムズのかすれた声が、罪の意識を切り裂いた。「上着の仕立てはロンドンの最新流行だし、モレイグの埃っぽい通りを歩きまわるのにヘシアンブーツを履いていた。ウィリアムでさえ、そんなばかな真似はしないのに」

「服装はそれほど注意して見たのに、彼が自分を襲った男だとは気づかなかったの？」

ジョーゼットは彼の観察力の鋭さと直観力の甘さに驚いた。

ジェイムズは恥ずかしそうに肩をすくめた。「昼間のときは彼の顔をよく見なかったから。だけど、きみと出くわしてすぐに、きみは同一人物じゃないと確信した。相手に鼻血を出させてやろうと狙っているときは、服装に関しては、そういうことに気づくものだよ。僕は自分が何をされるかより、きみのことのほうが心配だったんだ」

ジョーゼットはそれを聞いて、ためていた息を吐きだした。そう言われても、ジェイムズをこんな状況に追いこんでしまったという自責の念は少しもやわらがない。

「どうやらおまえは、彼女のことを心配しすぎて頭がまわらないようだな」彼の兄が指摘した。「彼女のいとこの現状が本人の望む暮らしを支えられないとしたら、これは単純に金の問題だろう」ジョーゼットのほうをちらっと見る。「そしておそらく、単独行動ではないだろう」

胃がむかむかした。その暗黙の非難が宙にぽっかり浮かび、もぎとってズタズタにされるのを待っている。だが、ジェイムズはかぶりを振っただけだった。「金が動機なら、彼は頭がおかしいだけじゃなく、自棄《やけ》になっているんだろう」テーブル越しにジョーゼットを見つめ、口もとをぐいと引き締めた。「自棄を起こした男はこのうえなく危険だ。治安判事を呼びにいかないと」

「わたしも一緒にいこう」兄が言った。

「いや」ジェイムズは首を振った。「それは僕がやる。兄さんにはここで母さんと父さんを守ってもらわなければ。ジョーゼットと子供たちもいるし。頼むよ、ここに残って、みんなに何事も起こらないようにしてくれ」

兄は顔をしかめた。みんなのお守りという端役《はやく》に任命されたのが不満らしい。この件に関してだけは、ジョーゼットも同意見だ。自分を信用していないらしい男の保護のもとに取り残されると思っただけで、よく考えもせずに口が動いていた。

「わたしも一緒に行くわ。モレイグまで」ジョーゼットは身をこわばらせた。反対されるのはわかっているが、抵抗せずに言いなりになるのはいやだった。

「危険すぎるよ」ジェイムズは丸めた地図をテーブルにたたきつけた。「僕はきみを傷つけさせたりしない」

「わたしも、あなたやあなたの家族が傷つくのは見たくないのよ!」混乱して声が裏返ったが、どうしても言わずにいられなかった。「わたしのせいで」

ジェイムズはジョーゼットをわきに引き寄せた。腕をつかむ手のがさがさした感触が心地よい。彼の顔にいたわりの気持ちがよぎった。「わかるよ、きみの気持ちはよくわかる。だけど、ここにいてほしいんだ。安全だと僕が納得できる場所に」兄のほうを見やる。「ウィリアムがいるかぎり、バートンがきみに危害を加えることはない」

恐ろしげな顔のウィリアムが、こちらに首を傾けた。威力のあるまなざしに、後ろに押しやられたような感じがした。「ああ《アイ》。きみからはたしかに目が離せない。すでにここで面倒を起こしてくれたうえ、弟がやろうとしているのは危険な仕事なんだ」不満そうに弟を見た。

「わたしがやるべき仕事だ」

ジョーゼットは自分が簡単に引き渡されたことが悔しくて身をよじった。胸の前で腕を組み、疑い深い大柄の兄のもとにわたしを残し、町へ出かけようとしている男をにらみつけた。自分でも意固地になっているのはわかる。道理のわからない人間になっているかもしれない。けれど、長くつらい一日のすえに、ランドルフの背信があきらかになっただけでなく、ジェイムズを亡き者にしようとたくらんでいるらしいと知って、残された理性の細い糸がぷっつりと切れてしまった。もうジョーゼットには目先の足がかりしか見えていなかった。「治安判事はわたしの証言を必要とするでしょう。ランドルフに召喚状を発するにはね」と、ジェイムズに訴える。「わたしも一緒に行くべきよ」

「きみにはここにいてほしいんだ、ジョーゼット」その声には憤りがにじんでいた。「きみは貴重な時間を無駄にしているよ」

「だったら、反論するのはやめてわたしの言うことを聞いてよ」ジョーゼットは異議を唱え、そばの椅子に腰をおろしてスカートをひっぱりあげた。ぞんざいに靴に押しこんであったストッキングを取りだし、足に穿かせはじめる。

ジェイムズは冷ややかに目を細めた。ジョーゼットをなだめようというそぶりは消えていた。「こんなことを話しあっても無駄だ。僕はきみを連れていきたくない。ただでさえ重荷が多いのに、きみの面倒まで見ていられるか」

ジョーゼットの手がとまった。反撃の言葉が体のなかで粉々に砕けた。

彼の言葉にも、彼が無理に連れていこうとしている道にもなじみがあった。その道は過去の失望のにおいがする。彼はわたしをここに置き去りにする。わたしの人生の傍観者として、わたしに人生の選択を認めない。彼はわたしを欲していない。わたしはただの重荷にすぎない。

まぶしく鋭い痛みが、心を貫いた。信じていたのに……ジェイムズはちがうと。でも、考えなおさないといけない。

たいてい、わたしはまちがってしまう。

「わたしはここに残って、あなたのご家族の迷惑になったりしない」ジョーゼットはあくまで言いはった。自分が守ろうとしている家族のなかにわたしのことを疑っている人物がいることや、あとのふたりが驚愕の面持ちでこちらを見すえていることなどどうでもいい。彼らと一緒にいても、わたしは重荷にしかならない。ジェイムズだって、自分でそう言ったではないか。「あなたと一緒に行くか、それがだめならひとりで行くわ」と宣告すると、ストッキングをふくらはぎまでひっぱりあげた。

頭のなかで、四マイルの距離と、それに適さない靴のことを告げる声がうっすら聞こえる。だが、もう標的を見つけた矢のように、この方向へ進むと決めてしまったのだ。ジョーゼットは迂闊な彼を罰してやりたかった。「モレイグがだめなら、ロンドンへ」

ジェイムズは目を光らせた。近くにあるものを焦がしてしまうような緑の炎が燃えあがった。「なんだと、きみの美しい首を守るためにここに閉じこめておかなければならないなら、僕はかならずそうする」

「それには丈夫な鍵が必要ね」ジョーゼットは言いかえした。「わたしはここにいるつもりも、あなたの従順な妻になるつもりもないから」彼をにらみつけながら、もう一方の丸まったストッキングをのばしはじめていた。

彼はにらみかえし、それから、かがんでジョーゼットの靴を拾いあげた。

一瞬、靴を履くのを手伝ってくれるのかと本気で思った。ところが、ジェイムズは靴を小脇にかかえると、背を向けて出ていった。父親と兄もつづいた。母親は振りかえって心配そうなまなざしを投げてから部屋をあとにした。

ジョーゼットは椅子にすわって、ストッキングを穿きかけたまま固まっていた。粉々になった反撃の言葉をかき集め、ぎゅっと丸めて彼に投げつけてやりたかった。彼は靴を持っていってしまった。ジョーゼットの靴を。なんて男だろう。

「彼女のことは信用していないからな」兄の声が廊下に響きわたった。

「僕もだ」心が砕けるようなジェイムズの返事が聞こえた。

それから聞こえたのは、鍵をかける音だけだった。


ほんとうはこんなことはしたくなかった。あんな手段は取りたくなかったが、彼女は手に負えないほど頑固なのだからしかたない。とりあえず、どちらの彼女に正式な結婚を承諾させればいいかだけはわかった。

どうやら直情径行型のほうのジョーゼットは、上品で理性的なレディのほうを押しきる力があるようだ。

家を出るとき、彼女が図書室の扉をドンドンたたき、ジェイムズの悪口を並べたて、男のクズだとののしるのが聞こえた。彼女が癇癪玉を盛大に破裂させる様子は傑作だった。思いだすだけでくすっと笑いそうになる。あんな愉快な変身をその場で楽しめないことが、一瞬悔やまれた。

そのかわりに、ジェイムズはもっと大事な使命を帯びてモレイグへ向かっている。息を吸いこむたびに、その使命の緊急性を感じる。バートンはすでに今日、自分を殺そうとした。ジョーゼットや自分の家族にも何をするかわからない。

シーザーの背に揺られながら、ジェイムズは心のなかでウィリアムのがっしりした力強さに感謝した。治安判事を連れてもどるまでに、これが最善策なのだとジョーゼットが理解してくれることを願うばかりだ。

ジェイムズはシーザーの脇腹に踵をつけ、手綱をゆるめて自由に走らせた。キルマーティ城から町をめざして進みながら、シーザーの足もとで影が踊っている。左手の湖は入り日を受けて、赤とオレンジに輝いている。シーザーの足もとで影が踊っている。太陽は急速に沈みつつあり、鏡に反射した光のように木の間からさしこんで、前方を見つめる目をくらませた。そのあいだじゅう、ジェイムズは間にあうことを祈っていた。

まもなくモレイグというところで、シーザーの規則的な足並みに変化が生じ、あきらかに速度が落ちはじめているのを感じた。苦しそうに肺がヒューヒューいうのが聞こえ、この馬を酷使していたことに気づいた。治安判事を迎えにいくのに別の馬をつかえばよかった。シーザーはすでにキルマーティ城までふたりの人間を運び、二時間もしないうちに全速力で町までもどらされているのだ。

使命の緊急性の棘がしきりにつついてくるのを感じながらも、しぶしぶシーザーの足並みを速歩《トロット》に落とした。馬はスピードをゆるめることにした主人を責めるように馬銜を噛んだが、ジェイムズは手綱を締めた。

汗だらけの馬の首に顔を近づけ、元気づけの言葉をささやいた。「ゆっくり行こう。まだ時間はじゅうぶんある」

早足で町へ向かううちに、懐かしいにおいが漂ってきた。燃える木が発する煙のにおいにまちがいない。半マイルかそこら東のほうでは、目抜き通りでかがり火が焚かれているのも見える。邪悪な光の輪が、夜の訪れと祝祭の盛りあがりを待ちかまえている。この分では、デイヴィッド・キャメロンを見つけるのはむずかしいかもしれない。見つかったとしても、そのときにはもう、あの男は酔っぱらっているかもしれない。キャメロンはきっとビャウルテンの熱気のなかで、遊興に惹きつけられているだろう。

まずはどこからさがそうと考えていると、見えざる飛び道具から放たれたものが顎に当たる鋭い衝撃を感じた。地面に落ちるなり、おなじライフル音が耳を打った。

ジェイムズは何が起こったのかわからず地面を転がり、木の梢を見あげた。シーザーがそばに寄ってきて、鼻先を押しつけてきた。耳は砂を詰めこまれたような感じで、頭はぼんやりしている。意識が薄れつつも、いま聞いた物音の意味はわかった。自分はだれかに撃たれたのだ。

それから、あちこちから血があふれだし、モレイグまでたどりつけるだろうかと考えた。

26

ジョーゼットは涙や文句や謝罪で時間を無駄にしなかった。虚空に向かって苦境を嘆いたり許しを請うたりしても、事態は少しもよくならない。

ジェイムズは行ってしまった。馬で出かけるのが図書室の窓から見えた。まるで自分の命がかかっているかのように馬のたてがみにしがみつき、モレイグへ発った。悔やんでみてもこの背信行為が消えるわけでもない。だから、ああすればよかった、こうすればよかったと考えるのはやめた。手をこまねいたままでいることや、書棚にずらりと並んだ本のどれかを読むことや、ひと月まえにしておけばよかったかもしれないことなどにエネルギーを空費しなかった。

そのかわりに、地図を眺めた。

伯爵がさっき指し示した狩猟小屋をじっと見る。ここから一マイル、とレディ・キルマーティは言っていた。ジェイムズに閉じこめられた部屋は一階で、窓はあいている。彼はジョーゼットの頑固さを甘く見ていた。

よくある愚かな思いちがいだ、と。

つま先を絨毯に押しつけ、足がどのくらい弱っているかを確かめた。今日はもう、数マイル歩いている。あの男をさがしてモレイグの通りを行ったり来たりしたせいだ。これからランドルフの家まで一マイル歩いて靴を取りにいき、さらにそこから町まで四マイル歩くのだ。図書室の窓から、日が沈みかかっているのが見える。あと半時間かそこらであたりは暗くなるだろうが、そんなことで決心はゆるがない。ほんの今朝までは、かなりの距離を自分の足で歩けるかどうかもわからない女だったのに。

そういうことができる女だとわかっただけでなく、それを強く望む女だとわかったことに、ジョーゼットはいたく満足した。

石造りの小屋に着くまでには宵闇が迫っていた。足は痛むし、とがった石につまずいて切り傷もできているうえ、ドレスの裾はズタズタだが、ここまでたどりついたのだ。障害物がごろごろしている道を歩くのはたいへんだったものの、ひとつだけいいことがあった。おかげで怒りが静まり、いまは自得の境地にある。わたしがいなくなったことを知ったら、ジェイムズは腹を立てるだろう。その場にいて、怒った顔を見物したいくらいだ。どこかに隠れていたジョーゼットの良識が前面に出てきて、このおこないは無謀だと告げた。自分の居場所はだれも知らない。ひとりきりで、武器も持たず、暗闇のなか、狂人の家を訪れようとしている。ここに数日滞在したときのパターンによれば、下男は日の暮れないうちに敷地のはずれにある自分の家にもどっているはずだ。ジョーゼットはその場にたたずんで狩猟小屋を眺め、窓に明かりは見えず、煙突からも煙がもれていないことに気づいた。これは幸先がいい。それでも、おそるおそる玄関に近づき、いざというときには逃げだす心構えをした。ランドルフを見くびったことは経験ずみだ、それに自分自身を見くびることも。ジョーゼットはもう、恐れている男が出てきても驚いたりしない。

玄関ホールにはいると、足をとめて耳をすました。家のどこにも明かりがついている気配はない。どこかの片隅でコオロギが鳴いている。それにかぶさって、うめくような押し殺した声も聞こえる。あたかも、夜風が天井の暗闇でいたずらをしているかのように。

ジョーゼットは手探りで階段をのぼり、ナイトテーブルのロウソクに明かりをつけた。狭い寝室はロウソクの火に照らされ、天井の梁からぶらさがった植物の束が、壁や床に恐ろしげな影を投げかけた。今朝着ていた服が、エルシーが放り投げたまま丸まっている。片隅に置かれた浴槽にはまだ水が張ってあり、こぼれた湯がかたわらの床に水たまりをつくっている。きちんとしたレディーズ・メイドは部屋をこんなふうに散らかしたままにしないと、エルシーに言ってやらなければ。

そこで、ジョーゼットははっと息をのんだ。明日ロンドンへ発ってしまったら、エルシーを信頼できる家事使用人に変身させるという立派な名分をまっとうできない。良心の呵責《かしやく》に胸がずきんとした。そうだ、ロンドンに着いたら、レディ・キルマーティに新しいメイドを雇ってもらえないかと手紙を書けばいい。もちろん、エルシーが伯爵の次男に性的な興味をいだいていることを思えば、あらかじめその点を警告しておいたほうがいいだろう。

トランクから替えの靴を出して紐を結ぶのには、たいして時間はかからなかった。部屋を出て、片手にロウソクを持ち、壁に沿って階段をおりた。危険はないかと片方の耳をそばだてながら、頭に居すわっているありがたくない考えを追い払おうとむなしい努力をした。朝の馬車に乗るときに、中途半端なまま放りだしていくのはエルシーのことだけではない。ミスター・マクローリーと彼の子猫の里親のこともそうだ。レディ・キルマーティのあたたかい笑顔や、ジョーゼットが息子の理想の相手かもしれないという希望もそうだ。

それにもちろん、ジェイムズのこともある。ジョーゼットは彼をとても卑怯なやり方で見捨てようとしている。わたしにとりつく悪魔と闘いに出かけたすきに、暗闇に乗じてこっそり立ち去ろうとしているのだ。恥を知りなさい、と自分を叱りつけた。キルマーティ城にもどるべきだ。表玄関に近づき、ノッカーを引くところを想像して、口もとがゆるんだ。あの怖いウィリアムもきっと驚くのではないだろうか。

玄関ホールに近づくと、天井の梁のうめき声が大きくなった気がした。いいえ、うめき声は天井から聞こえてくるのではない。ランドルフの閉ざされた書斎のなかから聞こえてくる。この数日恐ろしい考えが、驚いたツグミが隠れるような勢いで、いきなり飛びこんできた。それより、エやさしく遇してくれた下男が、家にたどりついていないとしたらどうする？

ルシーがここにもどってきて、ランドルフに乱暴でもされていたら?

ジョーゼットは震える指で鍵をあけ、蝶番が抗議の声をあげる扉をほんの少しだけあけた。ロウソクを掲げてのぞくと、うめき声の主がわかった。

今朝ジョゼフ・ロスヴェンが連れてきた黒白の犬が、暖炉の前のラグに横たわっていた。対処するのが人間の体ではなかったという安堵感より、ランドルフがこのかわいそうな犬に何をしたのかという心配のほうが強かった。おもむろに室内にはいり、暖炉から火かき棒を取りあげると、今朝は獰猛だった犬を棒の先でそっとつついた。ランドルフはこの犬に嚙まれたと言っていたが、いまは目を覚ます気配もない。

ジョーゼットは膝をつき、ロウソクをかたわらに置いて、おそるおそる犬の胸に手を当てた。歯と爪で攻撃してくるのではないかとなかば予期したが、犬はぴくりとも動かなかった。ありがたいことに、毛皮にはぬくもりが感じられる。しかし、呼びかけても体をゆすっても反応を示さなかった。犬の頭を持ちあげ、片方の目をあけてみた。瞳孔がひろがっていて、口からハーブの刺激臭が漂ってきた。

はっとして、ジョーゼットは口もとを押さえた。そのにおいは、脳裏の片隅にしまいこまれた記憶に焼きついている。ブランデーをひと口飲んだあとの記憶はないが、そのにおいは思いだした。その味もおぼえている。ランドルフに勧められて食べたまずそうなジンジャークッキーは、堅くて、苦い味がしたのだ。その瞬間、この犬の眠りこんでいる状態と、ゆうべの自分の記憶喪失とがつながった。

ランドルフはわたしにブランデーを一、二杯飲ませただけではなかった。植物に精通していることを利用して、薬を盛ったのだ。

そのことで彼を呼びだしたかのように、書斎の扉が勢いよくあき、油をさす必要のある蝶番が激しくきしんだ。ジョーゼットは火かき棒をぎゅっと握りしめ、ゆっくり立ちあがった。帽子もかぶらず、猟銃を手にしているランドルフを目にしたら、怖がってもいいはずだった。けれども、ジョーゼットははらわたが煮えくりかえっていた。

ランドルフはこちらを物思わしげに見ると、猟銃を置き、貴族ふうの長い指でネクタイをゆるめだした。まるで、これはなんの変哲もない日常のひとコマで、彼はたいへんな一日の仕事を終えて帰宅したところだといわんばかりに。

シャツのボタンをふたつはずすと、襟もとで喉ぼとけが上下した。「常識を取りもどして帰ってきたようだね。きみがそれほど簡単に心変わりするなら、あんな思いきった手段は取らなかったのに」

「午後にジェイムズを剪定ナイフで殺そうとしたのより思いきった手段？」押し殺した声できいた。

「ああ、そうだよ。きみの夫だと称している男に」ランドルフは威嚇的な一歩を踏みだした。

「きみの衝動的な行動のせいで、一時はなにもかもだいなしになりかけたが、もうマッケンジーのことを心配する必要はない。僕が始末した」

氷のように冷たい恐怖が、体をぞぞっと這った。「どういうこと?」

「彼は事態から取りのぞかれた」ランドルフがもう一歩近づくと、ジョーゼットの脈が少し速まった。

汗がにじむ手で火かき棒を握りなおし、警告するように持ちあげた。「近づかないで」と、張りつめた声で言った。

ランドルフは足をとめた。「僕を脅しても無駄だよ、ジョーゼット。ほら、自分の姿を見てみろよ。きみはそこでヒステリーを起こしそうになってる。研究のおかげで、僕はその方面にはくわしいんだ。ヒステリーに効く薬草療法もいくつか知ってる。鎮静薬をのめばよく眠れるよ」

へえ、鎮静薬ね。それでこの苦境から抜けだせるとでもいうの? ああ、どうして置き手紙もせずにキルマーティ城から出てきてしまったのだろう?

「わたしがおとなしくなったら、どうするつもりなの? 犬をけしかけるの?」ジョーゼットは絞りだすように言った。「それは無理よね? この犬に何をあたえたの? 殺したも同然じゃないの」

ランドルフは間を置き、おごそかとも言えるほどの表情を浮かべた。「植物から抽出したものを組み合わせた。ヒヨスとか。ニガヨモギの油を濃縮したものとか。このバカ犬をおとなしくさせておく薬だ。あと二、三時間もすれば起きるだろう」彼は顔をゆがめた。「ただひとつ心残りなのは、きみの夫を始末するのに学者らしからぬ手段に訴えたことだ。弾丸は……まわりを散らかすからね」

その言葉の衝撃が、ジョーゼットの体を貫いた。「何をしたの?」と、ささやく。

「彼を殺した」ランドルフはさらに一歩前進した。「モレイグへ向かう道で射殺した。だから、もうきみは心おきなく僕と結婚できる」

胸にぽっかり穴があき、目に涙がにじんだ。その間も、頭は猛烈に回転していた。そんなことは信じられない。ジェイムズは強い。これまで出会ったなかでいちばん強く、頼りになる男だ。それが、このいとこのような情けない男にやられるわけがない。ランドルフはすでに、ゆうべの出来事について嘘をついた。

これも彼の嘘だと思いたい。

「あなたの調合した薬は、わたしにはこの犬のような作用をあたえなかったのね?」火かき棒をさらに高く掲げた。「それに、わたしはあなたが思っているようなバカじゃないの。だまされてあなたと結婚するようなバカじゃない」

ランドルフは急に動きをとめた。まるで懇願するように、こちらへ両手をのばす。「どうしてそんなふうに考えられるんだ? 僕はきみが好きだ。きみを守りたいだけなんだよ。けっして――」

「今日、ラムゼイ牧師とお話ししたわ」

ランドルフは顔をのけぞらせた。「なんだって？」

「あなたの企てはばれているの。あなたはその魂胆があって、わたしをここに招待した。だからもう、わたしを守りたいなんてふりをしないで。あなたは無理やり結婚させようとしてわたしに薬を盛ったのよ」火かき棒をさげ、憎悪のたけをこめて、罪悪感にかられた顔をにらみつけた。「キルマーティ家はあなたがなにをたくらんでいたか知っているわ。自分の身のためを考えるなら、まだ間にあううちに立ち去ることね」

「きみを置いていくわけにはいかない」ランドルフはうなった。「ゆうべは教会の前で逃げだせたかもしれないが、今度はそう簡単にはいかないだろう」

「なぜ？」ふたたび火かき棒を持ちあげながらきいた。「なぜ、こんなことをするの？　わたしにたいしても、自分自身にたいしても」ジョーゼットが子供のころから知っているいとこは完全に姿を消し、この怪物に変貌してしまった。あの少年を失ったこともつらいが、自分がこの計画でどんな役割を果たしているのかも突きとめなければならない。わたしも結婚を望んでいると思わせるような態度を取ったり、どこか彼を望む気持ちがあったりしたのだろうか。

あざけるような笑い声がオーク材の天井に響きわたった。「明快だよ、ジョーゼット。金がほしかったんだ。金がないと研究を完成させられないから。大学で研究するのにどれだけ金がかかるか知ってるか？　きみは目的を達成するための手段だ。金持ちになるためのね」

彼が全精力を傾けている薬草のにおいが立ちこめ、息苦しいほどだった。失われた夜の最後の断片を聞いて、吐き気しか感じられなかった。驚くことに、自分は何もかも失う一歩手前まで来ていたようだ。そして、すべてはこの、気がちがってしまったか、自分の研究する植物にのめりこみすぎてしまった男の手にかかっている。

ジョーゼットはかぶりを振りながら、この男がそこまで頭がおかしくなっているのなら、何を言っても聞こえないかもしれないと思った。「よく聞いて、ランドルフ。わたしはあなたと結婚しない。あとにも先にも。たとえ目当てがわたしのお金であっても。たとえわたしが貧しすぎて、食べるためにスカートの裾を持ちあげなくてはならなくても」

ランドルフは怒りに薄い唇をゆがめて、口をひらいた。「きみにはそのほうが似あいだろう、娼婦のほうが。なんといっても、洗練さや教養のかけらもない事務弁護士のために脚をひろげたんだから」口から唾を飛ばし、冷酷なみにくい顔になった。「自分のことを考えてみろ、どこまで身を落としたかを。きみは僕にふさわしくない」

いきなり飛びかかってきたが、ジョーゼットはもうこの男に驚かされることはなかった。わきによけて、鮮やかに身をかわした。履いている靴は長く歩くのには適さないが、不思議なことにバランスを失った男の脚を蹴って倒すには適していることがわかった。ジョーゼットは渾身《こんしん》の力をこめて、火かき棒で頭を殴りつけた。衝撃が肩の関節までじんじんと伝わってきた。

床でうめいているランドルフの喉もとに火かき棒を当て、あらわになっている青白い肌に押しつけた。「ジェイムズ・マッケンジーは、あなたなんかにはとうていかなわない男よ」ジョーゼットはわめいた。「わたしはゆうべ彼を選んだの。それがあなたじゃなかったことを死ぬまで毎日神に感謝するわ」

返事のかわりに、いとこの痩せた胸からゼイゼイいう音がもれた。前かがみになって、相手が聞きそこなわないようにはっきり発音した。

「あなたのせいで、わたしは人生でいちばん輝かしい夜のことをおぼえていないのよ。そのうえ、わたしの未来まで奪おうとするなら、あなたをどこまでも追い詰めて殺してやるわ」

27

自分は気絶していたにちがいない。目をあけたら、空は薄暗くなっていた。日没から本格的な夜へ向かうあわいだ。星がからかうように顔をのぞかせている。

手を顎にやり、おそるおそるさわってみると、湿ったものの上を滑った。血の量の多さに、ジェイムズは苦痛よりも不安に襲われた。不思議なことに、撃たれた痛みはあまり感じないものの、生あたたかい、ねばつく感触のおびただしい出血のほうが、重大に思えてきた。

弱りきった体をひっぱりあげてシーザーの背にまたがり、首筋にしがみつくように身を沈めると、馬を自由に走らせた。どこへ向かえばいいかわからなかった。わかるのは、ここにいるのは賢明じゃないということだけだった。敵の格好の標的となり、命の血を流して土に染みこませるだけだ。

ありがたいことに、シーザーは賢い馬ならあたりまえのことをした。

主人を家に連れ帰ったのだ。

ジェイムズは家の外の庭で、へなへなとくずおれた。大声でパトリックを呼び、そばに寄ってきたジェミーを押しやった。ところがこの犬は言うことを聞かず、ジェイムズの顔をざらざらした舌で一心に舐めるので、顎の傷とおなじくらい痛かった。

ほどなく、頭上で明かりがゆれた。パトリックがランタンを掲げ、長い顔を心配で曇らせてのぞきこんでいる。「どうしたんだ、マッケンジー。そこらじゅう血だらけじゃないか」

「だれかに撃たれた」ジェイムズはうめいた。

「そいつの射撃の腕はたしからしいな」パトリックはよく見えるようにランタンを近づけた。「弾はかすっただけのようだ。顔の傷はやたらに血が出る。見た目ほどひどくはなさそうだ。きみがまだ歩いたりしゃべったりできるならね。それでも、大事にしたほうがいい。一日にひとつ重傷を負うだけでもじゅうぶんなのに」彼はかぶりを振った。「たぶん、今度はベッドへ連れていくと言っても、きみも耳を貸してくれるだろう」

ベッドは禁断の果実のような響きがするが、そのとき使命の緊急性が恐怖の稲妻となって体を駆け抜けた。撃たれたことで頭が混乱したせいで、なんのためにモレイグめざして疾走していたのかを忘れていた。

だれかに殺されかけた――しかも、二度も――ということは、本人が法廷で自白するまでもなく、はっきりとバートンの危険性が証明されたのだ。ジョーゼットに重大な危機が迫っている。自分にはまっとうしなければならない使命がある。

ジェイムズは痛む顎をさっとぬぐい、よろよろと立ちあがった。パトリックの判断には信頼を置いている。傷は見た目ほどひどくないと彼が言うなら、ここで時間を無駄にしている場合ではない。馬のほうへ向かいかけた。

パトリックの手が肩に置かれ、その場に釘づけになった。「きみは馬に乗れる状態じゃないよ」

「そんなこと言っていられないんだ!」ジェイムズは大声を出し、友人のほうを振りむいたとたん、目の前の世界が横に傾いた。「ジョーゼットの身があぶない。僕は一秒だって無駄にできないんだよ!」

パトリックはとまどって目を細めた。「ジョーゼットって、いったいだれだ?」

「僕の妻だ」ジェイムズは本心から言った。心底そう感じていた。彼女は僕のものだ。彼女がそれに気づいてさえくれたらいいだけだ。

「ほう」パトリックはさらに目をせばめた。「じゃあ、謎のミセス・マッケンジーが見つかったんだな。今朝の苦労も報われたということか。彼女はいまどこにいるの?」

「キルマーティ城だ」ジェイムズは声を絞りだした。「ウィリアムが彼女をいとこから守っているし――」

「だったら、僕が傷を診る時間はあるな」パトリックはやんわりとさえぎった。「こうして見ただけじゃ、弾がきみの頑丈な頭蓋のどこかに残っているかどうかわからない。重大な何かを切断しているかどうかも」

ジェイムズは顔をしかめ、ため息をついた。体は治安判事をさがすことにつかえとわめいているが、頭はもっと合理的なほうへ傾いていた。ビャウルテンの混乱のなかでキャメロンをさがすのは、簡単にはいかないだろう。パトリックに銃創を診てもらうあいだ冷静になるというのは、時間の無駄ではないかもしれない。じっくり考えて、キャメロンが出没しそうな場所の道順を頭に描くのだ。

パトリックがたたみかけた。「その女性のことが好きなら、無事に彼女のもとへもどれることを確実にしておいたほうがいい。ウィリアムがそばについているなら、きみも安心だろう」

忌々しいことに、パトリックは落ちつきはらって筋の通ったことを言う。いやいやながらうなずくと、友人は腋の下に手を入れてジェイムズを立たせ、肩によりかからせた。「傷の具合を診るのに、ひげを剃らなければならないな」パトリックは言った。「その箇所だけにするか、それとも全部剃ってしまうか?」

ジェイムズは一度つまずいてから体勢を立てなおした。それを思うと、ジョーゼットの身を案じるのとおなじくらい気がもめる。顎ひげは父と仲たがいして以来、十一年伸ばしたままだ。子供じみているかもしれないが、風貌があまりにも父と似ていたので、ひげがあったほうが自分は自分なのだと毎日思うことができたのだった。

「やってくれ」とジェイムズは言った。「全部剃ってくれ。ひげにはもう飽き飽きしていたことがわかった」

「いいかげん、剃ってもいいころだ」パトリックはつぶやき、ジェイムズの体重を肩で受けとめて、その重みにうめき声をあげた。「牡牛並みだな、きみたち一族は。キルマーティなんだから当然か。行動もその一族らしくするときが来たな」

ジョーゼットは狩猟小屋から暗闇へ飛びだした。心臓がどきどき打って胸をうがつ。ランドルフはたきつけを結えてあった紐で縛りつけてきた。いまはこの五分間頭のなかで沸き立っている問題の決断を迫られている。

キルマーティ城へもどるには一マイル。それから、自分の言うことを信じてくれそうもないあの強面《こわもて》の兄を納得させるのに三十分はかかるだろう。

その間もずっと、ジェイムズはどこかで傷ついて倒れているのだ。

ジョーゼットは嗚咽《おえつ》をこらえた。彼の身を案じて、失うかもしれないものを思うと、決心は固まった。ランドルフが木につないでおいた灰色の牝馬にまたがり、いやがる馬の腹を蹴って町へ走らせた。

三マイルまでは、道に倒れている彼の体は見当たらなかったが、モレイグの明かりが見えてきたところで運が尽きた。月に照らされた道の真ん中に落ちていた黒っぽいものを踏みつけそうになり、ジョーゼットは息を切らした馬をとめて後もどりさせた。

馬からおりて、それを確認したとたん、胸がぎゅっと締めつけられた。ジェイムズの財布だった。上着のポケットから落ちやすいから気をつけてと注意してやったあの財布だ。彼はここを通ったのだ。財布を拾いあげ、暗い道に膝をつき、財布が落ちていたあたりを手でさわった。何か黒っぽく湿ったものが、土に染みこんでいるようだった。

何か銅のような刺激臭のするもの。血だ。

絶望に胃がかき乱され、喉もとまで吐き気の波が押し寄せた。ジョーゼットは手で口を押さえた。こんなところで吐いていても、だれも助からない。

「ジェイムズ！」ジョーゼットは叫んだ。けれど、返ってきたのは森のやさしいざわめきと、自分自身の張りつめた息だけだった。やみくもにあたりを見まわしたが、ジェイムズや彼の馬のいる気配はなかった。彼に何があったにしろ、夜の闇にのみこまれてしまったのだ。

残っているのは、彼が傷を負ったという動かぬ証拠だけだ。

恐怖にかられて、ジョーゼットは馬の背にもどり、その脇腹に容赦なく踵を打ちつけた。

さらに半マイル進むと、ビャウルテンの人ごみに行く手をさえぎられた。なぜ町が馬や馬車に目抜き通りの通行を遮断したのかがわかった。道を横断する木の障壁の内側にはいることを馬に許したとしても、これほどの群衆のあいだを縫って進むのは不可能だろう。ジョーゼットは速度が並み足に落ちるのも待たず馬からおり、尻をたたいて自由に行かせてやった。牝馬はさっさと暗闇に消えていった。運がよければ、あんなランドルフよりもっとやさしい主人が見つかるだろう。

ジョーゼットは人波に飛びこみ、肩で押し分けて進みつつ、見覚えのある顔や建物をさがした。助けを求められそうな人をさがした。煙と汗のにおいが競い合うように迫ってきて、この捜索がいかにたいへんかに気づき、パニックになりそうだった。

だれか知っている人をさがしたいが、群衆はただの見知らぬ人たちの集団で、肩をトントンとたたいても顔をそむけてしまうか、いやらしい視線とエール臭い息を投げかけるだけだった。人垣の向こうでは、十五フィートはあろうかという巨大なかがり火が焚かれ、もくもくと煙を立ちのぼらせている。目抜き通りの中心あたりから、弦楽器の音合わせが聞こえてくる。群衆のひっきりなしのおしゃべりが耳ざわりだ。ここで浮かれ騒いでいる人たちがいるのに、一マイルも行かないところでジェイムズが撃たれたなんて、これほどの皮肉はない。

苦闘のすえ二十フィート進むと、ようやく見知った顔に出会った。木の舞台の端にジョゼフ・ロスヴェンがぽつんと立ち、足でリズムを取っていた。その猫背ぎみのひょろっとした姿には見覚えがある。体は立派なのに、それをどうつかえばいいかわからないのは、いかにも若者らしい。楽団の音合わせは終わっていないが、調子のはずれた音楽に乗って踊りだしたカップルたちもいて、彼はそちらをじっと見つめていた。

ジョーゼットはジョゼフのほうへ飛んでいき、上着の袖をつかんだ。「ミスター・ロスヴェン」ハアハアあえぎながら、息をついた。どうやら馬を放したときから呼吸のことも忘れていたらしい。「お……お願いがあるの」

ジョゼフはこちらを向き、一瞬とまどった顔をしてから、うれしそうにほほえんだ。「レディ・ソロルド！ また手ほどきしにきてくれたの？」あたりを見まわし、目抜き通りの雑踏に目を凝らした。「ふたりきりになれる路地をさがさないと」

ジョーゼットは両手で膝頭をつかみ、肺いっぱいに煙だらけの空気を吸いこんだ。この若者に何かしたらしいことを思いださせられても、金切り声をあげている神経は静まらなかった。「わたしは……治安判事をさがしているの」かがり火の低い咆哮《ほうこう》と悪夢のような音楽越しに、あえぎながら言った。「どこに行けば見つかるかわかる？」

ジョゼフはうなずいた。「うん、彼は〈青いガチョウ〉亭にいるよ。さっき見てから十分もたってない。ミス・ダルリンプルにあいさつしに寄ったんだ」にやりと笑うとかがり火に歯が光った。「五分くらい教えてもらうのもだめ？ まだよくわからないことがひとつあるんだ。あとでミス・ダルリンプルとやるときに、彼女をがっかりさせたくないから」

だが、ジョーゼットはすでに歩きだしていた。恐怖とまぎれもない吐き気に突き動かされていた。この青年に何をしたかは知りたくない。治安判事をさがしだすことしか考えたくない。そして、彼に屈強な男たちを集めさせ、ジェイムズの痕跡がないか森を捜索させるのだ。

しかし、ジョーゼットは歩みをゆるめた。それは臆病な考えだ。ゆうべ、何をやったにしろ、少なくともその機会に乗じてありのままの自分をさらけだすだけの度胸はあった。ジョーゼットは若者のほうへ首をめぐらせた。「ミスター・ロスヴェン」と、小声で呼びかける。「具体的には、わたしはゆうべ、あなたになんのやり方を教えてあげたの?」「ワルツだよ」彼は笑顔で叫びかえした。ひときわうれしそうに木の舞台を手で示す。「ワルツの踊り方を教えてくれたんだ」

安堵のあまり、がくっと肩を落とした。「もう手ほどきはいらないと思うわ」ジョーゼットのこれまでの人生を考えれば、若者に肉体の喜びを教えるには適さないかもしれないが、ひょろりとした若者にダンスを教える素養はそなわってるはずだ。

ジョーゼットは肘でかき分けながら〈青いガチョウ亭〉をめざした。その建物は見張り塔のように群衆の上にそびえている。看板の文字がひとつずつはっきり見えるようになってくると、ゆうべの記憶がないことで足は重くなった。

後戻りはしないと誓ったのだ。今度は午後にちょっと寄ったようなわけにはいかない。心の支えになる力強いジェイムズはそばにいないのだから。しかも、酒場にはいっていかなければいけない。ゆうべ、醜態を演じたその場所に。

ジョーゼットは深く息を吸いこみ、半歩前に踏みだした。半時間ほどまえには、いとこを縛りあげてきたばかりではないか。あんなことができるなら、〈青いガチョウ亭〉の酒場くらいでは動じない度胸があるはずだ。

28

群衆が通りの両端のほうへ寄っていき、前方がひらけて、勇気もわいてきた。そこでジョーゼットは残りの十五ヤードを走り、階段を一段飛ばしにあがり、靴音高く扉からいきなり登場した。目に垂れさがってきた髪を払いのけ、エールとウイスキーのにおいが染みこんだ店内で、勢いあまって滑りながら停止する。

突然の静寂のなかで、椅子がギーッと床を滑った。二十の瞳がこちらを見つめる。なかにはジョーゼットを見てうなずく者たちもいる。また今夜も彼女が〈青いガチョウ亭〉に飛びこんできたか、とでもいうように。

「モレイグ一美しいレディのためにもう一杯だ！」男が叫び、マグカップを掲げた。

「モレイグで〈青いガチョウ亭〉に足を踏み入れた唯一のレディのためにもう一杯！」別の男が叫んだ。

賛成の声がいっせいにあがった。白目の大ジョッキがあちこちのテーブルに置かれ、口笛が響きわたる。ジョーゼットは酒場の敷居を片足だけまたいだ格好で逡巡した。

彼らはわたしをレディだと思っているのだろうか？

「おい、みんな、今夜は夫を連れてないぞ。俺たちにもチャンスがあるってことじゃないか」奥のほうから声だけ聞こえた。

「いい子だから、こっちに来て、ゆうべみたいにまた膝に乗ったらどうだ」でっぷりした初老の殿方が、気が引けるほど親しげにズボンの前をたたいた。

「わたしは……いいえ、けっこうです」ジョーゼットは思いきって一歩踏みだした。恐れていたとおり、男たちはみんなこちらを見つめている。つま先が床に食いこんだような重い靴を引きずって進んだ。

やがて、彼らは非難の目ではなく、好意の目を向けていることに気づいた。

彼らはほほえんでいる。励ますようにうなずいている。ジョーゼットのことを苦々しく思う者がいないばかりか、軽蔑する者さえひとりもいなかった。

ゆうべの自分のとっぴな振る舞いの話を聞いてからはじめて、それをおぼえていたらよかったのにと思った。この精悍《せいかん》な男たちを統御するのはどんな感じだったのだろう。彼らは行きずりの客にすぎないようなジョーゼットにたいして、その一挙手一投足をうかがい、ひとことも聞き漏らすまいとしている。ジョーゼットはひと足ごとに自信がわいてくるのを感じた。みずから招いた気まずさはまだあるけれど、どこかずっと奥のほうへ押しやられていた。いまはもっと大事な用件がある。ゆうべ自分がこの人たちを虜《とりこ》にしたことは、その用件にはいっていない。

ジョーゼットは腰に手を当て、うっとり見つめる彼らをまっすぐ見すえた。「紳士のみなさん、今夜はちがう用事があってここに来たの」くるりとひとまわりした。「どなたか治安判事の居場所を教えてくれないかしら」

「ここだ」ひとり用のテーブルについていた男性が立ちあがった。

一瞬、上等な仕立ての服や濃いブロンドの巻き毛が目に留まったが、すぐに顔に視線を据えた。彼の貴族然とした面立ちは、むさくるしいひげを生やした客たちのなかにいると、ひどく場違いだった。しかもその目は、こちらをあからさまに品定めしているようだ。

「諸君、ご起立願おう」彼はジョーゼットから目を離さず、気取って言った。「われわれはレディをお迎えした」

椅子やスツールが床にこすれる音がひろがった。男たちはつぎつぎに立ちあがって一様に帽子を取ったが、ジョーゼットは立ちどまらずに治安判事の前まで進んだ。「どうしてもあなたの助けが必要なんです、ミスター・キャメロン」

キャメロンは不敵な笑みを浮かべた。「わたしはいつでも、困っているレディには力をお貸ししますよ」視線がボディスにさがった。「ゆうべのことなら喜んで説明しよう」

「ゆうべのことは話したくないわ」

「そうだろう」問うように、片方の眉を持ちあげた。「あなたを楽しませるなら、マッケンジーよりわたしのほうが適任じゃないかな」

ジョーゼットは片手でテーブルをたたいた。怒りと焦りの声が全身から立ちのぼっていた。

「夫をさがすのにお力を貸していただきたいのよ、ミスター・キャメロン」

冷やかすような表情が消えて、キャメロンは不安な顔つきになった。「すわって話を聞かせてくれ」

ジョーゼットは椅子に腰かけた。まわりでは男たちが着席する気配があり、しだいに自分たちの会話にもどっていった。いかにも紳士らしいキャメロンは、最後に席につき、口の片端をあげて好色そうにこちらを眺めた。ジェイムズがここにいたら、彼の顔に拳をたたきこんでいただろう。けれども、いない。

だからこそ、ジョーゼットはここに来たのだから。

「夫の行方がわからないの」心配のあまり、その言葉は風に舞う木の葉のように震えた。

「そのうえ彼は……たぶん怪我をしている」

キャメロンは椅子の背にもたれた。「彼がきみの夫だと？　わたしのゆうべの記憶では、それはちがうようだ」

「そのあとで結婚したの、鍛治屋で。あなたが昨夜どんな役割をしてくれたにしろ、もう一度力を貸してほしいのよ。今夜」

キャメロンは申し訳なさそうに両手をひろげた。「召喚のことだったら、レディ・ソロルド、ほんとうにすまないと思う。ふだんなら、わざわざあいつを助けたりしないんだが、マッケンジーがどうしてもと言い張るし、証拠も——」

「召喚のことじゃないわ。結婚のことでもないし、あなたとジェイムズの仲たがいのことでもない」ジョーゼットは話をさえぎった。「彼は撃たれたの。命に別条がないかどうか、心配でたまらないのよ」

すさまじい音が耳に襲いかかり、スカートやストッキングに冷たいエールが飛び散って、ジョーゼットは体をひねった。かたわらにエルシーが立っていた。染みだらけの古いエプロンをつけている。レディーズ・メイドがそんなものを身につけるのは許されない。たとえ、どれほど日常的な用事を仰せつかっていたとしても。エルシーは片手を口に当てていた。運んでいたトレイは床で斜めになり、そばでは空っぽのジョッキがまだころころ転がっていた。

「彼が……撃たれたですって?」メイドは叫んだが、手を当てているのでくぐもった声になった。

「わからないの」キャメロンに視線をもどすと、彼は鷹のように目を光らせていた。「何を……何を信じたらいいのか。わたしが見たのは……」声がとぎれた。

「何を見たんだ?」キャメロンは冷ややかなきびしい声でうながした。

「血痕」ジョーゼットは生唾をのんだ。「おびただしい量の血。キルマーティ城からモレイグへつづく途上で、ここから一マイルほど東」

「人影は？」

ジョーゼットは首を横に振った。涙がこぼれた、それまで我慢していた涙だ。全身が震えはじめた。ああ、もしジェイムズがわたしのせいで殺されてしまったら、罪の意識を背負って生きてはいけないだろう。もう彼のことを愛しはじめている。失うものの大きさを思うと、まだ息をしているのに棺の蓋を閉じられたような気がした。

「馬は？」キャメロンはたたみかけた。

「その気配もなかった」ジョーゼットは声を絞りだした。

キャメロンは顎を撫でた。「だったら、命に別条はなく、馬に乗れたのかもしれない。道ですれちがわなかったか？」

「ええ。彼がキルマーティ城へもどるのに通ったかもしれない道筋をわたしもたどってきたのよ」

「それでも、念のため確認したほうがいいな」早くも椅子を押しやり、立ちあがっていた。

「ちがう経路を取ったかもしれない。身の危険を感じていたならね」帽子と手袋をつかんだ。

「わたしがかならず見つける」キャメロンは顎を引き締めた。「彼には借りがある。せめてそのくらいはしてやらないと」

「待って……」ミスター・キャメロンがキルマーティ城まで様子を見にいってくれるのはありがたいが、ジェイムズの兄はジョーゼットもこの陰謀の仲間だと疑っている。伝言だけで信じてくれるだろうか。

それとも、小細工だと思うだろうか。

「手紙を書かせて」ジョーゼットはエルシーに合図した。「鉛筆と紙がほしいの。お願い、できるだけ急いで」

メイドはどこからかその両方を調達してきた。ジョーゼットはこの手紙が必要ないことを願いながら、簡潔な説明を書きとめた。運がよければ、ジェイムズは無事キルマーティ城にたどりつき、ジョーゼットがいないことに怒り狂っているだろう。そうでありますように、と祈った。

そうじゃないほうは、考えるのも恐ろしい。

走り書きした手紙をつかんでキャメロンが出かけていくと、ジョーゼットはテーブルにつっぷした。体がだるく、変色した銅貨のように錆びついている感じがした。どうしたらいいのだろう？　ジョーゼットは二年間、喪に服してきた。二週間でも長いくらいの亡き夫のために。

だったら、愛しているだけではなく、自分のせいで殺されてしまった夫のためには、どうやって罪を償えばいいのだろう。

エルシーが励ますように肩に手を置いた。「ミスター・キャメロンがきっと見つけてくれるわよ」

ジョーゼットは顔をあげ、泣き笑いを浮かべた。「いまは彼だけが頼みの綱だわ」震える息をゆっくり吐きだし、それからエルシーの手を握りしめた。「ほら、外に出て、ミスター・ロスヴェンと踊ってきたら?」

メイドは顔を曇らせた。「あたし……あたしには仕事が必要なのよ。あなたのところにまだいられるかどうかわからなかったから。ミスター・マッケンジーの事務所の窓を割っちゃったし、あなたをあんな状態で置き去りにしちゃったし」

心がこれほど痛んでいなかったら、笑いだしたいところだ。「だいじょうぶよ」悲しげなメイドに言って聞かせた。「ミスター・マッケンジーとわたしは合意に達したの。あなたはわたしのもとにいられるわ」わたしがスコットランドにいるかぎり。

どこからそんな考えが出てきたのだろう。こんなことがあったあとでロンドンへ帰ると思うだけで、頭が逆にくるくるまわった。ジェイムズが怪我を負っていたら、たとえそれがかすり傷ていどであっても、彼が快復するまで自分はここにいるだろう。

甘すぎる、という記憶の鞭が飛んできた。あれだけの血が流れて、かすり傷ですむはずがないではないか。

もし彼が死んでいたら……彼にもう会えないなんて、あの燃えるキスの先にあるものを知ることができないなんて、つらすぎて考えるのもいやだ。

「さあ、ビャウルテンを楽しんでいらっしゃい」とエルシーにささやいた。「年に一度しかないお祭りでしょ。楽団の演奏もはじまっているわよ」

エルシーの表情が期待にやわらいだ。「ほんとにだいじょうぶ？　あなたはどうするの？」

「わたしはここで、ミスター・キャメロンからの知らせを待つわ」そうしなければならないのなら、いつまでだって。

ぼやけた影が動くのが、目の端に映った。宿の主とおぼしき男がこちらへ向かっていた。

「もういいかな、ミス・ダルリンプル、鉛筆を返してくれ。洗いものがたまってるし、向こうでジョッキを振ってるやつが四、五人いる。さっさと動いてくれんかね」

エルシーは紐をはずし、汚れたエプロンを丸めて床に放り投げた。「自分の時間をもっと有効につかうわ。お世話になりました。もっといい仕事が見つかったの。夜明けが来たのよ」

ジョーゼットに小粋なウィンクを投げると、エルシーは扉のほうへ歩いていった。

その後ろ姿を見送って、宿の主は小さくつぶやいた。「あの娘は面倒ばかり起こす」

「知らなかったの？」エルシーがはずむ足どりで出ていき、扉は閉まった。「レディはけっしてダンスの楽しみをあきらめないものなのよ」

宿の主が不安げにこちらを見た。無理もない。ヒステリックな声になったのは、自分でもわかっている。

「鍵を取りに来たんだろう」主はむっとした様子で言った。

ジョーゼットはまだ頬を濡らしている涙を手の甲でぬぐった。「どういうこと?」

「鍵だよ」主はくりかえした。「あんたの部屋の」

ジョーゼットは主を見つめた。そうよ、部屋代を払ってあったじゃない。ふいに、騒がしいラウンジや、頭に鳴り響く恐怖の咆哮から逃れられる場所に落ちつくのは、いまの気分にうってつけのように思えた。

「ええ、お願いします」椅子を引いて立ちあがり、足に歩けと命じた。足はそっぽを向いたが、なんとかしたがわせた。「でも、わたしを訪ねてくる者があったら、部屋に通してちょうだい。わたしは……知らせを待っているの」

どうか神様、よい知らせでありますように。

「もちろんですとも」主の目の動きを見れば、彼がそれをどう受けとったかがわかる。ゆうべの今日だもの、そう思われてもしかたない。

ジョーゼットは鍵を受けとり、階上の部屋へ向かった。ベッドの端に腰かけ、息をすることだけに精神を集中した。階下にいたときは、食器がカチャカチャ鳴ったり、近くの客たちの笑い声が教会の鐘のように響いたりして、静寂がとても魅力的に思えた。けれどもこの部屋の息苦しいような静けさのなかにいて、窓の外からビヤウルテンのにぎわいがかすかに聞こえてきたりすると、自分がひとりぼっちだという事実をひしひしと感じるだけだった。

不安が、バケツで混ぜた塗料のように胃の壁を覆っている。眠れないのはわかっていた。

どうなるかわからない不安をかかえたままでは無理だ。

そう、今夜は眠らない。

ただ目を閉じて、待つだけだ。

29

　ジェイムズはいらだち、パトリックの手の下で身をくねらせた。今日、彼の縫合の世話になるのはこれで二度目だ。針なんかもう二度と見たくない。傷じたいはさほど痛まないが、針のやつめ、新しい傷をさらにこしらえているうえ、寸分たがわぬ正確さで皮膚の下の神経を狙っているようなのだ。

「落ちつけよ、もうすぐ終わるから」まるで患者が暴れだすのを察知したかのように、パトリックが言った。そういう直感は、獣医としては持っていて損はない力だろう。

　だが、ルームメイトとしては癪にさわる相手だ。

　それどころか、ルームメイトだと考えるだけで歯ぎしりしたくなる。パトリックがずいぶん楽しそうにひげを剃っているあいだ、ジェイムズは台所をじっくり見まわした。そこかしこにあるわびしい独身生活の証拠が、こちらをあざけっていた。サンドバッグには穴があき、おがくずが床にこぼれ落ちている。ぴかぴかの銅製の鍋類は、これまた使用されていない鉄製のストーブの上方に掛けたままだ。上の寝室に行けば、シーツは孤独のにおいがするだけで、あとはせいぜい犬のにおいがするくらいのものだろう。ジョーゼットのもとへもどり、彼女の頭を肩にもたせて眠りたい。彼女のにおいのするシーツのなかで目覚めたい。

まだ彼女を魔の手から守る必要があるという思いが、パトリックの針のように容赦なく身を刺した。友人はようやく体を離し、自信たっぷりにこちらを見つめた。「横になって休んでくれと言っても、きみは耳を貸さないだろうな」

ジェイムズはうめきながら立ちあがった。「ジェミーだって、言うとおりにはしないだろう」噛みつくように言いながら、ちゃんと立っていられるかどうか試したが、どうもあやしかった。「ぐずぐずしていられないんだ。それはわかるだろう」

「ああ《アイ》」パトリックはうなずいた。「わかる気がする。僕が一緒に行くというのはどうだ？」

ジェイムズは友人の顔を見すえた。もちろん断ろうと思ったが、今日は自分でも信じられないほど思慮深くなっていて、ゆっくりとうなずいた。「そうしてもらえると、ありがたい」

パトリックは洗面台へ近づき、手を洗った。「気分はどうだ？　痛み止めはあるが馬用なんだ。きみにちゃんと効くかどうかは請けあえないな」

弾がかすめた頬の傷に手を当てた。パトリックにひげを剃られたから、縫い目の両側の肌がむきだしになり、ひりひりする。日に焼けた額と、いままでひげがあったところの肌の青白さとのちぐはぐさを思うと、げんなりする。「気分なんかどうでもいい。不様に見えるん

ろうな」

手を拭いてから、パトリックはつかわれていない鍋をひとつ壁からはずした。その鍋をくるりとまわし、ぴかぴかの表面をジェイムズの顔に近づける。「それほど悪くない。花嫁も気にしないと思うよ」

ジェイムズは銅色にほんのり染まった自分の顔をのぞきこんだ。その顔は……正直なところ、最悪だった。顎に走る傷の縫い目ははっきり見えるし、耳のあたりの髪にはまだ血がついている。

だが、なにより悪いのは、父親にそっくりだということだ。十一年前にひげを生やしたときは二十一歳で、顔には丸みがあり、目にはひたむきさがあった。そして、自分がキルマーティ一族の人間だとわかる特徴を隠したいと思っていた。

一人前になったいまは、顔の丸みも取れて顎の線がとがり、さっき机越しに父親の顔に認めた苦労のしわが刻まれはじめている。

ジェイムズは傷ついていないほうの頬をこすった。「彼女は僕だとわからないだろう」自分でもかろうじてわかる程度だが、十一年ぶりに自分の顔をじっくり見て気づいた。自分はまぎれもなくキルマーティ一族の人間だ。

そして、それを恥ずかしいと思う必要はないのだ。

「だったら、キスしてやればいいんだ」パトリックは肩をすくめた。「そうすれば、すぐ気づくさ」

胸の奥に笑いがこみあげてきた。そうだ、キスしてやろう。これから死ぬまでそれを日課にしよう。

一緒にドアのほうへ向かいかけて、ジョーゼットのコルセットが目に留まり、ジェイムズはいきなり足をとめた。コルセットは食器台に積まれた本や書類の上にのっかっていた。すっかり忘れていたが、自分のもののなかに、ちょっと女性らしいものが混ざっているのはいい感じだ。それを小脇にかかえながら、自分がただ結婚したいだけでなく、彼女と人生を共に歩きたいのだとつくづく思った。

だがそのまえに、彼女の身の安全を確実にしなければならない。

パトリックをしたがえて外に出ると、暗がりのなかからウィリアムとキャメロンがこちらへ向かってくるのが見えた。馬たちは息を荒らげ、ふたりはきびしい顔をしている。そして、ジェイムズの前で馬をとめた。

ジェイムズは兄をにらみつけた。治安判事をさがしだしてくれたらしいが、そんなことでは体じゅうに燃えあがる怒りを消す役には立たなかった。

ウィリアムはジョーゼットを置き去りにしてきた。守る者もなくひとりきりで。

十一年間におよぶ父との確執がようやく解消できたばかりかもしれないが、この裏切り行為の前ではそんなことはどうでもいい。兄をとことんやっつけてやる。

「こんなところで、いったい何をやっているんだ？」ジェイムズは食ってかかった。

「ああ、よかった。生きていてくれたか」ウィリアムが相好をくずした。「だが、おいおい、ひげはどうしたんだ？」

「バートンにまた狙われたんだ。それなのに、ジョーゼットを保護せずに置き去りにしたな。ひげのことより、言うべきことがあるだろう」

　馬が後ろ足で立ちそうになり、ウィリアムはののしり声をあげ、馬を落ちつかせようとした。馬がふたたび静かになると、まじめくさった顔でこちらを見た。からかうような表情はすっかり消えていた。「わたしは置き去りにしていないよ、ジェイミー。彼女がおまえを置き去りにしたんだ」

「なんだって？」ジェイムズは信じがたい思いできさかえした。

「彼女はいなくなった。窓から出ていった」

「だけど……僕は靴を奪ったんだ！」彼女が窓を乗り越えるのは想像できる。知りあってまだ間がないが、かなり強情なことはもう判明している。しかし、裸足で歩きまわるか？　この暗闇のなかを？

　バートンにつけ狙われているとわかっているのに？

　肺のなかで息が凍りつきそうだった。

「どうやら、そんなことではあきらめなかったようだな」ウィリアムは恐ろしいうなりをあげた。「おまえが彼女を図書室に閉じこめておいたから安全だと思った。だが、様子を見ようとのぞいてみると、彼女は消えていた。おまえに知らせようとここに来る途中、キャメロンに声をかけられた」

デイヴィッド・キャメロンが咳払いし、何かを渡してよこした。ジェイムズは冷たくなった指先で、折りたたまれた紙をつかんだ。

「彼女は〈青いガチョウ亭〉でわたしを見つけ、これをおまえの家族に届けるよう頼んだ」キャメロンは説明した。「おまえのことを心配しているような感じだったが、ウィリアムと出会って話を聞いてみると、ほんとうに心配していたのか自信が持てなくなった」

キャメロンの言葉は、ジェイムズのもつれた思考を突き破った。パトリックに合図してランタンを照らしてもらいながら、不安で胃がかき乱された。

ジェイムズは紙をひろげ、伝言を読んだ。

ウィリアム、あなたの弟がキルマーティ城からモレイグへ向かう道で撃たれました。彼が見つからないので、どうか治安判事と一緒にさがしだしてください。

ジェイムズは紙を握りつぶした。胃はもう空っぽな感じはしない。それどころか、ふつふつと煮立っている。裏切られたという思いが身内を駆け抜け、そこに居すわった。「彼女は僕が撃たれたことを知っていた」声を絞りだした。心臓がくるくると側転し、胸に残っていた息を奪っていく。

彼女が仲間じゃないなら、どうして僕が撃たれたことを知っているんだ?

「そうだ」ウィリアムがいかめしい顔でうなずいた。「おまえが撃たれたことを知っていた。おまえが助かったことは知らないだけだ」

彼女を見つけるのは簡単だった。〈青いガチョウ亭〉にもどってきいてみると、宿の主はすぐさまジェイムズを部屋に通した。四人の大柄な男が血相を変えてやってきて、そのうちのひとりは昨夜、店に甚大な損害をあたえた男だから、主にしてみれば裏をかいたつもりだったのだろう。あるいは、四人の男に追われているレディをばかにしきっているのだろう。理由はなんであれ、主はためらいもせず階段のほうへ手を振った。

階段をのぼりだすと、あとをついてくる三人の男たちの足音が、頭のなかの決意のリズムを乱した。ジェイムズはきっぱりと彼らを押しかえした。「きみたちに立ち会ってもらう必要はない。ひとりでやらせてくれ」

はねつけられて、ウィリアムは目をみひらいた。「ばかを言うな、ジェイミー。彼女はすでに一度おまえを殺そうとしたんだぞ。彼女はもっと腕を磨く必要があるが。おまえはそこへ乗りこんで、ばか正直にも心臓を狙いやすいように胸をむきだしにしてやるのか」

ジェイムズはかぶりを振った。「自分で対処できるよ。いまはもう彼女を信じていないことがわかったんだから」

「相手が男なら、もちろん対処できるだろう」キャメロンの声に、棒でつつかれたような気がした。「モレイグの住民はみんなそれを知っている。だが、女にナイフを突きつけられるのは話が別だ。憎からず思っている女ならなおさらだ」

ジェイムズは鋭く息を吸いこんだ。ジョーゼットへの思いが、それほどあからさまだったとは気づかなかった。だが、好きだという感情はこのさい関係ない。大事なのは真実だ。野次馬がいては、聞きだせるものも聞きだせなくなる。ジェイムズは肩を怒らせ、異議を封じた。「僕はひとりで行く。反対されようがどうしようが」

ウィリアムはいまにもジェイムズの首を絞めそうな顔をしている。パトリックのやつめは憐れむような目をしている。ふん、彼らが反対するのは理解できる。立場が逆だったら、自分だっておなじことをしただろう。だが、ほんの二十四時間のうちにジョーゼットとのあいだに通いあった気持ちは、彼らのだれひとりわからない。彼女の裏切りは、ふたりきりで問いつめなければならないものなのだ。

「十分くれ」ジェイムズは兄の心配そうな目を見て、譲歩した。「十分たっても僕の声がしなかったら、はいってきていい」

張りつめた長い沈黙のあとで、ウィリアムはうなずいた。「くれぐれも、われわれを待っているのが死体じゃないようにしてくれよ」

ジェイムズは残りの階段を一段飛ばしにあがった。扉はするりとあいた。あの女は鍵をかけることさえ思いつかなかったのか。物騒な話だ。だれでもジェイムズのように簡単にはいってこられて、絹のような髪をひろげてベッドに横たわっている姿を目にできるではないか。

彼女は眠っていた。ぐっすり眠りこみ、ときおり体をぴくっと動かす。揺り起こしてやろうとして、震える手を肩に置いた。だが、自分のなかの紳士の部分が、こんなに気持ちよさそうな眠りをいきなり妨げるのはかわいそうだと思った。声をかけて起こすほうがずっと親切だろう。

といっても、彼女にたいしてやさしい気持ちになっているわけではない。

ナイトテーブルの上のランプは、火力が弱くなっていた。ジェイムズは手をのばし、明かりを強くした。コルセットをテーブルに置こうとして、自分の財布にじつによく似たものが置かれているのに気づいた。彼女がこの陰謀に関与し、その動機にもなっている証拠の品だ。彼女はほんとうに、こんなはした金のために僕を撃ったのだろうか。

ジョーゼットに視線をもどした。彼女はベッドカバーをめくる暇もなかったようだ。すぐにも声をかけて起こさなくてはいけないが、ジェイムズはしばらく彼女の全身を見つめていた。うっとりするほどの美しさに、彼女に触れたくて指がうずうずした。

だが、美しさはこの話しあいには関係ない。雌ライオンだって美しいが、相手の喉もとを噛みちぎり、その死骸を食らうのだ。

ジェイムズはベッドに腰かけた。その重みでマットレスが沈んだが、彼女は身じろぎもしなかった。深く息を吸いこみ、肺に空気と意志を満たした。「起きろ、ジョーゼット」

30

恐ろしい夢のなかで、耳もとでささやく声が、有無を言わせぬ口調で命じている。起きろ。ジョーゼットはそんな命令を無視しようとは考えもしなかった。

そして目をあけると、見知らぬ男がベッドに腰かけていた。あわてて手をついて起きあがり、後ろにさがった。自分がどこにいるかも、だれのベッドにいるかも、怖い顔で見おろしているのがだれかもわからなかった。今朝、目覚めたときとおなじくらい頭が混乱していた。この状況もまわりの景色も、気味が悪いほどなじみがある。もう一度目を閉じて、これが夢かどうか確かめようかと思った。

けれどひとつだけ、それを思いとどまらせるものがあった。あの目だ。一度見たら忘れられない緑色の目が、いまは日の光ではなく、ランプの明かりに照らしだされている。おなじ目だけれど、どこかちがう。

その目は、こちらへおいでと招いてはいなかった。

「ジェイムズ！」ジョーゼットはうれしさに息をのんだ。その陰鬱な顔つきも、彼がにらんでいるゆえに彼は生きている——という事実の前では気にならなかった。

そんな顔になるのも無理はない。彼は猛烈に怒っているのだ。卑怯にも図書室を脱けだしたのだから怒られて当然だが、彼の不満はあとで解決しよう。

いまは、うれしさに胸がはずんでいた。

彼は生きていたのだ。

ジョーゼットは彼のほうへ身を乗りだし、手が届くところにあるものならなんでもつかもうと腕をさしだした。わたしはどうして眠ってしまったのだろう？ あれほど眠らないと誓ったのに。ジョーゼットは彼の鎖骨のくぼみに鼻をうずめた。おなじにおいがする。石鹼と乾いた血とあたたかなウールと馬を乗りまわしたにおい。感触もおなじだ。背中にまわした手の下で波打つ引き締まった力強い筋肉。

けれども、彼はまるでちがう人のように見える。

身を引いて、彼の顔をしげしげと見た。ひげがなくなっている。傷のある頰のなめらかな剃りあとに、震える手を押し当てた。「死んでしまったのかと思った」ジョーゼットはささやいた。

「そうだろうな」彼の口調は、ジョーゼットのようなひそひそ声ではなかった。喉を鳴らす発音の仕方とあいまって、目覚めたばかりの頭に雷のように響いた。「死んでなくて驚いたか？」

それは質問のはずだが、そのものものしくきつい言い方から、答えを聞くつもりがないことはあきらかだった。

彼は責めている。ジョーゼットは体が震えだすのを感じた。非難に値すると思われていることに、心が傷ついた。だが、自分でも悪いと思うのだから、彼が責めるのも当然だろう。

「ランドルフが言ったの……」ジョーゼットは唾をのみ、恐ろしい記憶を頭から振りはらった。「あなたが……死んだと。わたしは何を考えればいいかわからなかった」

とても怖かったのよ。でも、そんなことを言ったところで、この男の顔に浮かんだ非難を消す役には立たないだろう。だから、それは胸の内に隠しておくことにした。

大事にしまっておくことにした。恐怖という感情は、夫というものには長いこと感じていたが、夫の身を案じて感じるようになるとは思いもよらなかった。

ジェイムズが目を光らせた。「うまい嘘だな、ジョーゼット。だが、しらばっくれ――」

はっと思いとどまったようだが、彼がずっと訛りを隠そうとしていることに、ジョーゼットの胸は詰まった。「しらばっくれて、何事もなかったかのような顔をするな。僕はきみの伝言を見たんだ。僕が知りたいのは、きみが引き金をひいたのか、それともランドルフにその嫌な仕事をやらせたのかということだ」

ジョーゼットはベッドカバーの上で身をちぢめた。「どちらでもないわ」と小声で言った。

「きみが安全なキルマーティ城と兄の保護のもとを去ったのには、理由があるのか？　それとも、いろいろあった一日の仕上げに暗い森を歩きまわってみたかっただけか?」

「どちらでもないわよ!」怒りが奇妙なかたちで頭をもたげた。思わずジェイムズの胸を押しやり、彼が顔をしかめるのを見て息を吸いこんだ。かろうじて胸の傷に触れずにすんだらしい。「わたしは逃げだしたけど、あなたが先にわたしを置き去りにしたのよ」

ジェイムズは身を起こした。ふたりの距離が少しあいて、息がいくらか楽になった。「どこへ行ったんだ?」

「わたしは……」ジョーゼットは言葉をのんだ。窓から脱けだすという浅はかな行為について、筋の通らない説明はしたくなかった。「荷物を取りにいったの。狩猟小屋に」

彼は険しい顔をした。「なぜ?」

ジョーゼットは小声で毒づいた——エルシーの選り抜きの言葉を借用した。とはいえ、ここにいるのは、事務弁護士のジェイムズ・マッケンジーだ。質問をどんどん投げかけ、答えを要求し、こちらのことを悪く考えるだろう。

まあ、少しは悪くとられてもしかたないかもしれないけれど。

「ロンドンへもどるつもりだったの、朝の馬車で」声はかすれていたが、ジョーゼットは挑むように顎をあげた。

彼女の言葉はすでに傷ついていた心を刺激した。「僕を置いていくのか? 靴もなしで?」

彼女がさよならも告げずに去っていくつもりだったのは、彼女が自分を殺すたくらみに関与しているかもしれないと思うのとおなじくらいつらかった。

「ええ」彼女は背筋をのばした。「でも、もう靴はあるの。それを取るために狩猟小屋へ行ったのよ」

「なんでそんなばかなことをするんだ？」ジェイムズは問いつめた。

彼女は眉をあげた。癪にさわると同時に心がほのぼのとする仕草だ。「ロンドンは汚れた町でしょ。移動には靴が欠かせないの」

「僕がもどるまで待ってもよかっただろう」ジェイムズは核心をついた。

「自業自得よ。わたしを図書室に閉じこめたうえ、靴まで盗んで。大切に思っているという相手に、そんな扱いはないわ。立場が逆だったら、わたしはあなたをもっと大事にするでしょう」

すでにこんがらがっている頭が、風にぶつけた灰のように散乱した。自分の耳はおろか、直感さえも信じられなかった。「きみは……僕を大切に思っているの？」

ジョーゼットはうなずき、ひと筋の涙を手の甲でぬぐった。「どうも、頭がどうかしているみたい」

ジェイムズは身をそらせ、腿に両手を置き、ベッドのかたわらのランプを見つめた。「どうやら、僕もそうらしい」彼女に持ちあげられ、壁にたたきつけられたような感じだ。彼女を信じたい。心底そう思う。だが、事実は悪事を物語っている。

「どうしてわたしの居場所がわかったの?」彼女の声が、蛇行しながら心の裂け目をよけて頭まで到達し、本来の目的を思いだした。

「キャメロンが僕を見つけて、きみの伝言を見せてくれた。きみをここに残してきたと言うから、まずここをさがしてみることにした」胸はきつすぎるベルトを巻きつけたようで、肺の空気が出口を失っている。「僕が撃たれたことをどうやって知ったの?」

彼女は震える息をゆっくり吐きだした。「狩猟小屋でランドルフに襲われたの、猟銃を振りまわして。彼はあなたを殺したと言った。わたしはあなたが死んだと思うのがいやで、彼の話に耳を貸さなかった。でも、道中で血だまりとあなたの財布を見つけたから、ランドルフはほんとうのことを言っているんだと気づいた。それで、治安判事をさがして、彼の捜索に協力してほしいという伝言を書いたの。だけど、あなたに非難されるようなことはしていない。あなたに危害を加えるなんて、絶対しないわ」

ジェイムズはもう何を信じればいいかわからなかった。わかるのは、ジョーゼットが護衛もなくひとりでいとこに会いにいったと思うと、脈拍が異常に速まることだけだ。「バートンに何かされたのか?」だれかに喉もとをぎゅっとつかまれたかのように、ひどくかすれた声が出た。

「わたしは無傷よ」彼女は安心させるように言い、口もとに笑みを浮かべた。「いとこのほうはそうはいかないけど。彼を始末したの」

そのとき、喉を絞められたようなひどい音が口から出た。しばらく、目を丸くして彼女を見つめていた。「だめだよ、ジョーゼット、そのままにしてきちゃ。死体はどこにあるんだ？」口をひらきかけた彼女を、片手をあげて制した。「いや、言うな。きみの弁護士として、僕は知らないほうがいい。正当防衛を主張しよう、そして――」

「殺していないわよ」彼女はさえぎった。「火かき棒で頭を殴ったかもしれないけど。あの鉄棒でひどい傷を負わせたの」彼女は下唇を噛んだ。「それに、あなたを傷つけたら殺すって脅したかもしれない」

ジェイムズは彼女を見つめた。荒れ果てた心の平原を感嘆の思いが突き抜けた。証拠はない、それに近いものもない。だが、その説明は筋が通っている。溺れかけた男が漂流物にしがみつくように、ジェイムズはその説明に手をのばした。僕が撃たれたことを彼女が知っていたのは、ランドルフと対決したからだ。彼女は共犯者ではない。僕を殺したり家族を脅迫したりするたくらみには加わっていない。

彼女は僕を大切に思っている。

それが、是が非でも信じたい真実だ。

ジェイムズはぎこちない手で髪をかきあげ、彼女を斜めに眺めた。「そこまで冷静に対処できるのは気丈な女性だ」

「邸を脱けだしたことを許してくれるの？」彼女は懇願するように目をみひらいた。
「どう考えていいかわからない」視線が彼女の顔の上を飛びまわり、口もとに落ちついた。望んでいた真実が、異の唱えようのない事実として収めるべき場所に落ちついた。
「というより、わかっている」ジェイムズは断言した。自分の気持ちが、肌に焼きごてを当てられたようにはっきり理解できた。「きみを愛しているみたいだ」

数分前まではずるずるとさがっていたジョーゼットの世界が、音を立ててとまった。いったいどうしたらわたしを愛せるの？ ふたりは知りあってまだ一日しかたっていない。その間ほとんど、わたしは反抗的で、だらしなかった。そのふたつはまさしく、亡き夫をいらだたせた原因だ。どうしてそれで、この男の愛を勝ちとるなんてことができたのだろう？ そんなことより、わたしはどうすればいいのだろう？

ジョーゼットは彼の顔を両手でつつみ、傷ついた顎に触れないように気をつけながら、頬骨の上で指をひろげた。「わたしも愛しているわ」そう返事をするのに、ためらいはなかった。知りあった期間が数か月ではなく数時間だなんてことは関係ない。ジェイムズが死んだといとこに知らされたときから、自分の気持ちはわかっていた。
「だけど、きみを信頼しているかどうかはわからないんだ」

あまりに顔を近づけていたので、彼が〝信頼〟という言葉と一緒に吐いた息まで感じとれた。あまりに近いので、彼の言葉がアッパーカットのようにこの身にめりこんだ。「ど……どういうこと?」

「信頼」彼は身を振りほどいた。「その部分が、僕にはむずかしい。きみを信じられるかどうかわからないんだ、ジョーゼット。僕の心、僕の人生、僕の財布にも自信が持てない」

「あなたの財布はナイトテーブルにのっているでしょ。このつぎはちゃんとわたしの言うことを聞いて、内側のポケットにしまってくれるでしょうね」この問題は簡単に解決した。けれど残りのふたつに関しては、喉もとにこみあげてきた恐怖をのみこんだ。「あなたの心のほうは、わたしを信じられないのも無理はないと思う。自分でも自信がないの。というより、あなたに呼び起こされた感情が自分でも信じられない」ジョーゼットはベッドカバーを見つめ、ほつれた糸をつまんだ。「でもたぶん、そのうち信じられると思う。信頼を築くには一日では短すぎるもの」

彼が深く息を吸いこむのが聞こえた。「昨日までなら、愛についてもおなじことを言っただろうな。だけど、僕たちはここにいる」

「ここって、どこに?」ジョーゼットは顔をあげた。

彼は片手をさしだした。一瞬、起こしてくれるのかと思ったが、彼はてのひらを上に向けた。「僕の指輪を返してもらってもいいかな、レディ・ソロルド」

その瞬間、世界が揺れ動き、いきなり理性の通用する世界の崖っぷちに立たされた。彼は指輪を返してほしいの?

胸の奥で心臓が暴れだしてもおかしくないのに、静かになった。まるで自分は心臓にも信頼されていないかのように。ジョーゼットは印章つきの指輪をはずし、彼に手渡した。彼はそれを自分の手にはめた。ジョーゼットの指にあったときのように、ゆるくてぐるぐるまわったりしない。彼は関節まで指輪を入れると、指の根もとまで押しこんだ。

当然のように、その指輪は彼の指にぴったりはまった。

ジョーゼットのためのものではなかったというかのように。

ジェイムズの背後で、扉がさっとひらいた。ジョーゼットはとっさに危険を察知して立ちあがり、その危険がなんであれ、逃げたり闘ったりできるように身構えた。だらしない格好をして、あきらかに常軌を逸しているランドルフが、部屋にはいってきた。

彼がジェイムズに向かっていくのを見て、どうせならふたりいっぺんに殺してほしいということしか考えられなかった。

31

前置きはなかった。口上や脅し文句もなかった。

ランドルフは挑発もせずに、いきなりジェイムズのほうへ向かってこようとしている。こめかみには火かき棒の形の傷痕がくっきりついていたが、それで心がくじけることはなかったようだ。どうやってあのいましめを解いたのかは定かではないものの、考えられなくはない。

ダンスとちがって、ジョーゼットは結び目のつくり方を習ったことはないのだ。

愛はあるけどわたしを信頼できないという男のほうへランドルフが近づくにつれて、ジョーゼットは自分がまったく役立たずだと感じた。ただ、およばずながら手伝えることがひとつある。大声の出し方なら知っている。

「ジェイムズ！」ジョーゼットは叫んだ。心臓はおかしなリズムを刻んでいる。「気をつけて！」

だが、ジェイムズはすでに危険に気づいていて、ジョーゼットの口から言葉が出るより早く、さっと振りむいた。腕を振りあげて不意打ちを受けとめると、相手のぎこちない攻撃へのお返しに鼻を殴りつけた。信じられないことに、ランドルフは倒れなかった。そこに突っ立ったまま、鼻血をだらだら流し、怒りの叫びをあげた。瞳孔がひらいているのが見える。背後にあるのは闘争本能だけではなさそうだ。

いとこは人を自由に操れるあの薬草を自分でも服用したのだろうか。

廊下をやってくる足音が聞こえ、ウィリアムと治安判事が部屋に押し入ってきた。見たことのない長身の痩せた男もはいってくる。精悍な男たちの図体の大きさと脅威に、部屋が縮んだように思えた。

「手を貸そうか？」ウィリアムがうなり、関節を鳴らしながら、恐ろしい形相でジョーゼットのほうへ一歩踏みだした。

ジェイムズは首を振り、片手をあげて兄を制した。「バートンはこの手でやっつけたい」

「バートンだと？」ウィリアムは吐き捨てるように言った。「すると、こいつがおまえを殺そうとしたやつか？」

「ああ《アイ》」顎の傷の縫い目が破れていて、ジェイムズは垂れてきた血を袖でぬぐった。ジョーゼットの目は糸を引く鮮血に引きつけられた。彼は血を流している。傷ついている。薬で錯乱した男と闘えるような状態ではない。たとえその相手が、ランドルフのような痩せっぽちのへなちょこだとしても。

ジェイムズは出血など気にしていない。あるいは気づいていないのか。体を前傾させ、拳を突きあげて、ランドルフにもう一度かかってこいと合図している。時と場所がちがえば、その仕草はふざけているように見えるかもしれない。

けれども、いまはそういう場合ではないのだ。

「フェアな闘いじゃないわ！」ジョーゼットは抗議した。ジェイムズは満身創痍《そうい》、いっぽうランドルフは血管を流れる薬の作用で逆上し、手がつけられなくなっている。狩猟小屋の暖炉の前であの犬を昏睡《こんすい》させた薬は、きっとジェイムズが勝つ見込みを低くするにちがいない。

ランドルフはこちらを見てせせら笑った。「彼の気をそらせてくれていて助かったよ。これで彼を始末することができる」

ジョーゼットは息をのんだ。ランドルフの陰謀には何ひとつ関与していないことをようやくジェイムズに納得させたところなのに、このいとこは、どこからともなくあらわれて、信頼への小さな一歩を間のいい嘘ひとつで踏みにじり、わたしを絶望の淵に立たせたのだ。

「そんなことさせるもんですか！」ジョーゼットは叫び、自分の手でいとこを殴ってやりたいと思った。

だが、ランドルフの耳には届いていなかった。ジョーゼットの言葉も、だれの言葉も。

ジョーゼットは怒りに燃えて、ウィリアムのほうを見た。「何かしなさいよ！」

さっとジェイムズに向かっていった。

言われたとおり、ジェイムズの兄は腕を組み、こちらにほほえみかけた。落ちついた笑みには、おもしろがる様子と警戒心がぶつかりあっている。「あいつは手助けを望んでいない」

だれかの拳が柔肌にめりこむ音に、ジョーゼットは行動に駆りたてられた。殴られたのがどっちかはわからないが、ランドルフにジェイムズを傷つけさせてはなるものかと思った。もう許さない。手をこまねいて見ているわけにはいかない。あたりを見まわし、武器になるものをさがした。今回は室内用便器ではないが、おなじくらいダメージをあたえられるもの。

水差しが、すぐそばに控えていた。

ジョーゼットはそれをつかみ、中身を捨てると、自分の身も捨てて乱闘のなかに飛びこんだ。ふたりの闘士のあいだに割ってはいり、いとこに狙いをつけようとした。

「こうなったら」ジェイムズはジョーゼットを押しやろうとしながら兄をにらんだ。「ちょっと助けが必要だ」

一撃がランドルフの肩をかすめたところで、力強い腕に抱きとめられ、引き離された。ジョーゼットは後方を蹴りつけ、やみくもに水差しを振りまわした。水差しはウィリアム・マッケンジーの頭に当たって粉々になった。

ウィリアムは今朝の弟よりも打たれ強いことを証明した。顔を真っ赤にして、目をぱちくりさせた。

それから、ジョーゼットの両腕を押さえこんだ。

「おとなしくしていろ、じゃじゃ馬」ウィリアムの声が耳に食いこみ、力強い腕がおなかに食いこんだ。しっかり捉えられていて、息もできないほどだから、ジェイムズを助けてランドルフの意識を失わせることなどとうてい無理だ。じたばたするのはやめて、目を閉じた。錯乱したランドルフの熱意の前では、傷だらけのジェイムズが身を守ることはできないだろう。

そのとき、おぞましいあえぎと、何かが床に落ちる音が聞こえた。

そっと片目をあけると、乱闘は終わっていた。ジェイムズは倒れていないどころか、息を切らしてさえいない。「人間の頭骨はおがくずの袋より堅いな」そう言って、かぶりを振った。

「ああ《アイ》」ウィリアムの声が、ジョーゼットの耳朶《じだ》を震わせた。「だが、ずっと愉快だ」締めつける力はまだちっともゆるめない。

「そもそも、バートンはどうしてここがわかったんだろう」ジェイムズが腹立ちをにじませながらきいた。

「たぶん、あなたがわたしの居場所を見つけたのとおなじ方法じゃないかしら」気がつくと、ジョーゼットは答えていた。「宿の主人に、知らせを持ってきた人はだれでも部屋に通してと頼んでおいたの」

「この部屋に人がひしめきあっていないのが不思議なくらいだ」キャメロンがつぶやいた。

前に出て、気絶したいとこのだらりとした手をつかんだ。「ここは治安判事の出番だろう。おまえが自分の不注意の後始末をさせることはわかっていたんだ、マッケンジー」キャメロンはひらいた扉のほうへランドルフを引きずっていった。その渋面からすると、いとこの意識のない体をガタガタと引きずったまま、あの長い階段をおりるのではないだろうか。

「どこへ連れていくの？」ジョーゼットはたずねた。ただでさえつぶれそうな胸が締めつけられた。

「モレイグの監獄でひと晩過ごせば、しらふにはもどるだろう。礼節はもどらないとしても」キャメロンはかがんでいとこの体を持ちあげ、がっしりした肩にかつぎあげた。「月曜までは彼を調べる暇はないかもしれないが。なんといっても、今夜はビャウルテンだからね」

「何か忘れていないか？」ウィリアムの言葉はキャメロンに向けられたものだが、ジョーゼットの頭の上をかすめて飛んでいったので、自分に言われたような気がした。身動きできなくされているから、ウィリアムが肺に息をためて声を出すと、その反響が背中に伝わってくるほどだった。

ジョーゼットは目を閉じた。鼠と暗い天井と枕がわりの冷たい石が、頭のなかでぐるぐるまわった。ランドルフのことはそれほど心配していない。あの男はどんな目にあってもしかたないことをした。胸がどきどきしているのは、つぎに連行されるのは自分だと確信しているからだ。

ランドルフはこの男たちの前で、わたしの関与をほのめかした。いくらそれが嘘でも、彼は意識を失っているから尋問には応じられない。

なによりまずいのは、ジェイムズがわたしのことを信じられないと認めていることだ。キャメロンの声が、空気のように頭上を漂った。「彼女の供述は月曜まで待ってもいいだろう」

ジョーゼットはぱっと目をあけた。「げ、月曜？」

体を締めつけていた腕がゆるんだ。それではじめて、その腕に体を支えてもらっていたことがわかった。「ああ《アイ》」ウィリアムのあたたかい息が耳もとをくすぐる。「彼を永久に檻《おり》に入れておくために、きみの供述が必要なんだ」ささやくような小声になっていた。「弟を助けようとしてくれてありがとう。気丈な女性でなければ、あいつを相手にできない。きみならきっと、うまくやれるだろう」

ジョーゼットはゆっくりと背筋をしゃんとのばした。指はまだウィリアムの鋼《はがね》の腕をつかんでいた。ジョーゼットは当惑した表情でこちらを見つめている男たちのあいだに視線をやった。

ジェイムズがナイトテーブルから何かを取りあげ、上等のシルクを贈るようにさしだした。悲鳴のような笑いに喉を詰まらせそうになりながら、彼の手からそれを受けとった。

きものを。

コルセットだ。この男はコルセットを返してよこした。ジョーゼットが身につけているべ

ウィリアムが腕を離したが、ジョーゼットは身動きがとれるようになったことにもろくに気づかず、ジェイムズの顔に浮かんだ表情を読みとることに夢中になっていた。この小部屋から去っていく足音が響いた。

そして、ジョーゼットは取り残された。ジェイムズ・マッケンジーとふたりきりで。水差しの破片がちらばるなかで、彼はこちらをにらんでいる。まるで、ジョーゼットがこれまで出会った女のうちでいちばん愚かなのか、いちばんすてきなのかを決めかねているように。

ふたりはふりだしにもどった。

彼女はコルセットを握りしめ、部屋の向こう側に立っている。ふたりのあいだには悲しむべき距離があいている。彼女は勇ましい妖精のようだ。髪は頭のまわりで奔放な輪を描き、目は曇った灰色をしている。

「なぜ?」と彼女はささやいた。

「なぜって、何が?」ジェイムズは意を決して一歩近づいた。彼女の表情が何を語っているのかはわからない。彼女は……困惑しているように見える。無理もない。ひどい姿を見せてしまったのだから。自分は怒りを制御できず、彼女の前で拳をふるってしまったのだ。

彼女は一度唾をのんだ。その動きに、ジェイムズの目は彼女の美しい喉もとに惹きつけられた。「なぜ、ランドルフの言い分を信じなかったの?」

なぜバートンの言うことを信じなかったのだろう? はっきりとはわからないが、あの男の誹謗《ひぼう》を一瞬たりともまともに受けとらなかったのはたしかだ。「彼の言い分を信じる根拠がなかった」

「でも、信じない根拠もないでしょ」

ジェイムズは首をかしげ、彼女をしげしげと見た。「ところが、それがあるんだ」ほほえみながら言った。もっとも、根拠など必要なかったけれど。彼女に愛していると告げたときから、ジェイムズの心は決まっていたのだ。「きみはあの男のこめかみに、火かき棒の痕を上手に残していた。お見事だったよ、ジョーゼット」

彼女はおずおずと一歩近づいてきた。「でも、わたしのことは信じていないと言ったじゃない」

彼女はゆっくりと歩みをとめた。ジェイムズの脈は速まり、もっと近づけとうながしている。彼女は僕を恐れているのだろうか。ジェイムズは指を曲げたりのばしたりしながら、頭のなかでその仮説を検討してみた。許しがたい考えだ。生まれてこのかた、女を殴るなんて思ったことさえない。そういえば、殴られる理由もない相手を殴ろうと思ったこともない。

彼女は下唇を噛んだ。ドレスの前身頃は水をかぶって黒っぽい染みになっている。ジェイムズは散らばったガラスの破片を目で追った。そして、彼女はどこでなぜそんなに濡れたのだろうと考えたとき、だしぬけに彼女のしたことがわかった。

彼女はいとこを攻撃した。あるいは、攻撃しようとした。猛然と。水差しで。それを僕のためにやったのだ。

ジェイムズはふうっと息を吐きだし、呆然と彼女を見つめた。僕たちはすばらしいコンビだ。まわりはみんな、よけて通るだろう。

彼女のほうへ二歩踏みだした。もう腕をのばせば触れられるところまで来ている。ひどい姿を見られたが、彼女はまだここにいる。どうしてなのかはよくわからないけれど。

「僕たちのことは信じることに決めた」正直な心を口にするのはいい気分だ。「僕の人生、僕の仕事は、つねに証拠を比較検討することで判断してきた。きみの言うとおり、ふたりのあいだにはどっちにしても物証はほとんどない。判断のよりどころは直感しかない。僕の直感は、僕たちは一緒になると告げている」

彼女はぽかんと口をあけた。「あなたの直感はあてにならないわ。わたしのことを泥棒だと思ったのはほんの八時間前よ」

「リスクはある」ジェイムズは苦笑した。「だが、そのリスクなら喜んで負うよ」

彼女は静かに息を吸いこみ、目をみひらいた。

そして、ジェイムズの腕のなかにいた。手から滑りおちたコルセットが、床で心地よい音を立てた。ゆうべ、それとよく似た音を聞いたことを思いだした。彼女がのろのろといらだたしいコルセットの紐をゆるめ、放り投げたときだ。

今夜の彼女はもっとたくさん着ている。ジェイムズの直感はそれも告げていた。彼女の顔を両手で包み、親指で頰をなぞった。指先にあたたかい涙が触れた。塩気のある目に片方ずつそっとキスをし、透きとおるような長いまつげを舌でこすった。「きみはどうしたい、ジョーゼット？」

「あなたがほしい」彼女はためらわずに言った。

顎のラインを唇でなぞると、彼女は小首を傾けてジェイムズの目を見つめ、うれしそうなため息をついた。「たしかなんだろうね」ジェイムズは彼女に顔をうずめてうなった。その肌のどこかにひそんでいた柑橘《かんきつ》類とジンジャーの香りが感覚を刺激する。「決めるのはきみで、僕じゃない」

これも正直なところだ。彼女に関することは、自分には最初から選択の余地はなかった。彼女の笑顔のためなら、この命だって投げだすだろう。断るチャンスもあたえてやる。たとえ体がうずうずしていても、彼女の積極的な反応がことを容易にしていても、僕が決めることじゃない。

彼女はちょっと後ずさり、こちらの目をのぞきこんだ。「何を言っているの？　わたしはてっきり……指輪を返してほしいと言われたとき、あなたはこれを望んでいないのだと思ったわ」

ジェイムズは首を振った。出来事の受けとめ方がこうもずれていることに笑いだしそうになった。「そうじゃないよ。僕たちが軽はずみに結論に飛びついてしまったら、きみがすんなり抜けだすチャンスはなくなってしまう。きみは僕と一生を共にする。心に迷いがないようにしてほしいんだ」

相手は返事をためらっている。ジェイムズは身も心ももだえながら待った。彼女はあらゆる機会に自分の希望をはっきりさせてきた。彼女が肉体的な快楽だけじゃないものを望んでいるという見込みは、なんだか子供じみた夢のような気がしてきた。

彼女は手をあげ、ボディスのいちばん上のボタンをはずした。ふいに、肉体的な快楽も悪くない考えに思えた。

「ミスター・マッケンジー」彼女は割れたガラスのようなざらざらした声で言った。「あなたはわたしの夫にたいする考えを変えさせたわ」

彼女はさらにボタンをはずしていき、迷いのない手でドレスの前をはだけた。胸もとが大胆にあいたシュミーズがほの白く光った。胸の谷間の影が、挑発と期待に満ちている。もちろん、彼女にそのままつづけさせたい。

だが、そのまえにキスをさせたかった。自分の頭のなかの雑音を静めるためばかりでなく、これが彼女の意志である証拠としても。それを念入りに調べなかったら、キスは自分の望んでいたものと意味がちがってしまうかもしれない。彼女のほうが先にキスをしてきた。今日は三回ともそうだし、ゆうべは数えきれないほどそうだった。だから僕はここで、満たされない欲求に体をぴんと張りつめ、彼女にちょっと触れられただけで粉々になりそうになっているのだ。

いや、キス自体はたいしたことではない。

その先につながらないかぎりは。

32

ジョーゼットはこれからどうなるのかわからなかった。それどころか、どうすればいいかもわからなかった。

もちろん、仕組みは知っている。退屈な性交なら、二年間耐え忍んだ経験がある。けれども、こんな感覚ははじめてだった。体は彼を欲してうずうずし、指は彼をもみくちゃにしたいと訴えている。

ボディスのボタンをはずしおえると、片側の肩をあらわにし、もう一方も脱いで布地をひっぱりおろした。布は腕で少しひっかかり、勇気を出せるかどうか問いかけてから、流れるように優雅に床に落ちた。スカートとシュミーズだけの姿で、ジョーゼットは寒くもないのに身を震わせ、手を心もとなくおなかの上にひろげていた。彼はその手をじっと見つめている。きれいにひげを剃った顔には賞賛の色が浮かんでいた。

ジョーゼットは自分がやっていることが信じられなかったし、これでいいのかどうかもわからなかった。昔からずっと裸を嫌悪していたから、異性の前で服を脱いだこともなければ、相手が張りつめた息をのみこみながら進行状態をじっと見守るのを許したこともない。ジェイムズの反応は、裸はいいことだと言っている。問題は最後まで脱ぐ勇気があるかどうかだ。

ふだんは鯨骨のなかにきっちり収まっている胸は、思いがけない自由と彼の遠慮のない視線に力強く反応している。木綿のシュミーズに乳首がこすれた。あたかも乳首を火であたためられたあとで引き離されたせいで、よけい熱が恋しくなるような鋭い感覚をおぼえた。

ジョーゼットは欲求に駆られ、スカートをはためかせてふたりの距離を詰めた。彼は抱きとめてくれたが、キスはしなかった。そのかわりに、彼のシャツをこすっていくように、そっとわたしを引きあげた。がっしりした手が髪を持ちあげ、うなじをなぞるのを感じ、首筋の産毛がぞくぞくっとなった。腰のあたりにひっぱられる感覚があった。もう一度ひっぱられると、スカートはボディスのあとを追って落ちていき、床に丸まった。ジョーゼットは膝に力を入れ、そんな下賤な休息所行きの仲間にならないようにした。

これで、半分まで来た。全裸になるのは時間がかかりそうだ。

彼は足もとに膝をついた。ジェイムズ・マッケンジーの頭を見おろすのは、めったにできない経験だ。彼の頭のてっぺんが、両側の髪とおなじようにふさふさしていることに気づいた人間は、モレイグでただひとりかもしれない。頭皮の縫い目ははっきり見えた。縫い目の片側の日に焼けた部分は、髪が横に寝るのを拒否して突っ立っている。彼の指には独自の目的があるらしい。ストッキングとガーターをはずして押しさげ、靴紐をほどくところでぐずぐずしている。

そうよ。女がなぜスリッパを履くのかという疑問に、やっと新たな理由が見つかった。体のなかで火が燃えさかっているときに、靴紐で待たされずにすめばどれほど楽か。

ようやく、ジョーゼットは薄い木綿の布一枚の姿で、彼の前に立った。彼は立ちあがり、半歩さがってただこちらを眺めている。ここでキスしてくれるんじゃないの？

ジョーゼットはこれまで嫌いだと思っていたことでも、状況がちがえば楽しめる自分に気づいていた。夫とか。裸とか。でも、ここで待たされるのは……好きじゃない。待つことは、避けたいことリストの筆頭にのぼった。

だから、自分から彼にキスをした。

彼は賛同のうめき声をあげた。その音は血管を流れる血のように体内に流れこみ、鼓動がひとつ打つごとにさらに奥へと進んだ。熱が身内を駆け抜け、四肢を溶かし、彼にくっつけた。ジョーゼットは彼に体を押しつけた。なめらかなシュミーズの裾越しに、彼の屹立《きつりつ》しているものを感じる。その登場にあえぎ声をあげた。

その退場に悲鳴をあげた。

彼は身を離し、すぐ目の前で息を荒らげている。上着を脱ぎはじめたが、肩を脱ぐときに傷に触れて低くうめいた。「ちょっと待ってくれ」彼の目は苦痛と熱情で曇っていた。

「まあ。怪我をしている」ジョーゼットはその生々しさに身をすくめた。顔の傷の出血はもうとまっていたが、上着を取ってみたら、シャツの左の胸の近くにあいた穴の奥に、ひどい傷があるのが見えた。

ジョーゼットは部屋を見まわして洗面器と布をさがした。雄々しく自分を守ってくれた男のためにせめてしてやれるのは、傷口を洗って手当てすることくらいだ。けれど、水差しは床で粉々になっていて、なかの水は迂闊にも捨ててしまってある。

「お水を持ってこさせるわ」と、ジョーゼットは言った。「きれいなタオルも」

彼は首をかしげ、シュミーズの奥まで見通すようなまなざしを投げた。その視線を意識して、肌が焼けるようにちりちりする。「きみは客を迎える格好じゃないよ」

頬がかっと熱くなった。「もう一度服を着ればいいわ」

彼は手をのばし、つたないながらもまだ肌を覆っている薄い布の上から乳房をつかんだ。

「それは無駄な努力だろうね。僕はまたきみの服を脱がせたくなるだけだから」親指が乳首を撫でまわし、彼の希望を気だるく表明した。反射的に、ジョーゼットの体はぎゅっと締めつけられた。「ブランデーを頼んでくれるなら別だけど」茶目っけたっぷりの笑みが、焚きつけの紙に火が燃え移るようにぱっとひろがった。「ゆうべとおなじように」

「わたしは……ブランデーは飲まないの」おなかの底で、脈打つ音が突拍子もなく激しくなった。

「そう、僕たちは飲まなかったよ」彼は木綿をまとったうずく胸のふくらみに指を走らせ、羽のようにそっと触れながらじりじりと横に移動し、もう片方の丘をのぼった。「きみが想像しているような飲み方はしなかった。僕たちは味わったんだ」乳首を指さして言う。「僕はブランデーを口に含み、ここにキスした」

意地悪な言葉。けれど、楽しそうにこちらを見ている目ほど意地悪ではない。彼は指をさげていき、シュミーズの裾にもぐりこませると、脚のあいだの湿った巻き毛を撫でた。「それと、ここにも」

ジョーゼットはあえいだ。彼の言葉で思い描いたショッキングな構図と、巧みに核心を探り当て、なかに滑りこんでくる指の感触にぼうっとなった。そして、彼のほうへ倒れこんだ。全裸も同然の肌を、ちゃんと服を着ている男にあずけた。彼はくすくす笑いながら、ジョーゼットの手をズボンの前に導いた。硬く勃起したものが、てのひらの下で脈打つのを感じた。良識よりも本能が働いて、ウールに覆われた彼のものを手で包んだ。

「それから、きみの番になった」彼はささやいた。「きみはここを味わったんだ。僕を」

体のなかで火が燃えあがった。一瞬恥ずかしさに襲われたが、ただちに猛烈な好奇心がそれを押しのけた。彼はわたしが彼に口をつけたと言っている。彼の体のいちばん秘めた部分に唇をつけた、と。

ゆうべ、自分がそんなことをしたなんて想像できない。

でも、そうしたいと思う自分は想像できる。

ジョーゼットは彼の張りきっているものから手を離した。両手をシュミーズにかけ、ぎこちない動きでひと思いに頭から脱いだ。これでいいのかどうかは、もう気にしなかった。自分がそうしたいのだということだけはわかった。

彼が息を吸いこむ音が、狭い部屋に響き渡った。熱い視線を、裸身にまんべんなくさまよわせている。ジョーゼットは彼のやりたいようにさせた。ひと月まえだったら、ベッドカバーの下の暗く安全な場所に潜りこんでいただろう。

それが今夜は、ロウソクの明かりを浴びて立ち、彼に裸体を眺めさせていた。

「美しい」彼はつぶやいた。少しも焦っていないようだ。とはいえ、何十か所も傷を負っているのだから、急に動くのは無理なのだろう。

「色が白すぎるでしょ」不思議なくらい落ちついた声で告げていた。

「じゃあ、目を閉じたほうがいいわね。これ以上傷を増やすべきじゃないと思うわ」胸の奥で笑い声が起こった。

彼は首を振った。「美しい」彼はくりかえした。「まぶしくて目がつぶれそうだ」

「傷の程度は自分で判断する」そう言って、みだらな笑みを浮かべると、シャツのボタンをはずしはじめた。けれど、ジョーゼットは彼の手を払いのけ、ただ見ているのはやめて手を動かした。彼はされるままになっている。ジョーゼットがシャツを脱がせやすいようにし、ズボンのボタンをはずして下にさげてもそのままでいた。残念ながら、ズボンは靴のところでしわくちゃになってしまったが。その姿を見て、ジョーゼットは噴きだしそうになった。モレイグの全女性のあこがれの的であるジェイムズ・マッケンジーを裸にし、服を足に巻きつけたペンギンにしてしまったのだ。

すごく興奮した、服を足に巻きつけたペンギンに。

「ベッド」ジョーゼットは指さした。

彼はすなおにしたがい、ベッドまで跳んでいって腰をおろした。ジョーゼットは膝をつき、靴を片方ずつ脱がせた。

「並みの男の服を脱がせる方法には熟知していないようだね」熱を放つ目で見おろした。

ジョーゼットは顎を持ちあげた。「そんな必要があるとは思わなかったの。あなたは並みの男どころじゃないわ」

彼はおとなしく足もとのズボンをひっぱられるままになっている。下着と靴下をはぎとってもじっとしていた。そしてその間もずっと、にやにや笑っていた。欲望の底に愛情がうかがえる笑みだ。けれどその笑みも、ジョーゼットが脚のあいだで屹立しているものに顔を近づけると消えた。そこに唇をつけると、彼は歯を食いしばって言った。「きみはなんでも中途半端にしないんだね？」

「あなたはわたしを半分だけほしいの？」ジョーゼットは不敵な笑みを返した。

彼はジョーゼットがたったいまキスしたものとそっくりに、顎を斜めに突きあげた。「きみの全部がほしいよ、ジョーゼット。取り澄ました淑女。男を惑わせる大胆な女。獰猛な護衛」そこでまた、唇の端を持ちあげた。「最初のふたつは自家薬籠中《じかやくろうちゆう》のものだが、世界じゅうの悪者を陶器で退治しつづける気なら、少しコツを伝授してあげよう」

ジョーゼットは彼の脚のあいだという不利な場所からジェイムズを見あげた。最初の部分が意外だったので、残りのほうはろくに聞いていなかった。彼は取り澄ましたわたしもほしいの？　それは無理な注文だ。ことにいまは、たしなみなどどうでもいい気分なのだから。

そう、この瞬間は男を惑わせる大胆な女の気分だった。ジョーゼットは唇を舐めた。その舌の動きを彼の目が追っている。ゆうべ、自分が彼に何をしたのかはまるで見当もつかないし、この件についても教えたがる人から聞いた断片的な知識しか持っていない。

それでも、女の本能からだいたいの想像はつく。いま彼に何をしたいかは、はっきりわかる。

ジョーゼットはもう一度彼に口をつけた。端から端まで舌を動かし、なめらかな先端に舌を這わせた。彼のにおいを記憶に焼きつけた。ほかの場所より強いが、それでもなじみのあるにおいだった。

彼は両手をさげ、ジョーゼットの腋の下に入れてベッドに持ちあげた。「ゆうべはそんなふうに手厚くもてなされて長くもたなかった。今夜の祝宴はもっと長くつづけたいんだ」

ジョーゼットの体は、同意のしるしに小刻みに震えた。彼はぐっと迫ってきたが、体が触れるほどではなかった。あたたかな手でジョーゼットの肌をなぞり、その手を胸の下に当てがって持ちあげ、こねまわし、先端をいじめた。彼の巧みな愛撫に導かれ、ジョーゼットはベッドにあおむけになった。敏感になりすぎていて、上等な木綿のベッドカバーが粗いウールのように感じた。

彼は手を休めなかった。ひとときも休めず動いている。いっぽう、ジョーゼットの視線と手は自由にさまよっていた。目と指を駆使して、彼が今日ためこんだ傷の数々を分類した。顔にそっと触れ、その肌のなめらかさに驚いた。顎の傷はきっと痕が残るだろう。両手をあげて茶色の髪をつかみ、くるくると丸めた。わたしがつけた頭皮の傷は、たぶんきれいに治るだろう。そこから手をさげていった。胸の傷は浅く、ほんのかすり傷程度だった。片方の膝にひろがっているすさまじい打撲傷にくらべれば、なんてことない。しばらく膝を見つめたまま、どこでそんな傷をつけたのだろうと思った。

「気に入った？」彼の声が舞いおりてきた。あたたかい声が、何かほのめかしている。

ジョーゼットは顔を赤らめて見あげた。ぶしつけに吟味していたことに気づかれているとは知らなかった。「いいえ」と答える。「ずいぶんいっぱい傷があるわね」

「もっと痛む場所がある」

ジョーゼットは首をめぐらせた。「どこ？」

彼は肩をすくめた。シャツを着ていない男の美しい仕草。その動きで、肌の下の締まった筋肉がさざなみを立てた。「放置されると苦痛をともなう」

「あなたを苦しめたくないわ」彼をむさぼりたい。ずっとそう思っていたにちがいない。今朝、まさにこのベッドにいる彼を盗み見たときから。でも、そのときの彼は元気で、怪我も負っていなかった。いまは状況がちがう。あちこちの傷が、とがめるようにこちらを見ている。彼がどうしてうめき声をあげずに話ができるのか不思議だ。

「だいじょうぶだよ」彼はなだめるように言い、ジョーゼットの肩をさすった。「放置された場所以外はね。いちばんいい方法でその痛みをやわらげたいな」

ジョーゼットはわななくため息をもらした。「御意にしたがいます」彼に何ができて、何ができないかなんて、どうしてわたしにわかるだろう。今日は彼に驚かされどおしで、いたるところで意見を変えさせられてきた。つぎはどんな心の変化が起こるのか楽しみにしているところだ。

彼がゆったりと両手で顔を包んだ。ジョーゼットの頭を撫で、自分のほうへ引き寄せた。唇が重なる。彼の口はあたたかく、せっぱつまっていた。おなかに硬いものが押しつけられるのを感じると、怪我に関する心配は消え去っていった。

彼はとても元気で、とても興奮していた。

ジョーゼットは体を弓なりにして待った。自分の体が、どうしてそんな誘い方を知っていたのかはわからない。胸が毛でざらざらした胸とぴったり触れあうと、その快感に、あえぎを彼の口のなかへもらした。脚はこの行為のやり方を知っているらしく、彼の腰にみずからを巻きつけて引き寄せた。

するとし、彼がなかにはいってきた。ジョーゼットの核心を見つけて、体を震わせた。ぎこちなさはなかった。強引に押し入ろうという感じもしない。ジョーゼットにはすでに彼を迎える準備ができていた。はじめての体験だった。なにもかもがこれまでとちがっている。肌のにおいから、彼のものが体の奥を満たす感覚まで。ジョーゼットは頭をのけぞらせ、体の上で彼が動きだしても、しがみついていた。

居心地の悪い感じがするはずだった。黙って耐えつつ、早く終われと願うようなもののはず

ところが、ジョーゼットは体の隅ずみまで敏感になっていた。彼が身を滑らせて出ていくたびに高まる感動が脅かされ、はいってくるたびに彼の意志が確認できる。ジョーゼットはつながりあったまま身を丸めた。渦巻く欲求と欲望が、何かもっと明確なものに形を変えつつある。彼は力強い体と、肩にかかる荒い息だけで、ジョーゼットのバラバラの感覚をわかりやすい図形にした。

それは永遠につづいた。あるいは、ほんの数分だったのかもしれない。ジョーゼットにはわからなかった。時間や場所の感覚も、息をしている感覚もない。目を閉じて、この感覚だけに神経を集中した。噂でしか聞いたことのないものを得ようと、一度はあきらめた人生の

一部分を得ようと懸命になっていた。自分がどこへ向かっているのかも、そこへ到達するのを彼が待っていてくれることもわかっている。ジョーゼットは全身全霊で彼を信頼していた。だから、ジョーゼットは焦らなかった。このいざなうように浮かんでは消える憎らしい感覚に専念した。

それはゆっくりやってくるものだと思っていたが、荒波のように襲いかかり、打ち倒され、岸辺にたたきつけられた。ジョーゼットは悲鳴をあげた。悲鳴をあげたにちがいない。壁越しに聞いているかもしれない者たちの耳に届かないように、彼が唇をふさいだから。彼はなかにはいったまま、ジョーゼットをやさしく抱き締め、まだ感覚が渦を巻いている場所に突きたてた。

「いい子だ」ジョーゼットの口のなかに彼はつぶやいた。それで、ジョーゼットは目をあけた。

彼はこちらを見おろしていた。その目は満足感とそれ以上の何かで、らんらんと輝いている。ジョーゼットは顎をあげ、「やめないで」と命じた。

彼はすなおにしたがった。なんて聞きわけのよいパートナーだろう。彼は動きはじめた。張りのある屈強な体が信じられない体力を駆使して、ジョーゼットをまたあの場所まで連れていった。今度は、その山場は長く引きのばされるようにつづいた。たぶん、人は一度しか死なないから、こういう人生の喜びを味わうのだろう。二十六年生きてきてはじめて知ったこの驚くべき感覚は、きっと毎回ちがうものなのだろう。

ひとつだけはっきりわかるのは、いまふたたび、その感覚にわしづかみにされていること。そして、彼もあとを追ってきていることだ。ジョーゼットのなかで身をこわばらせたと思うと、彼の口のなかで絶頂の叫びが轟いた。

ジェイムズは天にも昇る心地で、自分の幸運ばかりか痛みがあることさえ信じられずにいた。いま傷の縫い目がひとつも破れていないとしたら、奇跡だろう。おかしなものだ、愛する者を抱いているときは、体はそういうことを簡単に忘れてしまえる。

彼女は腕のなかでぐったりしている。肌はうっすらと汗に覆われている。キスをしたら、塩からい味がするだろう。満足しきった塩の味だ。ジェイムズはにやりとした。彼女を到達点まで連れていったのはまちがいない。それが彼女にははじめての経験だったことも疑いようがない。

まあ、彼女がおぼえているうちではの話だが。彼女はゆうべ、のみこみの早い生徒であることを証明した。もっとも、ジェイムズの分身ではなく口の指導のもとではあったけれど。

閉じた窓の向こうでは、この一時間ずっとつづいていた楽団の演奏がぴたりとやんだ。銃声が鳴り響き、それからもう一発聞こえた。ジェイムズはこの日の体験の影響で、反射的にぎくっとした。

ジョーゼットが体を起こし、目をみひらいた。「あれは何？」

ジェイムズも起きあがり、用心して髪をかきあげた。「真夜中の合図。禁じられてはいるんだが、毎年、真夜中になると酔っぱらいが銃をぶっぱなすんだ」そこで、かぶりを振った。「危険だよ。キャメロンは血痕をさがすはめになるだろう」

彼女は顔をこちらへ向けた。目はおだやかになっている。「真夜中。わたしたち、知りあってもう丸一日が過ぎたのね。もっと長く感じない？」

「長すぎるとは感じない」ジェイムズは言った。「一日は望んでいない。一生がほしいんだ」

ジェイムズは彼女を腕から離し、ベッドのかたわらに立った。脚はおぼつかない感じだが、頭ははっきりしている。よし。つぎの段階は冴えた頭脳が要求される。自分が笑いものにならないために。ジェイムズはジョーゼットが放り投げたまま床に丸まっているズボンを拾いあげた。

向きなおると、彼女はとまどったようにこちらを見つめていた。「でも……あなたは指輪を取りもどしたでしょ。わたしはてっきり……」

ジェイムズは首を振った。「僕たちは結婚した。きみを手放すつもりはない」彼女はぽかんと口をあけたが、話はまだすんでいない。「これはきみの意志だった。それを忘れないでくれよ。僕にものすごく腹を立てて、室内用便器をさがしたくなったときにはね。きみはたったいま僕を選んだ。責めるなら自分を責めるんだね」

彼女はゆっくりと満面の笑みを浮かべた。灰色の目を涙で光らせ、こちらを見あげている。

ジェイムズはまた体がむずむずするのを感じた。ありえない。

だが、まぎれもない事実だ。

「でも……」語尾が弱まり、声がとぎれた。

ジェイムズはズボンのポケットからフェデリングをひっぱりだした。ベッドのかたわらにひざまずき、それを彼女の指にはめた。「床入れがすんで僕たちの結婚は完成した。はじめまして、ミセス・マッケンジー」

33

ジェイムズは彼女に生気を吹きこもうと、こわばった手を取ってキスした。

彼女がびっくりしてあえぐと、話をつづけた。「これは僕の祖母の指輪だ。これがあったから、僕の印章つき指輪を返してくれと言ったんだ。僕もそろそろキルマーティ一族らしく振る舞ってもいいころだ」

「わたし……なんて言ったらいいのかわからない」さっき目に光っていた涙が、大粒のしずくとなってひとつずつこぼれ落ち、鼻先まで一定の軌道を描いた。「でも……お、お受けします」

笑いがこみあげ、彼女の手首にキスして声を押し殺した。「もう遅いよ、きみ。承諾の段階は通過していると思う。この時点で結婚を解消する法廷はスコットランドにはないんだ」

彼女は少しほっとしたようにほほえんだ。

「きみの故郷がイングランドなのは知っている」話が肝心な場面にさしかかり、ジェイムズはうまくまとめようと意気込んだ。「僕に資金ができしだい、ロンドンへ移住できるよ」

「資金？」彼女はききかえした。

ジェイムズはナイトテーブルに視線を落とし、ジョーゼットがそこに置いた財布に目をやった。望んでいるものよりは軽いが、出だしとしてはじゅうぶんだ。「半年はかかるだろう、長くても一年だ。ロンドンで開業する資金を貯めるにはね」彼女に視線をもどした。「それまで、ここで一緒に待ってくれるかな？　よければ、キルマーティ城で家族と同居してもいい。あるいは、町の近くに小さな家を借りるか。僕はどっちでもいいんだ。きみさえ幸せならば」

彼女は眉をひそめてこちらを見つめた。「あなたは……知らないの？」

ジェイムズは彼女の手の上でひと呼吸おいた。ふいに、自分が裸なのを強く意識した。頼りない感じがした。「知らないって、何を？」

彼女は恥ずかしそうにほほえんだ。「わたしは裕福なのよ、ジェイムズ」

眉がぴんと持ちあがった。「裕福？」

彼女はうなずいた。「わたしが婚姻を無効にするために二百ポンド支払うと申しでたのは、どうしてだと思った？」

ジェイムズはこの意外な成り行きで頭がいっぱいのまま、背をそらせた。「きみがほんとうにそうするとは思わなかった。でたらめを言っていると思ったんだ」

「いったいどうして、わたしがでたらめを言うの？」

ジェイムズは彼女の手をもっとしっかり握りしめた。「留置場に連行されそうな人間は、たいがい信用できない」

彼女はさらに喜色をたたえ、背をそらせた。「ランドルフがわたしの意志はともあれ、結婚しようとやっきになっていたのはどうしてだと思った？」

「きみは美しいから」ジェイムズはかすれた声を出した。「どんな男だって、きみをほしがる」

彼女はかぶりを振った。「彼はわたしの財産目当てだったのよ、ジェイムズ」

ジェイムズは息をのんだ。彼女から返ってきた言葉に、プライドがしぼんでいく。「いくらだ？」ささやき声できいた。

「ランドルフ・バートンがわたしと一緒になるためなら、あなたを殺したいと思うほど」

ジェイムズは荒々しく息を吐きだした。これは予定になかったことだ。望んでいなかったことだ。かぶりを振ると、不安がほかのものを押しのけて頭の前面に出てきた。愛だけの話なら、ことはもっと簡単だったような気がする。「きみのお金はほしくないよ、ジョーゼット」

彼女は身を乗りだした。裸の乳房が、誘惑するようにジェイムズの胸をかすめた。「わかっているわ」彼女はささやいた。「だからこそ、あなたと分かちあいたいの」

もたれかかる彼女を受けとめながら、頭のなかでは代案をこねまわしていた。表では楽団が演奏を再開し、歓声がわきあがった。騒がしさのほうへ首を傾けると、心が決まった。「僕は自分の力で稼ぎだしたい」と彼女に言い聞かせる。「きみのお金は預けておこう。だからそれはきみのものだし、この先もずっとそうだ」

彼女はため息をついた。怒りの響きはあったが、悔やんではいないようだ。「でも、わたしがつかってもいいのよね？」ジェイムズに顔をうずめたまま、くぐもった声できいた。

「使い道はわたしの自由でしょ？」

「もちろん」

彼女は身を起こした。「だったら、わたしたちの家を買いたいわ。とにかく、メイドを置く部屋がいるもの」笑みがだんだんひろがっていく。「それに子猫も。ミスター・マクローリーはどうしてもと言い張るにちがいないわ」彼女は片手でこめかみを押さえ、目をみひらいた。「あら、犬もいたわ。今日、犬を手に入れたの。あなたは知らないかもしれないけど」

ジェイムズは緊張の長い糸が、一本ずつゆるんでいくのを感じた。「ずいぶん忙しかったんだね、ミセス・マッケンジー」彼女の額にキスした。「なんでもきみの好きなようにしよう。一緒にいるかぎり、僕はどこでどう暮らそうと気にしない」

彼女はみだらな光を目にたたえて、こちらを見た。ジェイムズにはわかった。この先死ぬまでずっと、彼女が取り澄ました淑女から肉食獣に変わるのを見飽きることはないだろう。

彼女が淑女らしからぬ手つきで、ジェイムズのものをさっと撫でた。「この考えをあと一時間かそこら待ってくれる気があるなら、わたしはぜひ新しい夫とダンスを踊りたいわ」

そうだよと言わんばかりに、外の楽団の演奏がハイランド・ジグに変わった。

ジェイムズは手を貸して彼女を立ちあがらせた。軽やかな指先でコルセットの紐を結び、ボディスのボタンをはめてやった。彼女が服を着ても残念ではなかった。あとで一枚ずつ脱がしていく甘美な特権が待っているから。

ようやく身支度を終えた彼女が、隣に立った。つま先立ちになってキスを求めてくる。ジェイムズは喜んで応えた。唇が重なったとき、ふと思った。この美しい場面は、今朝ふたりが迎えるはずだった結末にとても近いのではないか、と。

すべては室内用便器のおかげだ。あれがなかったら、こういう結果にはならなかったかもしれないと思う。

群衆には休む気配はまるでなかった。窓越しに聞こえたビャウルテンの喧騒は、実際に通りで味わう祝賀ムードの熱烈さとはくらべようがなかった。かがり火が放つ熱は強烈で、あらゆる毛穴からはいりこみ、内側から全身をほてらせた。

そこらじゅうで、カップルが踊り、抱きあい、キスをしている。

このときばかりは、ジョーゼットも彼らのなかにいても違和感をおぼえなかった。

ジョーゼットはジェイムズの手を握りしめ、群衆のあいだを縫って進んだ。そして木の舞台にのぼって向かいあうと、ジェイムズは腰をかがめておじぎした。

「ミセス・マッケンジー」目をきらきらさせながら彼は言った。「あなたの夫とワルツを踊ってくださいませんか」

ジェイムズ・マッケンジーはついさっきまで指導してくれたもっと荒々しく、親密な楽しみほどには、ダンスは得意でなかった。それはおそらく、脚をかばっているせいだろう。あるいは、頭の怪我のせいでバランスが取れないのだろう。あるいは——これがいちばん可能性がありそうだけれど——パートナーに恵まれないせいかもしれない。ジョーゼットは高速の音楽に足がついていけなかった。こちらの踊りは野性的で動きも速いが、ロンドンではもっと優雅な踊りに慣れていたのだ。だから彼の腕にしがみつき、くるくるまわされるまま、〈青いガチョウ亭〉の小部屋に彼を連れもどせるときを心待ちにした。

叫び声が、急ピッチの音楽を突き破ってきた。「女房が見つかってよかったな、マッケンジー！」

「今度は彼女をしっかりつなぎとめておけよ。さがす手間がはぶけるようにな！」

「ハイランダーの心意気を見せてやれ！」

「その女性にキスしたらどうかね？」最後の掛け声は冷やかし半分ではなく、しかも近くから聞こえた。首をめぐらせると、ウィリアム・マッケンジーがほほえんでいた。彼は弟の背中をたたいた。「うまくいってよかったな、ジェイミー坊や」

そう言うと、彼は踊り狂っているカップルたちのなかへ消えていった。ジョーゼットはウィリアムがどこへいくのか確かめようと首をのばした。ところが、目にはいったのはミスター・マクローリーの姿で、肉づきのよい金髪の女と踊っていた。この女性なら、好きなだけ牛肉を食べさせてくれる彼を歓迎するだろう。エルシーはジョゼフ・ロスヴェンと一緒で、下腹部をしっかり密着させたまま回転していた。あの若者が、夜の終わりにはもうひとつ重大な初体験をするのはまちがいないだろう。

まわりはみんな木の床を踏みならしている。壮大なフィナーレへ向かう音楽のスピードに合わせて胸をどきどきさせている。ジョーゼットは夫の腕のなかへさらに近づいた。

「僕の踊りを見て、選択をまちがえたと後悔している？」彼の言葉が頭のてっぺんをかすめた。

ジョーゼットは首を振った。自分で選んだことだ。それに、後悔しない自信がある。

彼の手が忍びより、ジョーゼットの顎を持ちあげた。音楽はつづいていたが、ふたりの足はとまった。「いいかい、ミセス・マッケンジー。キスもビャウルテンの一部なんだ」

彼の口が近づいてくると、ジョーゼットは目を閉じた。このジェイムズ・マッケンジーという男は、踊りのコツは知らないかもしれないけれど、キスの仕方は心得ている。舌を自在に扱って相手の唇をひらかせ、その奥の秘密をさぐりだす。ジョーゼットは口をひらき、舌で彼の詮索好きな舌を迎え、すべてをゆだねた。

かがり火の熱も、木の舞台の振動も、町の住民の熱狂的な叫びも、みんな頭から遠ざかり、揺るぎない考えがまとまっていった。

ブランデーはまだ好きになれない――もっとも、ジェイムズの推薦する使い方には少なからず興味があるけれど。待つことは好きではない――もっとも、待つことで甘い期待がふくらむなら目をつぶってもいいけれど。裸については考える方向を変えつつあるところで、すでにそれらしきことを実演してみせた。

でも、夫というものについては……いつのまにか完全に転向させられていた。

それが正しかったことを実証するのが待ち遠しくてならない。

訳者あとがき

いま最も脚光を浴びているヒストリカル・ロマンス界の新鋭をご紹介します。

デビューするなり、読者はもちろんのこと、同業者からも熱い支持を得ている著者のジェニファー・マクイストンは、高名な獣医にして、動物や昆虫によって媒介される感染症の研究者でもありますが、専門分野の文献よりもロマンス小説を読むほうが好きだという大のロマンス・ファンです。そして、自分でもロマンス小説を書きたいという長年の夢を実現し、本書『夢見ることを知った夜』（*What Happens in Scotland*）で華々しいデビューを飾りました。

本書はセカンドラブ・シリーズと銘打たれた三部作の第一作で二〇一三年二月に刊行され、同年九月には二作目の *Summer for Lovers* が、二〇一四年三月には三作目の *Moonlight on My Mind* が発売されました。二〇一五年二月には新シリーズ〈*Seduction Diaries series*〉の一作目 *Diary of an Accidental Wallflower* が上梓される予定で、早くも注目を集めています。

では、熱烈なロマンス・ファンである獣医のデビュー作はどんなお話かというと……

時は一八四二年、スコットランドのおんぼろ宿屋の恐ろしく散らかった一室。夫とブランデーと裸というものをなにより厭う寡婦のレディ・ジョーゼット・ソロルドは、ある朝、一糸まとわぬ体からブランデーのにおいを発散させ、たくましい男のかたわらで目を覚ました。一瞬、このまま目を閉じて、この男の魅力的な腕のなかで眠りなおそうかと思ったものの、鮮烈な何かが、混濁した意識を突き破って顔をのぞかせた。

わたしはベッドにいる。見知らぬ男と！

見れば、左手には印章つきの指輪がはまっている。ああ、いったいわたしは何をしてしまったの？　いえいえ、やらずにすんだことはなんなの？　これが悪い夢であろうとなかろうと、まずは服と正気を取りもどさなくては。どちらも、昨夜の記憶と同様、どこにも見当たらないようなのだ。ジョーゼットはドレスを身にまとうと、自分のことを妻と呼ぶ男に室内用便器を投げつけ、あわてて宿を脱け出した。

いっぽう、宿に取り残されたジェイムズ・マッケンジーは、室内用便器を頭で受けとめたおかげで、やはり記憶を失っていた。いや、記憶ばかりか財布も失っていた。事務弁護士としてまじめに働いてコツコツ貯めた金が、ロンドンで開業するという計画に必要な資金が、なくなっている！

というわけで本書は、結婚を取り消したいジョーゼットと、財布を取りもどしたいジェイムズが、わずかな手がかりをもとに相手を探し求めながら、かたや嫌いなはずのブランデーを飲んだあげく見知らぬ男と結婚するはめになった謎を解明し、かたや財布と馬をなくしたうえ何者かに命を狙われるはめになった謎を解明しつつ、たがいに本物の恋心に気づいていくという濃密な一日を、ビャウルテン（ベルテーン祝祭）でわくスコットランドの田舎町を舞台に描いた物語です。

取り澄ました淑女のうわべの下に、天然の陽気さと奔放さを隠し持つジョーゼット。町いちばんのハンサムで、伯爵である父親とのあいだに問題をかかえているジェイムズ。ジェイムズの大学時代の友人であるデイヴィッド・キャメロンとパトリック・チャニング。ジョーゼットの臨時のメイドをつとめるエルシーなどなど、登場人物にもそれぞれ魅力と深みがあって、異色かつユーモラスな展開のストーリーを盛りあげています。

セカンドラブ・シリーズの第二作では本書で異彩を放ったデイヴィッド・キャメロンが、第三作では獣医のパトリック・チャニングがヒーローをつとめます。

どうぞご期待ください。

二〇一四年九月

23 ザ・ミステリ・コレクション

夢《ゆめ》見《み》ることを知《し》った夜《よる》

著者　ジェニファー・マクイストン
訳者　小林浩子《こばやしひろこ》

発行所　株式会社 二見書房
東京都千代田区三崎町2-18-11
電話　03(3515)2311［営業］
03(3515)2313［編集］
振替　00170-4-2639

印刷　株式会社 堀内印刷所
製本　株式会社 村上製本所

落丁・乱丁本はお取り替えいたします。
定価は、カバーに表示してあります。

ISBN978-4-576-14139-8
http://www.futami.co.jp/

恋の訪れは魔法のように
キャサリン・コールター
栗木さつき［訳］

放蕩伯爵と美貌を隠すワケアリのおてんば娘。父親同士の約束で結婚させられたふたりが恋の魔法《マジック》にかけられて……待望のヒストリカル三部作、マジック・シリーズ第一弾！

星降る夜のくちづけ
キャサリン・コールター
西尾まゆ子［訳］

婚約者の裏切りにあい、伊達男ながらすっかり女性不信になった伯爵と、天真爛漫なカリブ美人。衝突する彼らが恋の魔法《マジック》にかかる…!? マジック・シリーズ第二弾！

月あかりに浮かぶ愛
キャサリン・コールター
栗木さつき［訳］

ヴィクトリアは彼女の体を狙う後見人のもとから逃げ出そうと決心する。その道中、ごろつきに襲われたところを助けてくれた男性は……マジック・シリーズ第三弾！

唇はスキャンダル
キャンディス・キャンプ
大野晶子［訳］　〔聖ドゥワインウエン・シリーズ〕

教会区牧師の妹シーアは、ある晩、置き去りにされた赤ちゃんを発見する。おしめのブローチに心当たりがあった彼女は放蕩貴族モアクーム卿のもとへ急ぐが……!?

瞳はセンチメンタル
キャンディス・キャンプ
大野晶子［訳］　〔聖ドゥワインウエン・シリーズ〕

とあるきっかけで知り合ったミステリアスな未亡人と〝冷血卿〟と噂される伯爵。第一印象こそよくはなかったもののいつしかお互いに気になる存在に……シリーズ第二弾！

視線はエモーショナル
キャンディス・キャンプ
大野晶子［訳］　〔聖ドゥワインウエン・シリーズ〕

伯爵家に劣らない名家に、婚約を破棄されたジェネヴィーヴ。そこに救いの手を差し伸べ、結婚を申し込んだ男性は!?　大好評〈聖ドゥワインウエン〉シリーズ最終話

二見文庫　ロマンス・コレクション